BASTEI
LÜBBE

Von Constance O'Banyon sind außerdem folgende Taschenbücher lieferbar:

18231 In der Glut des Südens
18263 Wenn Liebe zu zerbrechen droht
18278 Wilder Zauber des Glücks
18284 Sinnliche Verführung
18295 Und der Wind erzählt von Glück

»Ich war schon immer von der Geschichte und dem Geschichtenerzählen fasziniert. So war es klar, dass ich diese Interessen eines Tages verbinden würde. Ich muss wohl mal in einer anderen Zeit ein anderes Leben geführt haben – denn wenn ich schreibe, habe ich das Gefühl, wirklich dort zu sein. Am meisten Spaß macht mir die Recherche. Wann immer es möglich ist, suche ich die Orte auf, über die ich schreibe, um den Geruch und die Atmosphäre in mich aufzunehmen.« Constance O'Banyon

Über die Autorin:

Constance O'Banyon wuchs in Texas auf und lebt dort mit ihrem Mann Jim und ihrem Sohn Jason. Ihre Bücher wurden in acht Sprachen übersetzt und haben sich insgesamt acht Millionen Mal verkauft. Für jeden ihrer historischen Romane betreibt sie aufwändige Recherchen, wenn möglich reist sie an den Schauplatz der Geschichte. Für ihre Bücher hat sie zahlreiche Preise gewonnen – u. a. den »*Romantic Times* Career Achievement Award« (1996). Neben dem Schreiben widmet sie sich in ihrer Freizeit dem Klavier- und Gitarrenspiel. Außerdem liest sie leidenschaftlich gern Krimis.

Die Autorin freut sich über E-Mails: obanyon@texas.net. Sie können aber auch einen Blick auf ihre Homepage werfen: http://www.romcom.com/o'banyon

CONSTANCE O'BANYON

Wenn stolze Herzen sich begegnen

ROMAN

Ins Deutsche übertragen von

Bettina Albrod

BASTEI
LÜBBE

BASTEI LÜBBE TASCHENBUCH
Band 18647

1. Auflage: Februar 2003

Vollständige Taschenbuchausgabe

Bastei Lübbe Taschenbücher
ist ein Imprint der
Verlagsgruppe Lübbe

Deutsche Erstveröffentlichung
Titel der amerikanischen Originalausgabe: THE AGREEMENT

Dieses Werk wurde vermittelt durch die Literarische Agentur
Thomas Schlück GmbH, 30827 Garbsen
Titelillustration: Daeni/Agentur Thomas Schlück GmbH
Einbandgestaltung: Beate Steter
Satz: Fanslau, Communication/EDV, Düsseldorf
Druck und Verarbeitung: AIT Trondheim, Norwegen
Printed in Norway
ISBN: 3-404-18647-8

Sie finden uns im Internet unter
http://www.luebbe.de

Der Preis dieses Bandes versteht sich einschließlich
der gesetzlichen Mehrwertsteuer.

Dieses Buch widme ich meinen Mitschwänzern, die zufällig auch meine drei besten Freundinnen sind. Ich werde nie den Abend vergessen, an dem Ihr alle aufgeblieben seid, um eine Route zu finden, die mir erlaubt hat, am nächsten Tag wegen meiner Klaustrophobie den Tunnel zu umfahren.

Deine Fähigkeit, Bobbi Smith, Dich durch Lachen über alle Hürden zu bringen, hat mir in mancher Situation sehr geholfen. Du schaffst es immer, mir den Tag heller zu machen. Wahrscheinlich sind wir die besten Kunden bei AT&T.

Von Dir, Elaine Barbieri, war ich schon lange ein Fan, ehe ich Dich persönlich kennen gelernt habe. Ich werde unsere Freundschaft immer in Ehren halten.

An Dir, Evelyn Rogers, bewundere ich vieles: Dein Talent, Deinen Humor und vor allem Deine Bereitschaft, für eine Freundin auch einen Umweg in Kauf zu nehmen.

An meine Agentin Evan Marshall: Was würde ich ohne Deine Ermutigung anfangen? Du bringst mich auf den Kurs zurück, wenn ich abschweife. Du bist die Beste!

1

Texas, 1882

Würde er da sein?

Lauren McBride stellte den Fuß in den Steigbügel und schwang sich in den Sattel. Sie musste Garret einfach sehen, und wenn es nur aus der Entfernung war.

Ihr Hengst war noch nicht richtig eingeritten und sicher unberechenbar, aber das war ihr egal. Sie war eine gute Reiterin und konnte mit so gut wie jedem Pferd fertig werden.

Lauren trieb das Tier an und spürte erregt den Wind in ihren Haaren und auf den erhitzten Wangen. Der Hengst sprengte in einem Tempo los, das sie überraschte. Ihr Vater hatte versprochen, dass das Pferd ihr gehören sollte, wenn es eingeritten war, aber da war sie von dem Grauen nicht besonders beeindruckt gewesen. Er sah eher nach Ackergaul als nach Reitpferd aus. Doch ihr Vater hatte ein Auge für Pferde und gut für sie gewählt.

Lauren tätschelte dem Tier den Hals und drängte es vorwärts. »Zeig mal, was in dir steckt«, murmelte sie.

Zu ihrem Entzücken raste das Pferd noch schneller. Plötzlich tauchte ein Zaun vor ihr auf, aber sie drückte dem Pferd die Hacken in die Flanken und lachte entzückt, als es das Hindernis mühelos übersprang.

Lauren war so abgelenkt, dass sie ihr Ziel für einen Moment ganz vergessen hatte. Reiten war ihre Zuflucht, war es immer gewesen. Nach dem Tod ihrer Mutter war Lauren direkt in den Stall zu ihrem Pferd gegangen. Dann war sie bis in die Nacht hinein geritten. Garret Lassiter hatte sie gefunden und nach Hause gebracht.

Garret! Wie sie ihn liebte!

Lauren ritt jetzt über eine Stunde, und ihr Pferd zeigte langsam Ermüdungserscheinungen. Sie verlangsamte ihren Schritt und machte sich Vorwürfe, dass sie den Hengst in der Augusthitze so angetrieben hatte.

Einen Moment hielt sie an, damit das Pferd sich ausruhen konnte, dann wandte sie sich Richtung Westen, wo Bündel von Sonnenstrahlen durch die Wolken drangen – so dünne Wolken, dass sie sicherlich keinen Regen brachten. Das Land war hart und ausgedörrt und hätte einen ordentlichen Regenguss gut gebrauchen können, um die lastende Hitzewelle zu brechen.

Lauren musterte das verdorrte Buffalogras, das eigentlich grün hätte sein müssen. Die Sonne brannte durch ihre Kleidung hindurch. Kein Lüftchen wehte, und die spinnengleichen Mesquitebäume spendeten wenig Schatten. Viele Rancher beklagten bereits Verluste, und wenn die Hitzewelle anhielt, würden viele Herden wegsterben.

Ihre Gedanken kehrten zu Garret Lassiter zurück. Sie konnte sich nicht erinnern, wann sie angefangen hatte, ihn zu lieben.

Lauren und ihre Brüder durften nicht mit den Lassiters reden, weil ihr Vater sie hasste, besonders Barnard Lassiter, den Vater.

Sie waren das, was ihr Vater verächtlich »Gentleman-Rancher« nannte. Er warf Mr. Lassiter vor, dass er mehr Ideen als Verstand und mehr Geld als ganz Texas hätte. Es verbitterte Tom McBride, dass eine Familie, die nach Texas eingewandert war, aus der heruntergekommenen San Reanido Ranch so einen Erfolg gemacht hatte. Sie hielten nicht wie alle anderen Vieh, auch wenn sie eine kleine Herde zum Hausgebrauch besaßen. Sie züchteten Rassepferde, die sie per Schiff nicht nur in den gesamten USA verkauften, sondern in der ganzen Welt.

Lauren wusste nicht einmal, warum ihr Vater die Lassiters so hasste. Der Streit stammte aus einer Zeit, als sie noch sehr jung gewesen war. Aber eines war sicher: Wenn Thomas J. McBride jemanden hasste, dann gründlich. Soweit Lauren wusste, vergab ihr Vater nie jemandem, der ihm Unrecht getan hatte, und er schien sich von den Lassiters ins Unrecht gesetzt zu fühlen.

Sie wusste noch, wie Mr. Lassiter vor zwei Jahren die Cedar-Creek-Ranch hatte kaufen wollen. Der Besitz eignete sich nicht besonders für Viehzucht, weil er großteils aus Bergen und Felsen bestand. Doch eine Sache machte die Ranch wertvoll: Cedar Creek. Ihr Vater hatte das Land gar nicht selber haben wollen, sondern es nur aus Bosheit gekauft, damit die Lassiters es nicht bekamen.

Ja, ihr Vater konnte hassen. Er war ein harter Mann, der nur Zärtlichkeit zeigte, wenn er mit Laurens Stiefmutter Clare zusammen war.

Garrets Eltern waren immer freundlich zu Lauren, und sie hatte nicht vor, sie zu schneiden, wie ihr Vater das wollte. Und ganz bestimmt würde sie ihren einzigen Sohn nicht ignorieren. Garret war die Art Mann, von der ein junges Mädchen träumt. Zumindest Lauren träumte viel von ihm.

Selbst wenn sie wach war.

Garrets Familie war so anders als ihre eigene. Sie stammten aus guten Kreisen und waren nach dem Krieg nach Texas gekommen. Als die Yankees ihren Besitz in Virginia verbrannt hatten, hatten sie alles verloren.

Sie blickte nach Westen, wo die Ranch der Lassiters lag, San Reanido. Es war schon seltsam. Die Lassiters waren ihr Leben lang ihre Nachbarn gewesen, und doch war sie noch nie in ihrem Haus gewesen. Sie hatte gehört, dass es wirklich vornehm sein sollte, mit Möbeln aus Paris und Brokatvorhängen an den Fenstern. Lauren hätte gerne gewusst, wie Garret lebte, um ihn sich dort vorstellen zu können. Aber sie würde niemals nach San Reanido eingeladen werden, und selbst wenn, dürfte sie nie hingehen.

Er musste einfach da sein!

Lauren blinzelte in die Sonne.

Die meisten der jungen Frauen in Sidewinder und den umliegenden Ranchen hatten ein Auge auf Garret geworfen, und so manche glaubte, in ihn verliebt zu sein – aber keine konnte ihn auch nur halb so sehr lieben, wie sie es tat. Es hieß, dass Garret vielleicht nach Virginia zurückgehen würde, um eine Frau zu finden, wenn er bereit war, sich niederzulassen – das hatte seine Schwester zumindest getan.

Lauren trieb ihr Pferd vorwärts, um ans Ziel zu gelangen. Beim Frühstück hatte ihr Bruder Stone davon gesprochen, dass Garret einen Zaun zwischen Circle M und San Reanido flicken würde.

Sie hoffte, dass Garret heute an diesem Zaun arbeitete.

Alles, was Lauren wollte, war einen Blick auf ihn zu werfen, das würde ihr für Tage genügen. Ein Gespräch würde Wochen vorhalten.

In letzter Zeit hatte Lauren seltsame Sehnsüchte gespürt, wann immer sie an Garret gedacht hatte. Sie fühlte sich erhitzt und ruhelos, und ihre Gefühle waren wie ein Vulkan vor dem Ausbruch. Was würde sie tun, falls Garret sie einmal berührte?

Sie stellte sich vor, wie es wäre, mit den Fingern durch sein rabenschwarzes Haar zu fahren oder ihm in die wunderbaren braunen Augen zu sehen, die sie voller Liebe ansahen. Sein Mund war perfekt – wie mochte er sich auf ihren Lippen anfühlen?

Sie würde ihn immer lieben.

Der Wind frischte auf, und Lauren spürte die Hitze an ihren Wangen. Rasch steckte sie eine ungebärdige rote Locke zurück unter den Hut und wünschte sich, sie hätte etwas Hübscheres an als ihren ledernen Reitrock.

Nun, sie konnte schlecht in ihrem Sonntagskleid ausreiten.

Ihr Pferd warf den Kopf hoch und wieherte, also stieg Lauren ab, öffnete ihre Wasserflasche, goss etwas in eine Schale und bot es dem Tier an. Nachdem sie das ein paar Mal getan hatte, hob sie die Flasche an ihre eigenen Lippen. Schweiß lief ihr über den Rücken, und sie spürte förmlich, wie ihre Sommersprossen sich vermehrten. Sie hätte in dieser Hitze nicht kommen sollen – das hätte sie besser wissen müssen.

Lauren stieg wieder auf und ritt an dem Zaun entlang, dessen frische Stellen in der Sonne glänzten – und die mit Stacheln bestückt waren, die auch das hartnäckigste Vieh in Schach hielten. Garret war wahrscheinlich längst fertig und nach Hause gegangen. Sie durchritt eine Senke, in der blaue Glockenblumen wuchsen und Sonnenblumen sich im Winde wiegten.

Ihr Herz setzte einen Schlag aus.

Da war Garret, direkt vor ihr!

Er hatte sie noch nicht bemerkt, so dass sie Zeit hatte, ihren wilden Herzschlag zu beruhigen.

Dann nahm sie all ihren Mut zusammen, drückte sich ihren Hut fester auf den Kopf und ritt weiter, wobei sie hoffte, Garret würde denken, dass sie spazieren ritt.

Garrets Kopf fuhr herum, und er sah sie an. Als sie näher kam, lehnte er sich an einen Pfosten und wartete. Zweihundert Meter weiter arbeiteten noch zwei Männer, aber sie hatte kaum einen Blick für sie übrig.

Lauren holte tief Luft und blieb stehen. »Hallo, Garret, wie ich sehe, flickst du einen Zaun.«

»Hallo, kleiner Rotschopf. Du glaubst es vielleicht nicht, aber gerade habe ich an dich gedacht, und schon bist du hier.«

Ihr Herz hämmerte, und sie hielt den Atem an. Er hatte an sie gedacht!

Garret schob seinen Hut zurück und grinste. »Bist du Gedankenleserin? Ahnst du, was ich denke?«

Sie starrte ihn an und bemerkte, wie das schweißnasse Hemd an seinem muskulösen Brustkorb klebte. Dazu trug er ausgeblichene Hosen und Stiefel. So, wie er angezogen war, würde ihn niemand für einen Lassiter halten.

»Ich weiß nicht, was du meinst«, erwiderte sie.

Seine dunklen Augen sahen sie an. »Nein, das weißt du nicht.«

Sie stieg ab und stand verlegen vor ihm, während ein Lächeln um seine Lippen spielte. Sie errötete. »Ich kann keine Gedanken lesen, Garret, das weißt du.«

Er sah sie direkt an. »Du bist jetzt fünfzehn, Lauren.«

»An meinem nächsten Geburtstag werde ich sechzehn«, erklärte sie in der Hoffnung, älter zu klingen.

»Du bist fünfzehn«, stellte er fest.

»J... ja.«

Er hielt einen Nagel an das Holz und hämmerte ihn fest. Sie beobachtete, wie seine Muskeln dabei spielten, und ihr Herz hämmerte wie das Werkzeug.

Als Garret fertig war, sah er sie wieder an. »Ich weiß, wann du Geburtstag hast, Lauren. Du bist am 3. Juli geboren, was bedeutet, dass du erst letzten Monat fünfzehn geworden bist. Damit bin ich fünf Jahre älter als du.«

»Ja. Ich weiß.« Sie freute sich und staunte, dass er wusste, wann sie Geburtstag hatte. »Fünf Jahre sind nicht so viel«, bemerkte sie hoffnungsvoll.

Fast hätte er gelächelt.

»Jetzt schon, aber wenn du älter bist, dann nicht mehr.« Sein dunkler Blick wurde weicher. »Ich weiß viel über dich, Lauren. Du wärest überrascht, wenn du wüsstest, wie viel.«

Das verwirrte sie. Warum sollte Garret sich für ein schüchternes, fünfzehnjähriges Mädchen voller Sommersprossen interessieren? Sie bestand nur aus Beinen und hatte kaum begonnen, Brüste zu entwickeln – sie hatte Angst, dass sie das nie tun würde. Am meisten hasste sie ihr wildes, rotes Haar.

Laurens Blick ging zu den beiden Helfern, die wie Garret den Zaun flickten. Nein, er würde sich nie für sie interessieren. Sie sah ihn an, bewunderte, wie seine Brauen die braunen Samtaugen beschatteten. Sein schwarzes Haar kräuselte sich im Nacken, und sein Gesicht war gut geschnitten – das Kinn stark, mit einer Kerbe darin. Er war so groß wie ihr Vater, der über einsachtzig war. Garret Lassiter war der bestaussehende Mann, den sie kannte.

Garret zog seine Handschuhe aus und steckte sie in den Gürtel, und Laurens Blick blieb auf seinen Händen ruhen – starke Hände mit langen Fingern. Sie wurde ganz schwach, wenn sie sich vorstellte, wie es wäre, von ihnen berührt zu werden.

»Ich … sollte gehen«, begann sie, obwohl sie das nicht wollte, aber sie wusste nicht, wie sie ihren Aufenthalt noch verlängern sollte.

Garret griff durch den Draht und ergriff ihre Hand, was ihr Herz zum Rasen brachte. In diesem Moment hätte Lauren kein Wort hervorgebracht, selbst wenn ihr Leben davon abgehangen hätte.

Garret sah sie an. »Bist du den ganzen Weg geritten, nur um mich zu sehen?«

Sie spürte, wie sie erneut errötete. »Ich … warum denkst du das?« Sie wünschte, sie könnte ihre Scheu vor ihm verbergen.

Sein Daumen beschrieb einen Kreis auf dem Puls an ihrem Handgelenk. »Weil es stimmt, nicht wahr?«

Sie würde nicht zugeben, dass er Recht hatte – nein, das konnte sie nicht. Stattdessen stieß sie hervor: »Ich habe Angst, dass mein Pa mich wegschickt.«

Sein Griff wurde fester, und er runzelte die Stirn. »Wovon redest du, Lauren? Wohin denn?«

»Meine Stiefmutter … Clare … will, dass ich nach Savannah gehe und bei meiner Tante lebe«, stotterte Lauren. »Ich will nicht fort.«

»Deine Tante? Warum?«

»Tante Eugenia hat an Pa geschrieben und gefragt, ob ich nicht zu ihr ziehen könnte.« Lauren sah ihn an. »Ich will nicht! Ich kenne sie nicht einmal!«

Garrets Arm glitt zu ihrer Schulter. »Du kannst jederzeit nein sagen.«

Lauren fiel es schwer, sich zu konzentrieren, wenn seine Hand auf ihrem Arm lag. »Clare sagt, ich müsse gehen, weil ich die Erziehung brauche.« Sie hätte hinzufügen können, dass Clare sie genauso loswerden wollte, wie sie ihren Bruder Tanner losgeworden war – aber das waren Familienangelegenheiten, über die sie nicht einmal mit Garret sprechen würde.

»Du bist einsam, nicht wahr, Lauren?«, fragte Garret sanft, als wenn er ihre Gedanken lesen könnte. »Gibt es einen jungen Mann, für den du dich interessierst? Du wirst doch nicht erwachsen werden, einen anderen heiraten und mir damit das Herz brechen, oder?«

Sie sah ihn an. »Nein, es gibt niemanden«, versicherte sie mit Überzeugung. Er war der einzige Mann, den sie heiraten wollte.

»Du bist so jung und kennst noch so wenig vom Leben. Lass dir Zeit, dein Herz kennen zu lernen.«

Sie zuckte die Achseln. »Ich gehe nicht zu den Festen und Tänzen, deshalb kenne ich keine anderen Jungen.«

»Aber eines Tages wird ein Mann kommen, der …« Er schüttelte den Kopf. »Genug davon. Ich denke, es ist sicherer für uns, wenn wir über etwas anderes sprechen.«

Lauren spürte Traurigkeit in sich aufsteigen. »Glaubst du, dass mich je jemand lieben wird?«

Er umfasste ihr Kinn und berührte ihren Mund, ehe er die Hand in die Tasche steckte, als wenn er sich selbst nicht trauen würde. »Oh, ja, kleiner Rotschopf. Eines Tages wird ein glücklicher Mann dich so sehr lieben, dass er an nichts anderes mehr denken wird als an dein Lächeln.«

»Garret, wie weiß ein Mädchen, ob die Liebe echt ist?«

2

Lauren hatte Garret gerade die Art Frage gestellt, die man einer Mutter stellt – eine Frage, die sie ihrer Stiefmutter niemals stellen könnte. Dennoch war er der Letzte, dem sie sich hätte anvertrauen sollen.

Garret senkte den Blick von ihren Augen zu ihren Lippen. »Du wirst es wissen, Lauren. Manchmal weiß man einfach, was für einen richtig ist. Aber«, setzte er achselzuckend hinzu, »du bist noch jung. Du hast noch reichlich Zeit, um über solche Dinge nachzudenken.«

Lauren sah ihn forschend an. Sie wusste bereits, wie man sich paarte, und ihr junger Körper sagte ihr, dass sie reif dafür war. Aber sie war nicht wie Clare. Sie würde nie zulassen, dass ein Mann ihren Körper nur bekam, um seine Begierde zu stillen – kein Mann!

»Ich bin alt genug, um gewisse Dinge zu wissen, Garret.«

»Dessen bin ich mir sicher.« Er lächelte und steckte ihr eine rote Locke hinter das Ohr. »Eines Tages wirst du wissen, was ein Mann fühlt, wenn er in deine blauen Augen sieht.«

Als er sie berührte, spürte Lauren ihr Blut rascher durch die Venen fließen. »Ich weiß bereits um diese Gefühle.«

»Das glaube ich nicht.«

»Ich bin nicht so unschuldig, wie du denkst.«
Er lachte leise. »Nein?«
»Nein … na gut, vielleicht schon.« Sie ließ den Kopf hängen und sah zu Boden. »Warum muss das Leben nur so schwer sein?«
»Ich weiß es nicht, Lauren.« Seine Stimme war tief und sanft. »Aber eines Tages wird ein Mann kommen, der sich um dich kümmert und all deine Wunden und Schmerzen heilt, um deine Lasten auf seine eigenen Schultern zu nehmen.« Er schüttelte den Kopf. »Genug davon, hab einfach Geduld – so wie ich.«
Warum hatte sie ihm so eine Frage gestellt?
Was musste er von ihr denken?
Lauren sah in den weiß-blauen Himmel hoch und versuchte, ein anderes Thema zu finden, ehe sie sich endgültig zum Narren machte.
»Hast du irgendetwas über meinen Bruder Tanner gehört?«
»Nein. Du?«
»Seit er gegangen ist, nicht.« Sie holte tief Luft. »Das Letzte, was ich zu ihm gesagt habe, habe ich in Wut gesagt. Ich wünschte, ich könnte es zurücknehmen.«
Garret sah ihr in die verwirrten blauen Augen – blaue McBride-Augen, wie sie hier alle sagten. Sie waren silbrigblau, und manchmal, bei einem bestimmten Licht, fast durchsichtig. Zumindest Laurens. In diesem Moment hatte er das Gefühl, er könnte bis in ihre Seele schauen, und er sah, dass sie litt. Sie war noch so jung und brauchte Zärtlichkeit und Verständnis, die sie zu Hause nicht bekam. Ihr Vater war ein Bastard, und ihre Stiefmutter Clare schien keinerlei mütterliche Gefühle zu haben.

Garret kannte Lauren schon ihr ganzes Leben lang, und er bedauerte fast, wie sich ihr junger Körper seit einem Jahr entwickelte. Er hatte beobachtet, wie die jungen Männer sie ansahen, wenn sie durch Sidewinder ging, und er hasste sie dafür. Gegenüber Lauren spürte er einen starken Beschützerinstinkt und etwas anderes, das sie noch nicht verstand.

Lauren dachte mit Bedauern an Tanner. Sie vermisste ihn. Jetzt senkte sie den Kopf, so dass der Hut ihr Gesicht verbarg, während sie ihre größte Angst formulierte. »Ich habe solche Angst, dass Tanner etwas passiert ist. Was, wenn er gestorben ist in dem Glauben, dass ich ihn hasse?«

»Tanner ist viel zu zäh, um zu sterben, Lauren«, lächelte Garret. »Und er weiß mit Sicherheit, dass du ihn nicht hasst. Quäle dich nicht damit.«

»Warum hat er mir dann nicht geschrieben? Er hat gesagt, dass er es tut.«

»Wenn Tanner sein Versprechen nicht gehalten hat, kannst du sicher sein, dass er einen guten Grund dafür hat. Ich weiß, wie nahe ihr euch steht. Daran ändert seine Abreise doch nichts.«

»Kein Tag vergeht, ohne dass ich Tanner vermisse. Ich bin froh, dass Stone nicht auch weg ist.« Sie hätte hinzufügen können, dass Clare immer einen Weg fand, um Stone vor Pas Augen schlecht dastehen zu lassen, und sie fragte sich, wie lange Stone das noch mitmachen würde, ehe auch er ging.

Garret legte Lauren die Hand unter das Kinn und hob es an, so dass sie ihn ansehen musste. »Er wird eines Tages auftauchen, wenn du ihn am wenigsten erwartest, Lauren.«

Tränen glänzten in ihren Augen. Es war über ein Jahr her, seit Tanner losgeritten war, und sie hatte mit niemandem über den Schmerz gesprochen, den seine Abreise in ihr ausgelöst hatte – bis heute. Es war ihr immer schon leicht gefallen, sich Garret anzuvertrauen. Er nahm sich Zeit, um ihr zuzuhören, und behandelte sie nicht wie ein Kind.

»Wenn Pa mich wegschickt, werde ich nicht hier sein, falls Tanner nach Hause kommt.«

Garret berührte ihre Stirn und fuhr ihr mit dem Finger über die Nase. »Sei nicht so melancholisch, Lauren.«

Sie neigte den Kopf und kaute an ihrer Unterlippe. »Was meinst du damit?«

»Melancholisch heißt traurig. Sei nicht traurig, Lauren.« Seine Stimme klang mitleidig, und seine Augen blickten sanft. »Und sei nicht so ungeduldig. Lass erst einmal Zeit vergehen.« Seine Stimme wurde tiefer. »Unglück vergeht, das habe ich schon gemerkt.«

Lauren dachte, dass es ihr das Herz brechen würde, wenn er unglücklich wäre. »Du, Garret? Du bist unglücklich?«

Er lächelte, und sie schmolz innerlich dahin.

»Nicht direkt unglücklich, kleiner Rotschopf. Eher ungeduldig, weil ich warten muss.«

»Warten? Worauf?«

Er sah in ihre blauen Augen und spürte sein Herz heftig klopfen. Sie war noch ein halbes Kind, aber auch halb Frau, und er begehrte sie mehr, als er je eine Frau begehrt hatte. »Das werde ich dir eines Tages sagen.«

Manchmal verstand Lauren Garret einfach nicht. Sie hatte keine Ahnung, was er sagen wollte. »Ich habe versucht, Stone dazu zu bringen, dass er es Pa ausredet, mich wegzuschicken, aber er will nicht«, klagte sie. »Ich dachte, er wäre auf meiner Seite. Aber er stimmt mit Pa und Clare überein, dass ich zu meiner Tante gehen soll.«

»Vielleicht denkt Stone, dass es für dich besser ist, wenn du das Haus verlässt. Was sagt denn dein Vater dazu?«

»Pa will alles, was Clare will.« Sie sah an ihm vorbei zu einer Taube hin, die auf einem der Pfosten gelandet war und den Kopf unter den Flügel steckte. Sie konnte Garret ja schlecht sagen, dass er der Grund war, weshalb sie Texas nicht verlassen wollte.

Was sollte sie tun, wenn sie ihn nicht mehr sehen konnte, nicht mehr mit ihm sprechen konnte? Wie sollte sie leben, wenn sie so weit von ihm weg war? »Ich will nicht gehen.«

»Ich wünschte, ich könnte alles für dich ins Lot bringen, kleiner Rotschopf, aber das kann ich nicht. Dein Vater würde mich nicht einen Fuß auf die Circle M setzen lassen, geschweige denn, meinen Rat für die Erziehung seiner einzigen Tochter annehmen. Und Stone denkt sicher, das wäre so am besten für dich.«

»Stone versteht einfach nicht, was ich fühle. Er hat genug eigene Probleme.«

»Du magst mir vielleicht nicht glauben, aber Stone ist dein Wachhund – ich habe es selbst gesehen. Er beschützt dich, Laura.«

Laura sah verwirrt aus. »Stone? Das kann nicht sein. Ich bin ihm egal.«

»Wenn ich mich nicht irre«, erklärte Garret und nickte in Richtung Norden, »ist das dein Bruder, der da angeritten kommt.« Er grinste sie an. »Selbst von hier aus kann ich erkennen, dass er gar nicht zufrieden ist. Er denkt sicher, er müsste dich vor mir retten.«

Traurig sah sie ihn an. »Ich wünschte, Pa würde dich und deine Familie nicht so hassen. Ich weiß nicht, warum er das tut.«

»Dein Pa oder alle anderen aus deiner Familie sind mir egal, Lauren«, sagte Garret grob, »solange du mich nicht hasst.« Er wollte ihre Hand nehmen, sah dann aber, wie nahe Stone war, und überlegte es sich anders. »Ich glaube nicht, dass ich das ertragen könnte.«

Die Liebe zu ihm überwältigte sie. »Ich könnte dich niemals hassen, Garret.«

Stone konnte sie fast hören, deshalb antwortete Garret schnell: »Ich werde mich erkundigen, ob jemand etwas von Tanner gehört hat. Falls ja, sage ich dir Bescheid.«

Stone McBride saß sehr aufrecht im Sattel, als er sein Pferd verhielt und auf Lauren hinabsah. »Du bist schon lange weg.« Er warf Garret einen kalten Blick zu, der ausdrückte, dass er froh sein konnte, auf der anderen Seite des Zauns zu stehen. »Es war nicht schwer zu vermuten, wo du wohl bist.«

Garret wischte sich den Schweiß von der Stirn und erntete einen sengenden Blick von Stone.

»Hallo, Stone. Heiß heute, was?«

»War schon schlimmer«, murmelte Stone. Dann sah er Lauren an und befahl grob: »Steig auf, sonst hebe ich dich selber in den Sattel.«

Lauren überlegte, ob sie sich Stone widersetzen sollte, aber sie wusste, dass er genau das tun würde, was er angedroht hatte. Beschämt trat sie zu ihrem Pferd, setzte den Fuß in den Steigbügel und schwang sich in den Sattel.

Mit stolz erhobenem Kopf, aber ohne Garret anzusehen, sagte sie dann rasch: »Auf Wiedersehen.«

»Bis bald, kleiner Rotschopf.«

Garrets beruhigende Stimme erwärmte Lauren das Herz. Es gefiel ihr, wenn er sie bei dem Spitznamen nannte, den er ihr vor Jahren verpasst hatte. Soweit sie wusste, gab es kein anderes Mädchen, dem er einen Spitznamen gegeben hätte, und das machte sie stolz.

Stone ritt näher heran. »Halte dich von meiner Schwester fern!«, befahl er grob. »Ich will dich nicht noch einmal warnen müssen.«

Dann sahen die beiden Männer einander wütend an, ehe Stone sein Pferd wendete und hinter Lauren hersprengte, die schon vorausgeritten war.

Garret blickte dem Mädchen hinterher und fragte sich, was wohl aus ihm werden würde.

Vielleicht wäre es gar nicht so schlecht, wenn Lauren nach Savannah ginge. Sie war wild und ungezähmt wie ein Fohlen, das mit sanfter Hand eingeritten werden musste. Garret wollte nicht, dass Laurens herrliches Temperament gebrochen wurde, was sicher der Fall wäre, wenn sie im Haus ihrer Stiefmutter bleiben müsste.

Garret schraubte seine Wasserflasche auf und trank in großen Schlucken. Dabei dachte er an Laurens sanftes Lächeln und die silberblauen Augen, die ihn jedes Mal ins Herz trafen. Lauren ahnte gar nicht, wie hübsch sie war und dass sie eines Tages eine Schönheit sein würde. Wenn sie erst einmal eine Frau war, würde sie das Herz jedes Mannes brechen, seines eingeschlossen.

Aber es war nicht das Versprechen künftiger Schönheit, das Garrets Interesse an ihr weckte. Es war Lauren selbst, die ihn mit ihrem Wesen fesselte. Er konnte nur hoffen, dass ihre Familie sie nicht zerstörte. Aber das würde sie bestimmt tun, wenn sie auf der Circle M blieb.

Lauren funkelte ihren Bruder wütend an. »Immer behandelst du Garret so schlecht. Warum tust du das, Stone?«

Stone sah geradeaus, die Hände um die Zügel gekrampft. »Du kannst von Glück sagen, dass ich dir nachgeritten bin und nicht Pa. Wenn er dich mit Garret Lassiter erwischt hätte, hätte er dir den Hintern versohlt!«

»Du bist gemein, Stone – einfach gemein!«

Stone zuckte zusammen, machte sich aber nicht die Mühe, sich zu wehren. Tanner und Lauren würden nie wissen, wie oft er sie vor dem Ärger Pas bewahrt hatte, indem er die Schuld für etwas auf sich genommen hatte, für das sonst sie bestraft worden wären. Er war ein introvertierter Mann und behielt seine Gefühle für sich.

Lauren trieb ihr Pferd an und schoss davon, und Stone musste sich sputen, um mit ihr Schritt zu halten.

Wütende, hasserfüllte Augen hatten den Austausch zwischen Garret und Lauren verfolgt.

Estaban Velasquez stieß einen neuen Pfahl in den Boden, wo er ein Loch gegraben hatte, während er Garret Lassiter beobachtete. Estaban gab der gesamten Familie Lassiter die Schuld dafür, dass sein Leben ruiniert war, aber den Großteil der Schuld sah er bei Garret. Warum durfte Garret alles haben, während er Haus, Familie, Geld und seine künftige Frau verloren hatte?

San Reanido hatte früher der Familie Velasquez gehört, aber jetzt war Estaban nur noch ein kleiner Angestellter dort. San Reanido war durch eine großzügige spanische

Schenkung in die Hände seines Ururgroßvaters gelangt. Er sah in die Ferne. Er kannte jeden Baum und jeden Stein hier. Das Land lag ihm im Blut – es war sein Leben. Estaban war hier geboren – es sollte von Rechts wegen ihm gehören!

Er hatte beobachtet, wie Garret mit der hübschen Señorita geredet und gelacht und wie er sie berührt hatte, und die Wut in ihm war immer stärker geworden.

Unter seinem Großvater hatte San Reanido sich zu einer blühenden Farm entwickelt, und er hatte mehr Land hinzugekauft. Doch als das Land an seinen Vater gegangen war, hatte es Krieg gegeben, Dürreperioden und immer neue Schulden. San Reanido war in den Ruin getrieben worden. Erst war das Vieh verkauft worden, dann die Bilder und Möbel. Bald darauf waren ihnen die Arbeiter weggelaufen. Die Bank wollte die Farm einziehen, als die Lassiters auf dem Plan erschienen und das einst stolze Land für den halben Preis kauften.

Estabans dunkle Augen folgten dem *patrón*, dem er die Hauptschuld gab. Natürlich hasste er auch den Vater, Barnard Lassiter, aber nicht so sehr wie Señor Garret. Der Vater hatte sich aus der Farmführung zurückgezogen und stellte keine Bedrohung mehr dar. Die Schuld lag jetzt auf den Schultern des Sohnes.

Die Beleidigungen für seine Familie hatten nicht aufgehört, nachdem die Lassiters die Farm übernommen hatten. Fast sofort war das Haus in spanischem Stil, in dem Estaban geboren worden war, niedergerissen worden, und an seiner Stelle hatten sie ein doppelt so großes Haus gebaut, das Estaban vor den Kopf stieß, wann immer er es sah.

Frank Nelson wurde ärgerlich. Er hatte den Draht straff gezogen und brauchte alle Kraft, um ihn zu halten. »Willst du jetzt weiter den Boss anstarren oder endlich den Hammer benutzen?«

Estaban drehte sich zu Frank um. »Eines Tages werde ich den *patrón* töten.«

Frank hatte das alles schon öfter gehört und wusste, dass Estaban gerne trank und oft betrunken war. Der Spanier sah mit seinen schulterlangen Haaren, dicken Brauen und dem Bart wenig Vertrauen erweckend aus. Frank konnte sich nicht erinnern, ihn je lächeln gesehen zu haben. Die anderen Arbeiter weigerten sich, mit Estaban zusammenzuarbeiten, und er sonderte sich immer ab.

Frank war das egal. Der Spanier war seltsam, aber er arbeitete gut und schaffte jede Aufgabe. »Mit so etwas solltest du keine Witze machen«, ermahnte er ihn. »Falls dich jemand hört, denkt er noch, es sei dir Ernst.«

»Ich versichere dir, dass ich keineswegs Witze mache. Eines Tages werde ich ihn töten.«

»Und warum? Verglichen mit anderen Bossen ist Garret Lassiter gar nicht so schlecht.«

»Seine Familie hat mir alles genommen.«

»Wovon sprichst du?«

Estaban schwieg und schlug den Hammer mit solcher Wucht in das Holz, dass der Nagel mit einem einzigen Schlag hineingetrieben wurde. »Ich sage nichts mehr.«

»Ich glaube, der Boss ist in dieses McBride-Mädchen verknallt.«

»Ich will, dass er eine Frau liebt, sie heiratet und glücklich ist«, knurrte Estaban.

Frank kratzte sich am Kopf und sah verwirrt aus. »Aber ich denke, du hast gesagt –«

Estaban unterbrach ihn, als hätte er nichts gesagt. »Ich arbeite als Hilfe auf einer Ranch, die von Rechts wegen mir gehören sollte. Ich arbeite wie ein Pferd, damit Garret Lassiter die Früchte meiner Arbeit ernten kann.«

Estabans wirres Gerede beunruhigte Frank, aber er vermutete, dass der andere mal wieder zu viel getrunken hatte. »Ich habe gehört, dass San Reanido früher deiner Familie gehört haben soll, aber ich habe es nicht geglaubt.«

»Es war mein Zuhause.«

»Ich habe auch gehört, dass dein Vater getrunken und gespielt hat, genau wie du. Garcia, der die Kneipe in Sidewinder führt, behauptet, dein Vater habe sich erschossen, weil er alles verloren hat.«

Estaban sah Frank finster an. »Bring mich nicht dazu, meine Familienehre gegen einen Niemand wie dich verteidigen zu müssen.«

Frank schnaubte, ohne Estabans Worte übel zu nehmen. »Das musst du gerade sagen.«

»Eines Tages wird sich mein Wunsch erfüllen, denn mittlerweile trachte ich nicht mehr nach dem Unmöglichen. Ich will ja nur, dass die Lassiters aufhören zu existieren.«

Frank runzelte die Stirn und fragte sich, ob er dem Boss nicht von Estabans Drohungen erzählen sollte. Er schüttelte den Kopf. Das konnte dem Spanier unmöglich Ernst sein. »Lass uns fertig werden, damit wir aus der Hitze kommen.«

Estaban spürte immer noch den Schmerz über den Tod

seiner Mutter, der über allem das Herz gebrochen war. Es war ihm egal, dass sein Vater schwach und ein Spieler gewesen war oder dass die Frau, die er geliebt hatte, ihn für einen Reicheren verlassen und verraten hatte. Er war ein verzweifelter Mann, der alles verloren hatte und jemanden brauchte, dem er die Schuld dafür geben konnte.

»Ich will, dass Garret Lassiter glücklich ist, ehe ich ihn umbringe«, erklärte er und schlug erneut einen Nagel mit solcher Kraft ein, dass der Draht summte.

3

Ende September

Es war eine der seltenen Gelegenheiten, zu denen Lauren ihren Vater und ihre Stiefmutter in die Stadt begleitete. Sie tupfte sich die Stirn trocken und sah zu den fernen Bergen hinüber, während sie sich wünschte, sie wäre Zuhause geblieben. Erst beklagte Clare sich darüber, dass die Pferde zu langsam seien, und als Tom sie zum Galopp antrieb, schimpfte sie, dass der Fahrtwind ihr die Frisur zerstöre.

Angewidert sah Lauren zu, wie ihr Pa seine Frau milder zu stimmen suchte, indem er allem zustimmte, was sie sagte, und jeden ihrer Wünsche sofort erfüllte.

Es war abstoßend!

»Deine Tochter braucht neue Kleider«, erklärte Clare und betrachtete verärgert einen Fingernagel, den sie sich gerade abgebrochen hatte. »Nichts Aufregendes, lieber etwas Praktisches. Neue Schuhe braucht sie sicher auch, ein Paar für die Kirche und eines für alltags.«

Lauren war überrascht, denn ihre Stiefmutter hatte noch nie Interesse für etwas aufgebracht, was sie trug. Sofort wurde sie misstrauisch, dass Clare etwas im Schilde führen könnte.

»Das ist Frauensache, das überlasse ich dir«, gab Tom

zurück und konzentrierte sich darauf, das Gespann einen steilen Hügel hinunterzulenken.

»Falls du dich entschließt, Lauren nach Savannah zu schicken, ist es wichtig. Was sollen denn deine Verwandten denken, wenn sie in den Fetzen ankommt, in denen sie hier auf der Ranch herumläuft?«

Lauren erstarrte. Clare war entschlossen, sie loszuwerden.

»Sieh sie doch nur an«, fuhr Clare fort. »Ihr Kleid ist ausgeblichen und am Saum ausgefranst. Sie achtet überhaupt nicht auf ihr Äußeres. Ich kann nichts mit ihr anfangen, aber vielleicht ihre Tante.«

»Verdammt, du bist ihre Stiefmutter«, erinnerte Tom sie. »Warum kannst du ihr nicht helfen?«

Clare warf Lauren einen scharfen Blick zu. »Himmel, ich habe es wirklich versucht, aber sie hört ja nicht auf mich.« Mit verletzter Miene, die Lauren hassen gelernt hatte, sah sie Tom an. »Ich fürchte, deine Tochter respektiert mich einfach nicht.«

Toms breite Schultern wurden steif, und sein Blick war hart, als er Lauren ansah. »Warst du wieder unhöflich zu Clare? Ich warne dich!«

Ehe Lauren antworten konnte, legte Clare Tom die Hand auf die Schulter. »Reg dich nicht auf. Ich habe gelernt, mit Schmerz zu leben. Lauren lehnt mich ab, weil ich den Platz ihrer Mutter eingenommen habe, und so wird es immer bleiben. Es ist für jeden das Beste, wenn sie zu ihrer Tante geht.«

»Ich gehe nicht«, warf Lauren heftig ein. »Ich bin hier zu Hause. Warum sollte ich weggehen wollen?«

»Kleines Mädchen.« Clare griff nach hinten und zwickte

Lauren schmerzhaft in den Arm. »Du wirst das tun, was man dir sagt. Wenn ich es sage, wirst du nach Savannah gehen.«

Clares graue Augen waren kalt, aber so leicht gab Lauren nicht auf. »Pa, lass mich nicht nach Savannah gehen müssen.«

Tom warf Lauren einen unwirschen Blick zu. »Zum Teufel, Lauren, warum musst du immer über alles streiten? Wenn ich entscheide, dass du nach Savannah gehst, dann gehst du auch.« Er warf seiner Frau einen Blick zu und setzte hinzu: »Aber erst dann.«

Laurens Hoffnung schwand. Gegen ihre Stiefmutter würde sie nicht gewinnen. Ihr Pa würde alles tun, damit Clare glücklich war, und im Moment schien sie glücklich zu sein, wenn Pa Lauren wegschickte.

Clare lächelte, aber noch hatte Tom nicht eingewilligt, Lauren wegzuschicken. »Sie wird neue Kleider brauchen, falls du dich entschließt, sie zu ihrer Tante zu schicken.«

»Ich will nicht weg.«

»Man bekommt im Leben nicht immer das, was man will, kleines Mädchen«, sagte Clare und sah sie durchdringend an. »Dein Pa und ich werden entscheiden, was für dich am besten ist.«

Als Tom McBride den Wagen vor der Schmiede anhielt, sprang Lauren vom Wagen, um bloß Clare zu entkommen. Aber als sie die Straße überquerte, merkte sie mit sinkendem Herzen, dass Clare direkt hinter ihr war.

Sie betrat Miller's Ledergeschäft, ohne nachzudenken, und prallte gegen Garrets harte Brust.

Garret packte sie bei den Armen, um sie festzuhalten, und lächelte. »Hallo, kleiner Rotschopf. Wohin so eilig?«

»Ike hat mir einen neuen Sattel gemacht«, stieß sie hervor und hob dann zögernd den Blick. Clare war nicht weit hinter ihr. Falls Clare merkte, dass sie mit Garret sprach, würde sie es sofort ihrem Vater sagen, und dann war sie schon so gut wie in Savannah.

»Du wirst sehr hübsch aussehen, wenn du in deinem neuen Sattel sitzt«, bemerkte Garret leise und sah sie auf eine Weise an, die sie erröten ließ. Er beugte sich vor. »Triff mich morgen Mittag an der alten Weidehütte. Ich habe dir etwas Wichtiges zu sagen.«

Garret entdeckte Clare erst, als es zu spät war. Er war sich nicht sicher, ob sie alles gehört hatte.

Clare war klein, blond und schön mit ihren großen grauen Augen, und sie hatte eine Art, einen Mann anzusehen, dass es wie eine Einladung wirkte. Ein Mann, der sie nicht kannte, hätte leicht dadurch verführt werden können, aber Garret hatte sich nie zu ihr hingezogen gefühlt. Er betrachtete sie als intrigantes Biest, das nichts ohne Grund tat. Der Einzige, der nicht zu wissen schien, wie boshaft sie war, war ihr eigener Ehemann.

»Guten Tag, Mrs. McBride.« Er berührte grüßend den Hut und trat einen Schritt von Lauren weg.

»Garret Lassiter.« Clare streckte ihm die Hand hin, so dass er sie schütteln musste. »Ich habe Sie lange nicht gesehen.«

»Wir scheinen nie an denselben Orten zu verkehren, nicht wahr, Mrs. McBride?«

Clare hasste Garret und seine ganze Familie. Immer schien er auf sie herabzusehen, und er war nicht der Mann, der versuchte, seine Abneigung zu verbergen. Lauren zuliebe rang Clare sich ein Lächeln ab. Ihre Hand hielt seine fest, als er sie zurückziehen wollte. »Sie sind immer so förmlich, Garret. Ich weiß nie, was Sie wirklich über mich denken.« Sie senkte die langen Wimpern und fuhr sich mit der Zunge über die Lippen. »Sie sind ein Rätsel.« Jetzt gab sie ihn frei. »Aber unter der Oberfläche sind alle Männer gleich.« Ihr Blick wanderte über seinen muskulösen Körper und verhielt unterhalb seines Gürtels. »Nicht wahr?«

Garret war von Clares Spiel angeekelt. Noch ärgerlicher wurde er, als es wirkte. Lauren wurde blass und kam zu genau dem Schluss, den Clare angestrebt hatte. Garret hatte nicht vor, von Clare dazu benutzt zu werden, Lauren in Verlegenheit zu bringen, deshalb verabschiedete er sich mit einem »Guten Tag, Lauren.« Er wollte an Clare vorbeigehen, aber sie ließ ihre Hand über seinen Arm gleiten, bis sie auf seiner breiten Schulter ruhte.

»Mrs. McBride«, erklärte er und zog ihre Hand weg. »Ich möchte nicht, dass irgendjemand glaubt, wir wären Freunde. Das würde Ihrem Mann nicht gefallen.« Damit ging Garret und schloss die Tür, ehe Clare etwas erwidern konnte.

Clare wandte sich an ihre Stieftochter. »Na, der hatte es aber eilig, was?« Sie zuckte die Achseln. »Er sieht sehr gut aus und … so männlich. Ich konnte seine Muskeln durch das Hemd hindurch fühlen. Aber ich verstehe so gut wie nie, wovon er eigentlich spricht. Doch eine Frau kann leicht ihr Herz an ihn verlieren.« Sie sah Lauren an. »Er kann jede Frau haben, die er will, weißt du? Mach dir keine Hoffnungen in der Richtung, er würde dir nur das Herz brechen. Glaub mir, wenn ich von einem etwas verstehe, dann von Männern.«

»Dich will er anscheinend nicht, Clare«, bemerkte Lauren schneidend. »Er konnte gar nicht schnell genug von dir wegkommen.«

Unsicher wandte Clare sich um und sah zu, wie Garret sein Pferd bestieg. Wütend sah sie ihm nach, als er davonritt. Als sie dann Lauren wieder ansah, war ihre Miene gefasst. »Oh, er mag mich schon. Aber das kann er ja schlecht vor der Tochter meines Mannes zeigen, nicht wahr?«

»Ich will nichts hören von dem, was du über Garret sagst.«

»Schön, aber eins sage ich dir: Er wird wahrscheinlich ein paarmal mit dir im Heu rollen und dich dann vergessen. Männer, vor allem so attraktive, sind so wankelmütig.«

»Ich sagte, ich will es nicht hören.«

»Warum sollst du von einer erfahrenen Frau nicht die Wahrheit über die Männer hören?« Clare lachte und ergriff Laurens Arm, als wären sie die besten Freundinnen. »Wenn ich Garret Lassiter ins Heu locken könnte, würde ich ihm etwas bieten, das er nie mehr vergisst.«

Lauren wandte sich ab, ein schwaches Gefühl in der Magengrube. »Ich glaube nicht, dass das Garret reizen könnte. Du bist nicht sein Typ.«

»Und du meinst, dass du es bist?«, fragte Clare schneidend. »Vielleicht ist er gegangen, weil er sich vorgestellt hat, wie sich meine Lippen auf seinen wohl anfühlen.«

Lauren kämpfte mit den Tränen. »Egal, was du sagst, ich würde dir nie glauben, dass Garret die Frau eines anderen berührt.«

»Nun, denk mal nach. Ich habe gehört, dass es ein Mädchen in Virginia gibt, das er bald heiraten wird –

jemand aus guten Kreisen. Wie gefällt es dir, wenn Garret seine Südstaatenlady heiratet und hier nach Texas bringt, kleines Mädchen?«

Clare verspürte Genugtuung, als Lauren zusammenzuckte und den Kopf senkte. »Ich dachte mir, dass dich das nachdenklich stimmt. Frag deinen Garret beim nächsten Mal, ob er verliebt ist.«

»Er ist nicht mein Garret. Und ich weiß, dass er heiraten wird.« Lauren riss ihren Arm aus Clares Griff. »Ich bin nicht so dumm zu glauben, dass er je so an mich denken würde.«

»Dann vergiss ein für alle Mal alle zärtlichen Gefühle, die du für Garret Lassiter hegen magst. Er ist nichts für dich. Seine Familie ist Landadel aus den Südstaaten. Die Lassiters heiraten immer nur ihresgleichen. Sie heiraten immer nur *Damen*.«

Lauren konnte kaum atmen, so sehr verletzten sie Clares Worte. »Ich habe nicht daran gedacht, ihn zu heiraten. Ich bin zu jung, um überhaupt zu heiraten.«

Clare versuchte eine neue Taktik. »Ich habe gehört, dass deine Tante, genau wie deine Mutter, als Dame gilt. Vielleicht könnte sie aus dir auch eine Dame machen.«

Lauren fuhr herum, und ihre roten Haare fielen ihr auf die Schultern. »Ich weiß, warum du mich weghaben willst. Du hast Angst, dass ich Pa davon erzähle, dass du immer versucht hast, Tanner in dein Bett zu bekommen.«

Laurens Blick glitt ab, als Clares Augen kalt wurden. »Ich werde es Pa nicht sagen, aber nicht, um dich zu schützen. Ich werde es ihm nicht erzählen, weil es ihn umbringen würde, wenn er wüsste, wie du dich bei anderen Männern aufführst.«

Clares Stimme war kalt. »Du weißt gar nichts über Tanner und mich.«

»Ich weiß mehr, als du denkst. Deinetwegen ist Tanner gegangen. Wenn du mich los bist, willst du dann dein Glück bei Stone versuchen, bis auch er geht?«

»Lass uns nicht über mich reden«, warnte Clare. »Glaub nur nicht, dein Pa würde dir auch nur ein Wort davon glauben.«

»Pa hat dir geglaubt, als du gesagt hast, Tanner hätte dich in sein Bett holen wollen. Es stimmte nicht, aber er hat dir, nicht meinem Bruder geglaubt. Es hat dir sicher Leid getan, dass Pa Tanner aus dem Haus getrieben hat, nicht wahr? Tanner wollte dich nicht – nie!«

Clare sah Lauren mit einem solchen Hass an, dass sie sich abwenden musste. »Lass uns über Garret und dich reden, ja? Auch wenn du es nicht zugibst, weiß ich, dass du denkst, du wärest in ihn verliebt. Seine Familie lässt nicht zu, dass er eine wie dich heiratet.« Clare dachte nach, ehe sie weitersprach. »Wer weiß, mit ein bisschen Politur durch deine Tante in Savannah« – sie ergriff Lauren am Arm und führte sie dorthin, wo Tom auf sie wartete – »wer weiß, vielleicht kommst du als jemand zurück, der Garret ebenbürtig ist?«

»Du versuchst nur, mich loszuwerden.«

Clare holte tief Luft, als würde sie sich um Geduld bemühen. »Oh, ich denke, du wirst gehen. Hier gibt es nichts für dich. Du bist so ein hausbackener, sommersprossiger Rotschopf. Es wird schwer werden, einen Mann dazu zu bringen, über deine Nachteile hinwegzusehen, weißt du.«

Lauren stiegen die Tränen in die Augen, und ärgerlich

wischte sie sie weg. »Warum sollte es mich kümmern, was die Männer über mich denken? Ich brauche niemanden!«

Clare packte sie und drehte sie herum, ohne auf die neugierigen Blicke der Passanten zu achten. »Das ist gut, denn du wirst nie einen Mann bekommen, der zählt. Vielleicht hat irgendwann mal ein abgehalfterter Cowboy Mitleid mit dir, aber mehr kannst du nicht erwarten.«

Lauren war an die Grausamkeit ihrer Stiefmutter gewöhnt, aber am meisten traf es sie, wenn sie ihr ihre Makel ins Gesicht rieb. »Tu nicht so, als ob es dich kümmerte, wie es mir ergeht, Clare. Wir wissen beide, dass dem nicht so ist.«

»Du hast Recht, es ist mir völlig egal, was mit dir passiert. Ich will nur nicht, dass du den Rest deines Lebens bei mir im Haus herumhängst. Ich kriege von deinem Pa immer das, was ich will, und ich will, dass du gehst. Hast du mich verstanden?«

»Wahrscheinlich kannst du es nicht abwarten, Pa zu erzählen, dass ich mit Garret gesprochen habe.«

Clare machte ein nachdenkliches Gesicht. »Du musst wissen, dass es zwischen Mann und Frau keine Geheimnisse gibt.«

»Keine Geheimnisse, Clare? Ich kann nur ahnen, was du Pa alles verheimlicht hast. Wenn du ihm je die Wahrheit über dich erzählen würdest, wärest du die, die gehen muss.« Sie hob den Kopf. »Es ist mir egal, wenn du ihm von Garret erzählst. Du warst diejenige, die die Finger nicht von ihm lassen konnte. Das würde Pa sicher sehr interessieren.«

Clare ging schweigend neben Lauren her, als müsste sie

über ihre nächsten Worte gut nachdenken. »Ich werde deinem Pa nichts von Garret erzählen.«

Lauren senkte geschlagen den Kopf und ballte die Fäuste. »Warum kann Pa nicht erkennen, wie du wirklich bist? Alle anderen tun es doch auch.«

Clare lachte höhnisch auf. »Dein Pa sieht genau das, was er sehen soll, und nichts anderes. Denk daran, falls du etwas gegen mich sagen willst.« Sie trat Lauren in den Weg und senkte die Stimme. »Entweder sagst du deinem Pa, dass du nach Savannah gehen willst, oder du wartest, bis ich dich dazu zwinge. Du hast die Wahl.«

Lauren trat in die heiße Schmiede und sah sich suchend nach ihrem Vater um. »Lass mich in Ruhe.«

Clare stampfte mit dem Fuß auf und schluckte ihren Ärger. Es würde schwer werden, Laurens Willen zu brechen. Aber sie würde es schaffen, so oder so. Garret war Laurens schwache Stelle, und ihn würde sie benutzen, um Lauren ein für alle Mal aus dem Haus zu bekommen. Sie hatte nicht die Absicht, die Circle M und Toms Geld mit einem seiner Kinder zu teilen. Nun, vielleicht mit Tanner, aber mit keinem der anderen.

»Tom«, rief sie und trat in die Schmiede. »Deine Tochter ist schon wieder störrisch. Bringe sie doch dazu, dass sie mit mir ins Warenhaus geht.«

Tom funkelte seine Tochter an. »Was ist mit dir los, Mädchen? Ich dachte, ihr Frauen kauft euch gerne neuen Tand. Geh mit deiner Stiefmutter und ärgere sie nicht.« Dann fiel ihm der verlorene Ausdruck auf Laurens Gesicht auf. »Hast du deinen Sattel?«

Sie schüttelte den Kopf. »Nein. Das habe ich vergessen.«

»Zum Teufel, Mädchen, kannst du denn gar nichts richtig machen?«

Sie senkte den Kopf. »Ich glaube nicht.«

Er sah sie hilflos an. »Tanner und du habt immer nur Ärger gemacht. Warum kann ich nicht respektvolle Kinder haben wie –«

»Wie die Lassiters?«, warf Clare ein und sah Lauren drohend an, um sie daran zu erinnern, dass ein Wort von ihr über Garret Tom wütend machen würde. »Wie Garret Lassiter?«

»Ich komme mit dir, Clare«, antwortete Lauren und begab sich rasch nach draußen, die Niederlage schwer auf den Schultern.

Clare folgte ihr und lächelte so selbstzufrieden wie immer, wenn sie ihren Willen bekam. »Ich habe es dir doch gesagt – ich bekomme immer, was ich will, kleines Mädchen. Versuche, das nicht zu vergessen. Das wird uns beiden viel Ärger ersparen.«

4

Clare sah sich um, um sicherzugehen, dass sie auch niemand beobachtete, und schlüpfte dann in die Scheune. Es war dunkel hier, nur durch die Heuluke drang etwas Licht. Als sie den ersten Verschlag erreichte, nickte sie zufrieden.

Er war leer.

Manuelo hatte genau das getan, was sie ihm aufgetragen hatte. Alle Pferde waren auf die Ostweide getrieben worden, alle bis auf eines: Raja.

Vorsichtig näherte sie sich Rajas Box, denn sie hatte Angst vor dem Pferd, und das mit gutem Grund. Der Hengst bäumte sich auf und schnaubte; wütend legte er die Ohren an.

Er war ein Killer!

Raja hatte einen der Helfer letztes Jahr zertrampelt – ihn in den Boden gestampft, ehe jemand ihn daran hindern konnte. Damals hätte man das Pferd erschießen müssen, aber Tom hatte nicht zugelassen, dass jemand seinem Preishengst etwas antat. Es gab kein Pferd, das Tom McBride nicht reiten konnte, und es machte ihm besonderen Spaß, diesen schwarzen Teufel zu bezwingen.

Clare lächelte zufrieden und gratulierte sich zu ihrer Klugheit. Niemand würde ihr die Schuld geben, wenn

Lauren sich entschloss, Raja zu reiten. Wer hätte gedacht, dass Raja das Werkzeug sein würde, um sie von ihrer ermüdenden Stieftochter zu befreien? Selbst wenn das Pferd Lauren nicht umbrachte, würde ihr Pa so wütend darüber sein, dass sie das Tier geritten hatte, dass er sie sofort zum Packen schicken würde.

Clare hatte gehört, was Garret zu ihrer Stieftochter gesagt hatte. Sie hatte keinen Zweifel daran, dass Lauren sich mit ihm in der alten Hütte treffen wollte – selbst wenn sie Raja reiten musste, um dorthin zu kommen.

Lauren war dickköpfig und würde das Verbot, sich Raja auch nur zu nähern, nicht beachten. Lauren handelte immer impulsiv, und darauf verließ sich Clare jetzt.

Manuelo war ihr treu ergeben, und sie konnte sich darauf verlassen, dass er nicht verraten würde, dass sie ihn beauftragt hatte, die anderen Pferde auf die Weide zu bringen. Sobald Lauren losritt, würde sie ihn die Pferde zurückbringen lassen, bevor Tom nach Hause kam. Manuelo lebte dafür, Clare zu Diensten zu sein, und sie würde das wie schon früher zu ihrem Vorteil ausnutzen.

Lauren griff sich ihren Hut, setzte ihn auf und eilte aus dem Haus. Als sie in die Scheune trat, war sie schockiert, dass alle Pferde fort waren. Warum hatte ihr Pa sie auf die Weide geschickt, wenn sie doch auf der Ranch gebraucht wurden? Das war sehr seltsam.

Ein Geräusch am Ende des Stalles weckte ihre Aufmerksamkeit, und sie ging zu Rajas Box. Der schwarze Hengst scharrte auf dem Boden und wich mit rollenden Augen zurück. Das Tier war von einer wilden Schönheit und würde sich nie völlig zähmen lassen. Aber er war ein Schurke und Killer, und das stieß Lauren ab. Warum behielt ihr Vater so ein Tier?

Enttäuscht stellte sie fest, dass auch die Koppel leer war. Sie würde Garret heute nicht treffen können.

Langsam ging sie in den Stall zurück und bewegte sich auf Rajas Box zu. Der Hengst wieherte und bäumte sich auf. »Raja«, begann sie mit ruhiger Stimme. »Thomas J. McBrides Stolz wird jetzt von Thomas J. McBrides Tochter geritten werden.«

Lauren rannte zur Sattelkammer und legte sich den Sattel auf die Schulter. Wenn ihr Pa Raja reiten konnte, konnte sie es auch. Sie erinnerte sich, dass er einmal gesagt hatte, er gebe Raja immer den Kopf frei und lasse ihn rennen, bis er müde sei, dann könne man besser mit ihm umgehen.

Es war überraschend leicht, das Pferd zu satteln, aber als sie Raja aus dem Stall führte, zog er zurück und wieherte erneut. Lauren beruhigte ihn mit leiser Stimme und schwang sich dann in den Sattel.

Als sie ihn antrieb, schoss er mit Höchstgeschwindigkeit los, und Lauren unternahm keinen Versuch, ihn zu zügeln.

Clare zog den Vorhang zurück und sah lächelnd zu, wie Lauren davonritt. »Es gibt verschiedene Wege, um nach Rom zu kommen«, flüsterte sie. »Ich habe meinen Teil getan, jetzt kann Raja den Rest übernehmen.«

Manuelo strich sich besorgt über seinen dünnen grauen Schnurrbart. »Dieses Pferd wird Señorita Lauren vielleicht töten. Ist es das, was Sie wollen?«

»Wenn es die einzige Möglichkeit ist, sie loszuwerden, dann ja.«

Manuelo nickte. »Wenn Sie das so wollen, Señora, dann soll es so sein.«

Lauren hatte noch nie ein besseres Pferd geritten. Ihr Vater hatte Recht – Raja war herausragend. Sie brauchte alle Kraft, um ihn zurückzuhalten, aber sie lachte dabei und hatte das Gefühl zu fliegen. Er bewegte sich fließend und war das kräftigste Pferd, das sie je geritten hatte.

Nach einer Weile verlangsamte Lauren den Hengst zu verhaltenem Galopp und genoss seinen weichen Gang. Er war ein bisschen schreckhaft und scheute, als ein Hase über den Weg lief, aber sie konnte ihn halten, indem sie die Zügel anzog und sich mit den Knien an seine Flanken klammerte. Es war unglaublich, so ein feuriges Pferd zu reiten.

Als sie sich der alten Hütte näherte, klopfte ihr Herz vor Aufregung. Sie stieg ab, band das Pferd an einen Baum und tätschelte ihm die Flanken. Garret war noch nicht da. Sie sah in die Richtung, aus der er kommen musste, aber er war nicht zu sehen.

Als sie auf die Hütte zuging, traf ihr Fuß auf zerbrochenes Steingut. Viel war von dem alten Haus nicht mehr übrig. Die Pfähle waren verrottet und zerfallen, und die Tür hing nur noch an einer Angel. Die Vorstellung, dass hier einmal eine Familie zu Hause gewesen war, machte sie traurig. Sie fragte sich, warum sie es wohl verlassen hatten – harte Zeiten oder auch Indianer. Vielleicht sogar ihr Pa, der nicht duldete, dass sich Fremde auf seinem Land niederließen. Wenn Tom McBride ärgerlich war, brachte er alle zum Zittern.

Sie warf einen Blick in die Ruine, blieb aber lieber draußen. Wahrscheinlich wimmelte es hier von Klapperschlangen. Sie hörte jetzt Hufschlag und hielt den Atem an, als Garret über den Hügelkamm auf sie zugeritten kam. Auf seinem weißen Araber sah er großartig aus.

Er stieg ab und kam mit großen Schritten auf sie zu. Je näher er kam, desto schneller schlug ihr Herz. Ob er wohl lachen würde, wenn er wüsste, dass sie ihn liebte?

Wahrscheinlich.

»Ich war mir nicht sicher, ob du kommen würdest«, begrüßte sie ihn und sah zu ihm auf. Garret hatte die Sonne im Rücken und sah aus, als wäre er von einem Heiligenschein umgeben. »Aber du bist gekommen.«

Er lächelte. »Daran bestand nie ein Zweifel. Ich war nur nicht sicher, ob du wegkommst.«

»Das wäre ich fast auch nicht. Ich musste Raja reiten.«

Garret fuhr herum und betrachtete den schwarzen Hengst, dann sah er Lauren mit gerunzelter Stirn an. »Was soll das heißen, dass du dieses Pferd geritten hast? Es hat einen Mann getötet!«

Sie zuckte die Achseln. »Ich kann gut mit ihm umgehen.«

Garret sah Lauren an, als wäre sie verrückt geworden. »Ich kann mir nicht vorstellen, dass dein Vater dir erlauben würde, dieses Pferd zu reiten. Ich erlaube es ganz bestimmt nicht. Was hast du dir dabei gedacht?«

Seine Stimme klang streng. Er hatte noch nie zuvor ärgerlich mit ihr gesprochen, und sofort weckte das ihren Trotz. »Ich kann mit ihm umgehen, ich habe ihn hergeritten, oder?«

»Nun, du wirst ihn aber nicht zurückreiten. Ich bringe

dich nach Hause, selbst wenn dein Vater mich erschießt.«

»Nein, das tust du nicht!« Sie war noch nie wütend auf Garret gewesen, war jetzt aber nahe daran. »Ich werde dich nicht lassen.«

Garret holte tief Luft. »Warte nur ab. Ich erlaube es nicht, dass du auf diesem Teufel nach Hause reitest.«

Ein Teil von ihr genoss es, dass er sich um ihre Sicherheit sorgte, ein anderer Teil wehrte sich dagegen, dass irgendein Mann ihr sagen wollte, was sie zu tun hatte. Sie wollte von niemandem Befehle annehmen.

»Wir sprechen später über das Pferd«, schlug Garret vor, als er ihre ärgerlich geröteten Wangen sah. Lauren war viel impulsiver, als für sie gut war.

Lauren schirmte die Augen gegen die Sonne ab. »Ich konnte die ganze Nacht nicht schlafen, weil ich so gespannt bin, was du mir zu sagen hast.«

Er zog sie in den Schatten der Hütte. »Ich habe ein paar Neuigkeiten für dich und wusste nicht, wie ich sie dir sonst sagen kann. Mir ist klar geworden, dass ich vielleicht der Anlass für Ärger mit Clare war. Es tut mir Leid, wenn das so ist.«

»Ich ... glaube nicht, dass sie von unserem Treffen etwas weiß.« Sie machte ein verwirrtes Gesicht. »Was für Neuigkeiten?«

»Es geht um Tanner. Ich weiß, was du dir für Sorgen um ihn machst. Ich habe dir ja gesagt, dass ich mich erkundigen werde.«

Hoffnungsvoll sah sie ihn an. »Du weißt, wo mein Bruder ist?«

»Ich weiß, wo er vor zwei Monaten war. Einer von den

Farmhelfern hat ihn in Pecos gesehen. Tanner hatte bei einem Treiber angeheuert, der nach El Paso wollte.

Sie betrachtete ihre Stiefelspitzen. »El Paso. Das ist weit weg.«

»Tanner wird eines Tages nach Hause kommen, Lauren«, versicherte Garret sanft. »Das weißt du doch.«

Lauren sah ihn an und wünschte, sie könnte ihm ihre Gefühle gestehen, aber das war unmöglich. Wenn er erfuhr, dass sie ihn liebte, würde ihre Freundschaft sofort enden. »Es ist nett, dass du dich erkundigt hast. Es beruhigt mich zu wissen, dass Tanner vor zwei Monaten noch am Leben war.«

Garret schraubte seine Wasserflasche auf und reichte sie ihr. »Ich habe dir doch gesagt, dass Tanner zäh ist. Mach dir keine Sorgen um ihn, das würde er nicht wollen.«

Sie trank und dachte dabei, dass ihre Lippen jetzt da lagen, wo Garrets gewesen waren. Sie fühlte sich ganz schwach und setzte die Flasche ab. Als sie sie ihm zurückgab, wünschte sie, sie hätte nicht solche Gedanken.

»Danke«, sagte sie.

Garret betrachtete Lauren und dachte, dass sie blass aussah. Vielleicht war sie schon zu lange in der Hitze. »Geht es dir gut, Lauren?«

»Ja. Warum sollte es nicht?« Sie runzelte die Stirn.

»Es war nur eine Frage. Manchmal mache ich mir Sorgen um dich.«

Seine Freundlichkeit rührte sie, und sie sah ihn an. »Du machst dir um mich Sorgen?«

Er griff nach einer roten Locke und hielt sie in den Fingern. »Einer muss es ja, kleiner Rotschopf.« Er wickelte sich die Locke um den Finger. »Gibst du mir eine Locke deines Haares, nur für den Fall, dass du weggeschickt wirst und ich dich nicht mehr sehen kann?«

Sie hatte gedacht, Männer baten nur um Locken von Frauen, die sie liebten. Sicher neckte er sie. »Wenn … du das willst.«

Er zog ein Messer, das er im Gürtel trug. »Es ist scharf, dann ziept es nicht.«

Ehe Lauren wusste, wie ihr geschah, hatte er sich eine Locke abgeschnitten. Er verstaute sie in seiner Tasche, steckte das Messer zurück und lächelte. »So, wenn ich mich jetzt an deine Haarfarbe erinnern will, habe ich immer eine Erinnerung.«

Sie errötete und senkte den Kopf. »Machst du das oft? Sammelst du Locken als Trophäen?«

Er lachte und sah sie voller Bewunderung an, ehe er eine Hand an ihre Wange legte. »Nein, Süße, ich habe nur deine Locke. Wozu sollte ich die von anderen haben wollen?«

Er hatte sie Süße genannt! Und er wollte eine ihrer Locken. So hatte er sich noch nie verhalten. Sie sah, wie er vor ihr zurückwich, als wenn er sie nicht berühren wollte, und war verwirrter denn je.

Garret musste ein bisschen Abstand zwischen sich und Lauren bringen. Nach einer Weile sah er sie wieder an. »Bist du bereit, dich von mir nach Hause bringen zu lassen?«

Sie war enttäuscht, dass er schon gehen wollte. »Garret«, begann, sie, um ihr Treffen zu verlängern. Sie wollte außerdem nicht von ihm nach Hause gebracht werden. Ihr Vater würde ihn sofort erschießen. »Weißt du schon, wen du heiraten wirst?«, platzte sie heraus und wünschte auf der Stelle, sie könnte ihre Worte zurücknehmen.

Garret schwieg lange und beobachtete, wie der Wind mit Laurens Locken spielte. Er widerstand der Versuchung, eine Locke zu berühren, die ihr ins Gesicht gefallen war. »Ja, ich weiß es. Kennst du das, wenn man sich bewusst wird, dass eine die Richtige ist und dass man, egal, wie lange man sucht, keine Bessere finden wird, die so gut zu einem passt?«

Lauren schmerzte das Herz, und Tränen stiegen ihr in die Augen. Ja, sie wusste, wovon er sprach, denn so erging es ihr ja mit ihm. »Du sprichst von Liebe.«

Seine tiefe Stimme klang rau. »Ja, von Liebe.« Seine Stimme wurde weich, und seine Augen blickten gequält, was sie nicht verstand. »Von der Liebe, die ein Leben lang hält, Lauren.«

»Davon weiß ich nichts, Garret.« Sie spürte, wie ihr Herz zerbrach. »Kenne ich sie?«, fragte sie dann.

Er lächelte. »Ich bezweifele, dass sie sich im Moment selber kennt. Aber ich bin bereit zu warten, bis sie so weit ist, dass sie mich anhört.« Dann setzte er hinzu: »Ich weiß natürlich nicht, ob die Dame meiner Wahl mich haben will.«

Sie konnte sich nicht vorstellen, dass eine Frau nicht Garrets Frau sein wollte. Enttäuschung brannte in ihr, und sie wagte es, den Blick zu Garret zu heben. »Ich will niemals heiraten«, verkündete sie und versuchte, sich die porzellangleiche Dame vorzustellen, die Garrets Frau werden sollte.

»Das sagst du jetzt, weil du noch so jung bist. Eines Tages wirst du anders darüber denken.«

Sie musste mehr über die Frau wissen, die er liebte. »Erzähl mir von ihr. Würde ich sie mögen?«

Er hob eine dunkle Braue. »Ich mag sie mehr als jeden, den ich kenne. Sie steht kurz davor, das Leben zu entdecken.«

Er sah sie an, als könnte er sich in einer Sache nicht entscheiden. Oder, dachte Lauren, er wollte nicht über die Dame seiner Wahl reden. Sie trat wie von selbst näher zu Garret. »Ich … habe mich nur … gefragt, wie sie wohl ist.«

»Ich hoffe nur, wenn ich um ihre Hand anhalte, dass sie dann so empfindet wie ich.«

Lauren wollte den Kopf abwenden, aber er umfasste ihr Kinn und hielt sie fest. »Ich kann nur hoffen, dass ich meiner Liebsten auch nur halb so viel bedeute wie sie mir.«

Lauren riss sich los, so verzweifelt, dass sie kaum die Tränen zurückhalten konnte. Die Wahrheit hallte in ihrem Kopf. Garret würde niemals ihr gehören. Die ganze Zeit hatte sie insgeheim gehofft, dass er sie liebte. Aber diese Hoffnung war nun zerstört.

»Sie wird dich lieben«, sagte Lauren und versuchte nicht zu zeigen, dass sie am Boden zerstört war.

»Meinst du?«

Lauren sah, wie seine Augen dunkel wurden. »Ja«, bekräftigte sie und spürte, wie seine Finger an ihrer Wange zitterten. Warum wohl?

»Ich sollte dich jetzt nach Hause bringen, Lauren.«

Einen wilden Moment lang wünschte sie sich, sie könnte seinen Mund auf ihrem fühlen. Sollte er seine Dame heiraten, alles was sie wollte, war ein Kuss! Ohne nachzudenken schmiegte sie sich an ihn und schlang ihm die Arme um den Hals. Dann drückte sie rasch ihre Lippen auf seinen Mund, ehe er reagieren konnte.

Erst war Garret überrascht, aber dann zog er sie fest an sich und erwiderte den Kuss.

Hitze überwältigte sie, als sie eine neue Dimension des Lebens kennen lernte, Liebe und Verlangen. Leidenschaft verzehrte ihren jungen Körper. Sie hatte nicht gewusst, dass ein Kuss so viele Gefühle auslösen konnte – mächtige Gefühle, die sie nicht verstand.

Garret hielt sie fest und küsste sie, und in dem Moment gehörte er nur ihr.

Das ist der Mann, für den ich geboren bin! Das ist der Mann, den ich bis zum Lebensende lieben werde!

5

Benommen drückte Garret Lauren an sich, und sein Herz hämmerte. Das hatte er sich gewünscht, davon hatte er geträumt, aber noch nicht jetzt – nicht jetzt. Sie war noch zu unerfahren, um seine Liebe zu verstehen. Sie war so süß und vetrauensvoll und erkannte gar nicht, dass sie in ihm ein Feuer geschürt hatte, das er nicht kontrollieren konnte. Ohne den Kuss zu unterbrechen, zog er sie noch näher. Seine Zunge drang in ihren Mund und liebkoste sie, bis sie vor Leidenschaft aufstöhnte.

Garret seufzte. Er fasste sie an den Schultern und hob den Kopf, um rasch einen Schritt zurückzutreten. Eines Tages würde er sie haben, aber nicht heute. »Ich hätte es nie so weit kommen lassen dürfen, Lauren. Sag, dass du mir verzeihst.«

Sie wussten beide, dass der Kuss von ihr ausgegangen war, aber er war ein Gentleman. Seine Ritterlichkeit erhöhte nur ihre Beschämung. Wie hatte sie nur so etwas tun können?

Lauren raffte ihren Stolz zusammen, um sich zu retten. »Ich gehe jetzt«, kündigte sie an und wandte sich zu Raja um. Sie wollte nicht, dass Garret Zeuge ihres Zusammenbruchs wurde, der jeden Moment bevorstand. Ihre Kühnheit musste ihn schockiert haben; vielleicht dachte er sogar, dass sie sich bei jedem Mann so verhielt, den sie traf. Er konnte ja nicht wissen, dass das ihr erster Kuss gewesen war. Wenn sich doch der Boden unter ihren Füßen öffnen und sie verschlingen würde – sie hätte es verdient.

»Lauren, bitte geh nicht so. Ich muss dir sagen –«

Sie ging nur noch schneller. »Vergiss das eben, bitte. Ich weiß nicht, wie das passieren konnte.«

Jetzt hatte er sie eingeholt und drehte sie zu sich herum. »Du hast nichts Falsches getan, Lauren. Bitte quäle dich nicht selbst.«

Seine Freundlichkeit machte alles nur noch schlimmer. »Lass mich jetzt alleine.«

»Nein, das werde ich nicht. Ich werde nicht zulassen, dass du dieses Pferd reitest, Lauren. Ich habe dir doch gesagt, dass ich dich nach Hause bringe.«

Sie wünschte, er würde einfach gehen. »Ich bin auf Raja hergekommen und werde auf ihm auch wieder zurückreiten.«

Sie riss sich aus seinem Griff und wandte sich Raja zu. Ihre plötzliche Bewegung erschreckte den Hengst, und er bäumte sich auf und schlug mit den Hufen durch die Luft. Er legte die Ohren an und verdrehte die Augen, bis man das Weiße sah. Dann riss Raja sich von dem Ast los, an den er gebunden war, und ging auf Lauren los.

Das Pferd war völlig außer Kontrolle geraten, das sah Lauren sofort. Sie wich zur Seite aus, um den tödlichen Hufen zu entkommen, stolperte und fiel auf den Rücken, wobei sie sich den Kopf hart am Boden anschlug. Die Hufe schwebten über ihr, und sie wusste, dass er sie zertrampeln würde. Vor Angst konnte sie sich nicht bewegen.

Ein Schuss fiel. Das wundervolle Tier, der Preishengst ihres Vaters, senkte den Kopf und schüttelte die Mähne wie in letzter Verweigerung. Dann knickten ihm die Vorderbeine ein, ehe er auf die Seite fiel, eine Kugel im Kopf.

Entsetzt sah Lauren, wie das Tier noch einmal zuckte und dann starb.

Garret warf sein Gewehr weg und eilte zu ihr. Dort fiel er auf die Knie und tastete voller Angst, dass das Pferd sie verletzt haben könnte, Arme und Beine ab.

Lauren spürte etwas Warmes, Klebriges auf der Stirn und erkannte, dass sie vom Blut des Hengstes bespritzt worden war. Sie wollte aufstehen, zitterte aber so sehr, dass die Beine ihr den Dienst versagten. Garrets Griff wurde fester.

»Du hast ihn getötet!«, wisperte Lauren und sah Garret in die Augen. »Du hast Pas Pferd getötet!«

Garret zog sie so eng an sich, dass er sie zittern spürte. Sie hatte nicht halb so viel Angst ausgestanden wie er.

Fast hätte er sie verloren.

Was, wenn er danebengeschossen und das Pferd sie vor seinen Augen zertrampelt hätte? »Du bist unversehrt, Liebling! Nur das zählt. Es ist vorbei.«

Sie schluchzte jetzt. »Warum … warum?«

»Dieses Pferd hätte dich getötet, Lauren. Das konnte ich nicht zulassen.«

Ehe Lauren noch etwas sagen konnte, hörte sie Reiter herankommen. Rasch zog sie sich von Garret zurück und stand mit zitternden Beinen auf.

»Das ist wahrscheinlich Stone. Ich werde mit ihm zurückreiten. Du gehst jetzt besser, Garret. Ich weiß nicht, was Stone sonst mit dir macht.«

»Lauren –«

»Ich weiß, dass du es tun musstest.« Sie wusste auch, dass ihr Vater Garret und ihr Rajas Tod nie vergeben würde. Eine seltsame Ruhe überkam sie, als sie die Tatsache akzeptierte, dass Clare gewonnen hatte. Sie würde nach Savannah gehen. Es spielte jetzt auch keine Rolle mehr. Sie wollte nicht in der Nähe sein, wenn Garret seine neue Frau nach Hause brachte.

Garret sah in ihre kühlen blauen Augen. »Wir sprechen später darüber, Lauren. Geh nicht im Zorn von mir.«

»Ich bin nicht zornig, Garret. Ich verstehe, warum du Raja erschossen hast. Aber ich werde dich nicht wiedersehen. Pa wird mich jetzt nach Savannah schicken.«

Er schloss die Augen und hatte das Gefühl, als wenn sie ihn geschlagen hätte. »Es geht gar nicht um das Pferd, nicht wahr?«

»Reite jetzt los, ehe Stone hier ist.«

»Lauren, lass uns darüber reden. Ich will dir sagen, wie ich –«

Sie hob den Kopf und sah ihrem Bruder entgegen. »Du gehst besser, ehe mein Bruder hier ist«, wiederholte sie.

»Lauren, wir können es nicht dabei belassen.«

Sie kniete sich hin und legte die Hand auf den schlanken Hals des Hengstes, während ihre Kehle eng wurde. »Ich bin dir dankbar dafür, dass du mich gerettet hast. Aber Pa wird auf dich und mich wütend sein.«

Mittlerweile war Stone abgestiegen und kam mit dem Vormann der Circle M auf sie zu. Stone ergriff Laurens Hand und riss sie hoch, während der Vormann Jeb das Pferd untersuchte.

»Ich habe dir gesagt, dass du von meiner Schwester fernbleiben sollst, Garret. Anscheinend hast du nicht zugehört.«

Lauren umklammerte den Arm ihres Bruders. »Bring mich einfach hier weg.«

Stone zog sie noch enger an sich und sah Garret durchbohrend an. »Ich habe aus der Ferne gesehen, was passiert ist. Du hattest keine andere Wahl, als Raja zu erschießen. Dennoch würde ich mich an deiner Stelle rar machen. Pa wird nicht freundlich aufnehmen, was du getan hast.«

Garret verzog ärgerlich die Lippen. »Ich habe keine Angst vor deinem Vater, Stone.«

»Nun, das solltest du aber. Er könnte dich umbringen wollen, weil du meine Schwester hier rausgelockt hast.«

»Deiner Schwester hat von mir nie eine Gefahr gedroht, Stone.«

Stone sprach nicht laut, aber dennoch schwang eine Drohung in seiner Stimme mit. »Ich sage dir jetzt zum letzten Mal, dass du dich von Lauren fern halten sollst. Ich weiß nicht, was du mit ihr vorhast, aber dazu wird es nicht kommen.«

Garret bemerkte, wie blass Lauren war, und wusste, dass das alles zuviel für sie war. »Bring sie nach Hause, Stone.« Damit wandte er Stone den Rücken zu und ging zu Jeb, der den Sattelgurt durchschnitten hatte und versuchte, ihn unter dem toten Tier hervorzuziehen. Garret half ihm.

»Stone hat Recht, was den Boss angeht«, warnte Jeb. »Er wird erst schießen und dann die Fragen stellen.«

»Was hättest du an meiner Stelle getan, Jeb?«

»Ich hätte das verdammte Biest erschossen, genau wie du«, gab der große Vormann zu. »Aber ich bin mir nicht sicher, ob der Boss mich dann nicht auch erschossen hätte.«

Stone feuchtete sein Taschentuch an und begann, Lauren das Blut aus dem Gesicht zu wischen.

Als er sie auf sein Pferd hob, weinte sie und sah nicht zurück, als sie davonritten. Ihr Herz war gebrochen und würde nie mehr heilen. Sie hatte das Gefühl zu ersticken. Garret dachte, dass sie ihm die Schuld für den Tod des Pferdes gab, aber das tat sie nicht. »Ich möchte aus Texas fortgehen, Stone.«

Er rückte im Sattel hin und her und sah sie an. »Ist zwischen Garret und dir etwas vorgefallen?«

»Nein. Nicht so, wie du meinst. Garret würde mir nie etwas tun. Pa wird wütend auf mich sein.«

»Ja, das wird er.«

Laurens Kehle schmerzte, und dann begann sie zu schluchzen. Sie lehnte den Kopf zurück und weinte.

»Es ist gut, Lauren«, tröstete Stone sie, der den Grund ihres Kummers falsch deutete. »Dieses Pferd hätte schon vor langer Zeit erschossen werden müssen. Wenn Pa irgendjemand wichtiger wäre als er selbst, hätte er das schon damals getan, als Chad zertrampelt wurde.« Er hob ihr Kinn und sah sie an. »Bist du verletzt?«

Verletzt? Ihre Seele schmerzte von einer Verletzung, die nie heilen würde. Der einzige Mann auf der Welt, den sie lieben konnte, liebte eine andere. Und sie hatte sich auch noch vor ihm blamiert, indem sie ihn geküsst hatte.

Niemals würde sie diese Blamage vergessen.

Estaban Velasquez beobachtete das Intermezzo zwischen Señorita McBride und dem *patrón*. Das Mädchen hatte Glück gehabt, dass sein Bruder gekommen war.

Ansonsten wäre die unschuldige Señorita vielleicht weniger rein nach Hause gekommen. Er steckte die Waffe weg. Er hätte nicht eingegriffen, um die Frau zu retten, aber er hätte es getan, wenn Stone Garret angegriffen hätte – dieses Privileg beanspruchte Estaban für sich alleine.

Er stieg auf sein Pferd und ritt zurück zur Ranch. Er würde den richtigen Zeitpunkt für seine Rache abwarten. Er war gut im Warten. Aber vielleicht war es an der Zeit, dass Garret seine Mutter verlor. Sie hatte nie mehr als drei Worte mit ihm gesprochen, aber er würde derjenige sein, der sie mit dem Tod bekannt machte.

Estaban runzelte die Stirn. Er mochte Señora Lassiter nicht. Sie war blass und kränklich und klagte immer nur darüber, was sie alles verloren hatte, als die Yankees ihr Haus abgebrannt hatten, statt das neue Land zu schätzen – das ihm gehören müsste und seinen Kindern und Kindeskindern.

Mit einem zufriedenen Lächeln hörte Clare ihren Mann fluchen und schimpfen, während er über eine Stunde lang vor seiner Tochter wütete. Fast hätte sie gelacht, als er die blasse Lauren auf die Füße riss und brüllte: »Du gehst so schnell wie möglich zu deiner Tante Eugenia. Ich habe genug von deinem Unsinn, Mädchen. Verdammt sei Barnard Lassiter, dass er so einen Sohn in die Welt gesetzt hat, und verdammt sei Garret Lassiter, dass er mein Pferd erschossen hat! Die beiden werden noch von mir hören.«

Stone lehnte anscheinend unberührt am Kamin, aber seine Augen ließen seinen Vater nicht los. Er würde Pa weitermachen lassen, solange er nicht Hand an Lauren legte. Er würde nie zulassen, dass Pa ihr wehtat.

»Ich will hier nicht mehr leben«, sagte Lauren und wischte sich ärgerlich die Tränen von der Wange. »Ich will gehen, egal, wohin.« Sie hob den Kopf und sah ihre Stiefmutter an. »Ich bin froh, wenn ich wegkomme.«

Clares Augen glühten wie die einer Katze vor dem Sprung.

»Das ist das Beste für dich, Lauren«, schnurrte sie, »das Beste für uns alle.«

Als Tom in die Augen seiner Tochter sah, ließ seine Wut plötzlich nach. »Du hast tatsächlich Raja geritten«, bemerkte er mit einer Art Stolz in den blauen Augen. »Wenn du doch bloß als Junge zur Welt gekommen wärest … was für einen Sohn hättest du abgegeben.« Er zuckte die Achseln. »Geh auf dein Zimmer und pack deine Sachen, Mädchen.«

Damit ging er, und Lauren hörte die Hintertür zuschlagen.

Clare trat näher. »Ich habe dir gleich gesagt, dass du gehst, Lauren. Du hättest mir glauben sollen.«

»Es spielt keine Rolle mehr«, stellte Lauren vollkommen geschlagen fest.

Clare lächelte glücklich, als Lauren ging. Sie hätte keine Träne vergossen, wenn das Tier Lauren zertrampelt hätte, aber so war auch alles zu ihrer Zufriedenheit verlaufen.

»Es wird alles gut werden, Lauren«, tröstete Stone sie freundlich.

»Du hast gut reden. Du bist ja nicht derjenige, der fortgeschickt wird.«

»Fasse Mut.« Er sah in ihr Gesicht hinunter und

wünschte, er fände Worte, um sie zu trösten. »Ich habe Tante Eugenia einmal kennen gelernt. Sie wird dir gefallen, sie ist wie Ma.«

Laurens Schritte waren schwer, als wenn ihre Sorgen sie niederdrückten. »Gute Nacht, Stone.«

»Wenn du willst, gehe ich mit dir nach Savannah.«

»Nein, Jeb soll mich hinbringen. Pa braucht dich hier.«

Stone hätte gerne gesehen, dass Lauren sicher auf Tante Eugenias Schwelle abgeliefert war. Er hatte immer Mühe, sich seiner kleinen Schwester verständlich zu machen. Er war nicht so offen wie Tanner. »Gut, dann sehen wir uns morgen früh. Ich sage Jeb, dass er dich nach Savannah bringen soll.«

An diesem Abend weinte Lauren sich in den Schlaf.

Sie würde nach Georgia gehen und niemals nach Texas zurückkehren!

Jeb half Lauren in die Kutsche und setzte sich dann neben sie, einen besorgten Ausdruck in seinem wettergegerbten Gesicht. »Das ist das Beste für dich, Lauren. Wenn deine Tante deiner Mutter nur ein bisschen ähnlich ist, wird sie freundlich zu dir sein.«

Lauren lehnte sich zurück und seufzte. »Das sagt jeder. Ich nehme an, überall ist es besser als hier.«

Als die Kutsche anfuhr, schloss Lauren die Augen. In Sidewinder gab es nichts mehr für sie – gar nichts. Sie schlug die Augen wieder auf und merkte, dass Jeb sie beobachtete. »Danke, dass du mit mir kommst, Jeb.«

»Du hättest dich von Stone verabschieden sollen, Lauren. Es ist unrecht, ihn so stehen zu lassen.«

»Ich weiß, und es tut mir Leid. Sag es ihm bitte, ja?«

»Stone denkt, du gibst ihm die Schuld für Tanners Weggehen. Es war nicht Stones Schuld. Frag dich doch selber, warum er dableibt, obwohl Clare ihm das Leben so schwer macht. Er wäre längst gegangen und ist nur deinetwegen geblieben.«

Lauren schämte sich plötzlich dafür, wie sie Stone behandelt hatte. »Ich werde ihm schreiben, sobald ich in Savannah bin.«

»Tu das.«

Sie seufzte. »Wie es wohl ist, bei meiner Tante und ihrer Familie zu leben?«

Jeb erkannte so viel von ihrer Mutter in Lauren, dass es ihn fast schmerzte, sie anzusehen. Er hatte Emily McBride bis zu ihrem Tode heimlich geliebt – liebte sie immer noch. Er hätte die Circle M schon vor Jahren verlassen, wenn Emilys Kinder nicht gewesen wären. Er fühlte sich verpflichtet, an ihrer Stelle auf sie aufzupassen. Sein Blick wanderte zurück zu Lauren, die das rotgoldene Haar und die zarten Züge ihrer Mutter geerbt hatte. Aber sie hatte die Augen ihres Vaters und auch sein stürmisches Temperament. Emily, süße Emily, dachte er. Sie war eine gute Frau gewesen, viel zu gut für Tom McBride.

»So, wie die Dinge stehen, Lauren, denke ich, dass deine Mutter gewünscht hätte, dass du bei ihrer Schwester lebst.«

»Ma ist tot.«

»Lauren, lass dich jetzt nicht unterkriegen. Eines Tages wirst du zurückkommen. Du bist eine Texanerin und wirst immer wieder nach Hause kommen.«

»Nichts zieht mich hierher zurück, Jeb.« Die Kutsche

schlingerte, und sie lehnte den Kopf an die Kissen. Ihre Vergangenheit war vorüber, und die Zukunft ragte unbekannt und drohend vor ihr auf.

»Ich habe einen Brief für dich«, erklärte Jeb und griff in seine Brusttasche. »Ich wollte warten und ihn dir erst in Savannah geben, aber ich denke, jetzt wäre der richtige Zeitpunkt.«

Lauren starrte den Brief an, den er ihr reichte. »Von wem ist der Brief?«

»Garret Lassiter. Er hat ihn heute früh zur Ranch gebracht und mich gebeten, ihn dir zu geben. Ich habe es ihm zugesagt.«

Ihre Hand zitterte, als sie nach dem Brief griff, aber dann überlegte sie es sich anders und gab ihn Jeb zurück. »Ich will Garrets Brief nicht haben.«

»Er hat sich viel Mühe gemacht, damit du ihn bekommst.«

»Das ist mir egal. Ich werde ihn nicht lesen. Gib ihn ihm zurück.«

Jeb steckte den Brief wieder ein. »Vielleicht änderst du deine Meinung eines Tages noch. Ich werde ihn solange für dich aufbewahren.«

»Ich will nicht, dass Garret mir schreibt, Jeb, und ich will nichts über ihn hören.«

»Was hat er denn getan, dass du so denkst? Letzte Woche warst du noch ganz verliebt in ihn.«

Lauren schüttelte den Kopf. »Ich will nicht mehr über ihn sprechen.«

Jeb wünschte, er wüsste, welchen Rat Emily Lauren in dieser Situation gegeben hätte. Zum Teufel, das Mädchen liebte Garret doch, und er war sich fast sicher, dass er ihre

Liebe erwiderte. »Vergiss nicht, dass ich den Brief habe, falls du ihn je haben willst.«

Lauren runzelte die Stirn. »Ich werde ihn nie wollen.« Sie wusste, dass der Brief nur eine Entschuldigung war. Warum sollte er sich entschuldigen, wenn sie doch diejenige war, die ihn geküsst hatte? Es war alles so schrecklich.

Lauren sah rastlos in die öde Landschaft hinaus. Wie viele Jahre würde sie brauchen, bis sie vergaß, wie Garrets Augen leuchteten, wenn er lächelte, wie sein Mund sich auf ihrem anfühlte?

Sie setzte sich aufrechter hin. Garret war ihre Vergangenheit, ihre Zukunft hieß Savannah. Sie musste ihn gehen lassen, ihn vergessen. Sie empfand nicht die Liebe eines jungen Mädchens, das in einen älteren Mann verknallt ist. Sie liebte wirklich, und das schmerzte.

Das Schwanken der Kutsche lullte sie ein, und sie schloss die Augen. Sie würde ihre Liebe zu Garret so tief in sich vergraben, dass sie nie wieder an ihn denken würde.

6

Savannah, Georgia – vier Jahre später

Es war kurz nach dem Abendessen, und Lauren saß mit ihrer Tante und ihrem Onkel im Salon. Zwischen ihrem Onkel und ihr stand ein Schachbrett, und Lauren dachte konzentriert über ihren nächsten Zug nach.

Plötzlich erhellte sich ihre Miene.

Laurens Läufer stand in derselben Reihe wie der König ihres Onkels, und sie zog den Springer vor. »Ich habe dich!«, rief sie triumphierend. »Diesmal bist du in meine Falle getappt.«

Onkel Morgan lehnte sich zurück und gab lächelnd seine Niederlage zu.

»Die Todgeweihten grüßen dich, meine Liebe. Der Schüler hat den Lehrer übertroffen.«

Lauren sah Tante Eugenia an. »Ich habe ihn endlich geschlagen.«

Ihre Tante nähte und sah kurz auf, um über ihre Brille zu spähen. »Wurde auch Zeit, dass jemand dich mal ein bisschen dämpft, Morgan. Du hast dir schon viel zu viel auf dein Schachspielen eingebildet.«

Ehe Morgan Colfax etwas erwidern konnte, klopfte es, und Molly, die Dienstmagd, trat mit einem silbernen Tablett ein, auf dem ein Brief lag. »Verzeihung, Miss

Lauren, aber dieser Brief ist für Sie gekommen.« Sie hielt ihr das Tablett hin.

Lauren sah verwirrt aus. »Entschuldige mich bitte, Onkel, solange ich das lese.« Sie gab nie die Hoffnung auf, dass Tanner ihr schreiben könnte. Doch die Schrift auf dem Umschlag war ihr fremd. Der Brief kam aus Sidewinder, war aber nicht von ihrem Bruder. Er stammte vom Rechtsanwalt ihres Vaters, William Hanes.

Beunruhigt öffnete Lauren den Umschlag und las den Brief, während ihr das Herz schwer wurde. Schließlich sah sie ihre Tante ängstlich und verwirrt an.

»Hier steht, dass mein Vater krank ist und im Sterben liegt. Wie kann das sein?« Verwundert sah sie ihren Onkel an. »Ich kann es nicht glauben. Das muss eine der Intrigen meiner Stiefmutter sein, um mich nach Texas zurückzuholen.«

»Überleg doch mal«, gab ihre Tante zu bedenken. »Glaubst du wirklich, dass deine Stiefmutter deine Rückkehr wünscht? Nach all dem, was du uns erzählt hast, denke ich, dass ihr eher an deiner Abwesenheit liegt.«

»Mein Vater war immer so groß und stark, wie sollte etwas Thomas McBride niederstrecken?«

Eugenia Colfax erhob sich, ging zu ihrer Nichte und legte ihr tröstend den Arm um die Taille. »Was genau steht denn in dem Brief, Liebes?«

Lauren nahm den Brief und las laut vor: *»Liebe Lauren Emily McBride, getreu den Anweisungen im Testament von Thomas J. McBride, mir am unterzeichneten Tag diktiert und von Zeugen unterschrieben, sende ich diesen Brief an alle in Frage kommenden Erben des Besitzes, um sie über die Bedingungen der Erbschaft in beiliegendem*

Dokument zu unterrichten. Es ist die Absicht Ihres Vaters Thomas J. McBride, den Besitz und alle Liegenschaften zu gleichen Teilen an seine Nachkommen und seine Frau Clare Brown McBride zu vererben. Thomas McBride hat jedoch verfügt, dass sich seine Nachkommen nicht später als neun Monate nach Empfang dieses Briefes auf der Circle M Ranch einfinden müssen, um dort die Ankunft der anderen Erben abzuwarten. Wenn alle dort sind, werden die Einzelheiten seines Testaments bekannt gegeben werden. Diejenigen Nachkommen, die nicht rechtzeitig zur Stelle sind, verlieren jeden Anspruch auf ihren Anteil am Besitz. Die verlorenen Teile werden dann dem Erbe von Clare Brown McBride zugeschlagen. Thomas J. McBride hat sichergestellt, dass es keine Ausnahmen zu diesem Vorgehen geben wird. Nach Abschluss dieses offiziellen Schreibens fühle ich mich als Freund McBrides und langjähriger Anwalt der Familie bewogen hinzuzufügen, dass Thomas McBride ernstlich krank ist und das laufende Jahr nicht überleben wird. In der Hoffnung, diese Sache zu einem allseits befriedigenden Ende zu bringen, verbleibe ich, mit freundlichen Grüßen, William Benton Hanes, Esquire.«

Laurens Stimme zitterte, als sie den Brief las. Unglaube und Trauer kämpften in ihr. »Kann das wahr sein? Wenn ja, muss ich sofort nach Hause fahren.«

Morgan legte Lauren tröstend die Hand auf den Arm. »Ehe du das tust, rate ich dir, an William Hanes zu schreiben, meine Liebe. Bitte den Anwalt um weitere Informationen zum Zustand deines Vaters. Wenn du magst, helfe ich dir, den Brief aufzusetzen.«

Die beiden Menschen, die ihr in den letzten vier Jahren

so wichtig geworden waren, waren ein großer Trost für Lauren. Obwohl ihre Tante schon Anfang fünfzig war, sah sie immer noch jugendlich aus, die Haut glatt, die rotgoldenen Locken nur von wenigen Silberfäden durchzogen. Onkel Morgan war nicht sehr groß und ziemlich dünn, hatte aber bemerkenswerte Augen – hellgrau und stets voller Belustigung. Er hatte Lauren gezeigt, was es hieß, einen liebenden Vater zu haben. Sie liebte beide so sehr, dass nichts sie dazu bewegen könnte, sie zu verlassen.

»Ich glaube nicht, dass es ein Irrtum ist, Onkel, ich kenne Mr. Hanes, und er ist eher überkorrekt als zu leichtfertig mit Informationen. Mein Vater muss wirklich sehr krank sein, wenn er so einen Brief schreibt.«

»Komm in mein Arbeitszimmer«, schlug Laurens Onkel vor, »da setzen wir einen Brief auf und schicken ihn gleich morgen ab.«

Lauren nickte. Ihr Onkel war ein bekannter Anwalt und würde wissen, wie sie den Brief formulieren musste. Auf der Schwelle blieb Lauren stehen und warf ihrer Tante, die sich die Augen trockentupfte, einen Blick zu. »Ich möchte nicht von euch fort, aber so, wie es aussieht, muss es wohl sein. Es ist überraschend, wie ein einziger Brief ein ganzes Leben ändern kann.«

»Ich liebe dich wie meine eigene Tochter, Lauren.« Eugenia faltete ihr Taschentuch zusammen und steckte es in die Tasche. »Ich kann mir dieses Haus ohne dich gar nicht vorstellen.«

Lauren lief zu ihrer Tante und umarmte sie. »Du warst wie eine Mutter zu mir, und Barbara und Carolyn wie meine Schwestern. Bei dir und Onkel Morgan war ich nur glücklich. Ich will hier nicht weg.«

Eugenia riss sich zusammen und richtete sich gerade auf. Sie wusste, dass Lauren zu ihrem Vater musste, falls er wirklich im Sterben lag. Lauren musste zurück nach Texas. »Ich wusste, dass der Tag kommen würde, am dem du uns verlassen musst. Aber ich bin noch nicht bereit –«

»Eugenia«, mahnte ihr Mann sanft, »wir dürfen es Lauren nicht noch schwerer machen, als es für sie schon ist.«

»Wenn du gehen musst, gehe ich mit dir«, verkündete Eugenia fest. »Ich lasse dich nicht alleine reisen.«

»So gerne ich dich dabei hätte, Tante Eugenia, aber Barbara braucht dich, wenn ihr Baby kommt.« Sie senkte den Kopf, als sie an die Schmerzen und Belastungen dachte, die sie in Texas erwarteten. »Ich hatte auch bei Barbara sein wollen. Ich habe mich schon so auf die Geburt des Babys gefreut.«

»Komm, komm«, tröstete ihr Onkel und tätschelte ihre Schulter. »Lass uns den Brief schreiben.«

Lauren verbrachte eine Stunde im Arbeitszimmer ihres Onkels, wo sie mit seiner Hilfe ihren Brief aufsetzte. Als er fertig war, las sie ihn sich noch einmal durch.

An William Benton Hanes, Esq.

Sidewinder, Texas

Lieber Herr:

Ich habe Ihren Brief erhalten, in dem Sie die Bedingungen zum letzten Willen meines Vaters Thomas J. McBride aufgeführt haben, wie er ihn Ihnen am 5. 3. 1886 diktiert hat. Da ich in den vergangenen vier Jahren keinen Kontakt mehr zu meinem Vater hatte und mir hier in Savannah ein neues Leben aufgebaut habe, unabhängig von der Circle M, verstehen Sie hoffentlich, dass ich einige Fragen an Sie habe.

Die erste Frage gilt dem Zustand meines Vaters. Sie schreiben, er sei schwer krank und werde binnen eines Jahres sterben. Bitte verzeihen Sie mein Erstaunen angesichts dieses Umstandes. Mein Vater war immer ein kräftiger und gesunder Mann. Der Umstand, dass er eine dreiundzwanzig Jahre jüngere Frau geheiratet hat, die nicht die erste seiner Geliebten war, beweist, dass er sich wesentlich jünger fühlt als seine 49 Jahre. Ehe ich also eine so weite Reise unternehme, wüsste ich gerne nähere Umstände zur Schwere seiner Krankheit.

Zweitens gehe ich davon aus, dass mein Bruder Stone die Ranch nach meinem Fortgang verlassen hat, wie es mein Vater und seine Frau wohl wünschten. Wenn ich an die Unversöhnlichkeit meines Bruders und die Bitterkeit Tanners denke, bezweifele ich sehr, ob einer meiner Brüder auf die Ranch zurückkehren wird. Ich muss Sie nicht daran erinnern, dass ich unter ähnlich unerfreulichen Bedingungen fortgegangen bin. Ich habe seit Jahren nichts mehr von meinen Brüdern gehört, auch wenn ich mich ihnen weiterhin verbunden fühle. Deshalb bitte ich Sie, mir alles, was Sie über sie wissen, zu erzählen.

Bitte gehen Sie mit keinem Wort auf die Frau meines Vaters, Clare Brown McBride, ein. Nach unserer schwierigen Beziehung vor vier Jahren habe ich beschlossen, ihr keinerlei Einfluss auf mein Leben mehr zu gestatten. Daher sind Informationen über sie überflüssig.

Ich hoffe, es widerspricht nicht Ihrer Ethik als Anwalt, wenn ich Sie bitte, diesen Brief meinem Vater nicht zu zeigen. Ich ziehe es vor, meinen Vater nichts von unserem

Briefwechsel wissen zu lassen, bis ich mich entschieden habe.

Vielen Dank für Ihre Bemühungen. Ich erwarte eine rasche Antwort, damit ich meine Entscheidung treffen kann.

Lauren nickte zufrieden. Ihr Onkel wusste, wie man sich ausdrückte. Sie nahm den Stift auf und unterschrieb.

Ich verbleibe,
mit vorzüglicher Hochachtung
Lauren Emily McBride

Voller Trauer stieg Lauren dann die Treppe zu ihrem Zimmer hoch, das vier wundervolle Jahre lang ihr Zuhause gewesen war. Seit ihrer Ankunft in Savannah hatte sie in diesem Haus nur Freundlichkeit und Zuneigung erfahren. Ihre Cousine Barbara war drei Jahre älter als sie, Carolyn genauso alt wie sie. Sie hatten sie bereitwillig in die Familie aufgenommen und ihr die Tränen getrocknet, wenn sie vor Heimweh geweint hatte. Es würde ihr schwer fallen, sie zu verlassen – sie waren ihre besten Freundinnen.

Lauren ließ sich auf das Bett sinken und fuhr mit der Hand über die schöne Seidendecke, die ihre Tante extra für sie genäht hatte – nur eine von vielen Aufmerksamkeiten, mit denen sie überschüttet worden war. Ihre Tante und ihr Onkel lebten in einem wunderschönen Haus und hatten sie mit einem eleganten Lebensstil bekannt gemacht. Sie trug modische und teure Kleider und hatte eine der besten Schulen für junge Damen besucht.

Lauren dachte daran, wie sie in Savannah eingetroffen

war. Sie war kaum einen Monat dort gewesen, als ihre Tante sie bereits in Mrs. Dickersons Schule für junge Damen eingeschrieben hatte, die auch Carolyn besuchte. Lauren und Carolyn waren nur tagsüber auf der Schule gewesen, weil ihre Tante wollte, dass sie zu Hause wohnten und nicht in der Schule, wie es viele andere der Schülerinnen taten. Tante Eugenia hatte einen Sprachlehrer, einen Musiklehrer und einen Stimmtrainer engagiert, um Lauren zu Hause zu unterrichten.

Anfangs war Lauren einsam gewesen, aber der liebevolle Ton, der in der Familie herrschte, ließ sie sich schnell dazugehörig fühlen, und bald kam es ihr so vor, als hätte sie immer schon dort gelebt. Zwar gab es Zeiten, in denen sie sich nach ihrem alten Leben zurückgesehnt hatte, aber ihre Einsamkeit ließ mehr und mehr nach.

Wenn ihr Vater jetzt wirklich im Sterben lag, musste sie die Menschen verlassen, die ihr so ans Herz gewachsen waren.

Sie wollte nicht nach Texas zurück, wo sie so unglücklich gewesen war.

Aber sie musste.

Wie sollte sie den Abschied ertragen?

Mit schwerem Herzen las Lauren die Antwort auf ihren Brief. William Hanes' Brief war verständlich geschrieben und weniger förmlich als der erste.

Liebe Lauren,

Wenn mein erster Brief an Sie unverständlich war, will ich mich verständlich ausdrücken und Ihnen ohne Umschweife sagen, dass Ihr Vater schwer krank ist. Wie Sie wünschen, werde ich Ihrem Vater und Ihrer Stiefmutter Clare McBride nichts von dieser Korrespondenz sagen. Von Stone habe ich nichts gehört und bin nicht einmal sicher, ob mein Brief ihn erreicht hat. Aber Tanner ist nach Hause gekommen und lebt auf der Circle M, wie das Testament es verlangt. Wenn Sie mich um Rat fragen, ob Sie nach Hause zurückkehren sollen, muss ich Ihnen sagen, dass der Arzt fürchtet, dass Ihr Vater nicht mehr lange zu leben hat. Ich denke, Sie sollten so schnell wie möglich nach Hause kommen.

Freundliche Grüße

William Hanes, Esquire

Tanner war wieder in Sidewinder! Wohnte auf der Circle M! Dieser Umstand überzeugte Lauren mehr als alles andere in dem Brief des Anwalts von der Dringlichkeit ihrer Heimfahrt. Wenn ihr Vater nicht wirklich schwer krank wäre, wäre Tanner nie nach Hause gekommen.

Lauren fand ihre Tante in der Küche, wo sie den Butler beim Polieren des Silbers überwachte.

Als Eugenia Laurens Gesicht sah, ergriff sie sie am Arm und führte sie in das Arbeitszimmer ihres Mannes. »Setz dich, Liebes. Deinem Gesichtsausdruck nach hast du eine Antwort auf deinen Brief bekommen.«

»Ja, ich muss nach Texas zurück.«

Eugenia zog Lauren an sich. »Dann fahr bald, damit du auch bald zu uns zurückkommen kannst.«

Am Tag ihrer Abreise versuchte Lauren, nicht zu weinen, aber die Tränen rollten ihr unaufhaltsam über die Wangen. Sie umarmte ihre Tante ganz fest, als wenn sie so ein Stück von ihr mit nach Texas nehmen könnte. Barbara und Carolyn klammerten sich an sie und wischten sich ebenfalls Tränen aus den Augen. Lauren war sich sicher, dass auch Onkel Morgan feuchte Augen hatte, als er sie an sich drückte.

Lauren war aufgeregt. Sie wusste nicht, was sie auf der Circle M erwartete, aber der Gedanke, dass Tanner da sein würde, gab ihr Kraft.

Molly, das Mädchen ihrer Tante, und Albert, der Diener, würden sie nach Sidewinder begleiten und dann nach Savannah zurückkehren.

Als der Zug aus dem Bahnhof fuhr, winkte Lauren aus dem Fenster, bis sie Tante Eugenia nicht mehr sehen konnte. Sie ließ sich auf ihren Sitz fallen und wünschte sich, sie könnte einfach in die schützenden Arme ihrer Tante zurückkehren. Am Vorabend hatte sie sich in den Schlaf geweint, und sie wusste nicht, was schmerzhafter war – der Umstand, dass ihr Vater im Sterben lag oder die Tatsache, dass sie ihre Tante verlassen musste.

Die ermüdende Reise zog sich über fast drei Wochen hin. Als Lauren schließlich in Texas eintraf, war sie so erschöpft, dass sie am Rande des Zusammenbruchs war. Sie waren jetzt in Dallas, und von dort aus war es nicht mehr weit bis Sidewinder.

Heute begann der letzte Abschnitt der Reise mit der Postkutsche. Als Lauren das Hotel verließ, sah sie, wie Albert ihr Gepäck zur Kutsche bringen ließ.

»Heh, du da, pass auf«, rief Albert. »Wenn du die Truhe beschädigst, wirst du dafür bezahlen müssen!«

Molly ging neben Lauren her, und beide merkten rasch, dass sie zum Mittelpunkt der Aufmerksamkeit wurden. Die Leute, hauptsächlich Männer, blieben stehen und starrten Lauren an. Zwei betrunkene Cowboys, die ihnen entgegenkamen, blieben stehen, um Lauren offen zu bewundern, was ihr höchst unangenehm war. So etwas hatte es in Savannah nicht gegeben.

Einer der beiden zog seinen Hut, verbeugte sich, wobei er fast vornüber fiel, und sagte höflich: »Ma'am, Sie sind das hübscheste Mädchen, das ich je gesehen habe.« Er wandte sich an seinen Kumpan. »Ist es nicht so, Billy?«

Molly schnappte sich Laurens Sonnenschirm und schwang ihn wie eine Waffe. »Macht, dass ihr weiterkommt! Erkennt ihr denn keine echte Dame, wenn ihr eine seht? Geht aus dem Weg und lasst uns vorbei!«

»Ja, Ma'am, ich erkenne sehr wohl eine Dame, wenn ich eine sehe – und das tue ich im Moment«, stellte der Cowboy mit Namen Billy bewundernd fest. Er lächelte Lauren an, und sie musste sich Mühe geben, nicht zurückzulächeln. »Verzeihen Sie meinen Zustand, Ma'am, ich bin gerade erst von einem Treck zurück und hatte den ersten Drink seit Wochen. Wenn ich gewusst hätte, dass mir eine so hübsche Dame über den Weg laufen würde, wäre ich nüchtern geblieben.«

Lauren ging mit einem leichten Lächeln an ihnen vorbei. Sie waren nicht bösartig. Sie wusste, wie isoliert die Cowboys waren, wenn sie eine Herde über Land trieben, und wie sehr sie sich auf eine Abwechslung freuten, wenn ihr Ziel erreicht war.

»Guten Tag noch, hübsche Dame.«

Lauren trat auf die Straße und ließ sich von Albert in die Kutsche helfen. In zwei Tagen würde sie zu Hause sein.

Zu Hause.

Wie fremd das klang.

Die Landschaft vor dem Kutschenfenster nahm langsam vertraute Züge an. Lauren freute sich nicht über die Erinnerungen, aber sie stellten sich ungebeten ein. Ihr Vater war krank und lag im Sterben. Sie liebte ihn, obwohl er ein harter Mann war, den zu lieben zuweilen schwer fiel. Mit seinem Erbe wollte sie nichts zu tun haben. Sie wollte nur bei ihm sein und ihm so viel Trost geben, wie sie konnte. Dann würde sie nach Savannah zurückkehren.

Tanner war auf der Circle M. Ob auch Stone mittlerweile nach Hause gekommen war?

Sie schloss die Augen. Clare. Sie freute sich nicht darauf, ihre Stiefmutter wieder zu sehen. Die Frau würde überall lauern, sich in den Ecken herumdrücken und boshafte Bemerkungen machen. Lauren betrachtete ihre manikürten Hände. Wie anders sie heute war als das wilde, ungezähmte Mädchen, das Sidewinder vor vier Jahren verlassen hatte. Jetzt würde sie es nie wieder zulassen, dass Clare sie so einschüchterte, wie sie es früher immer gemacht hatte.

Lauren sah auf ihr elegantes grünes Reisekleid hinunter, das nach der neuesten Mode geschnitten war. Ein passender Hut mit rotem Besatz saß auf ihren aufgesteckten Locken. Ihre Verwandten hatten darauf bestanden, Lauren bestens auszustatten. Nein, sie war nicht mehr das Mädchen, das Sidewinder mit gebrochenem Herzen und gebrochenem Geist verlassen hatte.

Selbst ihre Aussprache hatte sich geändert. Ihr Südstaatenakzent war nach intensivem Sprachunterricht weicher geworden. Äußerlich hatte sie sich sehr verändert, aber innerlich war sie so unsicher wie damals, als sie an das dachte, was vor ihr lag.

Ihre Gedanken verirrten sich zu Garret Lassiter.

Garret war mittlerweile wahrscheinlich verheiratet. Laurens einziger Kontakt zu Sidewinder hatte in den kurzen Briefen bestanden, die Jeb ihr immer zu Weihnachten geschrieben hatte, und das waren nie mehr als ein paar Zeilen gewesen. Sie wusste nicht, was während ihrer Abwesenheit alles geschehen war.

Aber jetzt war nicht der Zeitpunkt, um an Garret zu denken. Energisch verdrängte sie alle Gedanken an ihn.

»Werden wir abgeholt, Miss Lauren?«, fragte Albert sie.

Sie sah ihn nachdenklich an. »Onkel Morgan hat einen Brief an den Anwalt meines Vaters geschickt, um unsere Ankunft anzukündigen. Wie ich meinen Onkel kenne, hat er sicher ein Telegramm an die Ranch geschickt.«

»Begleiten wir Sie noch zur Ranch?«, wollte Molly wissen.

Lauren wusste, dass Molly wieder in Savannah sein wollte, wenn Barbaras Kind zur Welt kam. »Möchten Sie mit mir gehen?«

»Wissen Sie, Miss Lauren, wenn es keine Rolle spielt, würde ich gerne nach Hause fahren«, bekannte Molly zögernd. »Mrs. Colfax braucht sicher meine Hilfe, wenn das Baby da ist.«

»Das verstehe ich.« Lauren öffnete ihr Täschchen und reichte Albert ein Päckchen. »Onkel Morgan hat mir gesagt, dass ich Ihnen das Geld geben soll. Die Rückfahrkarten haben Sie doch, nicht wahr?«

Albert klopfte auf seine Tasche. »Ja, Miss Lauren.«

Lauren nickte zufrieden. »Ich werde für Sie Zimmer im Hotel in Sidewinder besorgen. Wenn Sie sich genügend erholt haben, können Sie die Rückreise antreten.«

»Hier draußen ist eine Menge Platz«, bemerkte Albert. »Der Großteil davon scheint mir unbewohnbar zu sein.«

Lauren folgte Alberts Blick. »Das scheint nur so. Sie wären überrascht, wie viele Menschen hier draußen leben. Das hier ist einer der fruchtbarsten Landstriche in den Vereinigten Staaten.« Sie wies mit dem Kopf zum Fenster. »Hier kann man meilenweit in jede Richtung sehen. Das habe ich vermisst, ohne mir darüber klar zu sein.«

In diesem Moment fuhr die Kutsche eine große Kurve, und Lauren wusste, dass Sidewinder jetzt vor ihnen lag. Sie hörte, wie der Kutscher die Pferde zügelte, und als sie in die Stadt einfuhren, gingen die Tiere nur noch im Schritt.

Lauren betrachtete die Stadt, die sie mit fünfzehn verlassen hatte. Sie beugte sich vor und runzelte die Stirn. Die Stadt war ja kaum wiederzuerkennen. »Was ist denn hier passiert? Das ist nicht das Sidewinder, an das ich mich erinnere.«

Albert sah überrascht aus. »Ich sehe drei Saloons – nein, vier!«

»Wie ist das möglich?«, staunte Lauren. »Wo früher Darby's Futter und Pferdeausrüstung war, ist jetzt ein Saloon.« Dann fiel ihr Blick auf ein fröhliches rotes Kleid in einem Schaufenster an der Straße. Die Stadt war voller Menschen, aber sie kannte niemanden davon.

Als Lauren Mollys beunruhigtes Gesicht sah, versuchte sie, sie zu beruhigen. »Vielleicht ist es nicht so schlimm, wie es aussieht.« Sie warf Albert einen Blick zu. »Sie bleiben besser immer in Mollys Nähe, solange Sie hier sind. Vielleicht sollten Sie so schnell wie möglich wieder abreisen. Die Stadt gefällt mir nicht.« Sie schüttelte den Kopf. »Das verstehe ich einfach nicht.«

»Machen Sie sich um uns keine Sorgen, Miss Lauren«, versicherte Molly ihr. »Fahren Sie einfach nach Hause zu Ihrem Papa und tun Sie, was getan werden muss.«

Sie kamen jetzt am Büro des Sheriffs vorüber, das frisch gestrichen war. Auf dem Fußweg stand ein Mann, dessen Sheriffstern in der Sonne glitzerte. Er war groß, breitschultrig und dunkelhaarig.

Für einen Sekundenbruchteil trafen sich ihre Blicke, und Lauren erkannte etwas Fragendes in seinem Blick – oder hatte sie sich das nur eingebildet? Seine hellblauen Augen kamen ihr bekannt vor, und doch wusste sie, dass sie einander noch nie gesehen hatten.

Sie wandte den Blick ab und lächelte Molly an. »Scheint so, als wäre ich zu Hause.«

Die Kutsche kam schaukelnd zum Stehen, und Lauren wünschte fast, sie wären einfach durch Sidewinder hindurchgefahren. Sie hoffte nur, dass der Wechsel in der Atmosphäre der Stadt kein Omen für das war, was vor ihr lag, aber sie fürchtete doch, dass es sehr wohl so sein könnte.

7

Tanner McBride sah zu, wie die Postkutsche in die Stadt rollte. Es war lange her, dass er seine Schwester gesehen hatte. Er hatte sich in den vergangenen Jahren oft vorzustellen versucht, wie sie wohl aussehen mochte, aber er hatte immer nur das Bild des temperamentvollen Mädchens mit fliegenden Locken und spitzbübischem Lächeln vor sich gesehen, das ihm ans Herz gewachsen war. Lauren war jetzt eine junge Dame in heiratsfähigem Alter. Wie sie jetzt wohl war?

Als die Kutsche langsamer wurde, spürte Tanner plötzlich Nervosität. Er hatte sich immer schuldig gefühlt, weil er sie unter Clares Knute zurückgelassen hatte. Als er damals ging, hatte Lauren geweint und ein paar gemeine Dinge zu ihm gesagt. Er hoffte, dass sie ihm mittlerweile vergeben hatte.

* * *

Ein zweites Augenpaar verfolgte die Ankunft der Kutsche. Garret Lassiter hatte vier lange Jahre auf diesen Moment gewartet.

Lauren ... ob sie sich verändert hatte? Natürlich hatte sie das. Sie war jetzt neunzehn. Er trug noch immer ihre Locke in einem Fach seiner Satteltasche mit sich, auch wenn er sie nur noch selten betrachtete. Der Gedanke an sie und ihre frische Art war immer mit ihm.

Und jetzt war sie zurück.

Noch mehr Augen beobachteten Laurens Ankunft. Der junge Sheriff hatte ein besonderes Interesse an der jungen Frau, die er kurz durch das Kutschenfenster gesehen hatte. Seine Frau Faith trat neben ihn und folgte seinem Blick.

»Ist sie das?«

»Ja. Das ist sie.«

»Willst du zur Kutsche gehen?«

Chase McBride sah seine Frau an. Ihr blondes Haar umgab ihren Kopf wie ein Heiligenschein, und ihre Augen blickten sanft. Aber er wusste, wenn jemand Faith McBride in die Quere kam, kämpfte sie wie eine Wilde. »Nein«, antwortete Chase schließlich, »das werde ich nicht.«

»Ich würde Lauren gerne kennen lernen.«

»Du musst bitte verstehen, dass du sie nie treffen darfst. Sie hat wahrscheinlich sehr bestimmte Vorstellungen von mir – oder wird sie haben, wenn sie von mir hört. Tanner hat gesagt, dass sie nichts von ihrem Bastard-Bruder weiß. Ich glaube nicht, dass sie mich mit offenen Armen aufnehmen wird.«

»Denk das nicht. Ich bin überzeugt davon, wenn Lauren von deiner Existenz erfährt, wird sie dich sehen wollen.«

Er lächelte sie an. »Selbst nach alledem, was du durchgemacht hast, siehst du immer noch das Gute in den Menschen.«

Faith kannte Chase besser als jeder andere. Ihr Mann war von einer quälenden Unrast erfüllt. Sie wusste, dass er sie liebte und mit ihrer Ehe glücklich war, aber ob er je innere Ruhe finden würde? »Auch wenn du es nicht zugibst, denke ich, dass du dir wünschst, von deiner Schwester akzeptiert zu werden.«

Chase machte sich nicht die Mühe, das abzustreiten. »Wahrscheinlich sehe ich sie ohnehin nur flüchtig. Das muss dir bitte klar sein, damit du nicht verletzt bist. Erwarte nicht, dass wir zu ihrem Leben gehören werden.«

»Mir wird es nichts ausmachen. Aber es tut mir für dich Leid.«

»Das braucht es nicht.« Er ergriff ihre kleine Hand. »Es spielt für mich keine Rolle. Dann braucht es das für dich auch nicht zu tun.«

Sie stellte sich auf die Zehenspitzen und gab ihm einen Kuss auf die Wange, wohl wissend, dass er seine wahren Gefühle vor ihr verbarg. Er würde es ihr gegenüber nie zugeben, vielleicht nicht einmal vor sich selbst, aber es spielte eine große Rolle für ihn, was Lauren von ihm dachte. »Ich will Annabelle Chapin besuchen, wir sehen uns dann beim Abendessen.«

Er nickte, den Blick noch auf die Kutsche gerichtet. »Bis dann.«

Als die Kutsche anhielt, beobachteten Garret und Chase beide, wie Tanner vortrat. Jetzt war Tanner dran, seine Schwester zu begrüßen – sie würden beide ihre Zeit abwarten. Garret wollte Lauren wiedersehen, wenn keine neugierigen Augen ihnen dabei zusahen. Chase wusste nicht, ob Lauren ihn überhaupt kennen lernen wollte.

Garret sah zu, wie eine Frau in grauem Kleid mit Haube aus der Kutsche sprang und den Tritt herunterklappte. Die matronenhafte Frau schien durch den Anblick Sidewinders verblüfft zu sein. Dann erschien ein zierlicher Knöchel in der Türöffnung und glitt zu Boden. Der Kutscher reichte der Dame, die herauskam, die Hand, denn eine Dame war sie von Kopf bis Fuß.

Garret war mit anderen Frauen zusammen gewesen, um seine Bedürfnisse zu befriedigen, aber in seinem Hinterkopf hatte immer ein anbetungswürdiger Rotschopf mit Sommersprossen gelauert, der die blauesten Augen besaß, die er je gesehen hatte. Verschwunden waren die Sommersprossen und die Fohlenbeine, und an ihre Stelle war eine wunderschöne Frau mit blasser Haut und einem weiblichen Körper getreten. Sie war größer und sicherer im Auftreten, aber sie war immer noch seine Lauren. Jeder sah sie an, und das war kein Wunder. Eine Frau wie sie hatte Sidewinder noch nicht gesehen. Sie hielt sich mit Würde und Selbstbewusstsein, ihr Kleid verriet Eleganz und Geld, und sie war durch und durch eine Dame.

Lauren trat besorgt aus der Kutsche und sah sofort den großen Mann mit den blauen McBride-Augen.

»Tanner!«

Ohne zu zögern lief sie auf ihren Bruder zu und warf sich in seine Arme. Dort verbarg sie das Gesicht an seinem rauen Hemd und schloss die Augen. Seine Arme umschlossen sie stark und beschützend, und Tränen des Glücks stiegen ihr in die Augen.

Das hieß es, nach Hause zu kommen. Tanner wieder zu sehen.

Sein Griff wurde fester, und er drückte sie lange an sich, ohne etwas zu sagen.

Dann lachte er leise und schob sie ein Stück von sich fort. »Kann das meine Lauren sein – das freche kleine Mädchen, das mir auf Schritt und Tritt gefolgt ist und mich mit Fragen gelöchert hat?«

Sie drehte sich einmal um sich selbst und lächelte ihn an. »Wie du siehst, bin ich jetzt erwachsen geworden.« Sie hob eine Braue. »Aber ich bin immer noch frech und werde dir weiterhin folgen.«

Er legte ihr den Arm um die Schultern. »Ich sehe schon, dass ich meine Waffe bereithalten muss, sonst kommt ein Mann und stiehlt dich mir weg. Oder hat das schon ein Mann in Georgia getan?«

»Mein Herz gehört nur dir«, neckte sie ihn leichthin und schmiegte sich noch einmal an ihn. »Ich habe dich vermisst.«

Er drückte sie an sich. »Ich weiß.« Seine Stimme zitterte. »Ich dich auch.«

Lauren zog sich zurück und sah ihn besorgt an. »Wie geht es Papa?«

Tanner schüttelte den Kopf. »Es geht ihm nicht gut, Lauren.« Er holte tief Luft. »Er lässt mich nicht oft zu sich, und dich vielleicht auch nicht. Er ist so dickköpfig wie immer.«

»Ich hatte gehofft, dass es ihm inzwischen besser geht. Ich denke, ich will die Tatsache einfach nicht akzeptieren, dass unser Vater … so krank ist.«

»Mach dich darauf gefasst, Lauren, wenn du ihn siehst, dass Pa immer schwächer wird, nicht stärker.« Tanner sah einem Betrunkenen hinterher, der die Straße entlangschwankte. »Lass uns dich hier wegbringen. Ich erzähle dir alles unterwegs.«

Lauren wandte sich an die Diener ihrer Tante. »Tanner, das sind Molly und Albert. Sie brauchen einen Platz in Sidewinder zum Übernachten, bis sie sich so weit erholt haben, dass sie zurückreisen können.« Sie sah zweifelnd drein. »Einen seriösen Platz, falls es das hier gibt.«

»Ich denke, wir bringen sie in Annabelle Chapins Pension. Ich bitte Annabelle, sich um sie zu kümmern.«

Molly und Albert sahen Lauren fragend an. »Gehen Sie mit meinem Bruder mit, er bringt Sie beide unter.« Sie umarmte Molly und gab Albert die Hand. »Vielen Dank, dass Sie mich auf der Reise begleitet haben.« Sie empfand bereits Abschiedsschmerz. Wenn sie gingen, war auch die letzte Verbindung zu Onkel und Tante dahin. »Bestellen Sie Tante Eugenia, dass ich sie über den Zustand meines Vaters auf dem Laufenden halten werde. Kommen Sie gut nach Hause.«

Tanner nickte in Richtung des Büros der Postkutsche. »Warte dort, bis ich zurückkomme, Lauren. Es dauert nicht lange.«

Lauren sah zu, wie Tanner mit den beiden Dienern in Richtung Pension verschwand. Statt in die Postkutschenstation zu gehen, setzte sie sich auf die Bank vor der Tür. Es war drückend heiß. Sie hatte ganz vergessen, wie warm es in Texas werden konnte.

Sie sah sich um und war erschrocken über den Wandel, dem Sidewinder seit ihrem Weggang unterlegen war. Auffällig gekleidete Frauen mit tief ausgeschnittenen Kleidern unterhielten die Männer in den Saloons. Die Straßen waren voll von Leuten. Was stimmte hier nicht?

Lauren sah über die Straße, und ihre Kehle wurde eng, als sich ihr Blick mit dem Garret Lassiters traf. Selbst nach all der Zeit tat ihr Herz einen Sprung, als sie ihn sah. Schmerzhaft wurde ihr bewusst, dass er nicht die Art Mann war, den eine Frau leicht vergaß. Er lehnte lässig an einer Hauswand und sah sie intensiv an. Sie hatte diese Augen nicht vergessen, die sie in ihren Tagträumen verfolgt und nachts aus dem Schlaf gerissen hatten. Alleine seine Gegenwart ließ ihm wieder ihr Herz zufliegen, und es schlug wild in ihrer Brust. Tief innerlich hatte sie sich immer nach ihm gesehnt. Schmerzhaft wurde ihr die Wahrheit bewusst: Ihre Liebe zu ihm hatte nicht nachgelassen – sie war einfach zur Qual geworden.

Voller Panik sah Lauren zu, wie Garret sich von der Wand abstieß, sein Pferd losband und auf sie zukam. Er ging langsam, fast als wollte er sich anschleichen, und sein Blick war ausdruckslos. Er verströmte Macht, und sie hatte Angst, dass sich diese Macht auf sie erstrecken und sie erneut an ihn fesseln könnte. Garret ließ die Zügel los, und das Pferd blieb stehen, während Garret die Stufen hochstieg und vor Lauren stehen blieb. Seine Augen stellten ihr stumm eine Frage – aber sie wusste nicht, welche. Es war, als erwartete er eine Reaktion. Sie hob ihr Kinn ein wenig höher und wartete, dass er zu sprechen begann.

Der eisige blaue Blick, mit dem Lauren Garret betrachtete, hätte auch einem Fremden gelten können. Ihre Kälte traf ihn wie ein Faustschlag in den Bauch.

»Hallo, Lauren.«

Laurens Instinkt wollte sie dazu bringen ihm zu sagen, wie froh sie war, ihn wieder zu sehen, aber sie zögerte und entschied sich dann dagegen. »Hallo.«

Sie sah in die samtbraunen Augen, derentwegen sie

jeden Bewerber in Savannah abgewiesen hatte. Unbewusst hatte sie jeden Mann an ihm gemessen, und im Vergleich zu ihm war jeder andere verblasst. Seine Anziehungskraft war noch stärker als früher, viel gefährlicher – und aufregender.

Lauren wurde bewusst, dass sie Garret anstarrte, und sie wandte sich ab. Doch irgendwie schaffte er es, dass sie ihn wieder ansehen musste. Er war der letzte Mensch, den sie hatte sehen wollen, und doch …

Seine Lider senkten sich und verbargen diese braunen Augen, aber das Funkeln darin war elektrisierend.

»Es ist schön, dich wieder zu sehen«, sagte er mit tiefer, warmer Stimme.

»Ich hatte nicht erwartet, dich heute zu sehen«, gab sie steif zurück. Innerlich kämpften die Gefühle in ihr.

Oh, warum nur musste Garret hier sein?

»Nein?«

»Ich hätte an die Möglichkeit denken sollen, Sidewinder ist schließlich eine kleine Stadt.«

»Es ist kein Zufall, dass ich hier bin, Lauren. Ich wusste, dass du mit der Nachmittagskutsche kommen würdest.«

Was meinte er damit? Wie wenig er sich verändert hatte, nur sein Verhalten war anders. Er lächelte nicht mehr, wie er es früher immer getan hatte, wenn sie einander getroffen hatten.

Laurens Stimme zitterte, als sie sich höflich erkundigte: »Wie ist es dir ergangen, Garret?«

Sein Mund formte die Worte, aber er schien Mühe zu haben, sie auszusprechen. Schließlich bekannte er: »Ich war innerlich tot.«

»Ich verstehe nich –«

Sein herzliches Lachen schnitt ihr das Wort ab und elektrisierte sie. »Jetzt geht es mir wieder gut, Lauren, ich bin wieder lebendig. Es geht mir gut.«

Erinnerungen stürmten auf sie ein, die sie lange vergessen geglaubt hatte. Sie dachte an das unschöne letzte Mal, als sie sich getroffen hatten, und zwang sich rasch zurück in die Gegenwart.

Garret waren Laurens hervorragende Manieren oder ihre weiche Aussprache nicht entgangen. »Es scheint dir gut zu gehen.«

»Ich … ja. Wie du siehst. Ich bin zurückgekommen, weil mein Vater krank ist. Aber das weißt du sicher.«

»Ich weiß es, und es tut mir Leid.« Er legte ihr die Hand auf die Schulter, als könnte er dem Drang, sie anzufassen, nicht widerstehen. Sein Blick wanderte langsam über sie hin und nahm jedes Detail in sich auf.

»Wie war deine Reise?«, fragte er dann so lässig, als hätten sie sich erst gestern zuletzt gesehen.

Lauren hatte sich ihr Wiedersehen viele Male vorgestellt, aber auf dieses unerwartete Treffen war sie nicht eingestellt. »Langweilig und anstrengend«, erwiderte sie mit einem leichten Lächeln. Um das Zittern ihrer Hände zu verbergen, spannte sie den Sonnenschirm auf und erhob sich von der Bank, um seiner Nähe zu entkommen.

Garret sah belustigt aus, als wüsste er ganz genau, welche Wirkung er auf sie hatte. »Du bist sehr schön, Lauren. Noch mehr als früher, falls das möglich ist.« Sein sanfter Blick wanderte langsam über ihr Gesicht. »Allerdings vermisse ich die Sommersprossen. Ich sehe keine einzige.«

Sie hob ganz leicht das Kinn und wandte sich wieder zu ihm um, wobei sie wünschte, er würde gehen. »Ich bin aus den Sommersprossen herausgewachsen, Garret, so wie ich viele Kindheitsdinge hinter mir gelassen habe.«

Garret sah aus, als wollte er etwas sagen, berührte dann aber nur seinen Hut und trat zurück. »Das hast du.« Er setzte den Fuß in den Steigbügel und saß auf. »Wir sehen uns wieder, Lauren.«

Sie sah ihm nach, als er sehr aufrecht davonritt. Auch nach vier Jahren liebte sie ihn noch – ihr Wiedersehen heute hatte ihr nur gezeigt, wie sehr.

Hatte er die Frau geheiratet, von der er ihr an dem Tag, als er Raja erschossen hatte, erzählt hatte? Sie hatte nicht den Mut gehabt, ihn danach zu fragen.

Wahrscheinlich hatte er das.

Wenn es ihr nur nichts ausmachte, wenn doch nur …

Der junge Sheriff hatte das Zwischenspiel zwischen Garret Lassiter und Lauren beobachtet. Zwischen den beiden gab es etwas, was noch nicht abgeschlossen war, aber ihre vergangene Beziehung war ihm egal. Er hatte kein Interesse an Lassiter. Sein Blick wanderte zu Lauren. Würde sie ihn ablehnen, ohne ihm eine Chance zu geben? Das Treffen mit ihr verunsicherte ihn mehr als das mit Tanner oder dem immer noch abwesenden Stone. Aus irgendeinem Grund war ihm ihre Anerkennung wichtiger als die ihrer Brüder.

In dem Moment wandte Lauren sich um und traf seinen Blick. Er lächelte leicht, aber sie hob das Kinn und wandte sich ab.

Genau die Reaktion, die er von einer weißen Frau ihrer

Gesellschaftsklasse erwartet hatte. In dem Moment entschloss er sich, sie nie anzusprechen. Falls sie zu ihm käme, wäre das etwas anderes, aber er bezweifelte, dass sie das je tun würde.

Estaban Velasquez belud einen Wagen mit Vorräten und beobachtete die Szene auf der Hauptstraße von Sidewinder. Keiner wusste besser als er, was alle Beteiligten dachten und fühlten, denn er legte es darauf an, alles über die zu erfahren, die mit dem *patrón* zu tun hatten, und Señorita McBride war für Garret Lassiter definitiv interessant.

Estaban schulterte einen Mehlsack und lud ihn so heftig in den Wagen, dass die Bohlen knarrten. Wann immer er von einem Lassiter einen Befehl annehmen musste, vertiefte sich sein Hass auf sie. Ihm war aufgetragen worden, heute Vorräte zu besorgen, weil niemand sonst auf der Ranch diese Aufgabe mochte. Nun, er hatte heute hier sein wollen – er hatte Garrets Reaktion auf Señorita McBrides Heimkehr beobachten wollen. Jetzt wusste er, dass sie noch immer viel füreinander empfanden.

Er winkte dem Ladenbesitzer flüchtig zu, stieg auf den Wagen und fuhr aus der Stadt. Ihm kam es so vor, als habe Señorita McBride den *patrón* recht kühl begrüßt. Er beobachtete Garret Lassiter seit Jahren und kannte ihn durch und durch. Seit Señorita McBride damals weggegangen war, hatte es keine andere Frau in Garrets Leben gegeben, zumindest keine, die zählte.

Garret Lassiter verzehrte sich vor Liebe zu der schönen Señorita.

Estaban dachte daran, wie er zuletzt eine Frau mit

solcher Macht geliebt hatte. Bittere Erinnerungen überwältigten ihn. Seine schöne Carmelita hatte keinen Mann ohne Land und Geld gewollt. Sie hatte einen anderen geheiratet, der beides hatte. Carmelita war treulos gewesen, *pérfido*!

Doch das war Vergangenheit. Er erlaubte sich kaum noch, je an sie zu denken.

Estaban lächelte und lachte dann laut. Sollte der *patrón* seine Liebe umwerben und für sich gewinnen. Er war immer noch gewillt zu warten und erst dann zuzuschlagen, wenn Garret Lassiter noch viel mehr zu verlieren hatte.

»Sie wollen sie, Señor Lassiter«, knurrte der Spanier vor sich hin. »Lieben Sie sie, verzehren Sie sich nach ihr. Und wenn die schöne Señorita einwilligt, Sie zu heiraten, und Sie glücklich sind, werde ich Ihren Vater töten, wie ich es mit Ihrer Mutter getan habe. Und dann sind Sie an der Reihe.« Es verlieh ihm ein Gefühl von Macht, wenn er sich vorstellte, dass er den *patrón* strafen konnte, wann er wollte.

8

Lauren saß neben Tanner, ihren Arm durch seinen geschoben, während er die Kutsche durch Sidewinder lenkte. Für Lauren mischten sich mit ihrer Heimkehr Glück und Trauer. Glück empfand sie über das Wiedersehen mit Tanner und das Wissen, dass es ihm gut ging. Sie hatte sich so lange um ihn Sorgen gemacht, dass sie jetzt pures Glück empfand.

»Es ist so schön, dich wieder zu sehen«, bekannte sie mit einem Blick in sein hübsches Gesicht. »Ich habe dich so vermisst.«

Er blickte sie mit sanften Augen an, die Lippen zu diesem Lächeln verzogen, das immer nur ihr gegolten hatte. »Sieh dich nur an, völlig erwachsen.« Sein Lächeln wurde breiter. »Und du hast dich für einen Rotschopf prächtig herausgemacht.« Er schwieg. »Du erinnerst mich sehr an Ma.«

Tanner hatte sie immer mit ihren roten Haaren geneckt, aber bei ihm hatte es ihr nie etwas ausgemacht, genauso wenig wie es sie gestört hatte, wenn Garret sie »kleiner Rotschopf« genannt hatte. »Es ist traurig für mich«, erwiderte Lauren, »dass ich mich an unsere Mutter kaum erinnern kann. Je mehr Zeit vergeht, desto weniger sehe ich sie vor mir.«

»Wenn du wissen willst, wie sie aussah, brauchst du nur in den Spiegel zu sehen.«

»Wirklich?«

»Du bist größer und hast auch ein wenig von Pas Gesichtszügen geerbt, aber du siehst Ma sehr ähnlich.«

»Warum hat Vater unsere Mutter nicht geliebt?«

Er hob eine Braue. »Vater und Mutter statt Pa und Ma?« Neckend sah er sie an. »Lauren, du bist ja wirklich als junge Dame nach Hause zurückgekommen. Was haben sie in Savannah mit dir gemacht?«

Sie drückte ihre Wange gegen seinen Arm. »Sie haben die rauen Kanten geschliffen.« Sie lachte, als sie daran dachte, wie sie in Savannah eingetroffen war. »Du hättest die Sprachlehrerin sehen sollen, die Tante Eugenia für mich eingestellt hatte. Miss Primpton war entsetzt von meinem, wie sie sagte, ›wilden Texas-Akzent‹.« Lauren hob die Stimme, als sie ihre Lehrerin nachahmte. »Meine Liebe, wenn du es nicht lernst, richtig zu sprechen, wirst du nie eine Dame werden.«

»Das muss nicht leicht für dich gewesen sein.«

»Anfangs war ich einsam. Aber Tante Eugenia und Onkel Morgan waren sehr gut zu mir und haben mir das Gefühl gegeben, zu ihrer Familie zu gehören. Ich hatte es gut bei ihnen, Tanner. Ich wünschte, du könntest sie kennen lernen.«

»Und jetzt bist du zu dem hier«, – er machte eine ausholende Armbewegung – »zurückgekommen.«

»Fast wäre ich nicht gekommen. Nachdem ich Mr. Hanes' Brief bekommen hatte, wollte ich erst dort bleiben. Erst als Onkel Morgan mir geraten hat, mich genauer zu erkundigen, und ich erfahren habe, dass Pa wirklich schwer krank ist, habe ich mich zu der Reise entschlossen.«

Tanner sah in die Ferne. »Dann sind jetzt drei von uns zu Hause.«

»Stone ist also auch gekommen.« Lauren freute sich darauf, ihren zweiten Bruder zu sehen. Sie hatte Stone nie gesagt, wie sehr sie ihn liebte. Wenn sie jetzt zurückblickte, wurde ihr klar, dass ihr älterer Bruder immer im Hintergrund gewesen war und sich um sie gekümmert hatte. »Es ist schön, Stone wieder zu sehen. Hat er sich sehr verändert? Ich hoffe, dass ihr beide eure Differenzen beigelegt habt. Jetzt, wo ich älter bin, wird mir klar, wie wichtig Familie ist.«

Tanner sah sie an, damit er ihre Reaktion auf das, was er ihr zu sagen hatte, beobachten konnte. Sie musste es erfahren, und es war besser, wenn die Nachricht von ihm kam. »Ich meine nicht Stone. Er ist noch nicht da.«

Sie sah verwirrt aus. »Nicht Stone? Wen meinst du dann mit dem Dritten?«

»Lauren.« Tanner rückte unbehaglich hin und her. »Ich muss dir etwas sagen und weiß nicht genau, wie ich das machen soll.«

Sie schob ihre Hand in seine. »Die beste Art, etwas zu sagen, ist geradeheraus. Hat Pa das nicht immer gesagt?«

»Ja, ich glaube schon«, stimmte er zu. »Lauren … wir haben noch einen Bruder.«

Sie lächelte. »Ja, ich weiß, Stone.«

Er schüttelte den Kopf. »Ich spreche nicht von Stone, auch wenn Chase McBride so alt ist wie Stone.«

Lauren runzelte die Stirn. Sie wusste, dass das, was Tanner ihr mitzuteilen hatte, ihr nicht gefallen würde. »Ich verstehe nicht. Was willst du damit sagen?«

»Pa … war mit einer anderen Frau zusammen, als Ma

mit Stone schwanger war. Das Ergebnis war … ist, dass wir noch einen Bruder haben. Er heißt Chase und ist jetzt in Sidewinder. Pa hat ihn wie uns andere nach Hause gerufen.«

Lauren kämpfte gegen eine plötzliche Übelkeit an. »Wie ist das möglich?«

»Du weißt es vielleicht nicht, Lauren, aber Pa hatte viele Frauen, solange er mit Ma verheiratet war. Chase ist das Resultat eines seiner Seitensprünge. Und nicht nur das, Chase' Ma war eine Indianerin vom Stamme der Komantschen.«

»Warum erzählst du mir das jetzt?«

»Weil Chase ein McBride ist und du ihn von Zeit zu Zeit sehen wirst.«

»Ein McBride.«

»Er ist unser Bruder. Es mag uns nicht gefallen, was Pa getan hat, aber das ist nicht Chase' Schuld. Ich weiß nicht, wie du und Stone ihn sehen werdet, aber ich habe ihn bereits als meinen Bruder anerkannt.«

Sie schluckte und versuchte zu verarbeiten, was Tanner ihr da erzählt hatte. »Du bittest mich, diese … Person zu akzeptieren, die aus Pas Seitensprung hervorgegangen ist?«

»Nein, das ist eine Entscheidung, die du ganz alleine treffen musst.« Er sah sie scharf an. »Aber vielleicht möchtest du darüber nachdenken – Chase hat wahrscheinlich mehr darunter gelitten als wir. Ich hoffe, du weißt, wie schwer er es hatte, weil er ohne einen Pa aufwachsen musste.«

Plötzlich erinnerte Lauren sich an den Mann, den sie vom Fenster der Kutsche aus gesehen hatte. Er war ihr bekannt vorgekommen, weil er wie ein McBride aussah. »Ist er der Sheriff?«

Tanner sah verblüfft aus. »Ja. Woher weißt du das?«

»Ich habe ihn gesehen, als die Kutsche in die Stadt fuhr.«

»Er war Texas Ranger, ehe er Sheriff wurde. Er hat sich vorgenommen, in Sidewinder aufzuräumen, und ich glaube, dass ihm das gelingen wird. Die Stadt ist in den letzten Jahren ziemlich heruntergekommen.«

»Das habe ich gesehen.«

»Es wäre gut, wenn du Chase einen Besuch abstatten würdest, Lauren. Er ist stolz und würde dich nie von sich aus aufsuchen.«

Lauren dachte an ihre Mutter und fragte sich, ob sie wohl gewusst hatte, dass ihr Mann noch einen Sohn gezeugt hatte. »Ich bin mir nicht sicher, ob ich das schaffe. Es kommt mir Ma gegenüber illoyal vor.«

»Das hat mit Ma nichts zu tun. Ich glaube, Chase erwartet, dass du ihn sofort zurückweist. Ich denke nicht, dass du das tust, wenn du erst einmal Zeit hattest, über die Sache nachzudenken.«

Lauren schwieg, dann fragte sie sanft: »Er trägt den Namen McBride?«

»Ja. Chase erweckt den Eindruck, als wenn ihm alles egal wäre – aber was meinst du wohl, warum er unseren Namen trägt, wenn ihm das so unbedeutend wäre?«

»Ich weiß es nicht.« Sie sah in die Ferne. »Ich weiß nicht, was ich von ihm halten soll. Es kommt alles so unerwartet. Lass mir ein wenig Zeit.«

»Lass dir alle Zeit, die du brauchst.«

Dann schwiegen sie beide, und Lauren wusste, dass Tanner ihr Gelegenheit gab, sich zu fassen.

»Hast du von Stone etwas gehört?«, fragte Tanner schließlich.

Lauren schüttelte den Kopf. »In der ganzen Zeit habe ich nur einen Brief bekommen, und das ist schon lange her. Damals hat er mir geschrieben, dass er die Circle M einen Tag nach mir verlassen hat. Ich hatte seine Adresse nicht, so dass ich ihm nicht antworten konnte.« Sie sah Tanner an und fragte sich, warum er ihr nie geschrieben hatte, obwohl er es ihr versprochen hatte. »Ich hätte auch dir geschrieben, aber auch von dir hatte ich keine Adresse.«

»Du hast keinen meiner Briefe beantwortet, deshalb habe ich gedacht, dass du noch immer wütend auf mich bist.« Er sah sie fragend an. »Als ich wegging, warst du sehr böse auf mich.«

Lauren runzelte die Stirn. »Wovon redest du, Tanner? Ich habe nie einen Brief von dir bekommen.«

»Was!« Er schnalzte mit den Zügeln, und die Pferde fielen jetzt, wo sie die Stadt hinter sich hatten, in einen lockeren Trab. »Ich kann glauben, dass ein oder auch mal zwei Briefe verloren gehen, aber ich habe dir ein halbes Jahr lang alle zwei Wochen geschrieben. All diese Briefe können nicht verloren gegangen sein.«

Sie kamen beide zu demselben Schluss und riefen im Chor: »Clare!«

»Verdammte Frau«, schimpfte Tanner ärgerlich. »Sie macht immer nur Ärger. Warum hat sie das nur getan?«

»Du weißt doch, warum. Sie war besessen von dir und hat deine Briefe wahrscheinlich wieder und wieder gelesen. Lass nicht zu, dass sie unser Wiedersehen verdirbt. Sie wäre nur froh, wenn sie wüsste, dass sie so viel Macht über uns hatte. Mit Clare werden wir uns noch befassen. Und jetzt erzähl mir von Pa.«

»Wie ich schon sagte, er liegt im Sterben. Es ist

hauptsächlich sein Herz, aber ich glaube, auch noch ein paar andere Dinge.«

»Ich weiß nicht, was ich zu ihm sagen soll, wenn ich ihn sehe. Vor allem jetzt, wo ich das mit … Chase weiß.«

»Das muss kein Problem sein. Pa lässt dich vielleicht sowieso erst einmal nicht zu sich. Clare wird ohnehin versuchen, dich von ihm fern zu halten.«

»Sie soll es nur versuchen.« Laurens Augen blitzten trotzig auf. »Ich hoffe fast, dass sie es versucht. Ich werde ihr nie verzeihen, dass sie mir deine Briefe vorenthalten hat.«

Er lachte. »Na, du bist ja richtig geladen.«

»Ich bin nicht mehr das verängstigte kleine Mädchen von früher.« Sie fächelte sich mit ihrem Taschentuch Luft zu. »Was hat Pa für Pflege?«

»Der Arzt kommt oft zu ihm, und dann hat er noch einen Pfleger namens Tiny. Clare mag ihn überhaupt nicht, was ihn mir sofort sympathisch macht. Er scheint sich gut um Pa zu kümmern.«

»Tiny wer? Wo kommt er her?«

»Ich weiß es nicht. Jeb sagt, dass Pa ihm früher einmal einen Gefallen getan hat, und seitdem ist Tiny ihm ergeben. Falls er einen Familiennamen hat, habe ich ihn nie gehört. Er ist stumm. Ich kann mich mit ihm mittels Gebärdensprache der Indianer verständigen.«

»Ich freue mich darauf, Jeb wieder zu sehen. Wie geht es ihm denn?«

»Jeb ist ganz der Alte – solide und stark. Clare hat all die Jahre versucht, ihn loszuwerden, aber es ist ihr nicht gelungen.« Er lächelte. »Es muss schwer für sie sein, einen Mann um sich zu haben, der sie verachtet.« Er hob die Zügel, und die Pferde fielen in Galopp. »Ich sollte dich warnen, dass Manuelo immer noch ganz auf Clares Seite steht. Dieser Mann tut alles, worum sie ihn bittet.«

Lauren sah auf die vertraute Prärie hinaus. Sie war nach Hause gekommen, aber hier war nicht mehr ihr Zuhause. »Ich will dieses Erbe nicht, Tanner – nichts davon.«

»Mir geht es ebenso, und Chase auch. Du kannst davon ausgehen, dass Clare alles daran setzen wird, dass wir auch weiter so empfinden.«

Lauren erschauerte. »Ich hatte gehofft, sie nie wieder sehen zu müssen.«

Tanner lächelte. »Ich denke, deine Stiefmutter muss sich auf eine Überraschung gefasst machen, wenn sie dich sieht. Sie hat nie gewusst, wie man sich angesichts einer echten Dame benimmt.«

Lauren straffte die Schultern. »Ich bin für sie bereit.« Dann setzte sie unsicher hinzu: »Hoffe ich.«

»Ich werde auf dich aufpassen, so gut ich kann, aber sei vorsichtig«, warnte Tanner. »Im Moment ist sie verzweifelt, weil wir alle nach Hause kommen, und ich traue ihr alles zu.«

»Wir wissen beide, warum du damals gegangen bist, Tanner. Ich war mir nicht sicher, ob du nach Hause kommen würdest.«

»Du glaubst doch nicht die Lügen, die Clare damals über mich erzählt hat, Lauren?« Er sah sie fragend an. »Ich meine, über mich … und sie?«

»Natürlich nicht! Wie kannst du überhaupt fragen?«

»Ich habe die Frau nie angerührt, aber sie hat weiß Gott alles versucht, damit ich es tue. Sie hat Pa angelogen und tut es heute noch. Ich weiß nicht, ob er ihr glaubt. Ich weiß nicht, warum er das tun sollte.«

»Sie würde alles behaupten, wenn es ihr nützt, das wissen wir beide.«

»Ja.«

»Tanner, hast du Garret heute in der Stadt gesehen?«

Er betrachtete sie genau. »Ich habe ihn gesehen. Warum?«

»Ach … nur eine Frage.«

Ein spitzbübisches Funkeln trat in seine Augen. »Wenn ich mich recht erinnere, warst du in Garret verliebt.«

»Das ist vier Jahre her, und es kommt mir vor wie eine Ewigkeit. Damals war ich ein anderer Mensch.«

»Ich habe gesehen, wie du mit Garret gesprochen hast, als ich Albert und Molly in die Pension gebracht habe. Er hat den ganzen Morgen in der Stadt herumgehangen, als wenn er auf etwas gewartet hätte. Wenn ich jetzt darüber nachdenke, hat er wahrscheinlich darauf gewartet, dich zu sehen.«

»Ich kann mir nicht vorstellen, warum. Er hat mich nie ernst genommen.« Die Brust wurde ihr eng. »Ich nehme an, dass er längst verheiratet ist.«

»Nein.«

Lauren verspürte plötzlich Schwindel und ein Glücksgefühl. »Nicht verheiratet? Ich dachte, er wäre es.«

Die Sonne ging unter und färbte den Himmel tiefrot, als sie durch die Einfahrt der Circle M Ranch fuhren. Sie waren noch zu weit entfernt, um das Haus zu sehen, aber Lauren kannte jeden Winkel davon. Hier war der letzte Ort, wo sie sein wollte.

Sie betrachtete das verwitterte Schild mit dem Namen der Ranch, und kurz darauf brachte Tanner den Wagen zum Stehen. Lauren brauchte eine Weile, um zu erkennen, wo sie waren. Ihr Blick umfasste die vertrauten Felsen und das Flussbett, in dem ihre Mutter bei einem Wagenunfall ihr Leben gelassen hatte.

Lauren wandte sich zu Tanner um und sah den Schmerz in seinen Augen. »Quälst du dich immer noch mit Mas Tod?«

»Pa und Stone haben mir nie geglaubt, aber ich habe das Rad damals festgeschraubt. Ich kann mir nicht vorstellen, wie es abgegangen sein soll.«

»Du brauchst dir keine Vorwürfe zu machen, Tanner. Lass die Vergangenheit ruhen. Wir wissen beide, dass es nicht deine Schuld war.«

»Das ist nicht alles«, gab er leise zurück. »Ich muss herausfinden, was damals den Unfall verursacht hat. Ich hatte das Rad gerade erneuert und kann mir nicht vorstellen, dass es sich von selbst gelöst hat. Jemand hat da seine Hände im Spiel gehabt.«

Laurens Augen weiteten sich vor Schreck. »Du denkst, dass jemand vorsätzlich das Rad gelockert hat? Wer sollte das gewesen sein?«

Es wurde dunkel, und überall um sie verdichteten sich die Schatten. »Ich weiß nicht, was passiert ist, aber ich habe vor, es herauszufinden.«

»Vielleicht werden wir die Wahrheit nie erfahren. Aber du musst aufhören, dich so zu quälen.«

Er ergriff ihre Hand und verschlang seine Finger mit ihren. »Es hilft mir, dass du mir glaubst.«

Sie lächelte und küsste ihn auf die Wange. »Ich würde dir glauben, wenn du mir sagtest, dass gestern heute ist.«

Er erwiderte ihr Lächeln und drückte sie kurz an sich.

»Ich habe bis heute nicht gewusst, wie sehr ich meine kleine Schwester brauche.«

Sie zog sich zurück und sah ihn gespielt entsetzt an. »Was? Der große Tanner McBride braucht seine Schwester? Oder irgendeine Frau, wo wir gerade dabei sind?«

»Es gibt eine Frau.« Er betrachtete die gezackten Hügel, ehe er sie ansah. »Ich habe überlegt, wie ich dir am besten von Callie erzähle.«

»Wer ist Callie?«

»Sie ist meine Frau, Lauren.«

Lauren lächelte, und ihre Augen blitzten.

»Frau! Dann hat dich also endlich jemand gezähmt, Tanner McBride.« Sie warf den Kopf zurück und lachte glücklich. »Das muss viele Frauen enttäuscht haben, die ihre Hoffnungen auf dich gesetzt hatten. Erzähl mir *alles* über meine neue Schwägerin.«

»Ich kann dir nicht erklären, was mit mir passiert ist, als ich sie zum ersten Mal gesehen habe, aber ich wusste sofort, dass sie die einzige Frau auf der Welt für mich ist.« Er schwieg, als wenn er sich erinnerte. »Es gab Zeiten, in denen ich Angst hatte, wir würden nie zusammenkommen.«

»Aber das seid ihr.«

»Du kannst dir nicht vorstellen, was ich für Callie durchgemacht habe.« Er lächelte schwach. »Aber ich habe das Mädchen bekommen.«

»Ich wette, deine Heirat ist Clare ganz schön übel aufgestoßen.«

Tanner wickelte sich die Zügel um die Hand. »Keine Sorge, meine Callie ist Clare durchaus gewachsen.«

Lauren sah ihn prüfend an. »Dann bin ich schon geneigt, sie zu mögen.«

»Ich habe ihr alles über dich erzählt, und sie kann es nicht abwarten, dich kennen zu lernen.«

Lauren betrachtete ihren Bruder gründlich. Er war immer noch angespannt, und sie wusste, dass er sich um ihren Vater Sorgen machte, aber die Rastlosigkeit, die ihn früher gequält hatte, war verschwunden. Sie dachte bei sich, dass dem so war, weil er in seiner Ehe glücklich war. »Wie gefällt es Callie, mit Clare unter einem Dach zu leben?«

Er warf ihr einen Blick zu. »Das müsstest du besser wissen. Ich würde meine Frau nie dieser Viper aussetzen. Wir haben uns das alte Waschhäuschen sehr nett zurechtgemacht. Callie hat eine Begabung dafür, die alte Hütte zu einem echten Zuhause zu machen. Aber heute wartet sie in der Ranch auf dich.«

»Dann lass uns fahren! Ich will meine Schwägerin kennen lernen.«

Callie hielt jetzt seit über einer Stunde nach dem Wagen Ausschau. Sie müssten doch mittlerweile längst da sein. Sie trat auf die Veranda und spürte einen kühlen Hauch an den Wangen. Sie war ein wenig besorgt wegen des Treffens mit Lauren. Was, wenn Lauren sie nicht mochte?

Dann stieg Staub in der Ferne auf, und sie umklammerte das Geländer. Bald würde sie es wissen. Als Tanner die Pferde anhielt, war es zu dunkel, um Lauren richtig sehen zu können.

Ohne auf eine Vorstellung zu warten oder darauf, dass Tanner ihr aus dem Wagen half, sprang Lauren von ihrem Sitz und lief auf die Frau auf der Veranda zu. Ein paar Schritte vor Callie blieb sie stehen und sah sie genau an. Callie McBride hatte honigfarbene Augen, die im Moment höchst unsicher dreinsahen. Ihr Haar war braun mit goldenen Strähnen darin, die im Licht aufleuchteten.

»Du bist also die Frau, die meinen Bruder dazu gebracht hat, sein Singledasein aufzugeben. Ich freue mich, dich in der Familie willkommen heißen zu können.«

»Ich … danke dir.«

Lauren erkannte die Sorge in den goldenen Augen. »Ich bin deine Schwester Lauren.« Sie umarmte die andere Frau. »Wir werden sicher gute Freundinnen sein.«

Callie war erleichtert und verlor etwas von ihrer Nervosität. »Das hoffe ich.«

Lauren lachte leise. »Wie könnte es anders sein? Wir lieben beide denselben Mann.«

Jetzt lachte auch Callie. »Tanner hat mir gleich gesagt, dass ich dich mögen würde, und er hatte Recht.«

Lauren hob eine Braue. »Dann lass uns eine Allianz bilden, wenn wir Clare entgegentreten.«

»Wir haben ihr nicht gesagt, dass du kommst, nur dein Pa weiß es.«

Lauren legte den Kopf zur Seite. »Ah, gut, dann habe ich das Überraschungsmoment auf meiner Seite.«

Callies Blick traf sich mit Tanners, und er nickte zustimmend. »Lasst es uns hinter uns bringen«, sagte er und ging zur Tür.

Lauren zögerte und sah die Tür an. Sie hatte das dumpfe Gefühl, dass ihr Leben völlig außer Kontrolle geraten würde, wenn sie erst einmal die Schwelle überschritt.

9

Clare war gerade nach unten gekommen und blieb mit verblüfftem Gesicht auf der untersten Stufe stehen.

»Lauren?«

»Clare.«

»Dann bist du also zurück.«

Lauren erwiderte den Blick ihrer Stiefmutter. »Wie du siehst.« Sie schaffte es nicht, so zu tun, als wäre sie froh, Clare wieder zu sehen, und so lag keine Wärme in ihrer Begrüßung.

Clare warf Callie einen bösen Blick zu. »Du hast mir nicht erzählt, dass Tanner in die Stadt gefahren ist, um seine Schwester zu holen. Deshalb also hast du den ganzen Tag hier herumgelungert. Ich hätte mir denken sollen, dass ihr etwas im Schilde führt.«

Callie zuckte die Achseln. »Ich muss vergessen haben, es dir zu erzählen.«

»Na sicher«, fauchte Clare wütend. »Was willst du hier, Lauren?«, wandte sie sich dann an ihre Stieftochter und musterte sie von Kopf bis Fuß, ohne dass ihr die erstaunliche Verwandlung entging.

»Das ist doch wohl offensichtlich, Stiefmutter. Mein Vater wünscht mich hier.«

Clare musterte neidisch Laurens elegantes Kleid und den modischen Hut. Sie konnte ihren Hass auf die junge

Frau kaum verbergen, deshalb marschierte sie an den dreien vorbei zur Tür. Jetzt, wo Lauren so unerwartet aufgetaucht war, musste sie überlegen, welche Schritte sie als Nächstes unternehmen würde. Himmel, die einzige Katastrophe, die sich jetzt noch ereignen konnte, war, dass auch Stone zurückkam. Und das würde er wahrscheinlich tun.

Lauren hielt an der Tür inne, die zitternde Hand an der Klinke. Sie wollte ihren Vater sehen, aber er sollte so sein, wie sie ihn in Erinnerung hatte, groß und stark. Als Kind hatte sie geglaubt, dass es nichts gäbe, was Tom McBride nicht schaffen könnte. Jetzt war er ans Bett gefesselt, und seine ganze Welt war das Schlafzimmer.

Dann wurde ihr die Entscheidung, ob sie eintreten sollte, aus der Hand genommen. Die Tür ging auf, und sie stand Auge in Auge mit einem dünnen, dunkelhaarigen Mann. Er nahm ihre Erscheinung mit einem raschen Blick in sich auf, nickte und trat beiseite, damit sie eintreten konnte.

»Sie müssen Tiny sein; Tanner hat mir von Ihnen erzählt. Ich bin Lauren«, setzte sie unnötigerweise hinzu. »Ich möchte meinen Vater sehen.«

Tiny nickte und ging dann, so dass sie mit ihrem Vater alleine blieb.

Im Zimmer war es dunkel, und die Vorhänge waren geschlossen. Die schwere Luft roch nach Krankheit und Medizin. Lauren bemühte sich, ihren Vater in der Dunkelheit zu erkennen.

»Hör auf zu gaffen, Mädchen, und komm her«, befahl ihr Vater mit schwacher Stimme und begann dann zu husten.

Lauren eilte ans Bett, sank auf die Knie und half ihrem

Vater, sich aufzusetzen. Sie hoffte, dass ihr Entsetzen beim Anblick des abgezehrten, zerbrechlichen Mannes sich nicht in ihrem Gesicht verriet.

Dieser kranke Mann ähnelte in nichts ihrem starken Vater.

Als Tom sich erholt hatte, sank er in die Kissen zurück und sah sie an, wobei er meinte, das Licht würde ihn täuschen. Wenn das Lauren war, sah sie fast genauso aus wie ihre Mutter, als er sie zum ersten Mal gesehen hatte. Fast hatte er die heitere Gelassenheit vergessen, den seine erste Frau in sein Leben gebracht hatte. Damals hatte er sie nicht zu schätzen gewusst. Inzwischen hatte er viel Zeit gehabt, um über diesen Fehler und andere, die er gemacht hatte, nachzudenken. Emily war sanft und freundlich gewesen und so anders als Clare, wie es extremer kaum möglich war. Er versuchte, nicht daran zu denken – nicht jetzt.

»So«, begann er und blinzelte. »Du bist also nach Hause gekommen, um dir dein Erbe zu schnappen. Ich dachte mir schon, dass euch die Gier hierher zieht, wenn schon nichts anderes euch lockt.«

Lauren konnte den Geruch des ungewaschenen Körpers kaum ertragen. »Du täuschst dich, wenn du denkst, ich wollte einen Teil deines Geldes haben. Ich bin nach Hause gekommen, um meine Brüder wieder zu sehen und um dir so viel Trost wie möglich zu spenden. Ich will nichts von deiner Ranch und deinem sonstigen Besitz.«

Tom schwieg lange Zeit. »Diese hochgestochene Erziehung hat dir gut getan. Du sprichst genauso wie diese verdammten Lassiters mit ihrer hochtrabenden Art.« Plötzliche Energie schien ihn zu erfüllen, und er lächelte. »Zum

Teufel, in Virginia waren sie Gentleman-Farmer. Wenn wir damals dort gelebt hätten, wären wir wahrscheinlich ihre Angestellten gewesen. Sie mögen ja blaues Blut in den Adern haben, aber sie sind keinen Deut mehr wert als ich. Garret ist so erzogen worden, dass er aufsteht, sobald eine Dame den Raum betritt, und im Haus den Hut absetzt. Aber kratz an der Oberfläche eines Lassiters, und du wirst sehen, dass er ganz genauso blutet wie der Rest der Welt.«

Lauren streckte die Hand aus und drehte die Lampe auf dem Nachttisch höher. Sie sah, dass das blasse Gesicht ihres Vaters jetzt hochrot war. »Ich weiß, dass du die Lassiters nicht magst; die alten Diskussionen brauchen wir jetzt nicht wieder aufzunehmen.«

»Ich mag sie schon«, gab Tom widerstrebend zu und beobachtete ihre Reaktion. »Die Frage ist, was empfindest du für Garret?«

»Ich sehe nicht, was das zu tun hat mit –«

»Du bist richtig hübsch geworden, Mädchen. Das hätte ich nie gedacht.«

»Siehst du mich so, als hübsch? Man sagt, ich sähe aus wie meine Mutter und hätte das Temperament meines Vaters.«

Toms Lachen endete erneut in einem Hustenanfall. Seine Haut war wieder blass und dünn wie Pergament, und sein Atem ging flach. Lauren wollte ihm helfen, doch er winkte ab. Als er wieder bei Atem war, stieß er hervor: »Ich wette, dass dein Temperament oft mit dir durchgeht. In Savannah hast du es ihnen sicher gezeigt, wette ich.«

»Ich habe gelernt, mein Temperament mittels Vernunft zu zügeln, was du nie gelernt hast, Pa. Aber wer weiß, wenn ich lange genug hier bin, finde ich vielleicht zu meinem alten Selbst zurück.«

Wieder lachte ihr Vater auf, und wieder erlitt er einen Hustenanfall. Mitleidig griff Lauren nach seiner Hand. »Ist es immer so schlimm, Pa?«

Er konnte nicht antworten, nickte aber, als eine seltsame Ruhe ihn überkam. Bis vor kurzem hatte er nicht viel über seine Tochter nachgedacht, aber das hätte er tun sollen. Er spürte ihren Stolz und wünschte, er hätte ihr mehr Zuneigung gezeigt. Er hoffte nur, dass ihm noch genug Zeit blieb, um das Versäumte nachzuholen. Sie würde wüten und toben, wenn sie erfuhr, was er für sie vorgesehen hatte. Doch ihr Zorn würde ihr nichts nutzen. Er kannte ihre Schwächen und würde sie ausnutzen, um sein Ziel zu erreichen.

Lauren erhob sich und ging durchs Zimmer. »Zuerst einmal ist es viel zu heiß und stickig hier drin. Du brauchst frische Luft, ein Bad, und dein Bett muss jeden Tag frisch bezogen werden.«

»Hör mal, Mädchen, glaub nicht, dass du hier hereinschneien und alles anders machen kannst.«

Sie zog die schweren Vorhänge beiseite und schob das Fenster hoch, dann ging sie zur anderen Seite des Zimmers und verfuhr dort genauso. »So ist es schon besser. Versteht dieser Tiny, was du sagst?«

»Er kann hören, nur nicht sprechen.«

»Gut, ich werde ihm sagen, was er tun soll.«

Tom rollte den Kopf auf dem Kissen hin und her und atmete tief die frische Luft ein. »Clare denkt, dass es mir schadet, wenn ich zu oft bade. Und sie sagt, Luft sei nicht gut für meine Lungen.«

»Na, das ist aber schade. Du wirst frische Luft bekommen, und ich will, dass du auf der Stelle ein Bad nimmst.«

Tom sah ihr nach, als sie das Zimmer verließ, und lächelte vor sich hin. Verdammt wollte er sein, wenn sie nicht ein bisschen Leben in die Bude brachte.

So eine Tochter hatte nicht einmal Barnard Lassiter zustande gebracht.

Lauren eilte nach unten ins Wohnzimmer. Das Zimmer war noch genauso wie damals, als ihre Mutter noch am Leben gewesen war. Sie fragte sich, warum Clare das Haus nicht von allem gesäubert hatte, das ihren Vater an seine erste Frau erinnert hatte. Zog sie ein makabres Vergnügen daraus, die Sachen ihrer Vorgängerin zu einer Art Schrein zu machen?

Lauren war sich nie sicher, was in Clares Kopf vorging oder was ihre Motive für ihr Tun waren.

»Es hat dich also nach Hause gezogen wie einen Geier, der die Verwesung riecht.«

Lauren drehte sich zu ihrer Stiefmutter um, ohne ihre Abneigung zu ihr zu verbergen. »Du hast dich schon immer auf eine unverwechselbare Weise ausgedrückt, Clare.«

Clare funkelte ihre Stieftochter wütend an und betrachtete dann deren exquisites Kleid. Als sie die Perlen um Laurens Hals sah, die zweifelsohne echt waren, erstickte sie fast an ihrem Neid. Laurens blaue Augen zeigten einen überlegenen Ausdruck, den sie bestimmt von ihren Verwandten in Savannah gelernt hatte. »Was willst du damit sagen?«, verlangte Clare zu wissen.

»Verzeih«, sagte Lauren ohne jede Reue. »Es war unfair

von mir, dich mit meiner Tante Eugenia zu vergleichen, ohne daran zu denken, dass du nie gelernt hast, wie sich eine echte Dame benimmt. Das ist nicht dein Fehler.«

Zum ersten Mal in ihrem Leben fühlte Clare sich einer anderen Frau unterlegen. Der magere kleine Rotschopf, den sie nach Georgia geschickt hatte, war voller Selbstbewusstsein zurückgekommen. Sie erinnerte Clare an diese hochgestochenen Lassiters, die immer auf sie herabgesehen hatten. »Soll das eine Beleidigung sein?«

Lauren gab vor, überrascht zu sein. »Klang es so?« Sie griff nach einem Glasvogel, der zu den Lieblingsstücken ihrer Mutter gehört hatte, und studierte ihn genau, um Clare nicht ansehen zu müssen. In unaufrichtigem Ton setzte sie hinzu: »Um Himmels willen, wenn ich dich irgendwie beleidigt habe, entschuldige ich mich.«

Clare errötete und ballte die Fäuste, bis ihr die Nägel in die Handflächen schnitten. »Hör zu, kleines Mädchen, denk ja nicht, du könntest deine feine Art benutzen, damit ich mich unterlegen fühle.«

»Habe ich das getan? Wenn man sich unwissend fühlt, Clare, liegt das immer an einem selbst.« Sie nahm den blauen Glasvogel und ging zur Tür. »Ich stelle das in mein Zimmer, weil es das Lieblingsstück meiner Mutter war.«

Clare trat ihr in den Weg und überlegte dabei, wie sie mit dem Mädchen umgehen sollte. »Du bist die Art Frau geworden, die ich immer verachtet habe.«

»Danke. Meine Tante Eugenia würde sich freuen zu hören, dass ihre Bemühungen nicht verschwendet waren. Sie hat alles daran gesetzt, mich zu einer Dame zu erziehen, so wie meine Mutter eine war.«

Clare wusste nichts darauf zu sagen. Diese kleine Natter verwendete alles, was Clare sagte, gegen sie selbst. Sie versuchte es anders. »Ich habe gehört, wie du Anordnungen zur Pflege deines Vaters gegeben hast. Ich bin seine Frau, und ich bestimme, wie er gepflegt wird.«

»Soweit ich weiß, wird Doc Pierce morgen kommen, und dann werde ich ihn fragen, warum mein Vater in einem heißen, stickigen Raum liegt. Die Atmosphäre dadrin würde schon einen gesunden Mann deprimieren, geschweige denn einen, der die gesundheitlichen Probleme meines Vaters hat.«

»Komm mir nicht in die Quere, Kleine!«, warnte Clare drohend. »Ich bin dich schon einmal losgeworden und kann das sehr gut ein zweites Mal schaffen.«

»Ich bin kein kleines Mädchen mehr, Clare«, erklärte Lauren kühl, schob sie beiseite und ging zur Tür. »Und du kannst mich nicht dazu zwingen, etwas zu tun, was ich nicht tun will.«

Clare stürzte hinter Lauren her, ergriff sie am Arm und riss sie herum. »Sei dir da nicht so sicher. Ich kenne Wege, um meinen Willen zu bekommen, und ich will dich hier nicht haben. Hör gut zu, du sitzt schneller wieder in der Kutsche nach Savannah, als sich der Staub draußen gelegt hat. Ich werde dich loswerden, und diese milchgesichtige Frau, die Tanner geheiratet hat, gleich mit.«

Der Hass in Clares Stimme schockierte Lauren, und einen Moment lang war sie wieder das kleine Mädchen, das all der Bosheit schutzlos gegenüberstand. Der Glasvogel lag kühl in ihrer Hand und erinnerte sie an ihre Mutter. »Ich gehe erst, wenn ich dazu bereit bin. Was Callie angeht, wird auch Tanner gehen, wenn sie geht. Und das würde dir gar nicht gefallen, nicht wahr? Du hast immer geglaubt, dass Tanner sich heimlich nach dir verzehrt, dabei kann er in Wirklichkeit deinen Anblick nicht ausstehen. Es muss schwer für dich sein, das zu akzeptieren, Clare.«

»Du kleine Hexe! Pass auf, dass du mich nicht zu weit treibst. Das würde dir gar nicht gefallen.«

Lauren hob stolz das Kinn. »Ich zittere in meinen Schuhen, Stiefmutter. Ich habe so viel Angst, dass es mich heute Nacht wahrscheinlich fünf Minuten wach halten wird.« Sie hob ihren Rock und schritt graziös zur Treppe. »Entschuldige mich, ich möchte noch einmal zu meinem Vater, ehe ich ins Bett gehe.«

Clare sah Lauren nach, als sie nach oben verschwand. Hier musste etwas geschehen, und zwar bald. Sie musste das Mädchen von Tom fern halten, aber wie sollte sie das machen? Diesmal gab es keinen wilden Hengst, den Lauren reiten könnte, aber ihr würde schon noch etwas einfallen – es musste ihr etwas einfallen. Diese hochmütige Hexe sollte nicht ihren Plan ruinieren. Clare hatte Dinge getan, an die sie nicht einmal denken wollte. Sie würde weiterhin alles tun, um auf der Circle M das alleinige Kommando zu übernehmen.

»Manuelo!«, rief sie und eilte zur Hintertür. »Manuelo, ich brauche dich!«

Lauren erwachte früh und zog sich rasch an, blieb dann aber noch in ihrem Zimmer, weil sie Clare nicht begegnen wollte. Als sie schließlich hinunterging, war sie froh, dass Tanner und Callie mit dem Frühstück auf sie warteten.

»Das wurde aber Zeit, du Schlafmütze. Wir sind gekommen, um mit dir zu frühstücken, und du liegst noch im Bett, du Faultier, wie Ma immer sagte.«

Lauren gab ihrem Bruder einen Kuss auf die Wange. »Ich bin schon seit Stunden wach und bin nur in meinem Zimmer geblieben.« Ihr Blick ging zur Treppe. »Ich wollte Clare heute Morgen nicht über den Weg laufen.«

»Sie steht immer spät auf«, erinnerte sie ihr Bruder.

Lauren lächelte ihre Schwägerin an. »Wenn ich gewusst hätte, dass ihr beide hier unten seid, wäre ich schon viel früher runtergekommen.«

»Wir haben dir noch etwas übrig gelassen.« Callie deutete auf den Platz, der für Lauren gedeckt war.

Fragend betrachtete Lauren die Rose, die neben dem Teller stand. Hatte Tanner sie dort hingestellt?

Callie lachte. »Sieht so aus, als hättest du einen Bewunderer.«

Lauren sah zwischen Bruder und Schwägerin hin und her. »Ich wüsste nicht, wer das sein sollte.«

Tanner nahm einen Schluck Kaffee und lehnte sich zurück. »Sieht so aus, als wollte Tiny dein erstes Frühstück hier zu einem Fest machen.«

»Tiny? Ich wusste nicht, ob er mich überhaupt mag.«

Tanner wischte sich den Mund sauber, stand auf und lächelte. »An meinen Teller stellt Tiny jedenfalls nie eine Rose.« Er küsste seine Frau und ging zur Tür. »Komm nachher raus, Lauren, Jeb ist da und will dich gerne begrüßen.«

Als Tanner ging, kam Tiny mit Eiern und einem Stapel Steaks auf einem Teller herein. Innerlich stöhnte Lauren auf und dachte wehmütig an das leichte Frühstück, das sie bei ihrer Tante immer so genossen hatte. Sie hatte vergessen, dass die Texaner Rinder mochten, und davon so viel wie möglich. »Ich trinke morgens nur Kaffee, Tiny.«

Der dunkeläugige Mann schüttelte den Kopf und fuhr fort, Eier auf ihren Teller zu laden. Dann hielt er ihr einen Korb mit Brötchen hin.

Lauren seufzte hilflos und nahm sich ein knuspriges Gebäckstück. »Danke, Tiny.« Sie hob die Rose an die Nase und sog deren Duft ein. »Und danke für die Rose.«

Er nickte und sah sie wachsam an.

»Ich möchte später gerne mit dir über die Pflege meines Vaters sprechen. Könntest du ihm fürs Erste zwei Kissen mehr geben? Ich hatte den Eindruck, dass er besser atmen kann, wenn er höher liegt.«

Tiny nickte und verließ den Raum, das Gesicht rot vor Freude.

Es geht also so weiter, dachte er.

»Ich glaube, da hast du dir einen Freund fürs Leben geschaffen«, bemerkte Callie. »Es ist gut, wenn du Tiny auf deiner Seite hast.«

»Ich möchte mit ihm besprechen, dass er meinen Vater täglich baden soll. Oder zumindest gründlich waschen, aber er muss frisch und sauber sein.«

»Dann steht dir wahrscheinlich ein Kampf mit Clare bevor. Aber in Tiny hast du einen mächtigen Verbündeten. Er ist von den beiden der, dem dein Vater etwas bedeutet.« Callie beobachtete Lauren genau, während sie sprach. »Ich hoffe, dein Pa erlaubt dir, dass du ihm hilfst, Lauren. Den Großteil der Zeit weigert er sich, Tanner überhaupt zu sehen, geschweige denn, sich von ihm helfen zu lassen.«

Lauren betrachtete ihre neue Schwägerin über ihre Kaffeetasse hinweg. Callie war schön und warmherzig. Es war leicht zu sehen, warum Tanner sie liebte. »Pa wird mich sehen. Ich habe nicht die Absicht, mich von ihm herumkommandieren zu lassen.«

Callie kicherte. »Das sehe ich.«

»Ich bin froh, dass Tanner dich hat, Callie. Er hat sich durch dich verändert, wirkt … ruhiger. Ich kann mich nicht erinnern, ihn je so zufrieden gesehen zu haben. Die Rastlosigkeit, die er früher immer verbreitet hat, ist verschwunden.«

»Wenn man die Umstände in Betracht zieht, unter denen wir uns kennen gelernt haben, ist es überraschend, dass wir überhaupt zusammengekommen sind.«

Lauren setzte ihre Tasse ab. »Dir ist etwas gelungen, was keine andere Frau geschafft hat – du hast sein Herz gewonnen.«

»Tanner war der letzte Mann auf der Welt, in den ich mich verlieben wollte, aber ich habe es doch getan. Nicht einmal Clares Lügen und Intrigen, um uns zu trennen, haben uns hindern können.«

»Ich sehe, dass wir prächtig miteinander auskommen werden.«

»Ich bin froh, dass du gekommen bist, Lauren, so ist noch eine Frau mit im Haus. Clare war –«

»Habe ich da gerade meinen Namen gehört?«, fragte Clare, die in einem durchsichtigen rosa Hausmantel ins Zimmer gesegelt kam, der mehr von ihrer üppigen Figur zeigte, als er verhüllte. Enttäuschung malte sich auf ihrem Gesicht. »Ist Tanner schon weg?«

Lauren wechselte einen Blick mit Callie. »Wie du siehst.«

Clare trat an das Buffett und goss sich eine Tasse Kaffee ein. »Ich bin froh, dass du hier bist, Lauren. Ich muss etwas mit dir besprechen.«

Lauren stand auf und ging zur Tür. »Jetzt musst du mich erst mal entschuldigen, Clare. Ich habe Jeb noch nicht begrüßt.« Sie sah ihre Schwägerin an. »Ich will mit Tanner ausreiten und mir die Farm ansehen. Ich hoffe, dass du mit uns kommst?«

Clare knirschte mit den Zähnen. »Ich habe gesagt, dass ich mit dir reden muss, Lauren.« Sie knallte die Kaffeekanne hin. »Ich habe nicht vor, hier zu warten, während du durch die Gegend zigeunerst.«

Lauren zuckte die Achseln. »Du wirst mit der Enttäuschung leben müssen, Clare.« Sie nickte Callie zu, die ihre Belustigung hinter einer Serviette zu verbergen suchte. »Wenn du fertig bist, komm raus. Ich bin bei Jeb.«

Clare sah Lauren nach und blickte dann Callie an. »Das kommt von der Nachgiebigkeit. Ich kann mir richtig vorstellen, wie ihre Verwandten in Georgia sie verzogen haben müssen. Nun, hier wird sie sich umgewöhnen müssen!« Sie setzte sich an den Tisch und rührte so heftig Zucker in ihre Tasse, dass der Kaffee überschwappte. »Damit kommt sie nicht durch!«

Callie erhob sich. »Womit kommt sie nicht durch?«

»Sie denkt, sie könnte die Pflege ihres Pas an sich reißen. Nun, ich sage dir, das wird nicht geschehen.«

Callie ging zur Tür. »Sie ist doch erst den ersten Tag da, Clare. Stelle dir nur vor, was Lauren alles macht, wenn sie eine Woche im Haus ist.« Callie konnte ihr Lachen kaum zurückhalten, bis sie vor dem Haus war.

Es würde lustig sein, Lauren zu Hause zu haben.

10

Als Lauren in den Stall kam, hockte Jeb vor einem Pferd in der Box und untersuchte seinen Huf. Lauren rannte auf ihn zu, als wenn sie nicht schnell genug zu ihm kommen könnte. Sie hatte vergessen, wie sehr sie diesen freundlichen Mann vermisst hatte, der immer für sie da gewesen war.

Jeb hörte Lauren kommen und stand auf. Erst sah er verwirrt aus, als würde er einen Geist sehen. Dann begann er zu grinsen und öffnete weit die Arme für sie.

Lauren warf sich hinein, und er umarmte sie fest.

»So«, murmelte er in ihr Haar, »ein weiterer Verlorener kehrt also zurück.«

Er drückte sie noch einmal kurz, dann hielt er sie ein Stück von sich fort, um sie ansehen zu können. »Als ich dich eben sah, habe ich gedacht, du wärst deine Mutter. Ich dachte, sie wäre ins Leben zurückgekommen.«

»Man sagt mir oft, dass ich so aussehe wie sie.«

»Aus der Ferne, ja, aber aus der Nähe hast du diese verdammten McBride-Augen.«

»Wie ist es dir ergangen, Jeb?«

»Ich habe viel zu tun gehabt und die meiste Zeit gewartet.“

»Gewartet? Worauf?«

»Dass alle Kinder deiner Ma nach Hause kommen.«

Wieder war Lauren gerührt, wie sehr Jeb ihr und ihren Brüdern ergeben war. »Du musst uns für eine undankbare Bande halten, weil wir nie den Kontakt gehalten haben.«

»Das stimmt nicht ganz. Du hast mir jedes Jahr ein Weihnachtsgeschenk und einen Bericht geschickt, wie es dir ergangen ist. Ich habe mich immer darauf gefreut.«

»Du warst meine einzige Verbindung mit der Circle M.« Sie lächelte. »Deine Weihnachtskarten waren dagegen nie besonders informativ.«

Er starrte sie an. Sie würde nie wissen, wie viel ihm ihre Korrespondenz bedeutet hatte. Er würde immer auf Emilys Kinder aufpassen. Irgendwie hatte er das Gefühl, als wenn sie auch seine wären, und er würde immer das tun, was für sie gut war, egal, wem er dabei auf die Füße trat. »Du weißt, dass ich nicht so gut schreiben kann. Ich habe es noch nie geschafft, meine Gedanken zu Papier zu bringen.«

»Ich freue mich, dich wieder zu sehen, Jeb.«

»Jetzt muss nur noch Stone nach Hause kommen.«

»Es mag sein, dass er nicht zurückkommt, Jeb. Du kennst doch Stone.«

»Er wird kommen!« Jeb betrachtete sie genauer. »Tanner hat gesagt, dass er dir von Chase erzählt hat.«

»Ja, aber ich muss mir über meine Gefühle ihm gegenüber erst noch klar werden. Ich weiß nicht, ob ich ihn überhaupt treffen möchte.«

Jeb klopfte ihr auf die Schulter. »Du wirst schon das Richtige tun.« Er nickte zur Stalltür hinüber. »Tanner hat mir gesagt, dass ihr ausreiten wollt, deshalb habe ich schon mal dein Pferd für dich gesattelt.«

»Kommst du nicht mit?«

»Ich kann heute nicht, ich muss in die Stadt und Vorräte holen.« Er führte sie aus dem Stall in den Sonnenschein hinaus.

Lauren erstarrte, als sie Manuelo am Zaun lehnen sah, wo er sein Messer schliff. Sie hatte das Gefühl, als wenn er schon die ganze Zeit dort gestanden und gelauscht hätte, was sie Jeb zu erzählen hatte.

Manuelo war dünn und dunkel mit einem eisgrauen Schnurrbart und dicken Brauen, seine dunklen Augen blickten durchdringend, und er verströmte etwas Böses. Er war Clares Wachhund, und das wussten alle auf der Ranch.

Manuelo spuckte auf den Wetzstein und schliff sein Messer weiter. »Guten Morgen, Señorita«, grüßte er mit deutlichem spanischen Akzent. »Willkommen zurück auf der Circle M.«

Lauren sah über ihn hinweg zu Tanner, der gerade Callie beim Aufsteigen half. »Guten Tag, Manuelo.« Sie gab nicht vor, sich über das Wiedersehen zu freuen, denn das tat sie nicht.

Manuelo hielt sein Messer wie prüfend gegen das Licht, und die Sonne glitzerte auf der scharfen Klinge. »Passen Sie gut auf sie auf, Senor Jeb. Sie ist an das Leben hier nicht mehr gewöhnt. Wir wollen doch nicht, dass ihr etwas zustößt.«

Jeb schob sich zwischen Clares Leibwächter und Lauren. »Solltest du nicht woanders sein, Manuelo? Solltest du dich nicht lieber beeilen und sehen, dass du Clare die Stiefel lecken kannst?«

Die Augen des Mannes wurden noch dunkler. Niemand

auf der Ranch zollte ihm auch nur den geringsten Respekt, aber das würde sich bald ändern. Wenn seine Señora erst einmal Herrin auf der Circle M war, würde es den anderen noch Leid tun, wie sie ihn behandelt hatten. »Hüten Sie Ihre Zunge, Señor Jeb, eines Tages schaufeln Sie sich noch damit Ihr Grab.«

Jeb schob Lauren fort und starrte Manuelo an. »Ich soll Angst vor einer Schmeißfliege haben, die um den Schweif eines Pferdes kreist? Deine Drohungen beeindrucken mich nicht. Aber du solltest dich besser von Lauren fern halten.«

Manuelo steckte sein Messer ein und machte sich mit eckigen Bewegungen davon. »Du nimmst mich nicht ernst. Das wird dein Verderben sein.«

Lauren spürte die Spannung zwischen den beiden Männern und zog an Jebs Hand. »Hat er dir gedroht, Jeb?«

»Ja. Er fühlt sich stark, dabei ist er nur ein Schatten an den Füßen Clares.«

Lauren sah Manuelo nach, der um den Stall herum verschwand. »Ich habe ihn nie gemocht. Ich traue ihm einfach nicht.«

»Daran tust du gut.« Jeb warf ihr einen warnenden Blick zu. »Ich möchte nicht, dass du je mit ihm alleine bist.«

Angst erfasste Lauren wie die Ahnung drohenden Unheils. »Das werde ich nicht. Und ich werde mir auch nicht durch ihn den Tag verderben lassen.«

»Lauren«, rief Tanner jetzt, »wir sind fertig. Steig auf.«

Sie drückte rasch einen Kuss auf Jebs wettergegerbte Wange. »Ich gehe jetzt besser. Du weißt ja, wie ungerne mein Bruder wartet.«

Jeb lachte. »Nicht mehr, seit Callie gekommen ist. Sie hat ihn ordentlich gezähmt.«

»Du magst sie, nicht wahr?«

»Ja, ich denke, das tue ich.«

»Ich auch.«

Einige Tage später stieg Lauren wieder aufs Pferd, weil sie Clare entkommen wollte. Wenn sie nicht aus dem Haus kam, würde sie noch schreien.

Während sie sich vom Haus entfernte, lastete die Situation auf der Circle M schwer auf ihr. Es wurde zunehmend beunruhigend, mit Clare unter einem Dach zu leben. Am schlimmsten aber war es, sich mit der Sterblichkeit ihres Vaters abfinden zu müssen. Und dann war da noch Chase McBride – was sollte sie in Hinsicht auf ihn unternehmen?

Die erste Stunde ritt Lauren ziellos dahin. Der Wallach, den sie ritt, hatte einen weichen Gang, und sie hatte das Gefühl, das erste Mal seit Tagen richtig durchatmen zu können. Verstört erkannte sie dann, dass sie unbewusst in die Richtung der alten Hütte geritten war, an der Garret und sie sich getroffen hatten, ehe sie nach Georgia gegangen war.

Sie stieg ab und dachte an den Tag zurück, als Garret ihr das Herz gebrochen hatte, weil er ihr von einer Frau erzählt hatte, die er heiraten wollte. Nun, das war ihre eigene Schuld gewesen. Wenn sie ihn nicht gebeten hätte, ihr von der Frau zu erzählen, wäre das Thema nie aufgekommen.

Wenn er so verliebt in die Frau war, warum hatte er sie dann nicht geheiratet?

Lauren konnte sich nicht vorstellen, dass irgendeine Frau einen Heiratsantrag von Garret Lassiter ablehnen würde.

Sie sah die zerfallene Hütte an und runzelte die Stirn. Es hatte den Anschein, als wenn jemand die Hütte als Lager benutzt hätte. Sie bückte sich zu einem Stück verbrannten Holzes hinunter und sah, dass es noch ganz frisch war. Vielleicht hatte einer der Cowboys hier sein Lager aufgeschlagen, jetzt, wo Tanner und Callie das kleine Haus auf der Farm übernommen hatten.

Sie richtete sich wieder auf, beschattete ihre Augen und sah nach San Reanido hinüber. Hier waren nur noch Geister aus der Vergangenheit, und sie wollte sie nicht zum Leben erwecken – heute nicht, und auch an keinem anderen Tag.

Während sie über den zerklüfteten Boden, der von Glasscherben bedeckt war, zurückging, fragte sie sich, was sie bewogen hatte, überhaupt wieder hierher zu reiten. Sie hatte es so eilig gehabt, aus dem Haus zu kommen, dass sie sich nicht die Zeit genommen hatte, erst Kleid und Schuhe zu wechseln. Ihre Schuhe jetzt reichten bis zu den Knöcheln und hatten hohe Absätze – nicht gerade das Passende, um darin auszureiten.

Lauren beschloss zu gehen und lief zu ihrem Pferd. Als sie auf einen Holzscheit stieg, rutschte sie ab und verlor das Gleichgewicht. Sie warf sich nach rechts und schaffte es, sich auf den Beinen zu halten, aber ein scharfer Glassplitter durchdrang ihren Schuh und bohrte sich tief in die empfindliche Fußsohle.

Lauren griff nach dem Ast eines Mesquitebaumes, um sich festzuhalten. Sie spürte, wie das Blut nass und klebrig in ihren Schuh lief. Sie hätte nicht gedacht, dass eine Fußwunde so stark bluten und solche Schmerzen verursachen könnte. Es war ein klopfender Schmerz, der ihre ganze Aufmerksamkeit beanspruchte, so dass sie nicht hörte, dass sich ein Reiter näherte. Erschrocken sah sie auf, als Garret vom Pferd stieg.

Besorgt sah er sie an. »Du hast dich verletzt. Lass mich dir helfen.«

»Ich … ja, bitte.« Sie fühlte sich so schon närrisch genug wegen des Unfalls, ohne dass Garret Zeuge ihrer Dummheit wurde. »Ich bin in eine Scherbe getreten.«

Garret ergriff ihren Arm. »Stütz dich auf mich.« Er führte sie zu einem flachen Stein und half ihr, sich hinzusetzen. Dann hob er ihren Fuß hoch und schüttelte den Kopf. »Er steckt ganz tief. Ich werde ihn dir jetzt herausziehen.«

Sie nickte. »Gut, aber mach schnell!«

Garrets Gesicht war ihrem ganz nahe. Tief atmete sie seinen charakteristischen Duft ein. Sie war sich so seiner Männlichkeit bewusst, dass sie den Schmerz im Fuß ganz vergaß.

Garret setzte den Hut ab und strich sich sein schwarzes Haar zurück. »Bewege dich nicht. Ich hole meine Wasserflasche, damit ich die Wunde auswaschen kann.«

»Ich gehe nicht weg«, brachte sie hervor und wunderte sich, dass es so ruhig klang, wo doch ihr Herz wie wild schlug.

Dann war er wieder neben ihr, und Lauren wurde der Mund trocken, als er ihren Rock hoch schob und ihr Bein sanft auf seinen Schoß legte.

»Du bist nicht gerade für einen Ausritt angezogen«, bemerkte er.

»Ich weiß. Ich musste nur schnell aus dem Haus kommen.«

Lauren keuchte auf, als Garrets Hand höher glitt und ihren blutigen Strumpf löste, um ihn über ihr Bein zu ziehen.

»Ich sehe, dass du dich mit Seide und Haken auskennst, du scheinst so etwas schon früher gemacht zu haben.«

Garret hielt inne und sah sie an. »Ich nehme an, es nützt nichts, das abzustreiten.«

»Nein.«

Grinsend beugte er sich über ihren Fuß und untersuchte die Wunde. »Dann erspar mir den Aufwand.« Seine Berührung war unpersönlich, aber alleine das Gefühl seiner Hand auf ihrer Haut schickte Hitzewellen durch Laurens Körper. Während er das Blut abwusch, hielt sie den Blick fest auf seinen Kiefer gerichtet, um ihn nicht höher oder tiefer wandern zu lassen. Sie musste sich auf die Unterlippe beißen, um nicht aufzuschreien, als er ihren Fuß bandagierte und den Verband fest anzog.

»Es tut mir Leid, aber ich muss es so fest binden, damit die Wunde aufhört zu bluten. Ich denke, ich sollte dich in die Stadt bringen, damit der Doc sich das einmal ansieht. Vielleicht muss es genäht werden.«

»Das wird nicht nötig sein«, wehrte sie ab und wünschte, dass nicht gerade Garret hierher geritten wäre. »Der Arzt kommt heute Nachmittag sowieso zur Farm, da kann er meinen Fuß gleich mit untersuchen.«

Garret zog ihr Kleid herunter. »Er wird dir wahrscheinlich raten, den Fuß ein paar Tage hochzulegen.« Er ergriff ihre Hand. »Meinst du, dass du aufstehen kannst, wenn ich dir helfe?«

»Ja, natürlich.«

Er lächelte sie an. »Das erinnert mich an die Zeit, als du ein kleines Mädchen warst und dir ständig die Knie aufgeschlagen hast.«

»Ich bin kein kleines Mädchen mehr.«

Ein gefährliches Glitzern trat in seine Augen, und sein Griff wurde fester.

»Nein, du bist nicht mehr das anbetungswürdige kleine Mädchen, das ich einmal gekannt habe.«

Sie löste ihre Hand aus seiner und versteckte sie auf dem Rücken, damit er nicht sah, wie sehr sie zitterte. Sie reagierte jetzt viel heftiger auf ihn als als Kind. Die Sehnsucht, die er jetzt in ihr weckte, war die einer erwachsenen Frau.

Nach ein paar tiefen Atemzügen konnte Lauren wieder ruhig atmen, aber dann sah sie Garret in die Augen und erkannte, dass sich ein Sturm dort zusammenbraute. Ihre Kehle wurde eng, und sie brachte kein Wort heraus.

Sein Blick glitt über sie, bis ihre Augen sich trafen. Lauren sah es nicht kommen – obwohl sie es hätte ahnen sollen. Garret ergriff ihren Arm und zog sie eng an sich. Dann legte sich sein Mund in einem alles verzehrenden Kuss auf ihren, und Lauren hörte auf zu denken. Sein Körper presste sich an ihren, und die Erde neigte sich und begann, sich um sie zu drehen.

Ihr Herz hämmerte, und ihr Blut kochte. An ihrer Reaktion auf Garret hatte sich nichts geändert, die Gefühle für ihn waren höchstens noch intensiver geworden. Sie wünschte sich, dass er nie aufhören würde, sie zu küssen. Sie wusste, dass sie Geborgenheit und noch viel, viel mehr in diesen starken Armen finden würde.

Garret löste seinen Mund von ihrem und streichelte ihre Wange, bis sie vor Wonne erschauerte. »Das habe ich schon lange tun wollen. Ich habe dich damals nur das eine Mal gekostet, und das hat mir Hunger auf viel mehr gemacht.« Seine Lippen wanderten über ihr Gesicht, und sie klammerte sich an ihn. »Ich will so viel mehr, Lauren.«

Das war das Letzte, was sie erwartet hätte. Sie wollte nicht, dass Garret erneut ihr Herz eroberte – wollte nicht, dass er überhaupt mit ihr sprach, damit ihr Herz nicht noch einmal gebrochen wurde. Tränen stiegen ihr in die Augen, und sie stemmte sich gegen seine Brust.

»Mach das nicht noch einmal!«

Er stützte sie weiterhin, ließ sie dann aber los und trat einen Schritt zurück.

»Es fühlt sich richtig an mit uns, Lauren, das spürst du doch auch.«

Sie konnte es nicht leugnen. »Es ist nicht meine Gewohnheit, mich von Männern küssen zu lassen.«

Er sah zum Himmel auf, als erwarte er von dort Rat. »Das hoffe ich.«

Sie berührte ihre Lippen. »Warum hast du mich geküsst?«

Er wich so rasch zurück, dass es sie überraschte. »Ich wollte nicht, dass das passiert – noch nicht.«

Die dunklen Augen, die eben noch so voller Leidenschaft gewesen waren, blickten jetzt kühl und unbeteiligt. »Erlaubst du mir, dass ich dich nach Hause bringe?«

Es war Ironie, dass er dasselbe an derselben Stelle schon einmal gesagt hatte. »Nein, ich brauche deine Hilfe nicht.«

»Nun gut.« Er nahm sie auf die Arme, trug sie zu ihrem Pferd und setzte sie in den Sattel. Dann gab er ihr ihren Schuh in die Hand und trat zurück. »Wenn du richtige Schuhe angehabt hättest, wäre das nicht passiert.«

Sie sah zu, wie er davonging, und hätte ihn am liebsten zurückgerufen. »Danke für deine Hilfe.«

Garret setzte einen Fuß in den Steigbügel und stieg auf. »Das zwischen uns ist noch nicht zu Ende«, sagte er leise, »das weißt du genauso gut wie ich.«

Lauren sah ihm nach, als er davonritt, sein Pferd antrieb und schon bald über den Hügelkamm verschwunden war, wo nur noch eine Staubwolke von seiner Anwesenheit zeugte.

Plötzlich wurde sich Lauren des Schmerzes in ihrem Fuß bewusst. Sie wandte ihr Pferd Richtung Heim und fühlte sich genauso verstört wie an dem Tag, als Garret Raja erschossen hatte.

11

Lauren war gerade nach unten gekommen, als Tiny zu ihr trat und ihr signalisierte, dass ihr Vater sie sprechen wollte.

Sie ergriff seine Hand und lächelte. »Ich wollte mich schon die ganze Zeit dafür bedanken, dass du meinen Vater so gut pflegst. Ich weiß es sehr zu schätzen, was du für ihn tust.«

Tiny beobachtete ihren Mund und las die Worte von ihren Lippen. Er nickte und wünschte, er könnte ihr sagen, wie viel Sonnenschein sie in das Haus gebracht hatte, seit sie nach Hause gekommen war.

Sie ließ seine Hand los, doch das freundliche Lächeln umspielte noch immer ihre Lippen. Jeden Morgen fand sie Blumen an ihrem Teller. Mal eine Rose, mal ein Bund Wildblumen. Es war der netteste Gefallen, den ihr je jemand erwiesen hatte.

»Vielen Dank für die Blumen. Ich freue mich schon jeden Morgen darauf.«

Ihre Worte machten Tiny glücklich. Er nickte und wandte sich wieder Richtung Küche. Es gefiel ihm gar nicht, was Laurens Vater mit ihr vorhatte. Aber Thomas McBride hielt es für das Beste für Lauren, also würde es so sein.

Lauren zupfte die Decke ihres Vaters zurecht und schüttelte ihm das Kissen auf, ehe sie ihm ein Glas Wasser reichte.

»Warum humpelst du denn, Mädchen?«

»Ich habe mich an einer Glasscherbe geschnitten. Es ist aber schon wieder fast verheilt.«

»Hat sich der Arzt das angesehen?«

»Ja.« Sie ordnete die Arzneifläschchen auf seinem Nachttisch. »Letzte Woche. Er sagte, es sei nicht schlimm.«

»Verdammt, Lauren, hör endlich mit der Räumerei auf! Ich will nicht, dass du immer hier herumzappelst.«

»Du sollst dich nicht aufregen, Papa, der Arzt hat dir das verboten.«

»Setz dich einfach nur hin und hör mir zu, Lauren, ohne mich zu unterbrechen. Es ist anstrengend für mich zu sprechen.«

»Papa, spar deine Kräfte«, bat Lauren mitleidig. »Alles, was du mir sagen willst, kannst du auf später verschieben. Wenn du dich stärker fühlst, komme ich wieder.«

Er schüttelte kaum spürbar den Kopf. »Warum nennst du mich Papa? Früher hast du mich doch immer Pa genannt.«

»Ich hatte eine französische Lehrerin, die mir immer mit ihrem Elfenbeinfächer auf die Knöchel geschlagen hat, wenn ich nicht so gesprochen habe, wie sie es wollte.« Sie lächelte und glättete dabei sein Hemd. »Ich hatte vor ihr viel mehr Angst als je vor dir. Sie war eine Tyrannin und hätte mich immer weiter geschlagen, wenn Tante Eugenia sie nicht eines Morgens dabei überrascht hätte.«

»Eugenia hat sie aus dem Haus geworfen, wette ich.«

»Auf der Stelle.«

Tom kicherte. »Das gefällt mir – gibt mir eine gewisse Bedeutung, verstehst du? Dann fühle ich mich wie einer dieser verdammten Lassiters, die nennen ihren Vater sicher auch Papa und nicht Pa.«

Lauren bückte sich und drückte ihm einen Kuss auf die Stirn. Verblüfft sah er sie an. »Ich glaube nicht, dass es das braucht, um dir Bedeutung zu geben. In meinen Augen warst du immer der Größte.«

»Wirklich?« Er sah zufrieden aus, wandte dann aber den Blick ab. »So, und nun lass uns Klartext reden. Wir wissen beide, dass es mit mir nicht besser wird.« Er legte seine Hand auf ihre. »Aber seit du da bist, fühle ich mich kräftiger. Du hattest Recht, mein Zimmer zu lüften. Nach dem Bad fühle ich mich auch besser«, gab er widerstrebend zu. »Der Arzt sagt, dass der Dampf mir das Atmen erleichtert.«

Sie schlang ihre Finger durch seine. »Oh, Papa, wenn doch nur –«

Er räusperte sich, was einen Hustenanfall auslöste. Lauren half ihm, sich aufzusetzen, und bemerkte wieder einmal, wie zerbrechlich sein Körper war. Als der Krampf vorbei war, senkte sie ihn wieder in die Kissen.

»Du musst dich ausruhen –«

Er hob die Hand, um sie zum Schweigen zu bringen. »Setz dich hin, Lauren, ich mag es nicht, wenn du mich überragst.«

Erst half sie ihm noch, einen Schluck Wasser zu trinken, dann zog sie sich den Stuhl ans Bett, setzte sich, faltete die Hände im Schoß und wartete, was er ihr zu sagen hätte.

»Ich kann dir das, was ich vorhabe, nur geradeheraus sagen. Ich werde dir das Cedar-Creek-Grundstück vermachen. Das ist nicht viel Land, aber der Fluss trocknet nie aus, nicht einmal bei der stärksten Dürre. Das macht es zum besten Land im Umkreis in ein paar hundert Meilen. Wenn die Circle M in den kommenden Jahren mal Wasser braucht, erwarte ich natürlich, dass du das erlaubst.«

»Ich will nicht –«

»Lauren!«, unterbrach er sie überraschend kräftig. »Sei einfach nur still, bis ich fertig bin. Du kannst nicht auf einen Ball gehen und tanzen wollen, ohne vorher die Schritte gelernt zu haben – und die will ich dir gerade beibringen.«

»Oh«, erwiderte sie neckend, »darum geht es also, du willst mir das Tanzen beibringen?«

Jetzt verlor er die Geduld. »Lauren!«

Widerstrebend lehnte sie sich zurück. »Na gut, Papa, ich höre jetzt zu.«

»Ich übergebe dir den Besitz«, fuhr er fort, »als Hochzeitsgeschenk.«

»Dann verschwendest du deine Zeit. Ich habe nicht vor, mich in nächster Zeit zu verheiraten, wenn überhaupt jemals.«

»Wirst du mich jetzt ausreden lassen, Mädchen?« Seine Stimme klang schwächer, und sie spürte, dass die Kraft ihn langsam verließ.

»Wenn du so redest, fällt es mir schwer, dich ernst zu nehmen.«

»Du wirst heiraten, Tochter, es ist schon alles abgemacht.«

Ihre Augen wurden groß, und sie sprang auf. »Das werde ich nicht! Was sagst du da?«

Tom blickte eine Weile an die Decke, als wenn er Kraft sammeln wollte. Als er sie dann wieder ansah, klang seine

Stimme ruhig und kräftig. »Mit deinem Erbe sind zwei Bedingungen verknüpft.«

Mit sinkendem Mut sah Lauren ihren Vater an. Thomas J. McBride tat nie etwas ohne Grund. Er hatte etwas vor. Selbst vom Sterbebett aus wollte er noch ihr Leben bestimmen.

»Zweitens«, fuhr er fort, »geht der Besitz an Clare, wenn du meine Wünsche nicht befolgst.«

»Und erstens? Das hast du vergessen.«

»Warte es ab«, wies er sie ärgerlich zurecht. »Wenn du meine Bedingungen nicht erfüllst, werden deine Brüder keinen Pfennig erben.«

»Was?«

Er sank hustend in die Kissen zurück. In dem Moment erkannte Lauren, dass er immer dann husten konnte, wenn es seiner Sache diente. Er hatte immer alle Mittel benutzt, um ans Ziel seiner Wünsche zu kommen, und im Moment benutzte er seine Krankheit, um sie in die Falle zu locken.

Und ihre Brüder.

Er nickte leicht. »Es ist mein Wunsch –«

»Dein Wille, meinst du wohl«, unterbrach sie ihn wütend.

Er lächelte plötzlich. »Verdammt, was habe ich für eine Tochter.« Stolz stand in seinen Augen, aber auch Entschlossenheit. »Aber du hast Recht, ich verlange das von dir.«

»Es tut mir Leid, Papa, aber spar dir die Mühe. Ich befolge nicht mehr alle deine Befehle, so wie früher.«

»Ich denke doch, wenn du erkennst, dass du keine andere Wahl hast«, gab er scharf zurück. Sie war wie er, dachte er stolz.

Wieder bekam er einen Hustenanfall, und diesmal war

es kein selbst herbeigeführter. Sein Körper zitterte, und Schweiß trat ihm auf die Stirn. Lauren wischte ihm mit einem nassen Tuch das Gesicht ab, und erschöpft ließ er sich zurücksinken.

Lauren gab ihm einen Löffel voll Whisky mit Honig. Das hatte ihre Tante immer verabreicht, und es schien den Husten ihres Vaters zu lindern.

»Der Tod will mich haben und kommt jeden Tag näher«, erklärte er mit erstickter Stimme.

»Für heute hast du genug geredet«, erklärte Lauren entschieden. »Ich will, dass du dich jetzt ausruhst.«

Er klammerte sich mit wiedergefundener Kraft an ihren Arm. »Es muss gesagt werden – heute!«

»Wie du wünschst.« Sie setzte sich wieder hin. »Aber erst musst du mir zuhören.«

Er nickte. »Erst du, dann ich.«

»Erstens gibt es niemanden, den ich heiraten möchte, und zweitens will ich gar nichts erben. Tanner auch nicht, und ich bin mir sicher, dass auch Stone nichts haben will. Chase habe ich noch nicht kennen gelernt, deshalb weiß ich auch nicht, wie er über die Sache denkt.«

»Dann weißt du also von ihm.«

»Dachtest du, ich wüsste es nicht?«

»Lass gut sein, Mädchen. Er ist genauso mein Sohn wie Tanner und Stone.«

»Ich denke, ich sage nichts dazu, wie ich mich in der Sache fühle.«

Lauren sah, dass seine Augen einen gehetzten Ausdruck annahmen.

»Lass uns also über deine Brüder reden und wie sie alles verlieren, wenn du mir nicht gehorchst.«

»Du kannst sie nicht benutzen, um mich zu erpressen, das würde nicht funktionieren.«

Er wusste genau, wie er sie reizen konnte. »Du willst doch sicher nicht, dass deine Stiefmutter alles bekommt?«

Die Vorstellung, dass Clare das Land ihrer Brüder bekäme, machte sie wütend, aber nicht wütender als die Tatsache, dass ihr Vater sie erpressen wollte. »Du hast sie geheiratet – soll sie alles haben. Mir ist es egal, und meinen Brüdern auch.«

Seine Stimme wurde kalt. »Es macht dir sehr wohl etwas aus, mach mir nichts vor. Hast du Tanner gefragt, wie er es findet, wenn Clare alles bekommt?«

Der Gedanke war ernüchternd. Tanner hatte zwar gesagt, dass er die Ranch nicht haben wollte, aber er würde auch nicht wollen, dass Clare sie bekam.

Lauren hielt ihrem Vater ein Wasserglas an die Lippen, so dass er trinken konnte. »Ich nehme an, du hast mir schon einen Ehemann ausgesucht?«

Sie hatte das im Scherz gesagt, aber ihr Vater lachte nicht. Er nahm einen Schluck Wasser, ohne sie dabei aus den Augen zu lassen.

»Ja – das habe ich.«

Sie nahm ihn nicht ernst und lächelte. »Und wer ist der Mann, den ich heiraten soll?«

»Ich hatte viel Zeit zum Nachdenken, seit ich hier liege, und es gibt ein paar Dinge in der Vergangenheit, die ich bedauere. Ich versuche, die Dinge wieder zurechtzurücken.«

»Du bedauerst etwas? Papa, denke bloß nicht, dass du mich mit so einer Aussage ködern könntest. Du hast in deinem ganzen Leben noch nichts bedauert. Wenn du eine zweite Chance hättest, würdest du alles wieder ganz genauso machen.«

»Nicht alles. Ich hätte deine Ma mehr zu schätzen gewusst.« Er schwieg für einen Moment. »Und ich hätte mich besser um meine Kinder gekümmert.«

Seine Augen waren ernst, aber Lauren blieb dennoch misstrauisch. »Wenn du eine zweite Chance bekämest, wärest du also ein besserer Ehemann und Vater. Aber du hast keine zweite Chance – die hat keiner von uns.«

»Das stimmt nicht. Ich werde dir die Chance zurückgeben, die ich dir genommen habe.«

Sie war verwirrt. »Wovon redest du?«

»Garret Lassiter.«

Als sie seinen Namen hörte, musste Lauren wieder an Garrets Kuss denken. »Was willst du damit sagen?« Sie sprang so plötzlich auf, dass der Stuhl wegrutschte, und ihr Kinn war energisch emporgereckt. »Spiel keine Spielchen mit mir, Papa. Wir wissen beide, dass du Garret hasst.«

»Die Menschen ändern sich.«

Ihr Blick wurde kühl, dann hasserfüllt. »Du nicht.«

»Es ist mein Ernst, Lauren. Ich möchte, dass du in Texas in der Nähe deiner Brüder zu Hause bist und Garret heiratest, ehe ich sterbe.«

»Ich weigere mich, das auch nur in Betracht zu ziehen, und du kannst dir sicher sein, dass du Garret nicht dahingehend manipulieren kannst, dass er mich heiratet. Ihn kannst du nicht erpressen, Papa.«

»Wie wäre deine Antwort, wenn Garret dich heiraten wollte?«

»Und die Frage dir überlässt? Das glaube ich nicht.«

»Es ist mein Ernst. Was würdest du ihm antworten?«

Erniedrigung überschwemmte Lauren, als sie sich vorstellte, wie ihr Vater Garret zu einer Ehe mit ihr erpressen wollte. »Ich dachte, du könntest mich nicht mehr verletzen, aber du kannst. Sag bloß nicht, dass du schon mit Garret darüber gesprochen hast!«

Seine Stimme klang dringlich, als er erwiderte: »Lass mich erklären, damit du es verstehst.«

»Nein! Du hast schon mehr als genug gesagt!«

Seine Haut wurde grau, und das Atmen schien ihm Mühe zu machen. »Du warst mal in Garret Lassiter verliebt. Ich wusste es damals und weiß es auch jetzt.«

»Tagträume eines jungen Mädchens, mehr nicht.«

»Ich habe mich in Garret geirrt, er ist ein guter Mann. Es würde mir gefallen, dich mit ihm verheiratet zu wissen, wenn ich einmal nicht mehr bin. Er ist die Art Mann, die sich um dich kümmern würde, Lauren. Wenn er dein Mann wäre, müsste ich mir um dich keine Sorgen mehr machen.«

Sie schüttelte den Kopf. »Das ist einfach lächerlich. Garret will mich nicht mehr heiraten als ich ihn.« Sie schluckte hart. »Er liebt eine andere.«

»Er will dich.«

Lauren kannte ihren Vater und seine Art, die Dinge zu regeln. Plötzliche Erkenntnis dämmerte ihr. »Jetzt verstehe ich, du hast Garret den Cedar-Creek-Besitz vor die Nase gehalten wie einem Pferd eine Möhre. Oh, Papa, wie konntest du nur, ich werde ihm nie wieder unter die Augen treten können.«

»Es gibt vieles, das du nicht weißt, Lauren. Aber das ist

Garrets Sache, dir das zu erklären. Er besucht mich regelmäßig, und ich habe gelernt, ihn zu respektieren – du weißt, dass ich nur vor wenigen Männern Respekt habe.«

»Wenn du Respekt vor ihm hättest, hättest du ihn nicht in so ein abscheuliches Intrigenspiel hineingezogen.«

»Hör mich doch an, Lauren. Wenn du das ablehnst, erben deine Brüder gar nichts, das kann ich dir versprechen.« Sein Blick wurde hart, und er war wieder der Mann, an den sie sich erinnerte, der über Leichen ging, um seinen Willen durchzusetzen. »Du bist dann schuld, wenn deine Brüder alles verlieren.«

»Ich bin jetzt ein anderer Mensch, Papa. Deine Taktiken wirken bei mir nicht mehr.«

»Und ob sie das tun werden, verdammt noch mal.«

Lauren begann, auf und ab zu laufen. »Meinst du denn, Tanner und Stone würden unter diesen Umständen etwas von dir haben wollen? Das weißt du doch wohl besser.«

»Sie werden nichts davon erfahren. Was heute gesagt wurde, bleibt unter uns, denn wenn deine Brüder davon erführen, würden sie edelmütig sein und gehen. Und dann würde Clare alles erben.«

Sie sank auf ihren Stuhl. »Wie konntest du uns das antun? Du weißt doch, dass ich nie einwilligen werde, und Garret auch nicht.«

»Denk über mein Angebot nach, und frage Garret, was er denkt. Dann wirst du es dir schon noch anders überlegen.«

»Nein, das werde ich nicht! Niemals!«

Seine Augen wurden müde. »Niemals ist ein Wort, das für mich keine Bedeutung mehr hat. Ich wollte niemals sterben, verdammt!«

12

Lauren rannte die Treppe hinunter und fegte an einer erstaunten Clare vorbei.

»Wo willst du denn so eilig hin? Ich wollte mit dir über deinen Pa reden.«

»Ich habe keine Zeit. Ich reite jetzt aus.« Lauren hatte sich entschlossen, direkt zu Garret zu gehen. Er verdiente sicherlich eine Entschuldigung von jemandem aus ihrer Familie. Der absurde Vorschlag ihres Vaters musste ihn gedemütigt haben.

»So, wie du die Treppe heruntergerannt kamst, habe ich gedacht, mit deinem Pa wäre etwas nicht in Ordnung.«

Lauren wandte sich zu ihrer Stiefmutter um. »Hast du auch Teil an diesem hassenswerten Plan zwischen Papa und Garret? Es hört sich an wie etwas, was du vorschlagen würdest, um mich loszuwerden.«

Clare sah erst verwirrt und dann wütend aus, weil da etwas vor sich ging, von dem sie nichts wusste. »Was für ein Plan?«

»Tu nicht so, als ob du das nicht wüsstest.« Lauren riss die Tür auf. »Nun, das funktioniert nicht, Clare.« Sie verließ das Haus und eilte zum Stall. Es würde ihr schwer fallen, Garret gegenüberzutreten, aber es musste sein.

Was musste Garret nur von ihr denken?

Clare betrat mit zusammengepressten Lippen und klopfendem Herzen das Zimmer ihres Mannes. Was hatte Tom vor, von dem sie nichts ahnte? »Deine Tochter benimmt sich wie eine Verrückte. Sie hat mich gerade beschuldigt, mit dir unter einer Decke zu stecken, um sie loszuwerden. Sie sprach von Garret Lassiter. Was kann sie nur damit gemeint haben?«

Tom schlug die Augen auf und sah seine Frau an. »Lauren ist nicht mehr sie selbst.«

Clare trat näher an Toms Bett und kniff die Augen zusammen. Sie sah, dass er nicht mehr so blass war; es schien ihm in den letzten Tagen besser zu gehen. »Worüber habt du und Lauren euch unterhalten?«

»Zerbrich dir darüber nicht den Kopf.« Er gähnte. »Ich bin zu müde, um dir jetzt alles zu erzählen. Dieses Mädchen macht mich völlig fertig.«

»Wie kannst du es wagen, mich so auszuschließen!«, schrie sie los. »Du hast Geheimnisse vor mir, und das werde ich nicht dulden!«

»Beruhige dich, Clare. Wenn es Geheimnisse gibt, wirst du sie bald erfahren.«

Wütend ging sie im Zimmer auf und ab. »Du willst mir nicht erzählen, was zwischen Lauren und dir vorgegangen ist, nicht wahr?«

Tom schloss die Augen. »Nein, das werde ich nicht.«

Sie kam näher und spürte innerlich Abneigung bei seinem Anblick. »Du liebst mich nicht mehr«, rief sie aus, eine Feststellung, die sich in der Vergangenheit immer bewährt hatte. »Wenn du es tätest, hättest du keine Geheimnisse vor mir.«

»Ich muss mich jetzt ausruhen, Clare«, erwiderte er müde.

Sie setzte sich auf den Bettrand und beugte sich zu ihm herunter. »Du bist hässlich und gemein.«

Er tätschelte ihre Wange. »Das alles und noch viel mehr.« Das Atmen wurde ihm schwer, als sie sich über ihn beugte, sich auf seine Brust stützte und ihm die Luft nahm. »Geh weg, bitte«, keuchte er.

Sie drückte stärker zu. »Erst wenn du mir sagst, was du dir ausgedacht hast.«

Toms Ohren begannen zu klingeln, und ihm wurde schwarz vor Augen. Er versuchte, Clare wegzuschieben, hatte aber nicht die Kraft dazu.

Plötzlich hob sich das unerträgliche Gewicht von seiner Brust, und er holte tief Luft. Als er wieder klar sehen konnte, erblickte er Tiny, der Clare von seiner Brust gezogen hatte. Sie wehrte sich und versuchte, ihm das Gesicht zu zerkratzen.

»Du blöder Krüppel! Denkst du, du könntest dich zwischen mich und meinen Mann drängen?« Wütend wandte sie sich an Tom. »Sag ihm, dass er gehen soll, Tom.«

Tiny hielt ihr Handgelenk fest im Griff und zog sie durch das Zimmer. Dann stieß er sie auf den Flur hinaus, schloss die Tür und legte den Riegel vor.

Clare trommelte an die Tür und brüllte so laut, dass es im ganzen Haus zu hören war: »Das wird dir noch Leid tun! Das wird dir noch Leid tun!«

»Sie wird langsam unruhig«, stellte Tom zwischen Hustenstößen fest.

Tiny nickte.

»Pass auf sie auf, Tiny. Ich will nicht, dass Lauren etwas passiert.«

Wieder nickte Tiny.

Lauren ritt auf dem Apfelschimmel durch einen tiefen Fluss. Sie schlüpfte aus den Steigbügeln und schwamm mit dem Pferd hindurch. Kurz darauf ritt sie weiter und gab dem Tier die Sporen. Auch als sie durch das Tor von San Reanido ritt, wurde sie nicht langsamer.

Sie war noch nie auf der Ranch gewesen und sah sich jetzt voller Interesse um. Feurige Pferde grasten hinter weißen Koppelzäunen, und in der Ferne erhoben sich zahlreiche Ställe und Getreidespeicher. Das große Haus überragte alles andere – und überraschte sie. Lauren zügelte ihr Pferd und sah das Haus verblüfft an.

Garret hatte ihr einmal erzählt, dass sein Vater das Haus im klassizistischen Stil gebaut hatte, damit es sie an ihr altes Zuhause in Virginia erinnerte, aber etwas so Großartiges hatte sie nicht erwartet. Das weiße Gebäude schimmerte in der Nachmittagssonne. Zehn weiße Säulen erhoben sich vor den Fenstern im zweiten Stock. Es war imposanter als Tante Eugenias Haus in Savannah, tatsächlich war es großartiger als jedes andere Haus, das Lauren kannte.

Ihr Selbstbewusstsein schwand ein wenig, als sie ihr Pferd wieder antrieb. Die Hufe klapperten dumpf auf den Kieselsteinen.

Wie aus dem Nichts erschien ein Spanier, um ihr die Zügel abzunehmen. Der dunkle Blick, mit dem der Mann Lauren ansah, war eiskalt. Sie verstand nicht, warum seine Gegenwart sie so unsicher machte. Plötzliche Furcht schnitt ihr den Atem ab.

Der Spanier berührte seinen Hut und stellte sich vor: »Ich bin Estaban Velasquez. Merken Sie sich den Namen, Señorita Lauren.«

»Ich kenne dich nicht.«

»Sie werden mich kennen.« Estabans Blick wanderte über Lauren hinweg, und sie spürte Erleichterung. Wer war das? Warum machte er ihr solche Angst?

»Ich werde Ihrem Pferd Wasser und Heu geben, Señorita«, versicherte er und nahm das Tier mit. Als er verschwunden war, dachte Lauren fast, sie hätte die Episode nur geträumt.

Sie schüttelte den Kopf, um ihre Unsicherheit loszuwerden. Dann stieg sie die Treppe hoch und wollte gerade anklopfen, als eine rotwangige Frau ihr öffnete und mit irischem Akzent sagte: »Sie werden Miss McBride sein. Ich hörte, dass Sie erwartet werden.«

Lauren war schockiert. »Wer erwartet mich?«

»Na, Mr. Garret natürlich. Kommen Sie herein, Miss.« Sie öffnete die Tür weiter. »Er ist in seinem Arbeitszimmer, die Halle hinunter und dann rechts. Sie können unangemeldet hineingehen.«

Lauren lief über polierte Holzdielen, die so schimmerten, dass sie sich darin spiegelte. Die Decke war hoch, und über der Tür war ein Glasfenster eingelassen, in dem sich das Licht wie ein Regenbogen brach.

Vor einer großen Mahagonitür blieb sie stehen. Nervös klopfte sie an.

»Herein.« Das war Garrets Stimme.

Sie öffnete die Tür und trat in einen großen Raum mit Regalen an drei Wänden und einem deckenhohen Fenster statt der vierten Wand. Garret, der an einem Mahagonischreibtisch saß, stand auf.

»Lauren, du bist hier.«

»Ja.« Unter Garrets Blick wurde sie noch nervöser.

»Deine Haushälterin sagte mir, dass du mich erwartest. Woher wusstest du, dass ich kommen würde?«

»Ich wusste nicht, wann, aber ich wusste, dass du kommen würdest, sobald dein Vater mit dir gesprochen hat. Er muss es dir heute gesagt haben.«

»Dann weißt du Bescheid. Ich schäme mich für das, was mein Vater getan hat. Bitte, lass es mich erklären, Garret.«

Er wies auf einen Stuhl. »Dann setz dich doch. Möchtest du etwas trinken?«

Sie stand mit klopfendem Herzen im Zimmer. Garret kam ihr in dieser Umgebung anders vor – so formell. »Nein, danke. Ich möchte nichts.«

Sie wollte nur gehen.

»Dann setz dich doch bitte.«

Das war nicht der Mann, den sie ihr Leben lang gekannt hatte. Sein Haar war gut frisiert, und er trug schwarze Hosen und ein weißes, gestärktes Hemd, dessen Ärmel bis zu den Ellbogen aufgerollt waren. Sie holte tief Luft, um sich zu beruhigen, und platzte heraus: »Ich muss mich für das Verhalten meines Vaters entschuldigen. Du musst dich durch seinen Plan genauso erniedrigt gefühlt haben wie ich.«

»Ich war eher fasziniert als erniedrigt.«

Laurens Kehle wurde eng, als sie sich vorstellte, mit Garret verheiratet zu sein. Das war das, was sie sich einmal mehr als alles andere gewünscht hatte. Wenn sie ehrlich war, war das immer noch ihr Wunsch. »Du musst wissen, dass mein Vater nicht mehr er selbst ist. Die Krankheit hat sicher auf seinen Verstand gewirkt.«

»Ich finde ihn vollkommen klar.«

»Du brauchst nicht den Gentleman zu spielen. Ich weiß, wie sehr dich das alles in Verlegenheit gebracht haben muss. Ich versichere dir, dass ich niemandem davon erzählen werde.«

»Ich verstehe deine Gefühle. Und auch ich werde niemandem davon erzählen.«

»Ab heute wird nicht mehr darüber gesprochen.« Lauren zeichnete mit dem Finger einen Kreis auf die Armlehne. »Aber ehe ich gehe, muss ich wissen, wie es überhaupt dazu gekommen ist. Wir wissen beide, wie wenig mein Vater dich mochte. Jetzt dagegen schwärmt er geradezu von dir.«

»Niemand war überraschter als ich, als vor sechs Monaten Jeb mit der Nachricht hier erschien, dass dein Vater mich zu sehen wünschte.«

Lauren verschränkte die Hände im Schoß. »Außerordentlich.«

»Nicht wahr? Wenn man bedenkt, wie wenig dein Vater mich immer mochte.«

»Du bist hingegangen, weil du wissen wolltest, was Papa wollte. Das war dein Fehler, du hättest ihn ignorieren sollen.«

»Ich muss zugeben, dass ich neugierig war.«

»Ich versuche es selber immer noch zu verstehen. Dann hat er dir dort einfach seine Idee an den Kopf geworfen?«

»Nicht sofort. Erst einmal war ich verblüfft, weil er mir gegenüber so herzlich war. Ich konnte sehen, dass er krank war und schwer atmen konnte. Damals dachte ich, dass er vielleicht eine Bronchitis hat.« Garret senkte den Kopf. »Jetzt weiß ich, dass es nicht so war.«

»Und wie hat er es gemacht, als er dir Cedar Creek für die Hand seiner Tochter angeboten hat?«

Garret betrachtete sie eine Weile schweigend, ehe er antwortete. »Du kennst doch deinen Vater – er hat es geradeheraus vorgeschlagen. Er hat mich gefragt, ob ich an einer Ehe mit dir interessiert sei.«

Lauren kam nicht umhin zu bemerken, wie eng sich seine elegante Hose an seinen wundervollen Körper schmiegte. Sie stand auf und begann, hin und her zu gehen, um sich von der Wirkung, die er auf sie hatte, abzulenken. »Ich kann mir gut vorstellen, wie du auf diese Beleidigung reagiert hast.«

Seine Stimme klang tief. »Kannst du das?«

»Natürlich. Dir ist doch sicher klar, dass ich nichts damit zu tun hatte.« Sie drehte sich zu ihm um. »Das musst du mir glauben.«

»Das weiß ich.«

Sie stieß erleichtert den Atem aus. »Dann gehe ich, jetzt, wo die Sache bereinigt ist.«

Er ergriff ihre Hand und drehte sie zu sich um. »Was, wenn ich diese Ehe wünsche, Lauren?«

Lauren dachte, dass er sie vielleicht wie früher neckte, aber er lächelte nicht. »Du machst sicher nur Spaß?«

»Ich versichere dir, dass ich jedes Wort ernst meine.«

»Du bist ein Gentleman und willst nur meine Gefühle schonen«, erklärte sie.

Ungläubig sah er sie an. »Denkst du, ich würde dich heiraten, nur um deine Gefühle zu schonen?«

Lauren sah ihn an, und ihre Wangen färbten sich rot. »Ich bin nur hergekommen, um mich für meinen Vater zu entschuldigen und dir zu sagen, dass ich nichts damit zu tun habe.«

»Ich weiß, dass du da nicht die Hand im Spiel hast.« Garret schwieg kurz und verschränkte die Arme vor der Brust. »Ich habe das angezettelt.«

Sie wusste nicht, ob sie lachen oder sich ärgern sollte. »Du willst mich heiraten?« Sie dachte an die Frau, die er liebte. »Ich weiß, dass …«

Garret wartete, dass sie den Satz vollendete, aber sie schwieg, als wenn sie nicht wüsste, wie sie fortfahren sollte. »Fiele es dir denn so schwer, mich zu heiraten?« Er beobachtete sie genau, als er ihr die nächste Frage stellte. »Bist du an jemand anderem interessiert?«

Jahrelang hatte sie davon geträumt, wie es wäre, Garrets Frau zu sein, neben ihm zu liegen und diese starken Arme um sich zu spüren. Sie spürte noch immer, wie sein fordernder Mund vor ein paar Tagen von ihrem Besitz ergriffen hatte. »Ich verstehe nicht«, flüsterte sie schließlich.

»Du bist eine sehr begehrenswerte Frau, Lauren, und genau die Art Dame, die ich zur Frau haben möchte.«

Ihre Augen wurden groß, als sie ihn ansah und sich vergewisserte, dass sie richtig verstanden hatte. Doch dann begriff sie, worauf er hinauswollte. »Du willst Cedar Creek haben.«

Als sie die Wahrheit in seinen Augen las, war es Lauren, als wäre alles Leben aus ihrem Körper gewichen. Ihr Vater hatte ihr einen Mann gekauft. Ihr wurde übel, und sie fürchtete, sich übergeben zu müssen.

»Der Fluss ist sicher ein Argument, aber ich kann dir versichern, dass es nicht das wichtigste ist.«

»Wie sehr wünschst du dir denn den Besitz?«

»San Reanido braucht viel Wasser. Wir haben welches vom Panther Creek hergeschafft, aber das geht nicht schnell genug, um den Bedarf zu decken.«

Lauren ballte die Fäuste und hätte am liebsten auf ihn eingeschlagen. Rasch wandte sie ihm den Rücken zu, damit er ihren Kummer nicht sah. »Ich bitte dich, Garret, mich vor meinem Vater zurückzuweisen. Das ist der einzige Weg, um ihn aufzuhalten. Ich schwöre dir, er will uns vom Krankenbett aus alle nach seiner Pfeife tanzen lassen. Du weißt nicht, wozu er alles fähig ist.«

»Ich werde dich nie zurückweisen, Lauren.« Er drehte sie herum, um sie ansehen zu können. »Warum sollte ich das tun wollen?«

Sie schüttelte den Kopf, und rotgoldene Locken schwangen um ihr Gesicht. »Dann bist du genauso verrückt wie mein Vater.«

»Mag sein, aber hast du bedacht, dass ich dich vielleicht nicht nur wegen des Flusses haben will?«

»Nein, keinen Moment lang.«

Er sprach jetzt kaum hörbar, aber seine Worte verletzten sie dennoch. »Ich brauche eine Frau, Lauren, und du wärest brauchbar.«

»Ich schätze mich höher ein als ein Handelsgut im Tausch von Ehe gegen Land.« Sie trat zurück. »Ich habe dir nichts mehr zu sagen. Guten Tag, Garret.«

Er folgte ihr und stand jetzt so nahe, dass er sie fast berührte und dass sie ihr Spiegelbild in seinen braunen Augen sah.

»Denk gut nach, ehe du mich zurückweist, Lauren.«

»Wie kannst du mir das antun?« Sie war am Boden

zerstört. »Ich dachte, wir wären Freunde. Du hast mich doch gemocht.«

»Das tue ich immer noch.«

»Wenn du wüsstest, womit mein Vater mich zu dieser Ehe erpressen will, hättest du keinen Anteil an diesem Plan.«

»Ich weiß es. Er gibt dir die Verantwortung für das Erbe deiner Brüder, nicht wahr?«

»Und dich hat er zum Teilhaber an diesem … Verrat gemacht.« Lauren unterdrückte ein Schluchzen. »Ist dir klar, dass Clare alles bekommt, wenn ich mich weigere, und meine Brüder nichts?«

»Ich weiß.«

»Und das ist dir egal?«

»Das ist es nicht, Lauren. Am liebsten würde ich deinem Vater sein Angebot ins Gesicht werfen. Ich weiß, dass er mich genauso benutzt wie dich. Aber ich bin bereit, mich benutzen zu lassen, wenn ich dafür bekomme, was ich haben will.«

»Cedar Creek«, stieß sie angewidert hervor. Sie ging zur Tür und griff nach der Klinke. »Du wirst nie den Tag erleben, an dem ich einwillige, dich zu heiraten, Garret. Nie!«

Er stand einfach nur da und sah sie an, als wenn er mehr erwarten würde. »Ich werde auf dich warten, Lauren.«

Sie stürzte aus dem Haus und zum Stall. Waren denn alle verrückt geworden?

Ohne ihr Pferd zu schonen, ritt sie zurück zur Circle M. Ihr Herz fühlte sich wund und zerschunden an. Sie hatte immer gedacht, dass sie dem Mann, den sie heiraten würde, etwas bedeuten würde. Nun war sie nur ein Bauer in dem Spiel, das ihr Vater spielte.

Es war noch früh, als Lauren sich dem Hügel näherte, auf dem ihre Mutter beerdigt war. Oben stand eine vertraute Gestalt, den Hut in der Hand und den Kopf gebeugt.

»Tanner!«

Er sah nicht auf, als sie herbeitrat, nahm aber ihre Hand in seine. Schweigend standen die Geschwister da. Sie brauchten keine Worte. Irgendwie hatten sie immer gewusst, was der andere gerade dachte.

Dann begann Lauren: »Wünschst du dir manchmal, du könntest mit Mama reden und dir Rat zu deinem Leben holen?«

»Das habe ich schon lange nicht mehr getan, aber früher war es so.« Sein Blick umwölkte sich. »Ich bin nicht nach Hause gekommen, um etwas von dem Land zu erben, aber heute Morgen ist mir einiges klar geworden. Hier hat unsere Ma gelebt, gearbeitet, uns zur Welt gebracht, hier ist sie beerdigt. Ich möchte nicht, dass Clare daran Anteil bekommt.«

In dem Moment raschelte es in der Krone des Baumes, der das Grab ihrer Mutter beschattete. Lauren blinzelte ungläubig, als sich eine Nachtigall aus den Ästen auf den Grabstein schwang und anmutig zu singen begann.

Sie presste die Hand auf den Mund, um ihr Schluchzen zurückzuhalten. Sie wusste, was sie zu tun hatte. »Clare wird ihre Hand nicht auf die Circle M legen, wenn ich das verhindern kann.«

Tanner hatte nicht genau hingehört, was sie gesagt hatte. Er starrte den Vogel an, der kühn weitersang. »Weißt du noch, wie sehr Ma Nachtigallen mochte? Diese hier hat gar keine Angst vor uns.« Seine Stimme klang erstaunt. »Ich weiß, dass Ma nicht wirklich da ist, aber ich hoffe, dass sie trotzdem dieses Lied hören kann.«

»Sie hört es«, versicherte Lauren sanft.

Tanner sah zu, wie der Vogel davonflog. »Bis jetzt war mir nicht klar, was ich für den Besitz empfinde. Aber es spielt wahrscheinlich keine Rolle, weil Clare ohnehin alles erbt.«

»Nein, das wird sie nicht.« Lauren wusste, dass es in ihrer Macht lag, Tanners Erbe zu schützen.

Wenn Garret sie noch wollte, würde sie einwilligen, ihn zu heiraten.

13

Als Lauren zur San Reanido ritt, sah sie, dass sich ein paar Cowboys an einer Koppel versammelt hatten. »Wo ist Mr. Lassiter?«, wandte sie sich an einen älteren Mann, der vortrat, um ihr Pferd zu nehmen. Sie war froh, dass es nicht der Spanier vom letzten Mal war.

»Ich bin Charley, Miss McBride. Der Boss ist unten am Korral. Er reitet eine Zweijährige ein.«

Lauren bedankte sich und ging auf die Umzäumung zu. Als sie dort ankam, machten die Cowboys ihr Platz.

Garret hatte Lauren noch nicht gesehen, und sie sah zu, wie er seine Handschuhe anzog und über den Zaun kletterte. Die kastanienbraune Stute wieherte, legte die Ohren an und wich zurück, als er näher kam.

Wieder dachte Lauren, wie gut Garret doch aussah. Er trug Cowboy-Kleidung, die seinen trainierten Körper betonte. Die Ärmel seines blauen Hemdes waren hochgerollt, so dass sie die schwarzen Härchen auf seinen Unterarmen sehen konnte. Laurens Magen zog sich zusammen, als Garret sanft mit dem Pferd zu sprechen begann. Sie konnte sich gut vorstellen, dass er genau so mit einer Frau reden würde, mit der er schlafen wollte.

»Ganz ruhig, Mädchen.« Er trat näher und sprach ruhig weiter. »Beruhige dich, denn ich werde dich gleich reiten.«

Mit einer raschen Bewegung setzte Garret den Fuß in

den Steigbügel und schwang sich in den Sattel. Noch ehe er saß, stieg das Pferd bereits. Seine muskulösen Beine schlangen sich um den Leib des Tieres, als es bockte und sich aufbäumte. Schon bald wurde klar, dass der Mann Sieger sein würde.

Die feurige Stute war Garret nicht gewachsen. Es gelang ihr nicht ein einziges Mal, ihn abzuwerfen, und schließlich warf sie mit zitternden Flanken noch einmal den Kopf hoch, ehe sie sanft und gehorsam um den Korral trottete.

Jetzt sah Garret Lauren, stieg ab und warf Charley die Zügel zu. Mit ausdruckslosem Gesicht streifte er die Handschuhe ab und kam auf sie zu. Er wischte sich den Schweiß von der Stirn. »Hallo, Lauren.«

Das Herz klopfte ihr bis zum Hals. »Ich muss mit dir reden.«

Er schwang sich über den Zaun und sah sie forschend an. »Geht es dir gut?«

»Wie kannst du das fragen?«

Will stieß Charley in die Rippen und flüsterte: »Der Boss hat immer schon dieses kleine Fohlen gewollt. Meinst du, dass er sie bekommt?«

Charley warf dem Cowboy einen scharfen Blick zu. »Lass mich nie wieder hören, dass du Miss McBride ein Fohlen nennst. Und was der Boss bekommt oder nicht bekommt, geht dich nichts an.«

Will scharrte mit den Füßen. »Ich habe ja nur so gedacht.«

Garret zog seinen Lederschutz aus, hängte ihn über das Gatter und betrachtete seine staubige Kleidung. »Verzeih mein Aussehen, so empfängt man keine Dame.«

Lauren merkte, dass die Cowboys sie beobachteten. »Wo können wir reden?«

»Komm mit.« Schweigend führte er sie ins Haus und dort in sein Arbeitszimmer. Wenn sie es nicht besser gewusst hätte, hätte sie meinen können, er wäre nervös.

Er berührte ihren Arm. »Möchtest du dich setzen?«

Sie schüttelte seine Hand ab. »Ich bleibe nicht lange.«

Seine dunklen Augen sahen sie an. »Du hast deine Meinung geändert.«

Lauren kämpfte noch immer mit ihrem Dilemma und suchte nach einem Ausweg, aber es gab keinen. Ihr Vater hatte alles so gut geplant, dass ihr kein Ausweg blieb.

Sie ließ die Schultern hängen und flüsterte: »Ich will ein eigenes Schlafzimmer.«

Garret stieß den Atem aus und schloss kurz die Augen. »Das«, sagte er dann, »ist keine Art, eine Ehe zu beginnen, Lauren. Du wirst meines teilen.«

Er würde ihr keinen Stolz lassen – gar keinen. Ihre Augen brannten, aber sie hielt die Tränen zurück. »Bestehst du darauf?«

Er trat zurück. »Ja, aber ich möchte, dass du glücklich bist.«

»Glücklich«, wiederholte sie zögernd. »Ist das noch eine Eigenschaft, die du von deiner Frau erwartest?«

»Das ist keine Eigenschaft, das ist etwas, was ich dir geben möchte.«

Sie sah ihn an und meinte Unsicherheit in seinen dunklen Augen zu sehen – aber ein Mann von Garrets Stärke kannte keine Schwäche. »Eines der Dinge, die mein Vater mir beigebracht hat, ist, wie man einen Streit vermeidet.«

Sie senkte den Blick. »Aber wir McBrides gewinnen am Schluss immer.«

»Wenn es in meiner Macht liegt, helfe ich dir dabei.«

»Ich habe ein paar Bedingungen, denen du bitte zustimmen sollst.«

»Und die wären?«, fragte er gleichmütig.

»Ich möchte, dass du unser Ehegelübde in Ehren hältst und mich nie zum Gespött machst. Das ist das Wichtigste für mich.«

Er runzelte die Stirn. »In welcher Art, Lauren?«

»Ich will keinen Mann haben, der zu anderen Frauen geht. Ich habe erlebt, was die Untreue meines Vaters meiner Mutter angetan hat, und ich will nie so leben. Wenn du so bist, dann sag es mir jetzt.«

»Ich bin nicht wie dein Vater. Du bist die einzige Frau, die ich je haben will.«

Garret wirkte unruhig, als wenn er noch mehr sagen wollte, aber sie hob die Hand.

»Wann soll die Hochzeit stattfinden?« Die Situation war so unwirklich, dass Lauren sich wie eine Schauspielerin in einem Theaterstück fühlte, die nur eine Rolle aufsagte. »Ich nehme an, mein Vater und du habt euch schon auf ein Datum geeinigt.«

»Nein. Ich war mir nicht sicher, ob du mich haben wolltest.«

»Alles andere habt ihr auch entschieden.«

»Lauren, ich wollte nicht, dass es so zwischen uns ist.«

Sie war zum Kampf bereit, verfügte aber über keinerlei Waffen. »Du hast gewonnen«, fauchte sie, »jetzt genieße deinen Sieg.«

»Im Moment genieße ich nichts, Lauren.« Sein Blick wanderte langsam über ihren Körper, und er machte keinen Hehl daraus, dass ihm gefiel, was er sah. »Bist du bereit, mir zuzuhören? Ich möchte dir etwas über uns erklären.«

Sie schluckte zweimal, ehe sie antworten konnte. »Es gibt kein Uns.«

»Zum Teufel, doch!« Er riss sie an sich. »Es hat immer ein Uns gegeben.«

Sie schüttelte den Kopf und war sich seiner Leidenschaft und sinnlichen Nähe sehr bewusst. Selbst jetzt, wo sie so wütend auf ihn war, hätte sie ihm am liebsten den Kopf auf die Schulter gelegt und sich von ihm halten lassen. »Warum bist du so bereitwillig auf die Pläne meines Vaters eingegangen?«

Garret hätte ihr sagen können, dass er nie eine andere geliebt hatte als sie. Er hätte ihr sagen können, dass er, wenn sie nicht nach Hause gekommen wäre, auf sie gewartet hätte, bis er ein alter Mann gewesen wäre. Seine Lippen berührten ihr Ohr. »Weil ich dich um jeden Preis haben wollte.«

Sie wich vor ihm zurück und spürte, dass sie wieder in der Welt war, die sie vor vier Jahren verlassen hatte – in der sie wieder Garret liebte. Er war die Sonne und sie der Mond, der von seiner Schönheit lebte. All die Jahre in der Ferne, all die Manieren und der Schliff hatten sie innerlich nicht verändert. Sie liebte ihn noch immer mit aller Kraft.

»Willst du mit mir zu meinem Vater kommen, um ihm die Neuigkeiten mitzuteilen?«, fragte er.

»Was ist mit deiner Mutter?«

Garret senkte den Blick. »Sie ist tot, Lauren. Ich dachte, das wüsstest du. Sie ist eine Woche nach deiner Abreise gestorben.“

»Das tut mir Leid. Ich wusste es nicht.« Sie las den Schmerz in seinen Augen und verspürte den Drang, ihn zu trösten, aber stattdessen fragte sie steif: »Wie ist es passiert?«

»Ein dummer Unfall. Sie war mit einem der Helfer in die Stadt gefahren.« Er hielt inne. »Als sie über die Straße ging, hat ein herrenloser Wagen sie überfahren.«

»Wie ist das möglich?«

»Ich weiß es nicht. Es war der Wagen von Doc Pierce, und er schwört, dass er ihn selber festgebunden hatte.«

Sie ergriff seine Hand. »Das tut mir sehr Leid, ich weiß, wie schlimm es ist, seine Mutter zu verlieren. Meine Mutter ist auf dieselbe Art gestorben.«

Er ging mit ihr zur Tür, als wenn er das Thema nicht länger verfolgen wollte. »Wollen wir meinem Vater von unserer Eheschließung erzählen?«

»Oh, bitte, nicht jetzt. Ich muss es Tanner erzählen und weiß nicht, wie er die Nachricht aufnehmen wird.«

»Soll ich morgen zur Circle M kommen, damit wir es ihm zusammen erzählen können?«

Lauren öffnete die Tür und wandte sich zu ihm um. »Nicht morgen. Lass mir Zeit bis Ende der Woche, ehe du es jemandem erzählst. Was Tanner angeht, werde ich es ihm selber sagen.« Ohne einen Blick zurückzuwerfen, verließ sie das Haus, bestieg ihr Pferd und ritt nach Hause.

Wenn ihr jemand vor vier Jahren erzählt hätte, dass sie die Frau von Garret Lassiter werden würde, wäre das die

Erfüllung ihrer Träume gewesen. Aber ihn unter diesen Umständen zu heiraten, war schmerzvoller, als ohne ihn zu leben.

Garret fand seinen Vater im Stall, wo er ein Pferd fütterte, das an Kolik erkrankt war. Barnard Lassiter war so groß wie sein Sohn und hatte dieselben dunklen Augen. Sein Haar war früher schwarz gewesen, war jetzt aber größtenteils ergraut.

»Ich habe Lauren herreiten sehen.«

Garret öffnete die halbe Tür und trat in die Box. Dann nahm er dem Tier die Decke ab und begann, es mit einem Schwamm kalt abzuwaschen. »Ja, sie ist gerade gegangen.«

»Und?«

»Sie hat eingewilligt, mich zu heiraten.«

»Hast du meinen Rat befolgt und ihr gesagt, dass du sie liebst?«

»Lauren ist anders als andere Frauen – sie hätte mir nicht geglaubt. Dafür gibt es zwischen uns im Moment zu viele Probleme. Ich muss ihre Liebe und ihr Vertrauen langsam gewinnen.«

»Du machst die Sache schwieriger, als sie ist, mein Sohn. Ich habe deine Mutter nie im Zweifel über meine Gefühle für sie gelassen.«

»Im Moment ist meine Beziehung zu Lauren schwierig. Erst musste ich warten, bis sie erwachsen ist, jetzt muss ich warten, dass sie meine Liebe akzeptiert. Im Moment denkt sie, ich hätte sie verraten. Ich kann ihr keinen Vorwurf daraus machen, wenn sie mich jetzt verabscheut.«

»Du hättest Toms Angebot ablehnen können.«

»Ich habe keine Ahnung, warum Tom McBride mir überhaupt so ein Angebot gemacht hat. Aber ich musste es annehmen, weil ich Angst hatte, dass er sie sonst an jemand anderen verschachern würde. Das hätte ich nie zulassen können. Dieser Bastard.«

»Du könntest es ihr doch so erklären, wie du es mir eben erklärt hast.«

Garret tauchte den Schwamm ein und fuhr fort, die Stute zu waschen. »Sie ist noch nicht bereit, die Wahrheit von mir zu hören. Wie kann ich ihr auch sagen, was für ein Schuft ihr Vater ist, wenn er im Sterben liegt?« Er sog tief den Atem ein. »Ich habe schon so lange Geduld gehabt … da kann ich auch noch eine Weile länger warten.«

Lauren stieg vor dem Büro des Sheriffs vom Pferd, band es fest und zögerte dann vor dem Eingang. Aber sie wollte nicht jetzt die Nerven verlieren, nachdem sie so weit geritten war. Sie war gekommen, um ihren Halbbruder kennen zu lernen, und sie würde nicht eher wieder gehen, als bis sie genau das getan hatte.

Sie stieg die drei Stufen hoch, öffnete die Tür und trat ein. Der Raum war größer, als er von außen aussah. An den Wänden hingen die üblichen Fahndungsplakate, und ein Schreibtisch mit drei Stühlen stand im Raum. Die Papiere auf dem Schreibtisch waren sauber geordnet, doch der Mann hinter dem Schreibtisch war nicht Chase McBride.

»Ich möchte gerne den Sheriff sprechen«, erklärte Lauren, »ich bin Lauren McBride.«

Sie sah, dass der schwere Mann mit den weißen Haaren ein Hilfssheriff-Abzeichen trug. Er erhob sich. »Ich weiß, wer Sie sind, Miss McBride. Es ist lange her, seit ich Sie das letzte Mal gesehen habe.«

Der Mann kam ihr bekannt vor, aber sein Name fiel ihr nicht ein. »Kennen wir uns?«

»Aber sicher. Ich bin Bud Sanders, Miss McBride.«

Das überraschte Lauren. Bud Sanders hatte im Mittelpunkt vieler Witze in Sidewinder gestanden, weil er der Trunkenbold der Stadt gewesen war.

Er zog seinen Patronengurt hoch. »Ich weiß, was Sie jetzt denken, aber ich trinke nicht mehr. Chase … äh, Sheriff McBride hat mir eine Chance gegeben, mich zu bessern. Ich habe seit über einem Monat nicht mehr getrunken. Hab nicht mal Appetit darauf gehabt.«

Lauren wusste nicht, was sie darauf erwidern sollte. »Das freut mich, Bud. Wo finde ich den Sheriff?«

»Er ist zum Roundup Saloon rübergegangen. Da hat es ein bisschen Aufruhr gegeben, aber nichts, womit er nicht fertig wird. Ich denke, er wird nicht allzu lange brauchen, um den Ort so aufzuräumen, dass sich ehrbare Menschen wieder auf die Straße trauen können.«

Es war heiß, und Lauren war müde und entmutigt. Am liebsten hätte sie die erste Postkutsche zurück nach Savannah genommen. Barbara hatte inzwischen sicher ihr Baby bekommen, und Lauren wusste noch nicht einmal, ob es ein Junge oder ein Mädchen war.

»Wissen Sie, wie lange er noch weg sein wird?«

»Kann noch eine Weile dauern.« Er sah ihr in die blauen McBride-Augen und erinnerte sich an die Abstammung des Sheriffs. »Der Sheriff ist ein anständiger Mann, Miss McBride.« Sein Blick forderte sie heraus.

»Dessen bin ich sicher, Bud.« Sie ging zur Tür. »Sagen Sie ihm, dass ich hier war.«

»Sie sollten auf ihn warten. Er würde Sie sicher gerne sehen.«

»Ein anderes Mal.«

Lauren ritt die Straße hinunter und stieg vor Annabelle Chapins Pension ab. Eine Mexikanerin putzte gerade die Fenster, und Lauren nickte ihr zu. »Guten Tag.« Sie zog ihre Handschuhe aus und stopfte sie in den Rock.

Die kleine, dunkelhaarige Frau ließ die Bürste sinken und wischte sich die Hände an ihrer Schürze trocken. »Guten Tag, Señorita.«

Lauren ging zur Tür der Pension. »Ist Annabelle da?«

»Sí, eben war sie es noch. Versuchen Sie es mal im Wohnzimmer.«

Innen im Haus roch es nach gutem Essen und Limonenwachs. Annabelle Chapin polierte emsig ein großes Buffet, hielt dann inne und sah Lauren an.

»Wie geht es Ihnen, Lauren?«

Annabelle war groß und schlank, mit weizenfarbenen Haaren und blauen Augen. Obwohl Lauren sie schon ihr Leben lang kannte, hatte sie sie nie sehr gut kennen gelernt. Annabelle hatte sich um ihre kranke Mutter gekümmert und war wenig bei gesellschaftlichen Anlässen zugegen gewesen.

»Mir geht es gut, Annabelle. Wie geht es Ihrer Mutter?«

Annabelle fuhr mit dem Polieren fort. »Meine Mutter ist von uns gegangen.«

Lauren errötete. »Das tut mir Leid, Annabelle, das wusste ich nicht … niemand hat es mir erzählt.« Sie war zu lange weg gewesen. Das mit Garrets Mutter hatte sie auch nicht gewusst.

Annabelle zuckte die Achseln. »Der Tod holt uns alle einmal.« Sie legte ihr Tuch zur Seite. »Was führt Sie in die Stadt?«

»Persönliche Angelegenheiten. Aber ich wollte mich nach Molly und Albert erkundigen. Haben sie ihre Kutsche problemlos bekommen?«

»Natürlich. Sie haben nur zwei Nächte lang hier übernachtet.«

»Ich hätte mich von ihnen verabschiedet, aber alles …« Laurens Stimme verebbte. »Nun, ich wollte nur sichergehen, dass sie die Kutsche auch bekommen haben.«

Annabelle sah die Traurigkeit in Laurens Blick; das Mädchen trug eine schwere Bürde. Annabelle wusste, was es bedeutete, sich um ein krankes Elternteil zu kümmern, und ihre Stimme klang sanfter, als sie sich erkundigte: »Wie kommen Sie auf der Ranch draußen zurecht?«

»Ich … im Moment ist es schwierig.«

»Ich weiß … ich kenne das.«

»Tanner hat Glück in seiner Ehe gefunden«, bemerkte Lauren auf der Suche nach einem Gesprächsthema. »Aber von Stone habe ich noch immer nichts gehört.«

Ihr entging, dass Annabelle sich beim Namen ihres älteren Bruders versteifte. »Ich wünschte, Stone würde nach Hause kommen. Wir brauchen ihn – ich brauche ihn.«

Annabelle nahm ihr Tuch wieder auf und fuhr fort, das Holz zu bearbeiten. »Ich bezweifele, dass Sie ihn sehen werden«, murmelte sie.

»Wahrscheinlich haben Sie Recht.« Lauren lächelte und

wurde sich des verlegenen Schweigens bewusst. »Ich muss jetzt weiter.«

Annabelle sah Lauren nach und verdrängte alle Gedanken an Stone. Dann trat sie ans Fenster und bedeutete der Mexikanerin, dass sie hereinkommen sollte. Es war Zeit, den Tisch für das Mittagessen zu decken.

Lauren war schon am Stadtrand angelangt, als sie es sich anders überlegte. Sie musste Chase jetzt sehen, bevor ihr Mut sie wieder verließ. Sie wendete ihr Pferd, ritt zum Roundup Saloon und stieg ab. Als sie den Saloon betrat, staunte Lauren, wie hell es darin war. Sie war noch nie zuvor in einem Saloon gewesen und wäre fast sofort wieder gegangen, als sie sah, dass aller Augen auf ihr ruhten. Selbst der Klavierspieler hatte aufgehört zu spielen und sich ihr zugewandt. Ihr Blick glitt durch den Raum und blieb an einer Frau hängen, die hinter der Bar stand und sie unverschämt anstarrte. Ihr Gesicht wirkte, als wäre es bemalt, und ihr Kleid bedeckte ihren Körper kaum.

Niemand rührte sich, bis ein Mann am Ende des Tresens seinen Stuhl zurückschob und auf sie zukam.

Ace Bellamy, der Besitzer des Saloons, lächelte die rothaarige Schönheit an. »Ich glaube nicht, dass Sie sich hier wohl fühlen, Ma'am.«

Sie umklammerte ihren Hut. »Ich suche jemanden.«

»Dann sagen Sie mir doch, wen, und dann warten Sie draußen. Falls er hier ist, schicke ich ihn zu Ihnen.«

»Die Dame wollte ohnehin gerade gehen«, erklang eine tiefe Stimme hinter Ace.

Laurens Augen trafen sich mit den kühlen blauen von Chase McBride. Er ergriff ihren Arm und steuerte sie zur

Tür. Als sie draußen in der Sonne standen, ließ er ihren Arm los und sah sie an.

»Was suchen Sie im Roundup? Das ist kein Ort für Sie!«

Lauren blinzelte. Genau dasselbe hätten Tanner und Stone gesagt, wenn sie sie an so einem Ort ertappt hätten. Sie sah sich um und merkte, dass neugierige Blicke sie trafen. »Ich bin auf der Suche nach Ihnen hergekommen. Ich wollte Sie sprechen.«

Vorübergehende starrten sie an, und an den Fenstern hatten sich Leute gesammelt, um sie anzusehen. »Wo können wir hingehen, um uns in Ruhe zu unterhalten?«

Chase hatte Lauren erwartet und wusste, warum sie gekommen war. Sicher nicht, um ihn in der Familie willkommen zu heißen. Sie war eine sehr schöne Frau – umwerfend sogar. Er hatte Frauen wie sie schon früher getroffen. Ein Halbblut wie er stand unter ihrer Würde. Er würde sich anhören, was sie zu sagen hatte, und sie dann ihrer Wege schicken.

»Wir können in meinem Büro reden.« Er deutete mit dem Kopf auf das Pferd mit dem Brandzeichen der Circle M. »Ist das Ihr Pferd?«

Sie nickte.

Er ergriff die Zügel und nahm das Tier mit in Richtung Sheriff-Büro. Lauren ging neben ihm her und fragte sich, ob es richtig gewesen war, dass sie zurückgekommen war. Er wirkte so kalt und unnahbar. Was sollte sie zu ihm sagen?

Chase band Laurens Pferd an und führte sie in sein Büro. Bud erhob sich bei ihrem Eintritt.

»Ich glaube nicht, dass es noch mal Ärger geben wird, aber geh zum Saloon rüber und sorge dafür, dass alle friedlich bleiben«, ordnete Chase an.

Bud nickte, griff nach seinem zerdrückten Hut und machte sich auf den Weg. »Genau das werde ich tun.«

Chase' Stimme klang kühl, als er sich an Lauren wandte. »Warum sind Sie hier?«

»Du weißt, wer ich bin?«

»Natürlich.«

Sie setzte sich auf einen der harten Stühle und sah ihn an. Er hatte nicht nur die McBride-Augen, sondern sah auch sonst ihren Brüdern sehr ähnlich. Haare und Haut waren dunkler als bei ihnen, aber das lag daran, dass seine Mutter eine Indianerin war. Er wirkte misstrauisch, als wenn er ihr nicht ganz traute. Und noch etwas spürte sie – er erwartete, dass sie ihn zurückweisen würde.

Lauren machte eine kleine Handbewegung. »Ich habe versucht, mir zu überlegen, was ich zu dir sage, wenn wir uns kennen lernen, aber es ist schwer für mich. Ich hoffe, du verstehst das?«

»Ja, es kann nicht leicht sein, wenn plötzlich ein Bastard-Halbblut auftaucht und dich vor all deinen Freunden zum Narren macht.«

»Das habe ich nicht gemeint. Ich meinte … mein Vater … unser Vater –«

»Dein Vater. Ich will mit Tom McBride nichts zu tun haben.“

Sie wünschte, er würde sich hinsetzen, damit sie nicht ständig zu ihm aufsehen müsste. »Ich kann verstehen, dass du so denkst. Meist habe ich ihm gegenüber genau dieselben Gefühle.«

Chase sah Tränen in Laurens Augen blinken. Das hatte er am wenigsten erwartet. Seine Stimme klang sanfter, als er fragte: »Was wolltest du mir sagen?«

»Du kannst deinen Vater verleugnen, aber es würde mir gefallen, wenn du mich als deine … deine Schwester betrachten würdest. Ich möchte etwas von dem Schmerz wieder gutmachen, den mein Vater dir zugefügt hat. Ich hoffe, du lässt mich.«

Chase' Kehle wurde eng. Er hatte nicht erwartet, dass Lauren ihn akzeptieren würde, und schon gar nicht auf diese Art. »Es ist nicht an dir, das wieder gutzumachen.«

»Ich habe gehört, dass du verheiratet bist. Ich würde deine Frau gerne kennen lernen.«

Er war immer noch misstrauisch. Vielleicht führte sie etwas im Schilde? Er würde ihr Faith erst vorstellen, wenn er sich sicher war, warum sie ihn aufgesucht hatte – Faith war schon genug verletzt worden. »Ich werde es ihr ausrichten.«

»Ich werde bald heiraten«, platzte Lauren heraus. »Ich würde mich freuen, wenn du und deine Frau zur Hochzeit kommen würdet.«

Chase sah zu, wie Lauren sich erhob, und wich zurück, als sie auf ihn zukam.

»Ich möchte, dass alle meine Brüder an meiner Hochzeit teilnehmen. Ich hoffe, dass auch Stone noch nach Hause kommt, damit auch er da sein kann. Ich kenne den Termin noch nicht genau, aber ich werde es dich wissen lassen. Ich nehme an, dass sie bei uns stattfindet, damit Papa dabei sein kann."

Lauren hatte ihn vollkommen überrumpelt. Chase war stolz darauf, dass er die Leute schnell durchschauen konnte, aber bei ihr hatte er sich vollkommen geirrt. In ihr war kein Falsch … Jedes Wort von ihr war ernst gemeint. Es musste schwer für sie gewesen sein, zu ihm in den Saloon zu kommen.

»Bist du dir darüber im Klaren, was es bedeutet, dass du heute hierher gekommen bist und mich zu deiner Hochzeit eingeladen hast? Das ganze Land wird sich das Maul zerreißen, wenn du mich als deinen Bruder anerkennst. Die Leute reden jetzt schon, aber dann wirst du im Mittelpunkt des Klatsches stehen.«

Lauren ergriff seine Hand und spürte Zuneigung für einen Mann in sich aufwallen, von dessen Existenz sie vor drei Monaten noch nicht einmal etwas gewusst hatte. »Lass sie reden, eine Familie muss zusammenhalten. Je eher die Leute das merken, desto besser für sie.«

Chase musste schlucken. »Faith und ich werden gerne zu deiner Hochzeit kommen. Wer ist denn der Bräutigam?«

»Garret Lassiter. Kennst du ihn?«

Er erinnerte sich, Garret und Lauren gesehen zu haben, als sie in der Stadt angekommen war. Damals hatte sie nicht so glücklich gewirkt, Garret wieder zu sehen. »Ich kenne ihn nicht persönlich, aber er genießt hohe Achtung hier. Weiß er von mir?«

»Ich weiß es nicht. Aber er wird es erfahren. Jeder soll wissen, dass ich drei großartige Brüder habe.«

Dann überraschte sie ihn weiter, als sie sich auf die Zehenspitzen stellte und ihm einen Kuss auf die Wange drückte. Erst versteifte er sich, aber dann drückte er sie an sich. Lange sagte keiner von ihnen ein Wort.

Schließlich fragte Chase: »Willst du wirklich, dass ich dich als meine Schwester behandele?«

Sie sah, dass er lächelte und dadurch noch besser aussah. »Natürlich will ich das.«

»Na gut, dann befehle ich als dein Bruder, dass du nie wieder einen Fuß in ein Etablissement wie den Roundup Saloon setzt.«

Sie erwiderte sein Lächeln. »Hatte diese Frau tatsächlich ihr Gesicht angemalt?«

»Fast vollkommen. Das ist nicht die richtige Umgebung für dich.«

»Ich werde daran denken.« Sie berührte seine Wange. »Ich bin froh, dass du mein Bruder bist, Chase McBride. Tanner und Bud haben Recht: Du bist ein anständiger Mann.«

Chase sah Lauren nach, völlig verblüfft über das, was eben geschehen war. Tanner und Lauren waren beide auf ihn zugekommen, und langsam begann er zu begreifen, wie es war, wenn man eine Familie hatte. Es war ein gutes Gefühl, ein beruhigendes Gefühl – etwas, was er nie gekannt hatte.

14

In der Nacht hatte sich Tom McBrides Zustand verschlechtert. Lauren hatte Jeb losgeschickt, damit er Doc Pierce holte und Tanner Bescheid sagte. Der Arzt war jetzt bei ihrem Vater, aber sie hatte Angst, dass er sterben würde. Sie setzte sich vor seine Tür, damit sie da war, falls er sie zu sehen wünschte.

Als es hell wurde, erklangen Schritte auf der Treppe. Erleichtert sah sie, dass Tanner und Callie die Stufen hinaufkamen.

Tanner ergriff Laurens Hand. »Jeb hat uns gesagt, dass es Pa schlecht geht. Wie sieht es aus?«

»Ich weiß es nicht. Doc ist schon über eine Stunde bei ihm. Ich warte hier, dass er raus kommt und mir etwas sagt.«

»Hast du die ganze Nacht hier gesessen?«

»Erst seit Mitternacht, als Tiny mich geweckt hat.« Lauren erhob sich und streckte die schmerzenden Muskeln. »Ich werde Tiny helfen, das Frühstück für die Männer zu machen. Sagt mir Bescheid, wenn sich an Papas Zustand etwas ändert.«

Tanner betrachtete die Tür, hinter der sein Pa um sein Leben rang. »Das könnte es sein, Callie.«

Callie schlang die Arme um ihn. »Ich weiß es.«

Als Clare Tanners Stimme hörte, trat sie aus ihrem

Schlafzimmer und ging zu ihm. Mit dem Rücken zu Callie stellte sie sich vor ihn und legte ihm eine Hand auf den Arm.

»Von diesem Anfall wird sich dein Vater vielleicht nicht erholen.«

Tanner schüttelte Clares Hand ab und zog Callie an seine Seite. Clares Berührung gab ihm das Gefühl, als wäre eine Spinne über seine Hand gekrochen. Kühl sah er Clare an. »Warum bist du nicht an der Seite deines Mannes, wenn du glaubst, dass er im Sterben liegt?«

»Kranke Leute deprimieren mich«, gab sie zurück. »Tanner«, wechselte sie dann das Thema, »weißt du von irgendetwas, was zwischen Lauren und Garret vorgeht?«

»Nein«, gab er so kurz zurück, dass sie verstand, dass er ihr auch dann nichts erzählen würde, wenn er etwas wüsste.

Ihre Lider senkten sich, und sie sah ihn mit hilflosem Gesicht an. »Tatsächlich bin ich froh, dass du da bist. Bei mir hat sich eine Schublade festgeklemmt, und so sehr ich es auch versuche, ich bekomme sie nicht los. Kannst du versuchen, sie für mich zu öffnen, Tanner?«

Er wollte gerade ablehnen, als Callie sich einmischte: »Geh nur, ich warte hier, falls sich am Zustand deines Vaters etwas ändert.«

Clare konnte ihr Glück, dass die Ehefrau ihr erlaubte, mit Tanner alleine zu sein, kaum glauben. Sobald sie in ihrem Zimmer waren, warf sie sich in seine Arme.

Ehe Tanner begriff, legte sich ihr Mund heiß auf ihren, und ihr Parfum erstickte ihn fast. Als sie ihre Zunge in seinen Mund schieben wollte, presste er die Lippen zusammen. Angewidert packte er ihre Oberarme und stieß sie von sich.

»Deine Schublade klemmt gar nicht, nicht wahr?«

»Nein, das war nur ein Vorwand, um mit dir alleine sein zu können. Ich sehe dich kaum noch. Immer bist du nur mit dieser milchgesichtigen Frau zusammen, die du geheiratet hast. Wie kannst du sie nur ertragen?«

»Du verstehst es einfach nicht, nicht wahr, Clare?« Sein Mund verzog sich angeekelt. »Du bist diejenige, die ich nicht ertragen kann.«

Verzweifelt griff sie nach ihm. »Das stimmt nicht, du hast uns nur nie eine Chance gegeben.« Sie trat näher und strich über seinen Arm. »Wenn du es nur zulässt, kann es so gut zwischen uns sein.«

»Geh zu deinem Mann«, fauchte er wütend. »Sitz bei ihm und sag ihm, wie sehr du ihn liebst. Vielleicht schaffst du es, dass er dir glaubt, wenn es sonst schon niemand tut.«

Sie schien sich an ihn schmiegen zu wollen, als sie an ihm vorbeiging. »Du bist der Einzige, der mir etwas bedeutet. Ich werde dir etwas geben, das dich an mich erinnert.« Sie biss ihn hart in die Lippe.

Tanner spürte den Schmerz und stieß sie von sich, so dass sie auf dem Boden landete. Als er die Hand an die Lippe hob, sah er Blut. »Du Hexe!«

Clare sah ihn mit giftigem Lächeln an. »Dann geh und erklär das deiner Frau, falls du kannst.«

Tanner kam mit wütenden Schritten zu Callie zurück, Clare auf den Fersen. Callie hasste es, wie diese Frau ihrem Mann nachlief. Aber sie hatte schon bald gelernt, dass sie am besten fuhr, wenn sie Clare gar nicht ernst nahm – das konnte Clare nicht ertragen.

Callie schluckte ihre Wut und brachte ein Lächeln zustande, obwohl sie Tanners verletzte Lippe sah. Sie zog ein Taschentuch hervor und tupfte ihm die Lippe ab. »Hat Clare wieder ihre üblichen Tricks versucht?«, fragte sie gleichmütig, obwohl sie der anderen Frau am liebsten die Faust ins Gesicht geschlagen hätte. Irgendwann würde sie genau das tun.

Callie sah Clare an und zwang sich zu einem Lachen. »Du solltest endlich begreifen, dass Tanner mich liebt. Er mag dich nicht einmal.«

Clare sah Callie wütend an. »Lachst du mich etwa aus?«

»Du machst es einem leicht, Clare, dein Verhalten ist so vorhersehbar. Ewig muss mein armer Mann deine Annäherungsversuche abwehren.«

»Und wenn er dich anlügt?« Clares Stimme klang seidig und sicher.

Callie betrachtete die Tür zu Toms Zimmer. »Hier sind weder Zeit noch Ort für so eine Unterhaltung. Aber wenn du schon fragst, ich weiß, was mein Mann über dich denkt.«

Clares Augen waren kalt und voller Hass, dann wandte sie sich um, stürmte in ihr Zimmer und schlug die Tür zu.

Jetzt wandte Callie sich wütend zu Tanner um und drückte ihm das Taschentuch in die Hand. »Du kannst dich auch selber sauber wischen.«

Lauren holte ein Blech mit Keksen aus dem Ofen und schüttete sie in eine blaue Schüssel, die sie mit einem Tuch bedeckte, um das Gebäck warm zu halten. Voller

Einverständnis half sie Tiny, den Farmarbeitern ihr Frühstück zu servieren.

Als die Männer eine Stunde später verschwanden, um ihre Arbeit zu beginnen, widmete Lauren sich dem Abwasch. Sie gab Tiny eine Tasse zum Abtrocknen.

»Wusstest du, dass Papa meine Ehe mit Garret Lassiter geplant hat?« Sie war sich sicher, dass er es wusste – Tiny wusste das meiste von dem, was auf der Farm vorging.

Tiny nickte und konzentrierte sich darauf, die Tasse abzutrocknen.

»Ich habe Garrets Antrag angenommen.« Sie seufzte. »Ich musste, es gab keinen anderen Ausweg.«

Tiny legte das Geschirrtuch weg und griff nach Papier, das er hinter der Zuckerdose aufbewahrte. Er schrieb etwas und gab Lauren den Zettel.

Sie las es und sah auf. »Wie kann ich das aushalten?«

Tiny nickte heftig.

Mit zitternder Stimme fuhr sie fort: »Was erwartest du unter diesen Umständen? Mein Vater stirbt. Ich habe entdeckt, dass ich einen Bruder habe, von dem ich nichts wusste, und mein Vater hat einen verrückten Plan gesponnen, wie er mich mit Garret Lassiter verheiraten kann.«

Wieder schrieb Tiny etwas auf.

»Ob ich ihn liebe?« Lange schwieg sie und dachte nach. Vor sich selbst hatte sie zugegeben, dass sie ihn liebte, aber noch vor niemandem sonst. Sie blickte in Tinys fragende Augen und nickte dann, weil sie ihm die Wahrheit sagen wollte. »Ich habe immer nur Garret geliebt. Aber er fühlt nicht so für mich.«

Er lächelte traurig.

»Danke«, fuhr Lauren fort. »Es hilft, jemandem zu

sagen, was man empfindet. Ich habe meinem Bruder Chase von der Hochzeit erzählt, sonst weißt nur du davon.«

Sein Gesicht war voller Heiterkeit, als er erneut schrieb.

Als sie seine Worte las, lachte auch sie. »Ja, es ist klug von mir, es jemandem zu sagen, der es nicht weitererzählen kann.«

Tiny griff in sein Hemd und zog wie ein Zauberer eine Rosenknospe hervor, die er ihr reichte.

Lauren nahm sie und lächelte. »Immerzu bedanke ich mich bei dir, Tiny. Ich glaube, wir sind Freunde, auch wenn wir einander noch nicht lange kennen.«

Tiny legte die Hand an sein Herz und nickte.

Doc Pierce betrat mit gerunzelter Stirn die Halle. Lauren dachte, dass er müde und besorgt aussah. Sie hatte Angst vor dem, was er ihnen gleich sagen würde.

»Eurem Pa geht es bald wieder gut. Er ist schwach und braucht Ruhe und Frieden. Ich bestehe darauf, dass er keinen Besuch bekommt, die Familie eingeschlossen, und das für mindestens zwei Tage.«

»Ich muss ihn ganz kurz sehen«, drängte Lauren. »Ich verspreche auch, dass ich ihn nicht aufrege. Im Gegenteil, es wird ihn glücklich machen, was ich ihm sagen will.«

Der Arzt nickte. »Na gut, Lauren, aber nur fünf Minuten, länger nicht.«

»Tanner soll mit mir kommen.«

»Geh mit, Tanner. Aber bleibt ruhig und sagt ihm nichts, was ihn aufregen könnte.«

Tanner warf seiner Schwester einen fragenden Blick zu,

als sie das Zimmer ihres Vaters betraten. Toms Augen waren geschlossen, und sein Atem ging stoßweise.

Lauren sank vor dem Bett auf die Knie und ergriff die Hand ihres Vaters.

»Papa, kannst du mich hören?«

Er schlug die Augen auf und sah sie mit leerem Blick an.

»Ich wollte dir nur sagen, dass ich Garret heiraten werde.«

Seine Lippen verzogen sich leicht, er seufzte und schloss wieder die Augen. »Beeile dich«, flüsterte er.

Lauren kam es so vor, als würde er jetzt leichter atmen.

Tanner zog Lauren hoch und steuerte sie aus dem Zimmer. Kaum hatte sich die Tür hinter ihnen geschlossen, drehte er sie um und packte fest ihre Schultern. »Was sollte das denn?«

»Lass uns von der Tür weggehen«, warnte Lauren. Sie ging die Treppe hinunter, Tanner dicht auf den Fersen.

»So.« Er blieb stehen, die Hände in die Hüften gestützt, wie ihr Vater es oft gemacht hatte. »Was ist das für eine Geschichte, dass du Garret Lassiter heiratest?«

»Ich wollte es dir schon vorher sagen – das hätte ich auch getan, wenn es Papa nicht so schlecht gegangen wäre.« Sie hätte sich Tanner so gerne anvertraut, aber er durfte die Umstände, die sie zu einer Heirat mit Garret Lassiter zwangen, nie erfahren. Also flüchtete Lauren sich in eine Halbwahrheit. »Ich liebe Garret, das weißt du doch.«

»Ich weiß, dass du dir eingebildet hast, in ihn verliebt zu sein, als du ein Teenager warst. Aber ich weiß nicht, warum du den Entschluss so wichtig findest, dass du ihn ausgerechnet jetzt unbedingt Pa mitteilen wolltest. Du hast gesagt, das würde ihn beruhigen, aber wir wissen beide, dass er die Lassiters hasst.«

»Papa heißt Garret jetzt gut. Ich weiß nicht, warum er seine Meinung geändert hat, aber er hat es getan.«

Tanner sah verwirrt aus. »Irgendetwas geht hier vor, von dem du mir nichts erzählst.«

Sie ging zur Tür, um aus dem Haus zu entkommen und einen Ausritt zu machen. »Ich liebe Garret und werde ihn heiraten.«

Lauren fühlte sich innerlich leer. Sie musste alleine sein, um ihre Gedanken sammeln und ihre innere Kraft wiederfinden zu können. Als sie am Ufer des Cedar Creek entlangritt, verspürte sie Abneigung gegen das schlammfarbene Wasser, das ihr einen Ehemann eingehandelt hatte. Als sie an eine Gruppe Pecanbäume kam, stieg sie ab und setzte sich in ihren Schatten.

»Ich habe den Ozean gesehen und Flüsse, in denen du verschwinden würdest«, murmelte sie böse. Sie warf eine Pecannuss ins Wasser und beobachtete, wie die Ringe immer größer wurden. »Was ist an dir schon Besonderes? Du bist nicht mehr als ein schmutziger, kleiner Fluss.«

Sie hörte Pferdehufe und erkannte, dass Garret angeritten kam. Er stieg ab und kam auf sie zu.

»Bist du gekommen, um deinen Fluss zu inspizieren?«, fragte sie. »Oder willst du lieber mich inspizieren?« Sie öffnete den Mund. »Siehst du, ich habe noch alle Zähne.«

Er grinste. »Jeb hat mir gesagt, dass ich dich wahrscheinlich hier finde, und deine Zähne habe ich schon gesehen – sie sind perfekt.«

Sie wandte ihm den Rücken zu. »Ich bin froh, dass sie dir zusagen.«

»Willst du mir sagen, was dich beunruhigt?«

Sie warf ihm einen Blick über die Schulter zu. »Du bist es, der mich beunruhigt.«

»Lauren, ich muss dir ein paar Dinge erklären, und ich möchte, dass du mir zuhörst, ohne jetzt schon ein Urteil dazu abzugeben.«

Sie lehnte sich an den Stamm und verschränkte die Arme vor der Brust. »Ich höre.«

»An dem Tag, als du ankamst, habe ich dir doch gesagt, dass ich nicht zufällig in Sidewinder war.«

»Ich erinnere mich. Wenn ich so zurückdenke, nehme ich an, dass du erst einmal sehen wolltest, was für eine Frau du dir eingehandelt hast.«

»Nein, das war nicht der Grund. Ich bin in die Stadt gekommen, weil ich dich sehen musste.« Er wartete ab und ließ seine Worte wirken. »Als du ausstiegst, konnte ich kaum atmen. Ich hatte nicht erwartet, dass vier Jahre dich so sehr verändern würden. Insgeheim hatte ich erwartet, dass eine niedliche, sommersprossige Göre aus der Kutsche steigen würde. Ich habe das junge Mädchen gesucht, das das Leben so liebte und nach allem griff. Aber in deinen Augen stand nur Kummer. Ich möchte dich wieder sorglos und glücklich machen.«

»Wir ändern uns alle. Du auch. Wie schnell hast du dich doch von der Frau abgewandt, die du liebst – um sie durch mich zu ersetzen.«

»Wovon redest du? Welche Frau?«

»Die, von der du mir gesagt hast, dass du sie liebst, diejenige, die in jeder Hinsicht perfekt für dich war.« Sie stieß den Atem aus. »Du bist nicht gerade lange treu, nicht wahr, Garret?«

Garret sah in den Baum hoch. Seine eigenen Worte kamen jetzt zurück, um ihn zu verfolgen. Wie konnte er sie davon überzeugen, dass er an jenem Tag von ihr gesprochen hatte? Wenn er ihr das jetzt sagte, würde sie ihm bestimmt nicht glauben.

»Ich habe lange auf dich gewartet, Lauren. Ich hatte große Angst, dass du in Savannah einen Mann kennen lernen und heiraten würdest, statt wieder nach Hause zu kommen.« Forschend betrachtete er ihr Gesicht. »Gibt es einen Mann, um den ich mir Gedanken machen muss?«

»Ich habe viele Herren in Savannah kennen gelernt.«

»Stach einer von den anderen besonders ab?«

Sie sah ihn an – in ihrem Herzen stach er alle anderen aus. »Was spielt es schon für eine Rolle?«

Er sah ihr in die blauen Augen, und es war, als wäre er wieder in der Vergangenheit. Er wusste nicht mehr, wann er sich in Lauren verliebt hatte. Fast war es so, als wäre seine Liebe zu ihr schon immer da gewesen. In ihrer Abwesenheit hatte er sich nicht mehr lebendig gefühlt, aber das würde sie nicht glauben – noch nicht. Er hatte ihren Respekt verloren, aber er war sich sicher, dass er ihn zurückgewinnen würde.

Sie griff hoch und holte sich ein paar Nüsse aus den Zweigen, ohne zu bemerken, dass sich ihre Brüste durch die Bewegung verführerisch an ihr Mieder schmiegten.

Doch Garret merkte es. Sein Körper schien in Flammen zu stehen.

»Papa hatte letzte Nacht einen Anfall.«

»Das tut mir Leid.« Er versuchte, nicht auf diesen Mund zu starren, der um den Kuss eines Mannes förmlich bettelte. »Ich hoffe, dass es ihm jetzt besser geht?«

»Der Arzt sagt, ja.« Sie brach sich einen Zweig ab und zupfte die Blätter ab. »Ich würde mit der Hochzeit gerne warten, bis meine Tante und ihre Familie aus Savannah kommen können, aber Papa möchte, dass wir sofort heiraten.«

»Wie schnell?«

»Ich weiß es nicht. Wenn doch nur Stone noch käme, aber wahrscheinlich kommt er gar nicht.« Sie sah Garret in die Augen. »Um Papas willen muss es schon sehr bald sein.«

»Wie wäre es mit nächstem Mittwoch?«

»Nein, nicht so schnell.«

»Dann Freitag?«

»Nein, Freitag auch nicht. Vielleicht Samstag in zwei Wochen?«

Zum Teufel, er wünschte, sie wäre schon seine Frau, damit er sie in seinen Armen halten könnte. Er wollte ihre Brüste küssen und sie nackt berühren. Seine Stimme klang tief und verführerisch. »Sollen wir wirklich so lange warten?« Er wollte nicht mehr warten.

Sie gab nach, aber nur wenig. »Dann Samstag in einer Woche. Doch, das wäre gut.«

Lauren wurde sich der Ironie dieser Situation bewusst: Sie besprachen ihr Hochzeitsdatum wie eine Einladung zum Tee.

»Kommst du vorbei und redest mit meinem Vater, Lauren? Er möchte dich gerne sehen.«

»Ich kann es nicht versprechen. Ich will nicht zu weit von Papa weg sein, ehe er nicht wieder kräftiger ist.«

Garret ergriff ihren Arm und zog sie gegen ihren Widerstand an sich. »Lauren, Lauren, es steht so viel Ungesagtes zwischen uns. Wirst du mich je wieder so vertrauensvoll ansehen wie damals, als du fünfzehn warst?«

»Ich bin keine fünfzehn mehr.« Sie war sich seiner Hand bewusst, die über ihren Arm nach oben glitt. »Ich will nie wieder so jung sein.«

Er hob ihr Kinn und sah ihr tief in die Augen, sein Inneres in Aufruhr. »Ich zittere innerlich, wenn ich dich nur berühre. Ich kann mir nicht vorstellen, was ich empfinde, wenn wir uns tatsächlich lieben.«

Lauren schloss die Augen, und Garret zog sie näher an sich. »Ich weiß nicht, wie es sich anfühlt, Garret, ich war noch nie mit einem Mann zusammen.«

Seine Lippen legten sich auf ihre Lider. Er würde der Erste sein, der sie nahm. Sie würde auf ihn reagieren – daran hegte er keinerlei Zweifel. Selbst jetzt spürte er ihre Reaktion auf sich, als sie leise aufseufzte.

»Ich freue mich auf den Tag, an dem du willig in meine Arme kommst.«

Lauren wäre am liebsten in seinen Armen geblieben und hätte weiter seinen Worten gelauscht, die sie mit Sehnsucht erfüllten. Aber Garret kannte sich mit Frauen aus, wusste, wie man sie erregte, so, wie er sie im Moment erregte. Er war gefährlich, und sie musste ihm entkommen. Sie entwand sich seinem Griff. »Ich muss jetzt gehen.«

»Musst du?«

Sie eilte zu ihrem Pferd, ergriff die Zügel und stieg auf.

»Lass mich eines ganz klar machen, Garret Lassiter. Ehe ich willig in deine Arme komme, friert die Hölle zu.«

Garret trat heran und tätschelte ihrem Pferd den Hals. »Dann bereite dich darauf vor, dass es kühl in der Hölle wird, Lauren. Denn es wird der Tag kommen, an dem du dich mir freiwillig hingibst. Du wirst dich nach meinen Berührungen sehnen.«

Seine Stimme, der sinnliche Ton erfüllten sie jetzt schon mit Verlangen. »Ich werde in dein Ehebett kommen und mich dir hingeben, aber die Art wird dir nicht gefallen. Du magst mich nehmen, aber es wird nie freiwillig geschehen.«

»Oh, doch, Lauren. Du wirst kommen und um meine Küsse betteln, und was ich mit dir tue, wird dir sehr gefallen.«

Sie öffnete weit die Augen. »Ich glaube nicht.«

Er hob sie vom Pferd, hielt sie in den Armen und presste ihren weichen Körper an seine Härte. Dann neigte er den Kopf, bis ihre Lippen sich fast berührten. »Spürst du das Gleiche wie ich, wenn unsere Körper einander so nahe sind? Schlägt dein Herz dann auch so schnell, dass du kaum noch atmen kannst?«

Lauren erbebte. Ja, ja, genau so fühlte sie. Garret würde sie küssen, und sie wollte es.

Er legte seine Lippen an ihr Ohr, und fast hätte sie aufgeschrien. Dann berührte sein Mund sanft den ihren, kostete, probte und erzeugte ein so wundervolles Gefühl, dass sie leise aufstöhnte.

Mit dem jahrhundertealten Wissen einer Frau wollte Lauren, dass er sie liebte. Sie drängte sich an ihn, als seine Hände sich kurz unterhalb ihrer Brüste um ihre Taille legten. Ihre Lippen öffneten sich, bettelten um mehr, als sie ihn einluden, alles zu tun, was er wollte.

Plötzlich brach Garret den Kuss ab, setzte sie wieder in den Sattel und trat zurück.

Seine Stimme klang heiser, und in seinen Augen stand ein Glühen, als wenn er in die Zukunft sehen könnte. Sein tiefes Lachen schickte ihr einen Schauer über den Körper. »Oh, ja, es wird dir gefallen, was ich mit deinem Körper tue, Lauren. Das kann ich dir versprechen.«

Lauren sah ihm nach, als er davonritt, und ihre Reaktion auf ihn verstörte sie. Sie hatte ihn so sehr begehrt, dass sie sich auf der Stelle die Kleider vom Leib gerissen hätte, wenn er sie darum gebeten hätte.

Sie war immer schon leidenschaftlich gewesen, aber obwohl sie das wusste, hatte nichts sie auf die verzweifelte Begierde vorbereitet, die Garret in ihr wecken konnte.

Jedes Mal, wenn sie einander trafen, wurden Laurens Gefühle für Garret stärker. Etwas Wildes und Schönes wuchs in ihr wie eine Flutwelle. Selbst jetzt noch brannte ihre Haut nach seiner Berührung.

Wie stark würden ihre Gefühle erst sein, wenn sie Garrets Frau war?

15

Lauren zog sich das Hochzeitskleid ihrer Mutter über den Kopf, und die elfenbeinfarbene Seide umschmeichelte ihren Körper wie ein sanfter Kuss.

»Du musst dich auf den Stuhl stellen, damit ich den Saum abstecken kann«, murmelte Callie mit Nadeln im Mund.

Lauren war den Tränen nahe, als sie den weichen Stoff berührte. »Ist es nicht wunderschön? Ich habe es früher immer aus der Truhe genommen und berührt und versucht, mir vorzustellen, wie meine Mutter wohl ausgesehen hat, als sie meinen Vater heiratete.«

»Halt still«, verlangte Callie, kniete sich hin und holte das Maßband hervor. »Aha. Es fehlt nicht viel, dann passt es dir perfekt.«

Traurig betrachtete Lauren ihr Spiegelbild. Noch konnte sie Nein zu Garret sagen. Sie schüttelte den Kopf. Sie hatte keine Wahl mehr.

Callie war jetzt fertig mit dem Abstecken und trat zurück, um ihr Werk zu betrachten. »Ich muss es in der Taille ein wenig enger machen.«

Lauren fragte sich, ob ihre Mutter ähnlich ängstlich gewesen war wie sie, als sie das Kleid anprobiert hatte. »Mir war nie klar, dass ich größer bin als meine Mutter.«

»Doch, das bist du, gut vier Zentimeter. Gut, dass der Saum so breit ist.«

Lauren fühlte sich ihrer Mutter sehr nahe, als der weiche Stoff sie umschmeichelte, und ihre Augen füllten sich mit Tränen. »Ich hoffe, dass meine Ehe glücklicher wird als die meiner Mutter.«

Callie sah Lauren verblüfft an. »Du gehst doch nicht mit der Erwartung in diese Ehe, dass sie dich unglücklich macht?«

Lauren konnte ihrer Schwägerin nicht in die Augen sehen. »Jede Frau denkt … hofft, dass ihre Ehe glücklich wird.«

Callies goldene Augen blickten besorgt. »Lauren, komm von diesem Stuhl, ich will mit dir reden.«

Lauren stieg herunter und schluckte. »Danke für deine Hilfe. Mit Nadel und Faden bin ich verloren.« Sie merkte, dass Callie sie beunruhigt beobachtete. »Was hast du getragen, als du Tanner geheiratet hast?«, fragte sie, um ihre Schwägerin abzulenken.

»Lauren, was ist los? Das sollte die glücklichste Zeit deines Lebens sein, und doch bist du eindeutig unglücklich. Was ist denn los?«

»Nun, Papa liegt im Sterben.«

»Das ist es nicht. Verzeih, wenn ich meine Nase in Sachen stecke, die mich nichts angehen, aber ich mag dich. Tanner macht sich Sorgen, dass etwas nicht stimmt, und ich allmählich auch.«

Lauren seufzte und sank auf den Stuhl. »Ich kann dir nicht sagen, was mich quält, Callie, weil Tanner es nicht wissen darf.«

Callie beugte sich zu ihr herunter. »Alles, was du mir

heute hier sagst, geht nicht weiter als bis zu meinen Ohren. Wenn du es nicht willst, werde ich weder Tanner noch sonst jemandem davon erzählen.«

Lauren sah Callie unglücklich an. »Papa hat diese Ehe gewünscht. Wenn ich Garret nicht heirate, will Papa die Circle M Clare hinterlassen, und meine Brüder gehen leer aus.«

Callie sprang auf. »Das ist furchtbar! Tanner würde nie zulassen, dass du dich für ihn opferst, und Stone sicher auch nicht. Du weißt schon, dass Chase mit der Circle M nichts zu tun haben will.«

Lauren schüttelte den Kopf. »Keiner meiner Brüder darf je etwas über diese Abmachung erfahren.« Sie sah Callie an. »Du hast versprochen, dass du es nicht weitersagst – du hältst doch dein Wort?«

Callie stieß ärgerlich den Atem aus. »Ich bin wütend auf deinen Pa und noch mehr auf Garret Lassiter. Warum tut ein Mann wie er dir das an?«

»Papa vermacht mir Cedar Creek als Hochzeitsgeschenk. Garret braucht das Wasser.«

»Ich kann mir nicht vorstellen, dass ein Mann wie Garret bei so einer Sache nur wegen des Wassers mitspielt. Nein, er muss dich lieben.«

»Callie, du weißt doch, wie wichtig Wasser hier draußen ist.«

»Ja, das weiß ich, und ich habe auch den Besitz am Cedar Creek gesehen. Er ist bergig und eignet sich nicht als Weideland. Tanner hat mir erzählt, dass selbst die Schäfer dort die Hütte verlassen haben und weitergezogen sind, weil sie sich von dem Land nicht ernähren konnten.«

»Deshalb also sind sie gegangen, das wusste ich nicht. Ich dachte, Papa hätte sie weggejagt.«

»So wie Tanner es schildert, hat dein Pa sie in der Hoffnung sich selbst überlassen, dass sie das Land für ihn kultivieren.«

»Aber der Fluss ist wichtig.«

»Bitte, tu es nicht. Sag Garret, dass du ihn nicht heiraten kannst.«

»Das geht nicht.«

Callie kannte Lauren noch nicht lange, aber sie wusste bereits, wie unbeugsam sie sein konnte, wenn sie einen Entschluss gefasst hatte. Lauren war eine echte McBride, und keiner konnte sie vom Kurs abbringen, deshalb versuchte Callie es nicht einmal.

»Ich kenne Garret Lassiter nur aus der Ferne, und er sieht sehr gut aus. Jede Frau in der Stadt wäre geehrt, wenn er sie überhaupt nur ansähe. Ich habe gehört, dass seine Familie sehr reich ist. Warum sollte er dich heiraten, nur um Cedar Creek zu bekommen?«

»Ich weiß es nicht.«

Callie sah die Qual in Laurens Augen. »Die Kernfrage ist: Was empfindest du für Garret?«

Lauren sah ihre Schwägerin unglücklich an. »Ich liebe ihn, habe ihn schon immer geliebt.«

»Und er liebt dich.«

»Nein, das tut er nicht. Als ich fünfzehn war, hat er mir gegenüber mal von der einzigen Frau auf der Welt gesprochen, die wichtig für ihn ist – und das war nicht ich.«

»Wer dann?«

Lauren zuckte die Achseln. »Ich weiß es nicht, er hat es nicht gesagt.«

»Aber du bist diejenige, die er heiratet.«

Lauren sah aus dem Fenster und bestätigte mit zitternder Stimme: »Ja, ich werde seine Frau sein, und jedes Mal, wenn er mich in die Arme nimmt, werde ich an diese andere Frau denken müssen und mir wünschen, ich wäre sie.«

Callie schüttelte den Kopf. »Schätze dich nicht so gering ein, Lauren. Du hast viele bewundernswerte Eigenschaften, und du bist schön. Falls Garret Lassiter dich nicht längst liebt, wird er es sicher bald tun.«

Lauren stieg wieder auf den Stuhl. »Lass den Saum vier Zentimeter aus und mach die Taille enger, dann ist alles perfekt.«

Die Tür ging einen Spalt auf, und Clare steckte den Kopf herein. Als sie Lauren im Hochzeitskleid sah, stieß sie die Tür so heftig auf, dass sie an die Wand knallte. »Verkleidest du dich für ein Kostümfest? Und warum bin ich nicht eingeladen?«, fragte sie schneidend.

Lauren sah Callie an. »Ich ziehe mich für eine Hochzeit an, Clare, und du *bist* eingeladen.«

Clares Mund öffnete sich. »Warum hast du dieses Kleid an, und wer heiratet?«

»Na, ich.« Lauren lächelte Callie an. »Weißt du noch, Clare, dass du mir mal gesagt hast, wenn ich zu meiner Tante zöge, würde sie eine Dame aus mir machen, so dass vielleicht sogar Garret Lassiter sich für mich interessieren könnte?«

»Was sagst du da?« Clare wurde blass.

»Nun, Stiefmutter, du hattest ganz Recht. Garret hat mich gebeten, ihn zu heiraten. Die Hochzeit ist in vier Tagen.«

»Unmöglich!«

»Ich versichere dir, dass es stimmt. Ich hätte nie gedacht, dass du dich so aufregst, wenn ich die Circle M verlasse.«

Zum ersten Mal, seit Lauren die Frau kannte, war Clare sprachlos. Mit vor Wut blitzenden Augen und zusammengepressten Lippen stürmte sie aus dem Raum und knallte die Tür hinter sich zu.

Lauren und Callie lachten, und Lauren musste vom Stuhl steigen, um nicht herunterzufallen. »Eines muss man Clare lassen – sie weiß, wie man einen Raum dramatisch zu betreten und zu verlassen hat.«

Callie wischte sich die Tränen aus den Augen und stieß kichernd hervor: »Hast du ihr Gesicht gesehen?«

Lauren lehnte sich zurück und unterdrückte ein Kichern. »Allein diese Szene war die ganze Aufregung wert. Stell dir nur eine sprachlose Clare vor!« Sie ergriff Callies Hand. »Das Lachen war nötig. Wir waren entschieden zu ernst.«

Callie mochte ihre Schwägerin. Wie konnte ein Mann Lauren nicht lieben? Sie konnte nicht glauben, dass Garret Lassiter Lauren wirklich nur heiratete, um den Cedar Creek zu bekommen. Der Mann musste sie lieben!

Am Tag vor ihrer Hochzeit betrat Lauren das Zimmer ihres Vaters. Seit seinem Anfall war sie nicht mehr bei ihm gewesen, und so war sie überrascht, dass er jetzt aufrecht im Bett saß und sein Frühstück selber einnahm.

»Du siehst wunderbar aus, Papa. Anscheinend fühlst du dich viel besser.«

Er grinste. »Die Frauen haben mir schon immer gesagt, dass ich wunderbar aussehe.«

Sie setzte sich an sein Bett. »Darauf wette ich. Du musst schon ein Schwerenöter gewesen sein – ich wette, du hast Mama im Sturm erobert.«

Er hielt inne, den Löffel auf halbem Wege zum Mund. »Deine Ma war eine Schönheit, fast alle Männer in Savannah waren hinter ihr her. Aber als sie mich sah, hatten die anderen keine Chance mehr.«

»Die Hochzeit ist morgen.«

»Ich weiß. Deshalb bekomme ich ja meine Kraft zurück. Ich werde bei deiner Hochzeit sein oder bei dem Versuch sterben.« Er lachte. »Sterben würde ich lieber noch nicht, erst, wenn du zur Ruhe gekommen bist und Stone wieder hier ist.«

Lauren hielt es für das Beste, nicht mehr über die Hochzeit zu sprechen. Sie war immer noch wütend, wollte es ihrem Vater aber nicht zeigen. Wenn sie ihm jetzt ihre Meinung sagte, bekäme ihr Vater sicher einen Rückfall.

Als sie ihn ansah, lächelte er. »Du scheinst an etwas Schönes zu denken, Papa.«

»Schellfisch. Ich habe an gebratenen Schellfisch gedacht«, erwiderte er wehmütig. Er warf einen Blick auf seine dünne Brühe und stellte sie beiseite. »Ich liebte die Art, wie deine Ma den Schellfisch gemacht hat, Mädchen. Keiner konnte besser kochen als sie. Als wir jung verheiratet waren und nicht viel Geld hatten, habe ich oft einen Eimer voll Schellfisch gefangen, und dann hatten wir ein richtiges Festmahl.« Sein Blick wurde weich. »Seltsam, wie man die guten Dinge vergisst.«

»Deine zweite Frau kocht nicht«, erinnerte ihn Lauren.

Er machte eine abwehrende Handbewegung. »Lass uns lieber nicht davon sprechen.«

Lauren erhob sich und küsste ihn auf die Wange. »Bist du fertig mit Essen?«

»Ja, nimm es weg.«

Lauren ergriff das Tablett. »Ruh dich etwas aus.«

Kurz darauf trat sie zu Tiny in die Küche. Sie stellte das Tablett ihres Vaters auf einen Tisch und sah nachdenklich vor sich hin. »Tiny, kannst du fischen?«

Er nickte verwirrt.

»Nimmst du mich mit zum Angeln?«

Wieder nickte er und sah sie fragend an.

»Papa hat es sich in den Kopf gesetzt, dass er gerne Schellfisch hätte. Und ich will, dass er ihn bekommt.«

Tiny griff nach seinem Block.

»Ja«, stimmte sie zu, »Cedar Creek ist dafür am besten. Ich ziehe mich um, und dann können wir los.«

Er nickte.

»Wir treffen uns am Stall.« Sie eilte aus der Küche.

Das Haus war ruhig, als Lauren auf die Veranda trat. Sie hatte gerade einen Brief an ihre Tante geschrieben, in dem sie ihr erzählte, dass sie heiraten würde. Ihre Tante würde schockiert sein und nicht verstehen, warum sie so kurz nach ihrer Rückkehr nach Texas heiratete.

Sie seufzte und lehnte sich gegen das Geländer, von wo aus sie die zerrissenen Wolken betrachtete, die sich immer wieder vor den Mond schoben. Morgen Abend würde sie verheiratet sein. Sie schloss die Augen und stellte sich vor, wie Garret sie küsste und berührte – stellte sich vor –

»Guten Abend, Lauren. Darf ich hoffen, dass du gerade an mich gedacht hast, als du gelächelt hast?«

Sie riss die Augen auf und errötete. »Garret. Ich habe dich heute Abend gar nicht erwartet.«

Er kam die Stufen hoch und stellte sich neben sie, dann betrachtete auch er den Mond. Er roch ihren Duft, und die Kehle wurde ihm eng. »Ich weiß, dass die Tradition verbietet, dass der Bräutigam die Braut am Abend vor der Hochzeit sehen darf, aber ich musste etwas mit Jeb besprechen und habe dich hier stehen sehen. Darf ich dir einen Augenblick Gesellschaft leisten?«

Sie betrachtete ihn zweifelnd. »Natürlich.«

»Ich bin seit dem frühen Nachmittag hier. Tanner hat mir gesagt, dass du Angeln warst. Ich konnte mir kaum vorstellen, wie du den Wurm auf den Haken spießt.«

»Papa hat sich gebratenen Schellfisch gewünscht. Tiny und ich haben fünf Stück gefangen.« Sie senkte die Lider. »Papa hat nur ein paar Bissen geschafft.« Sie zuckte die Achseln. »Wenn es ihm gut geht, schöpfe ich immer Hoffnung, dabei weiß ich, dass es stetig mit ihm bergab geht.«

»Es muss schwer für dich sein.«

»Jeb sagt, dass es morgen regnen soll.«

Garret verstand, dass sie nicht länger über ihren Vater reden wollte, weil es zu sehr schmerzte. »Wenn Jeb das sagt, wird es so sein.«

»Ich hoffe, dass es erst nach der Hochzeit anfängt.«

Er trat näher. »Es ist alles so schnell gegangen, Lauren, wir konnten noch gar nicht richtig miteinander reden.«

»Wir haben geredet!«

»Nein, wir haben gestritten. Was ich meine … möchtest du beispielsweise das Haus anders einrichten? Willst du da etwas verändern? Möchtest du eine Hochzeitsreise machen, mit dem Schiff vielleicht, oder eine Reise nach Europa?«

»Du weißt, dass ich Papa jetzt nicht alleine lassen kann. Von deinem Haus habe ich noch gar nicht viel gesehen – und selbst wenn, würde ich es nicht ändern wollen.«

»Natürlich kannst du deinen Vater nicht alleine lassen, ich spreche auch von später. Was mein Haus angeht, möchte ich, dass du es auch als dein Haus betrachtest. Seit dem Tod meiner Mutter fehlt die weibliche Hand. Du sollst alles ändern, was dich stört.«

»Ich habe deine Mutter gemocht, Garret.« Sie sah wieder zum Mond auf. »Ich wollte immer so sein wie meine Mutter, aber leider bin ich ihr überhaupt nicht ähnlich.«

Ihre langen Wimpern warfen Schatten auf die Wangen. »Du siehst deiner Mutter sehr ähnlich«, bemerkte Garret, »aber du bist wie dein Vater. Du hast mir einmal gesagt, dass Stone wie dein Vater sei, aber du bist diejenige, die ihm am ähnlichsten ist.«

Sie trat zur Treppe und setzte sich auf die Stufen, nicht sonderlich froh über die Feststellung Garrets. »Inwiefern ähnele ich ihm, wenn man mal von der Augenfarbe absieht?«

»Dein Stolz, dein Dickkopf und deine Zähigkeit.« Er lächelte. »Ich sehe einen feurigen Rotschopf vor mir, der bereit ist, es mit allem aufzunehmen, was sich ihm in den Weg stellt.«

»Da hast du Recht. Wenn ich ehrlich bin, muss ich zugeben, dass ich rasch aufbrause und nur schwer verzeihe.« Sie senkte den Blick. »Ich bin furchtbar jähzornig.«

Er setzte sich neben sie, und sein Bein streifte ihren

Schenkel. »Ich hoffe, dass du nicht mehr wütend auf mich bist.« Er sah sie forschend an. »Ich hoffe, dass du mir eines Tages die Art vergibst, in der du zur Ehe gezwungen worden bist.«

Lauren schwieg lange. »Ich habe mich in meine Zukunft geschickt«, sagte sie dann. »Du bist genauso eine Spielfigur meines Vaters wie ich, wie kann ich dir daraus einen Vorwurf machen? Du hast eine Chance gesehen, Cedar Creek zu bekommen, und du hast sie ergriffen.«

»Wenn du das über mich denkst, musst du mich für willensschwach und manipulierbar halten. Lass mich dir versichern, dass ich keineswegs eine Spielfigur bin. Wenn ich dich nicht hätte heiraten wollen, hätte alle Bestechung durch deinen Vater nichts genutzt.«

»Es ist nicht weise, dass du eine Frau heiratest, die du nicht liebst. Ich bin mir sicher, dass du unsere Ehe schon nach kurzer Zeit schwer zu ertragen finden wirst. Das wird meine eine Genugtuung sein.«

Garret dachte nach. Dann sah er in die Ferne und erwiderte: »Dich zu heiraten wird nicht schwer zu ertragen sein.« Er sah sie wieder an. »Tatsächlich denke ich, dass diese Ehe eine der klügsten Entscheidungen meines Lebens ist. Zumindest hoffe ich das.«

»Es reduziert sich immer wieder alles auf Cedar Creek.« Sie vergrub das Gesicht in den Händen. »Warum hast du mich nicht einfach in Ruhe gelassen? Ich möchte nicht mit dir verheiratet sein.«

»Nein?«, fragte er ungläubig. Er ergriff ihre Hände und zog sie von ihrem Gesicht. »Sag das noch einmal, während du mir in die Augen siehst, dann kann ich dir glauben.«

Sie sah ihn an und senkte dann den Kopf. »Ich habe

doch schon eingewilligt, dich zu heiraten, mehr Grund brauchst du für die Ehe nicht.«

»Du hast die Wahl. Wenn du nicht meine Frau werden willst, gehe ich auf der Stelle zu deinem Vater und sage ihm, dass ich dich nicht heiraten möchte. Soll ich das tun, Lauren?«

Nein, das war es nicht, was sie sich wünschte, erkannte Lauren. Sie wollte für den Rest ihres Lebens mit ihm zusammen sein. »Ich habe dir ein Versprechen gegeben und will es auch halten.«

Er hob ihr Kinn. »Es gibt so viele Dinge, die ich dir gerne sagen möchte.«

Sie blinzelte und sah ihn nur an. Sein dunkles Haar war vom Wind zerzaust, und am liebsten hätte sie es glatt gestrichen. Sein dunkler Blick brannte sich in ihren, und sie war sich seiner Gegenwart sehr bewusst. »Meinst du nicht, dass es für Worte zu spät ist?«

Er strich ihr eine Locke aus dem Gesicht. »Wahrscheinlich ist es das.« Er schmiegte sein Gesicht an ihres. »Ich werde dir ein guter Ehemann sein.«

»Es gibt da etwas, was ich wissen muss«, begann Lauren. Sie hatte ihm die Frage schon einmal gestellt, aber er hatte sie nicht beantwortet, vielleicht würde er das auch jetzt nicht tun. »Was ist mit der Frau passiert, die du angeblich so sehr geliebt hast?«

Garret zog Lauren mit sich hoch. »Ich bin mir nicht mehr sicher, ob sie mich noch liebt. Aber ich weiß, dass sie es früher getan hat.«

»Ist das alles, was du mir von ihr erzählen wirst?«

»Wenn wir genau ein Jahr verheiratet sind, werde ich dir alles über sie erzählen, das verspreche ich dir.«

»Muss ich so lange warten?«

Sein Mund war jetzt nahe an ihrem, und sie spürte seinen Atem verwirrend warm auf ihren Lippen. »Vielleicht erzähle ich dir schon früher von ihr. Ein Mann erzählt seiner Frau viele Dinge, die er dem Mädchen, das er heiraten wird, nicht sagt.«

Seine Lippen berührten sanft ihren Mund, und sie spürte, wie ihr das Herz brach, als sie sich ihm entgegenneigte. Garret mochte eine andere Frau lieben, aber er begehrte sie genauso wie sie ihn.

Er schlang die Arme um sie und zog sie enger an sich. Während seine Zunge sacht zwischen ihre Lippen glitt, konnte sie die Härte seiner Erregung spüren. Sie hatte nicht gewusst, dass ein Kuss so atemberaubend sein konnte. Sie drängte sich in dem Bemühen an ihn, ihm immer noch näher zu sein. Verwirrung wurde durch Begehren abgelöst, und sie versuchte, dem harten Schenkel, der sie so verrückt machte, noch näher zu kommen.

Sanft umfasste Garret ihre Brust und stöhnte leise, als sie den Kopf zurückwarf. Durch den Stoff ihres Kleides reizte er die empfindliche Spitze, bis sie seinen Fingern entgegenschwoll.

Lauren schloss die Augen und keuchte vor Entzücken. So hatte sie noch nie ein Mann berührt, und das Gefühl war süß und intensiv. Sie wünschte sich, seine Liebkosungen auf der bloßen Haut zu spüren.

»Oohhh«, stöhnte sie leise.

Plötzlich hob Garret den Kopf und schob sie ein Stück von sich weg, als ihm einfiel, dass sie jemand sehen könnte. »Verstehst du jetzt, warum ich will, dass du mich heiratest?«

Lauren nickte und atmete keuchend. Natürlich wusste sie, was er meinte. »Ich weiß, was Sex bedeutet, schließlich bin ich auf einer Ranch aufgewachsen.«

»Morgen«, erklärte er und trat zurück, um sie nicht erneut in seine Arme zu ziehen, »morgen bist du mein.«

Dann war er in der Dunkelheit verschwunden, und kurz darauf hörte sie ihn davonreiten.

Ihre Lage war so hoffnungslos wie ihre Liebe zu Garret.

Estaban lag in dem dunklen Raum, und seine Zigarette glühte bei jedem Zug auf. Er dachte nach … seine Augen brannten. Es hieß, dass die schöne Señorita den *patrón* heiraten würde. Hass verschloss ihm die Kehle.

Das war es, worauf er gewartet hatte. Er dachte an die Jahre, in denen er hilflos und ohne Orientierung herumgeirrt war, nachdem sein Vater sich erschossen hatte. Er erinnerte sich an den Tag, als er auf der Ranch Arbeit gefunden hatte, die von Rechts wegen ihm gehören sollte. Er erinnerte sich an die Schmach, das Land zu bestellen, das seinen Söhnen zugedacht war. Er dachte daran, dass Garret Lassiter sich mit seiner jungen Frau hier einrichten und auf Söhne und Töchter hoffen würde, die er nie haben würde, so wie Estaban nie eine eigene Familie haben würde.

Schon bald würde die Señorita in der Erde begraben liegen, die sie seiner Familie gestohlen hatten.

Die Zeit war nahe, wo er ein weiteres Mitglied von Garrets Familie töten würde. Diesmal den Vater, aber erst nach der Hochzeit. Er wollte nicht, dass die Hochzeit verschoben wurde, was ganz sicher der Fall wäre, wenn es einen Trauerfall in der Familie gäbe.

Wie sollte er Barnard Lassiter töten? Er lächelte und schnipste seine Zigarette aus dem offenen Fenster. Als San Reanido seiner Familie gehört hatte, war der Stallaufseher ein Apache gewesen. Er hatte Estaban beigebracht, wie man mit Pfeil und Bogen umging, und er hatte viele Stunden geübt. Jetzt konnte er einen Bullen auf hundert Schritte Entfernung sicher ins Auge treffen.

Er würde Pfeil und Bogen benutzen, und jeder würde glauben, dass ein entflohener Komantsche Señor Barnard Lassiter getötet hätte.

16

Lauren war nervös und brachte beim Frühstück kaum einen Bissen herunter. Sie griff nach dem herrlichen Brautstrauß, den Tiny an ihren Platz gelegt hatte, hob ihn an die Nase und atmete tief den Duft ein. Tiny hatte Rosen mit Gänseblümchen kombiniert, und sie fragte sich, woher er das gelbe Band hatte, das er mit den zarten Blüten verwoben hatte.

»Danke«, sagte sie aus tiefstem Herzen und hob eine Rose an die Lippen. »Du bist einer der freundlichsten Männer, die ich kenne.«

Tiny legte Lauren sanft die Hand auf die Schulter und errötete vor Freude. Dann betrachtete er ihren Teller und stemmte missbilligend die Hände in die Hüften.

»Ich weiß, du hast Recht, ich sollte etwas essen, aber ich kann einfach nichts herunterbringen.«

Er griff nach einem Krug Milch und goss ein Glas voll, das er ihr reichte.

»Na gut, ich trinke die Milch.« Sie zwang sich, ein paar Schlucke zu nehmen, denn sie wusste, dass sie für den Tag alle Kraft brauchen würde, die sie bekommen konnte. Die Milch rutschte leichter als das Essen. »Wie geht es Papa heute Morgen?«

Tiny schrieb etwas auf.

Lauren las die Worte und hob fragend die Brauen. »Er

will einen Anzug anziehen? Geht es ihm dafür denn gut genug? Ist er überhaupt kräftig genug, um nach unten zu kommen?«

Tiny nickte und schrieb erneut.

»So, so, er besteht also darauf, nach unten zu kommen. Na gut, wenn er sich etwas in den Kopf gesetzt hat, können wir ihn sowieso nicht aufhalten.«

Lauren hatte keine Ahnung, dass ihre blauen Augen denselben herausfordernden Ausdruck annahmen wie die ihres Vaters, aber Tiny sah es und lächelte in sich hinein. Sie war eine echte McBride – aber sie hatte das Beste von ihrem Vater, nicht das Schlechte.

»Ich nehme an, mein Vater will der Zeremonie beiwohnen, damit er seinen Triumph genießen kann.«

Tiny sah sie mitleidig an.

Lauren trank ihre Milch aus und erhob sich. »Ich werde mich jetzt umziehen, in einer Stunde kommen die ersten Gäste. Schick bitte Callie zu mir, sobald sie kommt.«

Tiny nickte.

Lauren mühte sich gerade ab, die Knöpfe auf dem Rücken ihres Kleides zu schließen, als Callie hereinkam.

»Lass mich das machen«, bot Callie an. »Das ist Faith.« Sie nickte zu einer Frau hinüber, die scheu mit ins Zimmer gekommen war.

Lauren wandte sich um und lächelte die hübsche Blondine an, die mit Chase verheiratet war. »Ich freue mich, dich kennen zu lernen. Danke, dass du zu meiner Hochzeit kommst. Ist mein Bruder auch da?«

Faith lächelte sie voller Wärme an. »Ja, das ist er. Wir

haben unseren Sohn mitgebracht. Ich hoffe, du hast nichts dagegen?«

Lauren sah verwirrt aus. »Ich wusste nicht, dass ihr einen Sohn habt.«

»Luke ist acht, wir haben ihn adoptiert.«

»Luke McBride.« Lauren lachte. »Ich schätze, dann bin ich also Tante.«

Faith sah sofort, was Chase so rasch für Lauren eingenommen hatte. Lauren hatte Chase nicht nach den Umständen seiner Geburt oder der Farbe seiner Haut beurteilt. Und jetzt akzeptierte sie Luke genauso selbstverständlich als Mitglied ihrer Familie. »Danke, dass du Chase akzeptiert hast. Er würde es dir nie verraten, aber dein Besuch hat ihm eine Menge bedeutet.«

Lauren drückte Faith die Hand. »Ich bin ohne Schwester aufgewachsen, und plötzlich habe ich zwei.« Sie zog zwei Rosen aus ihrem Strauß und reichte jeder Schwägerin eine. »Ich möchte, dass ihr beide heute an meiner Seite geht.«

Es klopfte laut, und Lauren und Callie riefen gleichzeitig: »Tanner.«

Tanner kam hereingeschlendert und sah in seinem dunklen Anzug umwerfend aus.

»Der Pfarrer ist hier, kleine Schwester, und der ungeduldige Bräutigam auch.«

»Und wer noch?«, fragte Callie.

»Ein paar Leute von San Reanido und Mr. Lassiter.«

Lauren sog nervös den Atem ein und schüttelte ihr Kleid aus. »Tanner, bist du der Brautführer?«

Tanner sah seiner Schwester in die Augen und lächelte. »Ach, ich mag dich gar nicht hergeben.«

»Du wirst mich nie verlieren.«

Er umarmte sie kurz. »Pa ist unten, tadellos angezogen und mit einem Gesicht, als hätte er gerade ein Pokerspiel gewonnen. Ich werde nicht schlau aus ihm. Es geschieht selten, dass er seine Meinung über jemanden ändert. Aber Garret lächelt er eindeutig an.«

Lauren warf Callie einen raschen Blick zu. »Es ist immer am besten, wenn die Familie den Bräutigam mag. Magst du Garret?«, wandte sie sich wieder an Tanner.

»Ja«, gab er zu, »immer schon. Aber ich habe ihn immer für arrogant gehalten, genau wie Pa, bis ich ihn näher kennen gelernt habe.«

Lauren lächelte. »Ich bin froh, dass du ihn magst. Ich mag ihn nämlich auch.«

Als Lauren an Tanners Arm die Treppe herunterkam, stockte Garret der Atem. Sie war die schönste Frau, die er je gesehen hatte. Er beobachtete, wie sie jeden im Raum mit einem Lächeln und einem Blick begrüßte. Es war eine kleine Hochzeit, und die Gästeschar bestand fast nur aus Familie und ein paar Freunden.

Tom McBride saß in der Nähe der Tür und ließ seine Tochter nicht aus den Augen. Sie trat zu ihm und küsste ihn auf die Wange, ehe sie bei Garrets Vater genauso verfuhr.

Dann blieb sie vor Chase stehen. »Kommst du mit mir und Tanner nach vorn zum Pfarrer?«, fragte sie ihn.

Chase nickte. Seine Kehle war wie zugeschnürt. Er wusste, warum sie Faith und ihn einschloss – sie wollte der Welt zeigen, dass er ihr Bruder war. »Es ist mir eine Ehre, kleine Schwester.«

Lauren beugte sich zu dem kleinen Jungen herunter, der scheu neben Chase stand. »Hallo Luke, ich bin deine Tante Lauren. Willst du die Hand deiner Mutter nehmen und mit uns gehen?«

Lukes dunkle Augen leuchteten, und er sah seinen Dad an. Chase nickte. »Mach nur.«

»Ja, Ma'am … Tante Lauren.«

Nichts hätte sie Chase mehr ans Herz wachsen lassen können als diese eine freundliche Geste.

Tanner und Chase führten sie nach vorne, ihre Frauen und Luke im Schlepp.

Tiny sah Tom an, der Tränen in den Augen hatte – wie er selber auch.

Tanner reichte Laurens Hand an Garret, und dann traten beide Brüder einen Schritt zurück.

Garret umfasste Laurens Finger mit festem Griff, und ihre Blicke sanken ineinander, als der Pfarrer zu sprechen begann.

»Liebe Familie, liebe Freunde, wir sind heute hier vor Gott und den Gästen versammelt, um diesen Mann und diese Frau in dem heiligen Bund der Ehe zu einigen.«

Als er weiterredete, hatte Lauren das Gefühl, als wäre hinter ihr eine Tür zugeschlagen und verriegelt worden. Es gab keinen Weg mehr zurück – bald würde sie Garrets Frau sein.

Garrets Stimme klang tief und zitterte ganz leicht, als er sagte: »Ich will.«

Dann sprach Lauren mit leiser Stimme: »Ich will.«

»Kraft der Macht meines Amtes erkläre ich euch hiermit zu Mann und Frau.«

Garret ergriff Laurens Hand und drehte sie so, dass sie ihn ansah. Mit warmen Lippen berührte er ihre.

»Hallo, Mrs. Lassiter, jetzt gehörst du mir.«

Ehe Lauren antworten konnte, zog Tanner sie in seine Arme. »Werde glücklich, Lauren.« Er drückte sie fest an sich. »Das ist ein Befehl.«

Sie zwang sich zu einem Lächeln, um ihrem Bruder nichts von dem Aufruhr in ihrem Inneren zu verraten. »Das werde ich.«

Tanner sah Garret an. In seiner Stimme schwang eine leise Drohung mit, als er erklärte: »Du hast den größten Schatz der McBrides genommen – behandele sie so, als wäre sie auch dein größter Schatz.«

»Dessen kannst du sicher sein«, erwiderte Garret mit einem Blick auf Laurens erhitztes Gesicht.

Lauren trat zu ihrem Vater. »Jetzt, wo die Zeremonie vorüber ist, solltest du wieder ins Bett gehen, Papa.«

Tom umklammerte die Hände seiner Tochter mit seinen alten, zerbrechlichen Fingern. »Du hast Recht, ich bin ein bisschen müde.« Er warf Tiny, der in der Nähe stand, einen Blick zu. »Ich habe gesehen, dass sie ordentlich verheiratet ist. Hol meine beiden Söhne, sie sollen mich nach oben tragen.«

Lauren kniete sich neben ihren Vater. »Ich habe getan, was du wolltest«, flüsterte sie. »Hältst du jetzt auch, was du mir für meine Brüder versprochen hast?«

»Ich halte immer mein Wort, Mädchen.« Er überraschte sie, indem er zart ihr Gesicht umfasste. »Als du eben die Treppe herunterkamst, habe ich gedacht, du wärest deine Ma an unserem Hochzeitstag. Du siehst aus wie ein Engel, Lauren.«

Sie wollte böse auf ihn sein, aber sie schaffte es nicht. Sie lächelte und küsste ihn auf die Wange. »Danke, Papa.«

Tanner und Chase stellten sich beidseits seines Stuhles auf und hoben ihn hoch. »Esst, feiert und seid fröhlich«, forderte Tom die Hochzeitsgäste auf. »Das ist ein schöner Anlass, keine Trauerfeier.«

Clare erschien wie ein schwarzer Schatten an Laurens Seite, unangenehm und unwillkommen, und sie sah Chase mit stechendem Blick nach. »Dein Pa muss verrückt geworden sein, dieses Halbblut als seinen Sohn anzuerkennen. Ich kann mir nicht vorstellen, was die Leute dazu sagen werden.«

Lauren trat beiseite und sah zu, wie ihr Vater die Treppe hochgetragen wurde. »Seit wann ist es dir wichtig, was andere denken?«

»Ich will dieses Halbblut nicht in meinem Haus haben.«

»Dann schlage ich vor, dass du das Thomas J. McBride sagen solltest. Er hat Chase öffentlich anerkannt, und Tanner und ich haben heute klar gemacht, dass wir ihn als unseren Bruder akzeptieren. Wie lange, meinst du, wird es dauern, bis sich die Neuigkeit im Land verbreitet hat?«

Clare ergriff Lauren so heftig am Arm, dass sie die Manschette des Kleides zerriss. »Das wird dir noch Leid tun, kleines Mädchen. Ich wusste gleich, dass diese Hochzeit ein bloßes Geschäft ist. Ich werde schon noch herausfinden, was zwischen dir und Garret wirklich vorgeht.«

Tiny griff nach Clares Hand und zog sie von Lauren weg. Obwohl sie sich wehrte, kam sie gegen den kleinen

Mann nicht an. Schließlich riss sie sich los und verließ zu Laurens Erleichterung den Raum. Schockiert sahen die Gäste aus San Reanido ihr nach. Die Leute der Circle M waren an Clares Verhalten gewöhnt und schenkten ihr weiter keine Beachtung.

Jetzt trat Garret zu Lauren und ergriff ihren Arm. »Was war denn los?«

»Ach, Clare ist mal wieder ganz sie selbst.« Clare hatte es geschafft, ihrer Stieftochter den Hochzeitstag zu verderben, und Lauren war sich fast sicher, dass Clare es auch darauf angelegt hatte. Am liebsten hätte Lauren geweint, aber da sie den Stolz ihres Vaters geerbt hatte, zwang sie sich zu einem Lächeln und wandte sich zu ihren Gästen um.

Barnard Lassiter umarmte Lauren voller Wärme. »Willkommen in unserer Familie, Lauren. Mein Junge hat dich lange genug angeschmachtet. Wurde auch Zeit, dass du nach Hause kommst und ihn heiratest.«

Lauren lächelte gezwungen. Mr. Lassiter schien die Umstände ihrer Hochzeit nicht zu kennen, und sie hatte auch nicht vor, ihn darüber aufzuklären.

»Ich werde heute noch abreisen«, fuhr Barnard Lassiter fort. »Es wird Zeit, dass ich San Reanido euch jungen Leuten überlasse. Ich wünsche mir schon seit einiger Zeit, zurück nach Virginia zu ziehen. Ich wäre schon eher gegangen, aber ich wollte Garret nicht alleine lassen. Jetzt, wo er dich hat, kann ich abreisen, ohne mich schuldig zu fühlen.«

Lauren war verblüfft. »Du willst nicht zurückkommen?«

»Ich werde zu Besuch kommen, aber die Ranch gehört

jetzt Garret und dir.« Mr. Lassiter warf einen Blick auf seinen Sohn, der sich gerade mit dem Pfarrer unterhielt. »Seine Mutter hätte sich über eure Hochzeit sehr gefreut.«

»Mrs. Lassiter war eine freundliche, warmherzige Frau.«

»Sie hat dich gemocht, Lauren. Sie hat immer gesagt, dass Garret dich eines Tages heiraten wird. Offenbar hat sie Recht gehabt.« Er hob Laurens Hand an die Lippen. »Aber heute ist ein Tag zum Feiern, nicht für wehmütige Erinnerungen. Geh du und unterhalte deine Gäste, mich alten Mann kannst du meinen Gedanken überlassen.«

Mit Garret neben sich wanderte Lauren von einem Gast zum anderen. Sie schaffte es, die richtigen Dinge zu sagen und sich lebhaft zu unterhalten, aber sie war froh, als der letzte Gast gegangen war und sie nicht länger dieses künstliche Lächeln zeigen musste.

Tiny brachte Tom zu Bett und ließ die Tür einen Spalt auf, damit die Luft zirkulieren konnte. Keiner von ihnen wusste, dass Manuelo im Flur herumlungerte und sie belauschte.

Tiny gab Tom seine Medizin und sah zu, wie er sie schluckte.

Tom zog eine Grimasse und spülte mit Wasser nach, um den bitteren Geschmack loszuwerden. »Geschafft. Mein erster Plan hat wundervoll funktioniert.«

Der kleine Mann nickte.

»Eines sage ich dir, wenn erst bekannt wird, dass sich mein Mädchen den besten Fang in der Gegend geangelt hat, wird das alle zum Schweigen bringen.«

Tiny benutzte die Gebärdensprache, und seine hastigen Bewegungen zeigten, dass er wütend war.

»Es ist mir völlig egal, ob ich sie durch einen Trick zu dieser Ehe gebracht habe. Es war ein guter Zug von mir, dass ich Garret Cedar Creek angeboten habe. Nur das Ergebnis zählt. Meine Tochter sitzt jetzt in dem großen Haus und kann von da auf den Rest von uns herabsehen.« Tom lachte laut auf. »Meine Tochter – eine Lassiter!«

Wieder machte Tiny ihm Zeichen.

»Nein, ich will weder Tanner noch Chase sehen.« Er wandte das Gesicht zur Wand und verspürte nun doch Schuldgefühle über die Art, wie er Lauren zur Ehe gezwungen hatte. »Meine Tochter mag heute keine glückliche Braut gewesen sein, aber ich habe gesehen, wie Garret sie ansieht. Er ist ein Mann, der weiß, wie er sie sein Eigen macht.«

Tiny bewegte die Hände.

»Hör mit den Anklagen auf! Meine Tochter wird sich schon noch an ihren Ehemann gewöhnen.« Toms Lachen endete in einem Hustenanfall. Schließlich fuhr er fort: »Wenn ich nach der Art urteile, wie Garret mein Mädchen ansieht, wird er nicht lange brauchen, um sie vergessen zu lassen, unter welchen Umständen sie geheiratet haben. Er wird sie noch heute Abend in sein Bett holen, und ihr wird es gefallen.«

Wieder bewegte Tiny die Hände, schnell jetzt und heftig – er war eindeutig wütend.

»Ja, ich weiß«, stimmte Tom zu. »Es wird eine Weile dauern, bis sie mir verziehen hat, und ich habe nicht mehr viel Zeit.« Er legte sich bequem in sein Bett. »Aber ich habe sie verheiratet, und nur das zählt.«

Garret hob Lauren in den Wagen, vor dem vier vollblütige Araber rastlos mit den Hufen scharrten.

Lauren ließ sich in die weichen Lederpolster sinken und warf einen Blick zurück auf das Haus. »Es kommt mir seltsam vor, mein Heim so kurz nach meiner Rückkehr schon wieder zu verlassen.«

Garret setzte sich neben sie. »Das ist nicht mehr dein Heim. Das ist von jetzt an da, wo ich bin.«

Als sie anfuhren, sah Lauren die Silhouette von Clare, die mit Manuelo neben sich am Fenster stand. Lauren hatte den Eindruck, dass ihr Vater Clare nicht mehr so ergeben war wie früher. Die Vorstellung, dass ihr Vater jetzt mit diesen beiden alleine sein würde, beunruhigte sie.

Aber Tiny war ja auch noch da, und er würde auf ihren Vater aufpassen, so dass sie sich keine Sorgen zu machen brauchte.

Barnard Lassiter war lange nicht mehr so glücklich gewesen. Sein Sohn hatte die Frau geheiratet, die er liebte, und nun konnte er Texas verlassen und in das kühlere Virginia zurückkehren. Er freute sich darauf, wieder mehr Zeit mit seiner Tochter und ihrer Familie zu verbringen.

Barnard hatte wie seine Frau Texas nie wirklich gemocht, und Texas ihn nicht. Aber Garret liebte das Land, und die Ranch war das einzige Zuhause, an das er sich erinnerte.

Barnard war stolz auf seinen Sohn, der alle die Vorzüge besaß, die er und seine Frau ihm hatten geben können. Er war ehrenhaft, vertrauenswürdig und ein harter Arbeiter. Garret würde gut alleine zurechtkommen.

Plötzlich wurde Barnard nach vorne geschleudert, als sein Pferd unter ihm zu Boden sank. Er fiel herunter, rollte in eine Senke und schlug sich den Kopf an einem Felsen an. Als er sich wieder aufgerappelt hatte, erkannte er, dass sein Pferd durch einen Pfeil gefällt worden war!

»Indianer!«, rief er und versuchte, an sein Gewehr zu gelangen.

Barnard Lassiter hatte keine Zeit mehr zum Denken, als ihn gleich darauf ein zweiter Pfeil mitten ins Herz traf.

Er war tot, ehe er den Boden berührte.

17

»Señora«, begann Manuelo mit glühenden Augen. »Ich habe an der Tür Ihres Mannes gelauscht, wie Sie es wollten.« Er sah zufrieden aus. »Jetzt weiß ich, warum Ihre Stieftochter Señor Lassiter geheiratet hat.«

Clare wandte sich vom Fenster ab. »Sag es mir. Sag mir alles!«

Garrit brach das angespannte Schweigen, das zwischen ihnen herrschte, als Erster. »Na, froh, dass es vorbei ist?«

»Es war ein anstrengender Tag. Schade, dass dein Vater abgereist ist, ehe ich ihn besser kennen lernen konnte.«

»Er wollte schon eine ganze Weile zurück.«

»Ich weiß, er hat es mir erzählt.«

Lauren betrachtete Garrets Profil in der Dämmerung. Er sah gut aus, aber auch verlässlich. »Sag mir«, begann sie leichthin, »was tut denn die Frau von Garret Lassiter so?«

Garret warf ihr einen Blick zu. »Tun?«

»Ja!« Widerstand regte sich in ihr. »Was habe ich für Aufgaben?«

Er schnalzte mit den Zügeln, und die Araber rannten los. Der Wagen war so gut gefedert, dass Lauren kaum eine Unebenheit spürte.

»Das kommt darauf an.«

»Worauf?«, fragte sie.

»Auf die Tageszeit.«

»Und in der Nacht?«

Er lächelte. »Das könnte ich dir erklären, aber ich zeige es dir lieber.«

Zitterte seine Stimme, oder hatte sie sich das nur eingebildet?

Garret umfasste die Zügel fester. Allein der Gedanke daran, Lauren in seinem Bett zu haben, weckte die wildesten Fantasien. Sie würde nie verstehen, wie gut er seine Gefühle immer im Griff gehabt hatte. Jetzt würde es noch schwerer werden, denn jetzt war sie seine Frau. Er hatte höllische Angst davor, dass sie ihm die Art ihrer Eheschließung vielleicht nie vergeben würde.

»Warum solltest du dich an eine widerstrebende Frau binden wollen?«, fragte Lauren mit hohler Stimme.

»Das habe ich dir doch schon mal gesagt – weil ich dich will.«

Sie senkte den Blick und betrachtete den welken Brautstrauß, den sie noch immer in der Hand hielt. »Wenn ich nicht dazu gezwungen worden wäre, hätte ich dich niemals geheiratet.«

»Ich weiß, aber vielleicht änderst du deine Meinung noch. Ich hoffe es.« Er hielt den Wagen an und wandte sich ihr zu. »Ich will dich in jeder Hinsicht, Lauren. Verstehst du, wie ich das meine?«

»Ich weiß, was eine Eheschließung bedeutet. Ich bin nicht mehr das unschuldige Mädchen, das Sidewinder vor vier Jahren verlassen hat.«

»Nein, das bist du nicht. Du bist die Frau, die mein Bett mit mir teilen wird, und ich hoffe, dass es dir gefallen wird.« Sanft berührte er ihre Wange. »Ich möchte nicht, dass du deine Entscheidung je bedauerst.«

»Was meinst du damit? Ich bedauere es ja jetzt schon.«

Er schloss die Augen und fragte sich, warum er in ihrer Gegenwart immer das Falsche sagte. »Es gefällt mir, dich zur Frau zu haben.«

»Lass uns nicht so tun, als wäre diese Ehe etwas anderes, als sie tatsächlich ist. Ich wurde gezwungen, dich zu heiraten, und das werde ich nie vergessen.«

Er spielte mit einer Locke, die ihr auf die Brust gefallen war. »Es ist aber meine Absicht, dich vergessen zu lassen, wie unsere Ehe angefangen hat.«

»Ich habe heute einen Eid abgelegt, dass ich deine Frau sein werde, und ich habe vor, den Eid zu halten. Ich halte immer mein Wort.«

»Das ist eines von den Dingen, die ich an dir l… mag.«

Lauren warf ihm einen Blick aus den Augenwinkeln zu. »Ich bin froh, dass ich dir gefalle.«

Seine Hand wanderte zu ihrem Hals, und er spürte, wie rasch ihr Herz schlug. »Ich kann dich dazu bringen, dass du mich begehrst, das weißt du bereits.«

Langsam stieg ihr die Röte in die Wangen, und ihr Herz hämmerte. »Du verlangst viel für einen kümmerlichen kleinen Fluss.«

Seine Hand legte sich auf ihre, und sie entzog sie ihm nicht. »Ich werde mir viel Zeit mit dir lassen. Vertraust du mir?«

»Früher ja, jetzt nicht mehr.« Sie entzog ihm ihre Hand. »Aber ich bin eine McBride und werde tun, was man von mir erwartet.«

»Nein, Lauren«, korrigierte sie Garret, »du bist jetzt eine Lassiter.«

»Nur dem Namen nach, Garret. Innerlich bleibe ich eine McBride. Wir sind eine Kraft, mit der man rechnen muss.«

Garrets Augen wanderten zu ihren Brüsten, die sich deutlich unter dem engen Mieder ihres Hochzeitskleides abzeichneten. »Als wenn ich das nicht wüsste.« Er trieb die Pferde wieder an. »Sei gewarnt, Lauren, ich werde dich besiegen. Ich werde mich erst zufrieden geben, wenn ich dich ganz für mich gewonnen habe.«

»Sei du gewarnt, Garret. Das hier ist kein Kartenspiel, wo man entweder gewinnt oder verliert. Ich bin aus Fleisch und Blut und blute, wenn ich verletzt werde. Du wirst nie mehr von mir bekommen, als du dir jede Nacht nimmst.«

Er lachte, denn er kannte sie so gut. Sie würde sich aufbäumen und kämpfen, aber am Ende würde er sie zähmen. »Das reicht mir für den Anfang.«

Lauren wurde wütend. »Ich glaube nicht, dass ich dir so gefallen werde. Du kannst meinen Körper besitzen – dieses Recht habe ich dir mit der Hochzeit zugestanden – aber das ist alles, was du je von mir haben wirst.«

»Ich werde dich ganz besitzen.« Seine Augen glitzerten, als hätte sie ihn herausgefordert. »Ehe ich mit dir fertig bin, wirst du um meine Küsse betteln.«

»Niemals!« Sie schüttelte den Kopf, und ihr rotgoldenes Haar wehte wie Seide. »Niemals!«

Er sah zu einer Wolkenbank im Westen hinüber. »Lass uns zusehen, dass wir nach Hause kommen. Jeb hatte Recht mit seiner Wettervorhersage – da braut sich ein Sturm zusammen.«

Lauren warf einen Blick auf die Wolken, die sich in der Ferne auftürmten und genau widerspiegelten, wie ihr zumute war.

Kurz vor dem Regen kamen sie zu Hause an. Garret half Lauren aus dem Wagen und führte sie ins Haus.

Die Haushälterin kam mit warmem Lächeln auf sie zu und begrüßte sie: »Der Himmel muss Sie lieben, Garret, Sie haben Ihre Braut gerade noch rechtzeitig nach Hause gebracht.« Sie wandte sich an Lauren. »Ich freue mich sehr, Sie als neue Herrin auf San Reanido willkommen heißen zu können.«

»Lauren, Shaughnessy ist mit meinen Eltern aus Virginia hergekommen. Sie ist für den Haushalt zuständig und macht das alles perfekt. Wenn du etwas brauchst, musst du es ihr nur sagen.«

Die kleine, weißhaarige Frau lächelte fröhlich. »Ich werde immer an Sie berichten, Madam. Ich habe schon zwei Generationen Lassiters gedient und würde auch zu einer dritten nicht Nein sagen.« Sie nahm Lauren den zerdrückten Strauß aus der Hand. »Aber hier stehe ich und schwatze. Kommen Sie, ich bringe Sie nach oben.« Sie sah Garret an. »Falls Sie Hunger haben, ich habe in der Küche etwas vorbereitet.«

Lauren erwärmte sich sofort für Mrs. Shaughnessy, die mit der Autorität einer alten Angestellten mit Garret sprach. Die kleine Irin redete den ganzen Weg nach oben.

»Garret hatte die ganze Woche über Arbeiter in seinen Räumen und hat sie angetrieben, dass sie sich beeilen sollen, damit alles für Sie fertig ist, wenn Sie kommen.«

Lauren sah ein, dass es keinen Sinn machte, ihren Ärger an der charmanten Haushälterin auszulassen. »Das war sehr aufmerksam von ihm.«

»Ein Jammer, dass die Herrin nicht mehr da ist, um Sie in der Familie willkommen zu heißen. Sie hat immer geahnt, dass Garret Sie eines Tages heiraten wird.« Sie strahlte. »Und sie hatte Recht. Sie wusste besser als jeder andere, wie es im Herzen ihres Sohnes aussieht.«

Mr. Lassiter hatte das Lauren auch schon gesagt, aber sie irrten sich beide. Sie wusste, wo Garrets Herz lag; er hatte es ihr selber erzählt.

Mrs. Shaughnessy redete weiter. »Es gibt fünf Angestellte im Haus. Ein Hausmädchen und zwei Zimmermädchen, dann Mrs. Whit, die Köchin, und Danny, die Küchenhilfe. Mrs. Whit ist schon genauso lange bei der Familie wie ich. Morgen werden Sie die anderen kennen lernen.«

Mittlerweile waren sie an einer weißen Flügeltür angekommen, die die Haushälterin jetzt öffnete. »Ihre Kleider sind gestern schon gekommen. Ich habe alles bügeln und in die Schränke hängen lassen. Im Ankleidezimmer sind Kommoden, hier entlang, wo ich die Wäsche untergebracht habe.« Mrs. Shaughnessy öffnete die Tür zu einem riesigen Ankleidezimmer mit deckenhohen Spiegeln.

Lauren trat wieder ins Schlafzimmer und bewunderte den schönsten Raum, den sie je gesehen hatte. Ein weißgelber Teppich bedeckte die schimmernden Holzdielen. Die Bettvorhänge und der Betthimmel waren zitronengelb und verliehen dem Zimmer eine Atmosphäre von Luft und Sonne.

Mrs. Shaugnessy trat an die Doppeltür, die auf einen großen Balkon hinausführte. »Ich will hier eben zumachen, damit es nicht hineinregnet. Dann stelle ich Ihren Strauß ins Wasser, damit er frisch bleibt. Vielleicht wollen Sie ihn später pressen.« Sie lächelte. »Wenn Sie nichts mehr brauchen, lasse ich Sie jetzt alleine.«

Als sich die Tür hinter der Haushälterin schloss, wusste Lauren nicht, was sie jetzt tun sollte.

Wie war sie nur in diese Lage gekommen?

Sie erkannte, dass sie tief innerlich immer noch wütend war, so wütend, dass es ihr fast die Luft nahm. Erst hatte sich dieser Ärger gegen ihren Vater gerichtet, aber jetzt galt die Wut ihrem frisch angetrauten Ehemann.

Das hier war ein wunderschönes Zimmer mit bildschönen Möbeln, aber es blieb trotzdem ein Gefängnis. Sie setzte sich aufs Bett und fuhr mit der Hand über die weiche Decke, wobei sie sich vorstellte, was Garret in diesem Bett mit ihr tun würde. Ihr wurde schwach vor Verlangen, und rasch sprang sie auf.

Garret erwartete, dass sie ihm im Bett willig entgegenkommen würde, aber sie würde es ihm schon zeigen!

Garret stand in seinem dunklen Arbeitszimmer und beobachtete die Blitze am Nachthimmel. Normalerweise trank er nicht, aber heute brauchte er etwas. Er nahm einen Schluck Brandy, dann noch einen.

Die Braut war es doch, die in der Hochzeitsnacht nervös sein sollte, dachte er. Warum zitterten dann seine Hände?

Er stellte die Karaffe auf den Schreibtisch und setzte den Stöpsel auf. Er wollte ja nicht betrunken zu seiner

Braut kommen. Als er seine Hände betrachtete, sah er, dass sie immer noch zitterten, und nicht vom Brandy.

Es war an der Zeit, seine Frau zu verführen, und er hatte Angst davor. Er hatte lange auf diese Nacht gewartet, und jetzt, wo sie gekommen war, war er sich seines Erfolges nicht mehr so sicher.

Der edle Weg wäre, Lauren die Ehe annullieren zu lassen, aber so edel war er nicht. Er hatte Lauren in dem Wissen geheiratet, dass sie nicht seine Frau werden wollte. Jetzt würde er sie nicht gehen lassen.

Garret seufzte und schenkte sich noch einen Brandy ein.

Neidische Augen betrachteten das Licht, das auf den Balkon fiel. Als die neue Herrin ans Fenster trat, zog Estaban sich rasch in den Schatten zurück. Das hätte seine Hochzeitsnacht sein sollen. Er sollte derjenige sein, der seine junge Frau in die Arme nahm, um sie leidenschaftlich zu lieben.

Als er ein Geräusch hörte, trat er noch tiefer in den Schatten, um nicht im Garten entdeckt zu werden. Seine Lippen verzogen sich höhnisch – ein Hilfsarbeiter durfte nicht hinter den Zaun.

Neuerlich flackerte sein Hass auf. Die Lassiters hatten den Garten zerstört, den seine Großeltern angelegt hatten. Von den Kakteen und Springbrunnen, die der ganze Stolz seiner Familie gewesen waren, war nichts mehr zu sehen.

Wer immer eben im Garten gewesen war, war wieder gegangen. Wahrscheinlich hatte nur einer der Gärtner überprüft, ob auch alle Tore verschlossen waren. Er zündete sich seine Zigarette an und betrachtete die rote Glut in der Dunkelheit. Wie lange sollte er dem *patrón* sein Glück erlauben? Es würde sicher eine Weile dauern, bis die Leiche seines Vaters entdeckt wurde.

Verdammt, er hatte nicht vorgehabt, das Pferd zu erschießen. Er hatte geplant, dass das Tier reiterlos nach Hause käme, damit jeder wusste, dass Barnard Lassiter etwas zugestoßen war.

Aber was spielte es für eine Rolle? Die Tat war vollbracht. Früher oder später würde die Leiche gefunden werden.

Es hatte begonnen zu regnen, also löschte Estaban seine Zigarette und bewegte sich Richtung Zaun. Er wollte Garret leiden sehen. Wenn die Zeit reif war, würde er das Spiel beenden – und dafür sorgen, dass Garret wusste, wer seine Familie zerstört hatte.

Es regnete heftig, als Estaban über den Zaun kletterte. Gut, dachte er, das würde alle seine Spuren bis zum Morgen verschwinden lassen.

Er zögerte. Wenn Garret heute Nacht seine schöne Frau in die Arme nahm und sie liebte, würde er sich im Himmel wähnen.

Bald würde der patrón *in der Hölle schmoren!*

18

Garret stieg langsam die Treppe hoch und widerstand dem Drang, rasch zu Lauren zu eilen. Sie hätte sich weigern können, sein Bett zu teilen, hatte es aber nicht getan. Sie stand zu ihrem Wort und war ihren Brüdern treu ergeben. Jetzt zahlte Garret den Preis dafür, dass er ihrem Vater erlaubt hatte, ihn zu benutzen. Ihm wurde klar, wie er in ihren Augen dastand. Wenn er ihr doch nur sagen könnte, warum er geholfen hatte, sie in die Ehefalle tappen zu lassen, aber das konnte er nicht – noch nicht.

Als Garret das Schlafzimmer betrat, sah er als Erstes Laurens Hochzeitskleid über einem Stuhl hängen. Als er sich umwandte, erblickte er Lauren, die still an den Balkontüren stand, nur vom zuckenden Licht der Blitze erhellt. Ihr weißes Nachthemd war hochgeschlossen und langärmelig, aber vermutlich ahnte sie nicht, dass es im Licht der Blitze transparent wurde.

Wie schön sie war. Der Anblick der sanften Kurven ihres Körpers fesselte ihn, und er wünschte, es würde schnell wieder blitzen.

Garret hatte sein Jacket ausgezogen und das weiße Hemd am Hals aufgeknöpft. Sein Anblick verschlug Lauren den Atem, als er auf sie zukam. Es war so intim, nur mit einem Nachthemd bekleidet mit ihm in einem Zimmer zu sein.

Rasch wandte Lauren sich ab und sah zu, wie der Regen an die Glastüren trommelte – der Regen, der erst sanft begonnen hatte und jetzt in Sturzbächen vom Himmel fiel.

»Es gibt ein altes Sprichwort, Garret – vielleicht kennst du es –, dass es der Braut Unglück bringt, wenn es am Hochzeitstag regnet.«

Garret streckte die Hand nach ihr aus, ließ sie dann aber sinken. »Wir machen uns unser Glück selbst.«

»Glück hat nichts mit dem Grund zu tun, aus dem ich hier bin.«

Er sah fasziniert auf ihr zartes Profil herab, das im Schatten nur schwach zu erkennen war. »Ich weiß, wie schwer das alles für dich sein muss.«

»Woher willst du wissen, wie ich mich fühle?«

»Ich wünschte, dass es anders hätte sein können.«

Er stand so dicht hinter ihr, dass sie die Wärme seines Körpers durch ihr dünnes Nachthemd spüren konnte. Sie erstarrte, als er seine Hand an ihre Taille legte und sie noch näher an sich zog. Seine Nähe wurde ihr sehr bewusst, und sie musste sich zwingen, sich nicht umzudrehen, um in seinen Armen zu liegen. Nie könnte sie ihm widerstehen … das wusste sie. Selbst nach all dem, was geschehen war, wollte sie ihr Nachthemd ausziehen, damit nichts mehr zwischen ihr und Garret war.

»Lauren«, stöhnte er, »Lauren, du weißt, wie leicht ich deinen Widerstand brechen könnte, wenn ich wollte. Aber so soll es nicht zwischen uns sein.«

Sie blinzelte und schluckte mit Mühe, wollte ihm erst widersprechen, aber sah dann ein, dass er die Wahrheit sagte. Sie konnte sich kaum zurückhalten, ihn zu berühren, sich noch enger an ihn zu schmiegen. »Was willst du denn noch von mir?«

Seine Muskeln strafften sich. »Ich will dich ganz.« Er ließ sie los. »Aber ich bin bereit zu warten. Wenn du es wünschst, schlafe ich heute in einem anderen Zimmer.«

Das wünschte sie nicht.

Sie lehnte den Kopf gegen die Fensterscheibe, emotional erschöpft und geschlagen. »Warten würde nichts ändern.«

Garrets Hand legte sich auf ihre Schulter. Er wusste, wie er sie dazu bringen konnte, sich zu ergeben. Selbst jetzt erwachte sie durch seine Berührung zum Leben. »Dann möchtest du, dass ich bleibe?«

»Ist es Tradition, dass ein Mann seine Frau in der Hochzeitsnacht alleine lässt?«

»Nein. Das ist auch nicht das, was ich möchte. Ich wollte dir nur Zeit lassen …«

Langsam drehte Lauren sich zu ihm um. »Ich verstehe nicht, was du mir sagen willst. Erst zwingst du mich, dich zu heiraten, aber dann verbietet dir dein Stolz, dich einer Frau aufzuzwingen, die dich nicht haben will. Ist es das?«

»Nicht ganz, Lauren. Zum Teufel, wenn es um dich geht, habe ich keinen Stolz. Ich würde zu dir gehen, rennen oder kriechen – ich würde alles tun, um dich nackt in meinem Bett zu haben.«

»Du begehrst mich«, brachte sie mit zitternden Lippen heraus und wusste, dass sie ihn ganz genauso begehrte. »Begehren ist kein festes Fundament für eine Ehe, oder? Sag du es mir, ich weiß es nicht.«

»Ich kann mir nichts Besseres vorstellen«, erwiderte er

und holte tief Luft. »Wir wären gut zusammen, das habe ich schon immer gewusst. Falls du dich daran erinnerst – ich habe dir das schon einmal gesagt.«

»Ich erinnere mich keineswegs daran. Ich weiß nur noch, dass du mir, als ich fünfzehn war, erzählt hast, du habest die perfekte Frau für dich gefunden. Und du hast mir gesagt, wie sehr du sie liebst.«

Er presste die Lippen zusammen und stieß dann zischend den Atem aus. »Hast du je den Brief gelesen, den ich Jeb für dich gegeben habe?«

Lauren runzelte die Stirn. »Nein. Jeb wollte ihn mir an meinem Abreisetag geben, aber ich wollte nicht an die Vergangenheit erinnert werden, deshalb habe ich ihn nicht gelesen und auch nicht mitgenommen.«

»Wenn du den Brief nur gelesen hättest, dann wüsstest du jetzt alles über die Frau, die ich liebe.« Seine Hand glitt an ihre Taille. »Willst du, dass ich dich gehen lasse? Du brauchst es mir nur zu sagen, Lauren.«

Sie wollte ihm sagen, dass er sie in Ruhe lassen sollte. Warum hatten sie ausgerechnet in dieser Nacht von der anderen Frau gesprochen? Doch es war nicht Garrets Schuld – sie hatte das Thema angeschnitten.

»Nun, Lauren? Du brauchst es nur zu sagen.«

»Was sollte ich sagen?«

Er umfasste ihr Kinn und hob ihr Gesicht an. »Ich will dich, aber nicht, wenn du Angst hast oder dich nicht wohl fühlst.«

»Wir haben eine Abmachung«, erklärte sie, »und ich habe dir gesagt, dass ich mich immer an eine Abmachung halte.«

Garrets Begehren spiegelte sich in seinen Augen und

verriet sich in seiner heiseren Stimme. »Im Moment kann ich an nichts anderes denken als an dich. Seit Jahren gehst du mir nicht aus dem Sinn, aber ich hatte Angst, dir zu viel Platz einzuräumen in meinen Gedanken. Bis heute, wo du mir gehörst.«

»Du machst mir Angst, wenn du so sprichst.«

Sie erinnerte ihn an ein erschrecktes Fohlen, das jeden Moment fliehen würde. Er hielt sie auf Armeslänge von sich ab. »Verdammt, Lauren, hab keine Angst vor mir! Ich werde nicht über dich herfallen!«

»Ich weiß. Ich habe eher … Angst vor mir.«

»Du zitterst«, bemerkte er besorgt. Er ergriff ihre Hand und führte sie zum Bett, wobei er sich fragte, ob sie vielleicht Angst vor dem hatte, was er mit ihr tun würde. »Deck dich zu, und wir reden einfach nur.«

Gehorsam schlüpfte sie unter die Decke, und er deckte sie gut zu.

»Liegst du bequem?«

Sie verschränkte die Arme vor der Brust. »Wie könnte ich?«

Garret setzte sich auf die andere Seite des Bettes und drehte die Lampe herunter. »Worüber möchtest du reden?«

»Ich weiß es nicht. Das war heute der seltsamste Tag meines Lebens.«

Er zog sich die Stiefel aus und lehnte sich gegen das Kopfende. »Dann lass uns darüber reden.«

»Du hast Chase kennen gelernt.« Sie wandte den Blick ab. Sie war bereit, über alles zu reden, das sie ablenkte von dem, was sie wirklich empfand. Dann sah sie ihn wieder an. »Er ist mein Halbbruder.«

»Ja, ich weiß Bescheid, dein Vater hat es mir erzählt. Heute hast du ihn behandelt wie eine Mutter, die ihr Küken beschützt. Das war nett, Lauren.«

»Ich nehme an, dass mein Vater Chase genauso manipuliert hat wie uns auch.«

»In welcher Weise?«

»Ich weiß es nicht. Es war ein Schock für mich, herauszufinden, dass ich einen Bruder habe, von dem ich nichts wusste. Irgendwie hat Chase heute einsam gewirkt, und ich wollte ihn wissen lassen, dass er eine Familie hat und nicht alleine ist.«

»Ich habe noch mehr gesehen, das dir vielleicht entgangen ist. Als du ihn aufgefordert hast, mit dir und Tanner zu gehen, war er sehr gerührt, und Faith hat geweint.«

Plötzlich machte Lauren ein störrisches Gesicht. »Mag sein, dass man über Chase klatscht, weil er unehelich ist und jetzt erben soll. Aber lass dir gesagt sein, dass ich zu ihm halten werde. Ich habe dich um nichts gebeten, aber darum bitte ich dich jetzt: Steh zu Chase.«

»Ich werde an deiner Seite sein, Lauren, bei dieser Sache wie bei allen künftigen Problemen. Das musst du wissen.«

Sie zupfte an der Spitze an ihrem Ärmel und wünschte sich, sie könnte in seinen Armen liegen und dort den Trost empfinden, den seine Worte ihr gaben. »Danke.«

Lässig begann er, sich das Hemd aufzuknöpfen. »Versuche, dir wegen Chase keine Sorgen zu machen. Die Leute brauchen immer etwas, worüber sie reden können.«

Sie nickte. »Wir haben sicher auch zum hiesigen Klatsch beigetragen, weil wir so schnell geheiratet haben. Einige

Frauen in der Stadt zählen sicher genau nach, ob ich eher als nach neun Monaten ein Kind bekomme.«

»Lass sie.« Er lehnte sich zurück und betrachtete sie. »Was macht dir sonst noch Sorgen?«

»Mein Vater und Clare.« Sie setzte sich auf und lehnte sich an das Kopfende. »Ich hätte nie nach Hause kommen sollen. Fast hätte ich es auch nicht getan. Schade.«

Garret hob ihre Hand an die Lippen. »Ich bin froh, dass du es getan hast.«

Ihre Hand kribbelte, wo er sie berührt hatte. »Wenn du mich nicht geheiratet hättest, hättest du vielleicht eine Frau getroffen, die einen Fluss mit in die Ehe bringt, nicht nur einen größeren Bach.«

Sein Lachen überraschte sie. »Manchmal, so wie jetzt, kann ich immer noch den frechen kleinen Rotschopf in dir erkennen.«

Garret zog sie an sich, legte die Arme um sie und strich ihr das Haar aus dem Gesicht. Einen langen Moment sah er in diese blauen Augen, die ihn so lange schon verfolgten. Nur dass sie diesmal in seinem Bett lag und fast auch in seinen Armen.

»Süßer, kleiner Rotschopf«, flüsterte Garret und presste seine Wange an ihre. »Du riechst so gut. Welches Parfum benutzt du?«

»Das ist ein Duft, den mir meine Tante aus Frankreich mitgebracht hat«, stieß Lauren erstickt hervor.»Der Name fällt mir im Moment nicht ein.«

Im Moment fiel ihr kaum ihr eigener Name ein.

Es donnerte, ein Blitz zuckte, und Lauren kam es so vor, als zöge Garret aus dem Gewitter neue Energie. Der Boden schien zu beben, als der Sturm immer stärker tobte. Im zuckenden Licht erkannte sie das Funkeln in seinen Augen.

Garret neigte sich zu ihr, fasste sie um die Taille und zog sie auf seinen Schoß.

Lauren spürte seine harten Muskeln und wusste, dass sie zurückweichen sollte, aber sie schaffte es nicht.

Ihr Herz klopfte – und klopfte – und klopfte.

Als er ihre Schläfe, ihre Lider und schließlich die Stelle dicht neben ihrem Mund küsste, liefen Hitzewellen über ihren Körper.

Garret war ihr ganzes Leben, und von diesem Moment hatte sie seit einer Ewigkeit geträumt. Sie würde ihm alles geben, was er wollte, denn was sie ihm abschlug, schlug sie auch sich selber ab.

Er stöhnte auf. »Ich will dich, mehr, als ich je etwas in meinem Leben gewollt habe.«

Dann ergriff sein Mund von ihrem Besitz, und als seine Zunge ihre berührte, wurde sie von einem Sturm an Gefühlen überwältigt.

Garret schmeckte nach Brandy und sehr männlich. Lauren merkte kaum, dass er ihr das Nachthemd über den Kopf streifte. Plötzlich spürte sie seine Hände auf ihrer Haut.

Sie schrie auf und warf sich hin und her, als er den Kopf senkte, um ihre Brüste zu küssen. Was tat er da? *Oh, bitte, hör nicht auf,* flehte sie stumm. Ein Gefühl der Leere wuchs in ihr, das sich danach sehnte, von ihm ausgefüllt zu werden.

Ein plötzlicher Windstoß ließ die Tür aufgehen und die Lampe verlöschen, aber weder Lauren noch Garret merkten es.

Lauren wusste nicht, wann er seine Hosen abgestreift hatte, aber sie merkte sehr genau, als sein nacktes Fleisch ihres berührte. Er ergriff ihre Hand und legte sie auf seine Brust. »Fühle, wie mein Herz schlägt, Lauren. Fühle, was du mir antust. Du bist meine Frau, und ich will dich, aber ich kann immer noch aufhören, wenn das dein Wunsch ist.«

Sein Herz schlug kräftig und regelmäßig. Ohne nachzudenken fuhr Lauren mit den Fingerspitzen durch die feinen Härchen auf seiner Brust. Dann sah sie ihm in die Augen, ohne ein Wort hervorzubringen.

»Wenn ich dich noch einmal küsse, kann ich für nichts mehr garantieren.« Nur mit Mühe schaffte Garret es noch, sich zurückzuhalten. »Soll ich aufhören?«

Statt einer Antwort schmiegte Lauren sich an ihn, legte ihre Lippen auf seine und küsste ihn.

Kaum berührten ihre Lippen die seinen, drehte Garret sie um, so dass sie unter ihm lag, dann hielt er inne, um seine Leidenschaft in den Griff zu bekommen. Sie war in seinem Herzen, in seinem Kopf, und bald würde er auch ihren Körper besitzen.

Lauren wusste, dass sie nach dieser Nacht für immer verändert sein würde. Ihr Verlangen wuchs, ihr Begehren wurde immer stärker, ihre Sehnsucht nach seiner Berührung fast unerträglich. Nichts sonst zählte noch.

Garret fuhr mit den Lippen über ihr Schlüsselbein, während seine Hände sacht ihren Körper nachzeichneten. Er küsste sie sanft, berührte und liebkoste sie und küsste sie dann wieder, bis sie nicht mehr darüber nachdachte, was er mit ihr tat.

Von Garret berührt zu werden und sein Begehren zu

spüren war alles, was Lauren je gewünscht hatte. Doch in ihrem Hinterkopf meldeten sich immer noch ihr dummer Stolz und ein Rest Verstand und warnten sie, dass sie diese Nacht bei Sonnenaufgang bereuen würde.

Er küsste sie – ein langer, tiefer Kuss, der sie sich nach mehr sehnen ließ. Als er mit der Hand ihre Hüfte streichelte und sie dann sacht zu der Innenseite ihres Schenkels wandern ließ, seufzte sie auf – genau die Reaktion, die er gewünscht hatte.

Sein Mund unternahm eine erotische Reise über ihre Brüste und den Bauch hinunter. Lauren biss sich auf die Lippe, um nicht aufzuschreien. Ihre Fingerspitzen gruben sich in seinen Rücken, und sie zitterte vor Lust.

Garret schob ein Knie zwischen Laurens Schenkel und sank langsam auf sie herab. Sie spürte seine Erregung, und ihre Augen wurden groß, als die Panik sie überwältigte. Seine Größe und Stärke überraschten sie.

Er nahm sie nicht sofort, wie sie es erwartet hatte. Seine Finger glitten in ihren heißen Körper, und sie warf aufstöhnend den Kopf zurück. Sanft streichelte er sie, bis in ihr ein Gefühl wuchs, das sie fast zum Höhepunkt brachte.

Lauren warf den Kopf hin und her, als seine erfahrenen Hände sie liebkosten. Sie stöhnte auf. »Bitte, Garret.« Sie wollte ihn, brauchte ihn. »Ich will, dass du … bitte!«

Da senkte er sich über sie und drang in ihre feuchte Enge ein. Seine Männlichkeit überwältigte Lauren. Er füllte die Leere, die sie vorher empfunden hatte.

Sacht, um ihr nicht wehzutun, schob er sich tiefer in sie hinein, bewegte sich langsam und erfüllte sie bald mit neuer Lust.

»Nein, Liebes, bewege dich nicht … noch nicht. Wir wollen nichts überstürzen.«

Garret wollte, dass sie beim ersten Mal Lust empfand und keinen Schmerz, aber es fiel ihm schwer, sich zu beherrschen.

Er küsste sie und flüsterte ihr zu, was er tun wollte, denn es war das erste Mal für sie. »Ich werde nicht ganz in dich eindringen, weil ich dir nicht mehr Schmerz zufügen will, als ich muss.« Mit einem raschen Stoß durchbrach er die Barriere und erstickte ihren Protest mit einem Kuss.

Sie schluchzte und wand sich wegen des Eindringlings in ihrem Körper, aber dann schrie sie auf und wollte mehr, als Welle auf Welle der Lust sie überwältigten. Schreck, Lust und Begierde kämpften in ihr. Sie hob ihm die Hüften entgegen, um ihn noch tiefer in sich aufzunehmen, krallte sich in seinen Rücken und küsste ihn.

Garret dachte, er würde verrückt, wollte sich ganz in ihr verlieren, hielt sich aber zurück. Seine Bewegungen wurden langsamer, und dann stöhnte er auf, als sie nicht nur einmal, sondern zweimal zum Höhepunkt kam.

Er hatte Recht gehabt, dachte er, sie waren perfekt zusammen.

Lauren zitterte und bebte, und die Schönheit des Erlebten brachte sie zum Weinen. Sie verbarg ihr Gesicht an seiner Schulter und grub die Finger in sein Fleisch. Schweißtropfen bildeten sich auf seiner Haut, und sie strich ihm über den Rücken.

Lauren dachte, dass ihr Liebesspiel nun zu Ende sei, und staunte, wie lebendig sie sich fühlte. Sie hatte nicht geahnt, dass man sich einem anderen Menschen so nahe fühlen konnte. Sie war ein Teil von ihm geworden und er von ihr, zumindest im Moment.

Aber es war nicht vorüber.

Nachdem Garret sie befriedigt hatte, wollte auch er Erlösung finden. Bemüht, sich nicht von seiner Leidenschaft überwältigen zu lassen, begann er sanft erneut zu stoßen. Seine plötzliche Entladung überraschte ihn selbst und raubte ihm den Atem. Sein ganzer Körper entlud sich in einer Explosion, und heiser rief er Laurens Namen.

Dann rollte er sich auf die Seite und zog sie in seine Arme, verblüfft über das, was er eben erlebt hatte. Er hatte schon vorher mit Frauen geschlafen, aber nie hatte er diese rohe, heiße Lust empfunden wie bei Lauren. Sein Höhepunkt ließ ihn zitternd und voller Begierde nach mehr zurück. Mit Lauren hatte er mehr gefunden, als er für möglich gehalten hätte. Sie war seine perfekte Ergänzung, die andere Hälfte.

Für Lauren war das eben Erlebte wie eine Offenbarung. Ihr Herz schwoll vor Liebe zu dem Mann, der ihren Körper gerade auf eine Reise in die Lust mitgenommen hatte. Sanft küsste sie seinen Hals und schloss die Augen, und sie liebte ihn so sehr, dass es wehtat.

Er strich ihr das Haar aus der Stirn. »Geht es dir gut, Liebste?«

»Ich … ja.«

Er schloss sie in die Arme. Er war nicht in der Lage, die Worte der Liebe, die ihm auf den Lippen lagen, auszusprechen. Sie würde ihm ohnehin nicht glauben – noch nicht. »Ich werde dich heute Nacht nicht mehr lieben, Lauren. Du warst noch Jungfrau, ehe ich dich genommen habe, und ich möchte nicht, dass du wund wirst.«

»Ich verstehe nicht, was du meinst.«

Seine Hand glitt zwischen ihre Beine, und sie spürte seinen Atem heiß an ihrer Wange. »Ich habe dich hier geweitet.«

Seine Muskeln spannten sich an, als er seine Hand zurückzog und sich zwang, seine erneute Erektion und den Drang, in ihre weiche Nässe zu stoßen, zu beherrschen. Zu gerne wollte er sich noch einmal in ihrem Zauber verlieren. »Versuche zu schlafen«, flüsterte er heiser und holte ein paar Mal tief Luft, um sein Verlangen zu beherrschen.

Lauren schluckte ihre Enttäuschung und wandte sich von ihm ab. Sie wollte, dass er sie noch einmal nahm. Sie wollte für den Rest ihres Lebens in seinen Armen liegen. »Gute Nacht«, murmelte sie.

Garret küsste sie auf die Wange. »Gute Nacht, Mrs. Lassiter.«

Lauren hatte gedacht, sie könnte nicht schlafen, aber der Tag war lang und anstrengend gewesen, und sie schlief ein, sobald sie die Augen schloss.

Garret stand auf und zog seine Hose über. Dann setzte er sich in einen Stuhl und beobachtete Lauren im Schlaf. Er vergrub seinen Kopf in den Händen und fragte sich, wie er je ihre Liebe und ihr Vertrauen erringen sollte. Er hatte sie schon vor dieser Nacht geliebt, aber jetzt bedeutete sie ihm alles.

Er trat hinaus auf den Balkon, lehnte sich an die Brüstung und sah in die Nacht hinaus. Der Sturm hatte sich verzogen, und der Mond war hinter den Wolken hervorgekommen.

Er drehte sich um und sah Lauren an. Ihr Haar lag über

das Kissen gebreitet, und sie sah wunderschön aus im Schlaf.

Am liebsten hätte er sie in die Arme genommen und erneut geliebt. Er wusste, dass sie seine Küsse erwidern würde, wenn er sie weckte. Aber er beherrschte sich.

Er musste langsam vorgehen, egal wie schwer es war, sein eigenes Bedürfnis zu unterdrücken.

19

Die Sonne war kaum aufgegangen, als Tanner den Pferden eine Portion Futter über den Zaun warf. Dann zog er sich die Handschuhe aus, schlug sie gegen seine Schenkel, um das Heu abzuschütteln, und betrachtete den Sonnenaufgang.

Wütend biss er die Zähne zusammen, als er Clare auf sich zugeeilt kommen sah.

»Verdammt«, murrte er und überlegte, ob er noch sein Pferd erreichen könnte, das am Zaun angebunden war, aber Clare war schneller.

»Es ist dringend, Tanner«, keuchte sie und blieb stehen, um Atem zu holen. »Ich muss ganz dringend mit dir sprechen.“

»Bei dir ist immer alles dringend«, gab er ärgerlich zurück. »Ich habe heute keine Zeit für deine kleinen Spielchen, Jeb und die anderen warten schon auf mich.« Er setzte sich den Hut auf. »Guten Tag noch, Clare.«

Er band sein Pferd los und schwang sich in den Sattel.

»Warte!«, rief Clare und legte ihm die Hand auf den Schenkel. »Es geht um Lauren und den Grund, warum sie Lassiter geheiratet hat.«

Er hatte jetzt keine Zeit für Clares Unsinn. »Wir wissen alle, dass meine Schwester Garret schon immer geliebt hat, das ist kein Geheimnis. Was meinst du, warum sie ihn geheiratet hat?«

»Ist dir aufgefallen, wie freundlich dein Pa in den letzten Monaten zu Garret war?«

Tanner hatte sich schon selbst darüber gewundert, aber das wollte er Clare gegenüber nicht zugeben. »Na und?«

»Die Heirat war ein abgekartetes Spiel zwischen deinem Pa und Garret.«

»Du machst wohl vor nichts Halt, was, Clare?«, fragte Tanner angewidert.

»Aber wenn ich es dir doch sage, dein Vater hat mit Garret einen Handel abgeschlossen, damit er Lauren heiratet.«

Jetzt wurde Tanner wirklich ungeduldig. »Ich glaube dir nicht.«

»Dann geh und frag deinen Pa, wenn du mir nicht glaubst.«

»Was soll ich ihn fragen?«

»Frag ihn, warum er Garret Lassiter Cedar Creek dafür geboten hat, dass er Lauren heiratet. Frag ihn, warum er Land weggegeben hat, das zur Circle M gehörte.« Clares Stimme klang immer hysterischer. »Frag ihn nur!«

Langsam stieg Tanner wieder ab. Clare würde lügen und betrügen, um zu bekommen, was sie wollte, aber sie würde nicht bei einer Sache lügen, die so leicht nachzuprüfen war. »Warum sollte Pa so etwas tun?«

»Das fragst du ihn besser selbst. Ich habe gestern und heute Morgen versucht, ihn zu sehen, aber dieser verdammte Tiny lässt mich ja nicht über die Schwelle. Mich, seine Frau! Du kannst dir nicht vorstellen, welchen Schmähungen ich in dieser Familie ausgesetzt bin.«

Tanner war schon auf dem Weg zum Haus. »Mich wird er sehen!«

Als Tanner am Schlafzimmer seines Vaters angekommen war, machte er sich nicht erst die Mühe zu klopfen, sondern riss die Tür auf und ging langsam auf das Bett zu. »Pa«, begann er wütend, »was hast du mit Lauren gemacht?«

Tom hob schwach den Kopf und betrachtete die zusammengekniffenen Lippen seines Sohnes und die wütenden Augen. Er hatte immer gewusst, dass dieser Moment kommen würde – er hatte nur nicht so bald damit gerechnet. »Dann hat Lauren es dir also erzählt, obwohl sie versprochen hat, es nicht zu tun.«

»Lauren hat mir gar nichts erzählt, auch wenn ich wünschte, sie hätte es getan. Clare ist diejenige, die es mir gesagt hat. Wenn du das getan hast, was Clare behauptet, wirst du es bedauern, Pa. Stimmt es?«

»Stimmt was?«

»Führ mich nicht an der Nase herum, Pa.«

»Tanner, ich möchte mit dir nicht darüber reden. Ich bin krank. Du weißt, dass ich mich nicht aufregen soll.«

Tanner war entschlossen, die Wahrheit aus seinem Vater herauszuholen. »Das klappt bei mir nicht. Du scheinst ja fit genug zu sein, um die Leben aller anderen von deinem Bett aus zu regeln.« Er zog sich einen Stuhl heran und setzte sich. »Ich gehe nicht eher, als bis du mir gesagt hast, was du mit Lauren gemacht hast.«

»Ich lasse dich von Tiny rauswerfen.«

»Es braucht einen ganz anderen Mann als ihn, um mich rauszuwerfen. Und jetzt rede!«

Lauren erwachte und reckte die Arme über den Kopf, ehe sie erstaunt blinzelte. Sie brauchte eine Weile, um sich zu erinnern, wo sie war. Ein rascher Blick zeigte ihr, dass Garret nicht mehr da war.

Sie warf die Decke zurück und stöhnte, weil ihr Körper von der Liebesnacht schmerzte. Sie dachte an die Nacht und lächelte.

Es war wundervoll gewesen!

Lauren errötete, als sie daran dachte, wie sehr sie alles genossen hatte, was Garret in der letzten Nacht mit ihr gemacht hatte. So war das Eheleben also. Sie konnte das nächste Mal kaum erwarten. Stirnrunzelnd fragte sie sich, wann das wohl sein würde.

Es klopfte.

»Herein.«

Mrs. Shaughnessy kam ins Zimmer. »Ich wollte Ihnen nur sagen, dass Ihr Bad im Ankleidezimmer für Sie bereit steht. Sind Sie soweit?«

Lauren lächelte die Haushälterin an, zog sich einen blauen Morgenmantel an und verknotete den Gürtel. »Ja, gerne.«

Mrs. Shaughnessy winkte drei Diener ins Ankleidezimmer, wo sie rasch eine kupferne Wanne aufstellten und mit heißem Wasser füllten.

Beim Gehen hielt Mrs. Shaughnessy noch einmal inne. »Master Garret lässt fragen, ob Sie heute auf dem Balkon frühstücken möchten.«

Lauren war sich sicher, dass sie bei Garrets Anblick erröten würde. Da war das Frühstück nicht schlechter als eine andere Gelegenheit. »Ja, das wäre sehr schön.«

Garret ging nervös auf und ab und setzte sich schließlich hin, während er darauf wartete, dass Lauren aus dem Ankleidezimmer kam. Er war sich sicher, dass sie ihm gegenüber heute scheu sein würde, und er wollte es ihr leicht machen. Dann ging die Tür auf und sie kam heraus, die Haare hochgesteckt und im Nacken geknotet. Dazu trug sie ein rosa-weiß gestreiftes Kleid.

»Guten Morgen«, grüßte er und genoss ihren Anblick. Sie wirkte kühl und distanziert und erinnerte in nichts an die heißblütige Frau, die er letzte Nacht in den Armen gehalten hatte.

Sie sah ihn an, fest entschlossen, nicht zu erröten. »Du warst schon früh auf.« Sie wollte nicht verlegen sein.

Garret führte sie auf den Balkon und gab vor, ihr Erröten nicht zu bemerken, während er ihr einen Stuhl hervorzog. »Ich habe eine Stute, die bald fohlen soll, und mache mir Sorgen, weil sie so unruhig ist. Ich musste sie ein bisschen beruhigen.«

Lauren spürte Garrets Hand warm auf ihrer Schulter und schloss die Augen. Diese Berührung alleine machte sie verrückt vor Verlangen. »Was hast du mit dem Pferd gemacht?«

Er setzte sich ihr gegenüber und hielt die Unterhaltung bewusst leicht. »Ich habe mit ihr gesprochen, das scheint sie zu beruhigen.«

Bei Lauren wirkte das nicht – und jede Bewegung von ihm machte ihr seine Nähe nur noch bewusster. Um sich abzulenken, sah sie über das Geländer und stand dann abrupt auf. Der Balkon ging nach hinten hinaus, und der schöne Blick überwältigte sie. Das Land erstreckte sich terrassenförmig, durch Hecken und Wasserspiele unterteilt, bis zu einem Bereich, wo hohe Bäume steinerne Bänke beschatteten.

Sie trat ans Geländer. »Ist das schön! Das erinnert mich an den Garten meiner Tante in Savannah. Natürlich ist der hier viel größer. Ich habe so etwas in Texas nicht erwartet.«

»Meine Mutter hat einen Großteil ihrer Zeit im Garten verbracht. Sie hat ihn so angelegt, dass er sie an den Garten ihrer Eltern erinnert, der im Krieg zerstört worden ist.«

»Haben die Yankees ihn abgebrannt?«

»Ja … was sich als Segen für mich erwies, denn dann sind wir nach Texas gezogen.«

Lauren setzte sich wieder hin. »Nun, er ist wunderschön.«

Er lächelte. »Schön, dass er dir gefällt. Arbeitest du gerne im Garten?«

Lauren sah ihn an. »Nein. Das musst du wissen – ich mag keine Gartenarbeit, ich kann nicht nähen und ich male nicht mit Wasserfarben. Ich hatte Klavierunterricht und spiele recht gut, aber ich kann nicht singen.«

Er lachte leise. »Ich sehe, dass du alles gelernt hast, was eine wohlerzogene Dame wissen sollte.«

»Das meiste davon kann ich nicht besonders gut.«

Er war sich sicher, dass sie sich unterschätzte. Garret konnte sich gut vorstellen, wie ihre Tante in Savannah versucht hatte, die Wildheit des Mädchens zu bändigen. Die Tante musste verständnisvoll an die Sache herangegangen sein, denn Lauren war genauso feurig wie früher. »Hast du Hunger?«

Lauren erinnerte sich an ihre Manieren, griff nach der

Silberkanne und goss ihm Kaffee ein, ehe sie auch sich selbst einschenkte. »Ich bin halb verhungert.« Ihre Hand verhielt über dem Sahnetopf. »Wie trinkst du deinen Kaffee?«

»Schwarz.«

Sie goss sich Sahne ein.

Seine Hand legte sich auf ihre, und sie keuchte auf, als hätte sie sich verbrannt.

»Was möchtest du heute gerne machen?«

Lauren wusste genau, was sie wollte – wieder mit ihm ins Bett gehen. Ihre unziemlichen Gedanken beschämten sie – sich am Tag zu lieben war unerhört. »Ich würde gerne ausreiten«, sagte sie schnell.

Jetzt war Garret der, der sie bediente und ihr Obstsalat und ein schaumiges Omelette vorlegte. Es gab auch Brötchen, verschiedene Melonensorten und allerlei mehr, was Lauren an die schönen Frühstücke bei ihrer Tante erinnerte.

»Eines will ich dich schon länger fragen, Garret«, begann Lauren und spießte sich ein Stück Melone auf. »Wie ist San Reanido an seinen Namen gekommen? Die Ranch hat doch gar nichts Spanisches.«

»So hieß die Ranch, als mein Vater sie gekauft hat, und er und meine Mutter haben sich entschieden, den Namen so zu lassen. Vielleicht ist es ganz gut so. Ihr Texaner wäret immer bei San Reanido geblieben, egal, wie die Ranch geheißen hätte.«

»Wirklich?« Sie lächelte ihn an. »Wenn man dich hört, möchte man meinen, wir Texaner wären ein dickköpfiger Haufen.«

»Das ist meine Erfahrung.«

»Dann haben deine Eltern also an dem spanischen Namen festgehalten, um uns Texaner nicht vor den Kopf zu stoßen.«

»Vielleicht. Da müssen wir meinen Vater fragen. Meine Mutter hat mir erzählt, dass früher ein kleines spanisches Haus, das halb verfallen war, hier stand. Mein Vater hat es einreißen lassen und stattdessen ein neues gebaut.« Er betrachtete lange ihr Gesicht. »Die Lassiters sind nie als echte Texaner akzeptiert worden.«

Sie wusste, dass ihr Vater sie nie akzeptiert hatte, aber sie hatte nicht gewusst, dass die anderen es genauso gesehen hatten. »Und was ist der Grund?«

»Dass ihr Texaner euer Erbe gut bewacht. Alle, die nach dem Krieg gekommen sind, sind nur Neulinge. Selbst ich, der ich erst drei Jahre alt war, als ich herkam, und nie ein anderes Heim gekannt habe, gelte als Außenseiter.«

Spitzbübisch sah sie ihn an. »Diesen Makel bist du los, weil du eine reinblütige Texanerin in der dritten Generation geheiratet hast.«

»Wirklich?« Er lächelte.

Lauren warf sich in die Brust, und ihre Augen lachten. »Es gibt nur zwei Möglichkeiten, ein echter Texaner zu werden – eine Texanerin heiraten oder mehrere Generationen auf texanischem Boden großziehen.«

Er warf den Kopf zurück und lachte laut. »Die erste Bedingung habe ich schon durch unsere Hochzeit erfüllt, meine kleine Texanerin.« Seine Stimme wurde tiefer. »Und ich versuche mein Bestes, um auch das Zweite zu erreichen.«

Lauren griff nach ihrem Löffel und rührte den Kaffee

um, ohne ihn anzusehen. Sein Baby zu bekommen war das Schönste, was sie sich vorstellen konnte.

Garret spürte ihre Unsicherheit und wechselte das Thema. »Du trägst ein sehr schönes Kleid, aber zum Reiten ist es nicht geeignet.«

Sie sah ihm in die Augen und dachte daran, wie sie letzte Nacht vor Leidenschaft geglüht hatten. Dann legte sie sich ihre Serviette auf den Schoß. »Du weißt, dass ich nicht im Damensitz reite.«

Er grinste. »Ja, das weiß ich.«

»Was du akzeptiert hast, solange ich nur deine Nachbarin war, akzeptierst du vielleicht nicht in deiner Frau.«

»Ich habe nichts dagegen, wenn du im Herrensitz reitest, Lauren. Ich will dich nicht ändern. Ich mag dich so, wie du bist.«

Lauren hatte mit Widerstand gerechnet, denn wann immer sie seine Mutter im Sattel gesehen hatte, hatte diese im Damensitz gesessen. Jetzt, wo er so leicht nachgab, blieb ihr nichts, wogegen sie hätte argumentieren können.

Sie dachte, dass das Frühstück nie enden würde. Jedes Mal, wenn sie Garret ansah, fand sie seinen Blick auf sich ruhend und errötete. Sie wusste, dass er genau wie sie an die vergangene Nacht dachte. Sie betrachtete seine langen, schlanken Finger und dachte daran, wie er sie berührt hatte. Sie wollte, dass er sie erneut berührte.

Schließlich trank Garret seinen Kaffee aus und stand auf. »Ich bin im Stall. Wenn du für den Ausritt fertig bist, komm herunter.« An der Tür drehte er sich noch einmal um. »Shaughnessy will dir das Haus zeigen, aber das kann bis zum Nachmittag oder auch bis morgen warten, wenn du willst.«

»Das entscheide ich später.«

Garret nickte und trat auf den Flur. Dort lehnte er sich an die Wand, schloss die Augen und holte tief Luft. Es war ihm schwer gefallen, Lauren am Tisch gegenüberzusitzen und sich höflich zu unterhalten, wenn er ihr am liebsten die Kleider vom Leib gerissen hätte, um jeden Zentimeter ihres schönen Körpers zu küssen. Er wollte ihr Kleid aufknöpfen und es ihr langsam vom Körper ziehen, während seine Augen sich an ihr labten. Er wollte ihr Haar lösen, bis es ihr offen über die Schultern fiel.

Er wollte auf der Stelle mit ihr schlafen.

Garret wandte sich zurück zur Tür und legte die Hand auf die Klinke, um ihr all das zu sagen.

Dann hielt er inne.

Nein, noch nicht.

Garret ging den Flur entlang und die Treppe hinunter, das Herz schwer vor Schuldgefühlen. Er hatte Lauren, aber sie gehörte ihm nicht. Vielleicht würde sie das nie wirklich tun.

Lauren war von Schönheit umgeben. Die Vögel zwitscherten und der Regen hatte einen frischen, süßen Duft zurückgelassen, aber nichts davon war ihr bewusst.

Sie war unglücklich.

Garret hatte ihre Hochzeitsnacht mit keinem Wort erwähnt. Er hatte sich so benommen, als wären sie nur gute Bekannte und als hätte die letzte Nacht ihm nicht das Geringste bedeutet. Sie hatten über den Garten gesprochen, über die Stute, die bald fohlen sollte, über das Reiten, aber über die wundervollen Dinge, die sie geteilt hatten, war kein Wort gefallen.

Mit einem schweren Seufzer erhob sie sich und ging hinein, um sich zum Reiten umzuziehen.

Lauren beugte sich tief über den Hals des schwarzen Hengstes, der sie so an das Pferd ihres Vaters, Raja, erinnerte. Dieses Tier hatte dieselben starken Muskeln und den weichen Gang. Seit dem Stall waren sie in gestrecktem Galopp geritten, aber das herrliche Tier atmete nicht einmal schwer.

Sie zog die Zügel an und wandte Garret ein lachendes Gesicht zu. »Er ist wundervoll.«

Garret ritt neben sie. »Er gehört dir. Ich habe nachgedacht, was ich dir als Hochzeitsgeschenk gebe, und da fiel mir ein, wie sehr du ein gutes Pferd zu schätzen weißt.« Er erwähnte nicht die vielen Stunden, in denen er das Pferd zugeritten hatte, noch ehe sie nach Texas zurückgekommen war.

»Er ist von ausgezeichneter Abstammung und das intelligenteste Pferd, das ich je gesehen habe. Er hat dich sofort gemocht, anscheinend weiß er, wem er gehört.«

»Mir!« Ihre Augen funkelten vor Freude, denn sie liebte schöne Pferde. »Wie heißt er?«

Garret grinste. »Sultan.«

»Sultan, das gefällt mir. Ich habe gerade gedacht, wie sehr er mich an Raja erinnert.«

»Ja, aber Sultan ist trotz seiner Kraft ein sanftes Tier, während Raja ein Schurke und Killer war.«

Lauren schmiegte ihr Gesicht an den glatten, schlanken Hals des Tieres. »Ich liebe ihn. Vielen, vielen Dank.«

Garret neidete dem Pferd Laurens Liebkosung. Rasch

wandte er den Blick ab und sah in den Himmel, der mit kleinen Wolken bedeckt war.

»Warum ist er kein Wallach?«, fragte sie.

»Ich dachte, dass du ihn vielleicht zu Zuchtzwecken benutzen möchtest.«

Sie lachte, als Sultan spielerisch an den Zügeln zog. »Er ist immer noch nicht müde.«

»Dann lass ihn laufen.«

Lauren spürte, wie ihre Stimmung sich hob, als sie durch das hohe Präriegras flog, das über Nacht grün geworden war. Garrets weißer Araber blieb stets an ihrer Seite.

Shaughnessy zeigte Lauren das Haus, während Garret in seinem Arbeitszimmer war, einen Ordner aufgeschlagen vor sich, als es klopfte.

»Herein.«

Er war überrascht, als Tanner eintrat, und dachte sich, dass es Laurens Vater sicher schlechter ging. »Wie geht es deinem Vater?«

Tanner sah Garret finster an. »Ich hatte gerade eine höchst interessante Unterhaltung mit ihm. Du kannst dir sicher vorstellen, worüber wir gesprochen haben.«

Garret hatte nicht erwartet, dass die Wahrheit so bald schon ans Licht kommen würde. Erst hatte er Lauren seine Gründe erklären wollen, warum er auf das Angebot ihres Vaters eingegangen war. »Und worüber sollte das gewesen sein?«

»Ich denke, das weißt du.«

Garret erhob sich, so dass sie jetzt Auge in Auge dastanden. »Ich kann es mir denken.«

»Lass uns beide die Zeit sparen.« Tanners Stimme klang kühl. »Pa hat mir erzählt, wie diese Ehe zustande gekommen ist. Ich bin gekommen, um meine Schwester nach Hause zu holen. Ich werde verdammt noch mal nicht zulassen, dass sie sich für mich und meine Brüder opfert.«

»Tanner, ich –«

»Ich bin noch nicht fertig.« Tanner klang wütend. »Der verdammte Bach ist nicht viel wert, und ganz sicher weniger wert als ein Haar auf dem Kopf meiner Schwester.«

»Da stimme ich dir zu.«

»Was soll das Ganze dann?«

»Es ist ganz einfach. Ich liebe deine Schwester ... immer schon. Ich habe nie eine andere heiraten wollen als sie.«

»Hast du nicht, verdammt? Du benimmst dich aber gar nicht wie ein Mann, der verliebt ist.«

»Wie du sagst, dieser Bach ist nicht ein Haar von Laurens Kopf wert. Glaubst du wirklich, Tanner, ich würde deine Schwester heiraten, um diesen blöden Bach zu bekommen, der mich schon mehr gekostet hat, als er wert ist?«

Tanner wusste, dass die Lassiters Geld hatten, aber wie viel, war ihm erst klar geworden, als er den Besitz gesehen hatte. »Warum hast du dann bei Pas Plänen mitgespielt? Warum hast du Lauren gezwungen, dich zu heiraten?«

»Nun, ich wusste ja nicht, ob dein Vater, falls ich sein Angebot abgelehnt hätte, einen anderen Mann gefragt hätte. Du weißt so gut wie ich, dass Lauren für Stone und dich alles tun würde. Das hat sie bewiesen, als sie mich geheiratet hat, und sie hätte auch jeden anderen Mann genommen, den ihr Vater für sie ausgesucht hätte.«

»Ja, das hätte sie«, gestand Tanner zu und setzte sich hin. »Du hast auch Recht, was Pa angeht. Er hätte Lauren einem anderen Bastard anbieten können, wenn es ihm genützt hätte. Aber ich verstehe nicht, was er sich dabei denkt.«

»Ich auch nicht.«

Tanner sah Garret scharf an. »Dennoch werde ich meine Schwester mit nach Hause nehmen, wenn sie das will.«

Garret biss die Zähne zusammen. »Sie ist meine Frau, und du nimmst sie nirgends mit hin. Wenn Lauren mich verlassen will, ist es an ihr, das zu sagen. Aber sie wird nicht heute mit dir gehen.«

Es klopfte, und Garret ging zur Tür, um sie zu öffnen. »Wenn ich mich nicht irre, ist das Lauren.«

Lauren ging an ihrem Mann vorbei, um ihren Bruder zu begrüßen. »Ich habe gehört, dass du hier bist.« Sie erblasste. »Ist etwas mit Pa? Geht es ihm schlechter?«

»Nein, Pa geht es wie immer«, beruhigte Tanner sie. »Ich bin gekommen, um dich nach Hause zu bringen.«

Lauren sah zwischen ihrem Bruder und ihrem Mann hin und her. »Ich verstehe nicht, wenn es Papa doch nicht schlechter geht –«

»Du brauchst dich nicht mehr zu verstellen, Lauren, ich weiß, warum du Garret geheiratet hast.«

»Woher weißt du das?«

»Clare hat es mir erzählt, und ich habe Pa dazu gebracht, alles zuzugeben.«

Lauren konnte sich gut vorstellen, wie Tanner ihren Pa dazu gebracht hatte. Aber dass er die Gründe für ihre Ehe kannte, änderte gar nichts. »Ich wollte nicht, dass du es herausfindest.«

»Wie gesagt«, wiederholte Tanner und fasste sie fest am Arm, »ich bin gekommen, um dich nach Hause zu holen.«

Lauren sah Garret an und erkannte, dass er die Entscheidung ihr überließ. Er trat einen Schritt auf sie zu. »Ich bitte dich, bei mir zu bleiben, Lauren.«

Ohne nachzudenken, erklärte sie: »Ich gehe nicht zurück, Tanner. Garret ist mein Mann.«

Tanner stieß ein ärgerliches Zischen aus. »Das brauchst du nicht zu tun. Ich will nicht, dass du dich für mich opferst. Stone und Chase würden das auch nicht wollen.«

Lauren entzog sich dem Griff ihres Bruders und trat zu Garret. »Es geht nicht mehr um Stone oder dich, Tanner. Ich habe vor Gott einen Eid abgelegt und habe vor, ihn zu ehren.«

Garret drehte sie mit ausdrucksloser Miene zu sich um. »Auch wenn ich dich hier behalten möchte, Lauren, sollst du wissen, dass du gehen kannst. Wenn du das willst, entlasse ich dich aus dem Ehegelübde.«

Lauren dachte an die Stunden, in denen er sie geliebt und sanft zu ihr gesprochen hatte. Sie trug vielleicht schon sein Kind. Das wäre möglich. »Ich werde mein Gelübde nicht brechen.«

Sie wandte sich wieder an Tanner und hoffte, ihn zu überzeugen. »Mach dir meinetwegen keine Sorgen.« Sie ergriff seine große Hand. »Ich bin da, wo ich sein möchte, und werde nicht gehen.«

Tanner warf Garret einen misstrauischen Blick zu und überlegte, ob Lauren anders reden würde, wenn sie beide alleine wären. »Begleite mich zu meinem Pferd«, bat er.

Garret setzte sich wieder an seinen Schreibtisch. Lauren

warf ihm einen beruhigenden Blick zu. »Ich bin gleich zurück«, versicherte sie ihm.

Garret stützte die Arme auf die schimmernde Oberfläche des Tisches und legte die Fingerspitzen aneinander. »Ich warte auf dich.« Dann sah er Tanner an. »Du bist hier jederzeit willkommen. Wir freuen uns darauf, dich und Callie als unsere Gäste begrüßen zu können.«

Nachdem Tanner Lauren aus dem Zimmer gezogen hatte, trat Garret ans Fenster, schloss die Augen und schluckte hart. Er hatte solche Angst gehabt, dass Lauren ihn verlassen würde, und jetzt war er dankbar, dass sie eingewilligt hatte, bei ihm zu bleiben.

Sobald sie draußen waren, packte Tanner Lauren an den Schultern. »Jetzt kannst du frei sprechen. Ein Wort von dir, und ich hole dich von hier weg.«

Lauren sah ihren Bruder an und wünschte, er hätte die Einzelheiten ihrer Eheschließung nie erfahren. »Du verstehst nicht. Ich liebe Garret und möchte bei ihm sein. Das hier ist jetzt mein Zuhause.«

»Kannst du ihn immer noch lieben, nachdem er mit Pa diesen Plan geschmiedet hat, der dich zur Ehe gezwungen hat?«

»Gerade du weißt doch, dass ich ihn immer schon geliebt habe. Daran hat sich nichts geändert.«

»Dann bist du glücklich?«

»Ich hoffe es zu werden. Ich habe gesagt, dass ich ihn liebe – nicht, dass er mich liebt.«

Tanner wollte etwas sagen, überlegte es sich dann anders und schüttelte verwirrt den Kopf. Irgendetwas stimmte hier nicht. Garret hatte ihm doch gerade so etwa dasselbe gesagt. Plötzlich erkannte Tanner eines: Lauren war bei Garret in den richtigen Händen. Aber auch, wenn sie seine Schwester war, durfte er ihr nicht sagen, was ihr Mann für sie empfand. »Ich gehe jetzt und überlasse es euch beiden, das klarzustellen.« Er stieg auf sein Pferd und sah auf sie herab. »An deiner Stelle würde ich mit Garret mal ernsthaft reden. Vielleicht solltest du ihn fragen, was er für dich empfindet.«

Lauren nickte nur und sah ihrem Bruder nach, als er davonritt. Wenn Clare doch nur nicht erfahren hätte, unter welchen Bedingungen ihre Ehe zustande gekommen war.

Langsam stieg Lauren die Treppe hoch und trat in das Haus, das groß und hell genug war, um viele Kinder darin aufzuziehen. Ihr Blick wurde sanft, als sie sich vorstellte, Garrets Baby zu haben. Ihre Kinder sollten nie das erleiden müssen, was sie und ihre Brüder mit ihrem Pa durchgemacht hatten – dafür würde sie sorgen.

Garret wartete bereits auf sie, als sie in sein Arbeitszimmer kam.

»Bist du in Ordnung?«, fragte er besorgt.

»Ja.« Sie sank in einen Stuhl und lehnte den Kopf zurück. »Ich hätte wissen sollen, dass so etwas passiert. Clare wird nie aufhören, mich zu quälen. Ewig hängt sie herum und macht Ärger, wo sie nur kann. Ich kann nur hoffen, dass Tanner nicht verletzt ist.«

»Und du, Lauren? Bist du verletzt?«

»Nur insoweit, als es die Menschen betrifft, die ich liebe.«

»Ja«, echote er heiser, »die Menschen, die du liebst.«

Er sah sie an und erinnerte sich an das Gefühl, sie in

den Armen zu halten, erinnerte sich daran, wie bereitwillig sie ihm entgegengekommen war. Er betrachtete das enge Mieder ihres Kleides und dachte an die seidige Glätte ihrer Brüste. Nur gut, dass er hinter dem Schreibtisch saß, so dass sie nicht sehen konnte, wie sein Körper auf sie reagierte.

Lauren sah Garret an und wusste, dass er an ihre Liebesnacht dachte. Errötend senkte sie den Kopf, innerlich zutiefst aufgewühlt.

Garrets Blick umwölkte sich, und er erhob sich, als wenn sie gehen sollte.

»Danke, dass du dich dafür entschieden hast, bei mir zu bleiben. Das hättest du nicht tun müssen.«

Sie seufzte und schluckte. »Du bist mein Mann, und ich habe geschworen, dich zu ehren.«

Er sah ihr direkt in die Augen. »Und mich zu lieben.«

»Manche Schwüre sind nur Worte.«

Garret setzte sich wieder hin und begann, die Papiere vor sich durchzublättern. »Ja … das stimmt.«

20

Lauren saß im Bett und schrieb Briefe an ihre Tante und ihre Cousinen. Sie setzte ihren Namen darunter und legte den letzten Brief auf den Nachttisch, ehe sie die Öllampe herunterdrehte. Sie legte sich hin und beobachtete den Mond, der sein silbernes Licht durch die Fenster warf, die zum Balkon führten.

Sie hatte versucht, nicht an Garret zu denken, aber es gelang ihr nicht, denn er war alles, woran sie denken konnte. Während des Essens war er so reserviert gewesen, und gleich danach hatte er sich entschuldigt, um nach der Stute zu sehen, die bald fohlen sollte.

Lauren drehte sich auf den Bauch und wünschte, sie könnte schlafen, aber allein die Vorstellung, wie Garret sie in den Armen hielt, berührte und liebkoste und sie schließlich liebte, erweckte ihre Sinne zum Leben und ließ das Blut schneller durch ihre Adern kreisen. Sie berührte sein Kissen und wünschte, er wäre da.

Rastlos drehte sie sich auf die Seite und schloss die Augen, damit es nicht so aussah, als wartete sie auf ihn, wenn er dann schließlich kam – obwohl sie genau das tat.

Die Tür öffnete sich, und Lauren kniff fest die Lider zusammen. Sie hörte, wie Garret sich durch das Zimmer bewegte und sich auszog. Dann senkte sich die Matratze, als er sich neben sie legte, und sie hielt den Atem an.

Er schmiegte seine Wange an ihr Gesicht. »Schläfst du schon, Lauren?«

Er hatte sie nur berührt, und schon war sie ihm ergeben. Sie drehte sich zu ihm um. »Ich bin wach. Wie geht es der Stute?«

»Eine Zeit lang sah es so aus, als würde sie heute ihr Fohlen bekommen, aber dann hat sie sich doch beruhigt. Es ist besser, wenn es noch ein, zwei Wochen dauert. Charley schläft heute Nacht im Stall und passt auf.«

»Wenn das Fohlen kommen will, kann man nichts dagegen machen.«

»Da hast du leider Recht. Ich habe mich entschlossen, morgen nach Sidewinder zu reiten und den Tierarzt zu holen, falls sich bis dahin nichts gebessert hat.« Er sog den Atem ein. »Gerade diese Stute ist so unruhig. Man kann sie nur beruhigen, indem man mit ihr spricht.«

Lauren kannte das Gefühl – es ging ihr selber so, besonders, wenn Garret sie so ansah, wie er es jetzt tat.

Garrets Hand wanderte ihren Arm hoch und zog sie dann sacht an sich. »Ich habe kaum gewusst, was ich tue, weil ich immer daran denken musste, dass du hier in meinem Bett liegst.« Seine Stimme zitterte. »Ich hätte dich heute verlieren können. Ich dachte, ich hätte es, als Tanner kam.«

Lauren schluckte und sagte nichts, weil pure Lust sie durchströmte.

Garret massierte ihre Schultern, als sein Blick auf den Nachttisch fiel. »Ich sehe, dass du Briefe geschrieben hast.«

Seine Hände verzauberten sie, wie in der Nacht zuvor auch schon. »Ja, drei Stück.«

Er strich ihr das Haar zurück. »Ich möchte mich noch einmal dafür bedanken, dass du bei mir geblieben bist, als Tanner dich heute holen wollte.«

»Ich habe dir den Grund dafür doch schon erklärt.« Nicht erklärt hatte sie ihm, dass sie die Vorstellung, von ihm getrennt zu sein, nicht ertragen konnte, und dass sie sich danach sehnte, dass er sie berührte und küsste.

»Weißt du, dass ich dich heute am liebsten geküsst hätte, als du mit deinen offenen Haaren auf diesem Pferd saßest? Oder beim Abendessen, als du mir gegenübersaßest?«

Garret sah die Flamme in ihren Augen, und Begehren packte ihn. Er las Entgegenkommen in diesen blauen Augen und küsste sie. Erst war sein Mund sanft und zärtlich, dann hart, fordernd und voller Begierde.

In einer schnellen Bewegung, die Lauren überraschte, schob er ihr dann das Nachthemd bis zur Hüfte hoch und dann über den Kopf. Seine Augen wanderten über ihren schönen Körper mit den langen, schlanken Beinen, dem flachen Bauch und den sanften Kurven.

Während er sie betrachtete, spürte Lauren erneut die schmerzende Leere in sich. »Gefalle ich dir?« Sie hatte das nicht fragen wollen, die Frage war ihr gegen ihren Willen entschlüpft.

»Mir gefallen? Ich kann gar nicht aufhören, daran zu denken, wie sehr ich dich will.« Seine Hand glitt zu ihrer feuchten Höhle und begann, sie sacht zu massieren. Erst verkrampfte sie sich, aber schon bald sank ihr Kopf kraftlos an seine Brust. Er zog die Hand zurück, umfasste ihr Kinn und sah ihr tief in die Augen. »Du bist erregend und geheimnisvoll. Ob du mir gefällst? Mir hat in meinem ganzen Leben noch nie etwas so gefallen.«

Garret zog sie noch näher an sich, um ihre Brüste streicheln zu können … und sie ließ es zu.

Lauren schien innerlich zu schmelzen, als Garret den Kopf senkte und eine ihrer Brustspitzen zwischen die Lippen nahm. Sie keuchte auf, als er sie an sich zog und sie merkte, dass auch er nackt war. Sein Haar war feucht, und sie erkannte, dass er gebadet hatte, ehe er nach oben gekommen war.

»Sag, dass du mich vermisst hast«, drängte er.

Und sie hatte Angst gehabt, dass er sie nach einer Nacht schon leid war. Dabei spürte sie eindeutig sein Begehren. Noch war er ihrer nicht müde. »Ich … habe nicht …«

»Ich weiß, ich weiß, was du fühlst.« Sein Gesicht presste sich an ihre Brüste, und seine Hand wanderte über ihren Bauch hinunter zu ihren Schenkeln. »Für den Moment genügt es mir zu wissen, dass du mich genauso begehrst wie ich dich.«

Er küsste sie so, als wollte er sie als sein Eigentum brandmarken. »Ich liebe die Art, wie du in meinen Armen lebendig wirst, kleiner Rotschopf.«

»Ja«, stöhnte sie.

Seine Hand glitt zurück zu ihren Schenkeln, und er schob sie langsam auseinander. »Bist du sehr wund, mein Liebes?«

»Nein.«

»Aber du wärest es, wenn ich mich letzte Nacht nicht zurückgehalten hätte. Du machst mich verrückt.« Seine Stimme wurde tiefer. »Ich möchte in dir sein, Lauren.«

Zitternd holte sie Atem. »Soll eine Ehe so sein?«

Er zog sich zurück und runzelte die Stirn. »Wie?«

»Die Gefühle … diese Lust.«

Garret grinste. »Woher soll ich das wissen? Ich war noch nie verheiratet.« Seine Hand lag auf ihrem Bauch. »Ich glaube, mein Vater hat für meine Mutter ähnlich empfunden. Ich habe oft gesehen, dass sie einander berührt oder einen Blick getauscht haben. Ich glaube, dass es zwischen ihnen Leidenschaft gab.«

»Es muss tröstlich sein, aufzuwachsen und zu wissen, dass die Eltern sich lieben. Meine Tante und mein Onkel führen auch so eine Art von Ehe.«

»Und das wünschst du dir auch?«

Sie schüttelte den Kopf. »Bei uns geht es nicht um Liebe, uns verbindet etwas anderes.«

Ihre Worte schmerzten ihn. »Nenn es doch beim Namen, Lauren, nenn es Lust. Ich habe solche verdammte Lust auf dich, dass ich den ganzen Tag in dir sein möchte.«

»Ja, das ist es.« Sie wandte den Blick ab. »Aber es ist ein mächtiges Gefühl, das ich noch nie empfunden habe, außer bei dir.«

Er packte ihr Kinn und zwang sie, ihn anzusehen. »Bist du sicher? Ist das dein Ernst?«

»Ja, und du willst mich auf die gleiche Weise.«

Er rieb sein Kinn an ihrer Wange. »Ich will dich, so sehr, dass es mich innerlich zerreißt.« Er legte die Arme um sie und zog sie fest an sich. »Es gibt so viel mehr Arten des Liebens als das, was wir letzte Nacht gemacht haben.«

»Zum Beispiel?« Ihre Stimme klang aufgeregt. »Zeigst du mir alles?«

Garrets Herz quoll über. Lauren war so offen und ehrlich über ihre Reaktion auf ihre Liebesnacht, und das Verlangen überwältigte ihn wie ein Faustschlag. Stöhnend sank sein Mund auf ihren. Ihre Beine öffneten sich für ihn, und er glitt in sie und vergrub sich in ihrer Weichheit.

Lauren hob die Hüften, um seinen Stößen zu begegnen, und erhöhte damit ihre Lust nur noch. Die Nacht war samten und verzaubert, als er ihren Körper wieder und wieder nach einer Melodie zum Singen brachte, die er ihr vorgab.

Wie konnte sie diesen Mann, der ihr Herz und ihren Körper erobert hatte, nicht lieben?

Am liebsten hätte sie es laut herausgerufen, dass sie ihn liebte, aber nicht einmal ihm durfte sie es sagen. Garret hatte seine Lust zugegeben, aber nie von Liebe gesprochen. Er erwähnte Begierde und Verlangen, aber sein Herz gehörte weiterhin dieser Frau, die er liebte, und so würde es wahrscheinlich immer bleiben.

Die Nacht war schon weit vorangeschritten, als Garret Lauren in seinen Armen hielt. Sie hatte ihm den Rücken zugewandt, und seine Lippen lagen an ihrer Schläfe. Als sie seinen Atem in ihrem Haar spürte, schloss sie die Augen und wäre am liebsten für immer im Schutz seiner Arme geblieben.

Garret bedeutete Liebe und Sicherheit … er war ihr Leben.

»Bist du müde?« Seine Hand legte sich auf ihre Brust.

Lauren wandte sich zu ihm um. »Nein.«

Er lächelte.

Garret war verzaubert von ihr. Als sein Blick sich auf ihre Brüste senkte, hoben sich ihre Brustspitzen und drängten gegen den dünnen Stoff des Nachthemdes.

»Habe ich dir schon gesagt, wie sehr du mich entzückst?« Seine Stimme klang heiser vor Leidenschaft.

Sie nickte. »Du hast es in einem Moment der Nähe erwähnt.«

Er zog sie an sich. »Ich könnte den Rest meines Lebens mit dir im Bett bleiben.«

»Höchst unpraktisch«, lächelte sie.

Er küsste sie und sah ihr dann in die Augen. »Lauren, was hast du nur mit mir gemacht?«

Plötzlich fühlte sie sich kühn und verspielt. Sie hob den Kopf und lächelte ihn verführerisch an, während sie sich dehnte und streckte. »Ich habe doch nur meine ehelichen Pflichten erfüllt. Wird das nicht von mir erwartet?«

Sein Körper reagierte sofort auf ihre Provokation. »Küss mich, Lauren«, drängte er. »Küss mich, wie du es tätest, wenn du mich liebtest.«

Sie verstand nicht, was er damit bezweckte, aber ihre Lippen legten sich auf seine, und sie legte all die Liebe und Zärtlichkeit in den Kuss, die sie für ihn empfand.

»Ich will so viel mehr«, erklärte er, fasste sie an den Hüften und zog sie noch enger an sich. »Ich will dich ganz und gar.« Sein Herz zog sich zusammen. Wenn sie nur wüsste, wie lange er schon auf sie wartete. Wenn er sie doch nur davon überzeugen könnte, wie es in seinem Herzen tatsächlich aussah.

»Ich verstehe nicht, was du von mir willst.«

Er eroberte ihren Mund in dem Moment, wo seine harte Männlichkeit in sie eindrang und sie ganz ausfüllte, ihre seidige Wärme genoss.

Lauren wandte den Kopf ab, als ihr Tränen aus den Augenwinkeln rannen. Liebe war so eine Qual. Der

Schmerz war leichter zu ertragen gewesen, ehe Garret auch ihren Körper gewonnen hatte.

Dann dachte sie gar nichts mehr, bis sie gleichzeitig mit ihm erschauerte und anschließend ihr Gesicht an seiner Brust verbarg. Er hatte sie meisterhaft zu den Höhen der Leidenschaft geführt.

Überrascht sah sie auf, als er sie in die Arme nahm, ins Ankleidezimmer hinübertrug und sie dort in die kupferne Badewanne setzte. Sie lachte, als er zu ihr stieg, hörte aber rasch auf zu kichern, als er sich die Hände einschäumte und sie an den intimsten Stellen zu waschen begann.

Das Wasser geriet in Bewegung, und am Ende saß Lauren auf Garrets Schoß, ohne zu wissen, wie sie dort hingekommen war. Er hielt sie über sich und senkte sie dann sacht auf sich herab, während ihre Augen sich vor Überraschung weiteten und sich dann in Ekstase schlossen, als er sie vollkommen ausfüllte.

Sie hielt sich an seinen Schultern fest, als er in sie hineinzustoßen begann, und sie warf den Kopf in den Nacken.

»Garret«, schluchzte sie, »hör nicht auf.«

»Wahrscheinlich überlebe ich die erste Woche nicht«, keuchte er und stöhnte auf, als er in ihr kam und sie dann fest an sich drückte. Sie zappelte, um sich von ihm zu lösen, und staunend merkte er, dass er schon wieder hart wurde. »Wahrscheinlich überlebe ich schon diese Nacht nicht.«

Als der Sturm ihrer Leidenschaft vergangen war, hob Lauren den Kopf und entdeckte, dass Garret sie mit sanftem Gesicht betrachtete. Seine dunklen Augen glänzten, als würde er weinen. Als sie seine Wange berührte, war sie nass, aber das war sicher das Badewasser. Sie leckte es ab und merkte, dass es salzig war wie Tränen.

Garret wickelte sie in ein großes Handtuch und trug sie zum Bett. Keiner von ihnen sagte etwas – ihre Körper hatten für sie gesprochen.

Lauren lag wach und beobachtete Garret im Schlaf. Er war so schön an Leib und Seele. Wie er wohl war, wenn sie Kinder hätten? Sicher wäre er ein guter und liebevoller Vater.

Hoffentlich hatte Garret ihr bereits sein Kind gegeben. Sie wünschte sich so sehr einen Sohn von ihm. Dann würde er sie vielleicht doch ein wenig lieben.

Sie schloss die Augen und seufzte. Auch mit einem Baby würde er sie nicht mehr lieben. Ihr Vater hatte ihrer Mutter drei Babys gegeben und sie nie geliebt.

Früh am nächsten Morgen machte Garret sich auf den Ritt nach Sidewinder. Er machte sich Sorgen um die Stute und wollte den Tierarzt holen. Lauren unterhielt sich mit Shaughnessy über eine neue Einrichtung des Morgenzimmers, wo sie das Licht hinter sich haben wollte, wenn sie am Schreibtisch saß.

Heftiges Klopfen ließ beide auffahren. Die Haushälterin eilte zur Tür. »Charley, was ist denn bloß los?«

Der kleine Mann zog den Hut und trat über die Schwelle. »Es ist die Stute. Sie bekommt ihr Fohlen, und es gibt Probleme. Es ist zu spät, um auf den Arzt zu warten.«

Lauren trat vor, und Mrs. Shaughnessy stellte sie rasch einander vor. »Das ist Charles Haskel, der Vormann.«

»Ja, wir kennen uns schon.« Lauren erinnerte sich, dass Garret ihr von dem Vormann erzählt hatte. Wie Shaughnessy hatte auch er schon in Virginia für die Lassiters gearbeitet und war mit ihnen nach Texas gezogen.

»Wie kann ich helfen, Charley?« Lauren sah ihn an.

»Die Stute – der Araber, den Mr. Lassiter letztes Frühjahr gekauft hat – bekommt ihr Fohlen, Ma'am. Aber irgendetwas stimmt nicht, die Geburt geht nicht gut.«

Lauren rannte bereits zur Treppe. »Bleiben Sie bei ihr, ich komme, sobald ich mich umgezogen habe.«

Kurz darauf trat sie in ihrem ledernen Reitrock aus dem Haus, das praktischste Kleidungsstück, das ihr für den Anlass eingefallen war.

Besorgt sah Charley die Frau vom Boss an. »Ich habe einen Reiter hinter Mr. Lassiter hergeschickt. Aber er wird ihn nicht rechtzeitig einholen können, Ma'am.«

»Wo ist die Stute?«

Charley hielt es nicht für ziemlich, dass eine Dame bei der Geburt des Fohlens dabei war, vor allem, wo das Ganze schief zu gehen schien. Aber er konnte der Frau vom Boss schlecht sagen, was sie zu tun hatte, und so führte er sie zur Box. »Ich glaube, das Fohlen liegt falsch. Ich kann es drehen, aber das bringt wahrscheinlich die Stute um. Ich will nichts tun, ehe ich nicht erst mit Mr. Lassiter gesprochen habe.«

Lauren bückte sich und legte der Stute die Hand auf den Bauch. Sie spürte eine Wehe. »Ja, sie hat eindeutig Wehen. Meinen Sie, dass es wie gestern nur falscher Alarm ist?«

»Nein, Ma'am, diesmal ist es echt.«

»Sie scheint schon recht weit zu sein.«

»Ja, Ma'am.« Charley hockte sich neben die Stute. »In der letzten Phase, schätze ich.«

»Dann sterben sie und das Fohlen, wenn wir ihr nicht helfen.«

Charley nickte. »Das ist richtig, Ma'am.«

Sie sah in seine besorgten grauen Augen. »Dann lassen Sie uns etwas tun!«

Charley zögerte nur einen Moment, aber dann nickte er. Immerhin war sie die Tochter eines Ranchers und in solchen Dingen erfahren. »Wenn Sie versuchen, Sie zu beruhigen, Mrs. Lassiter, kümmere ich mich um den Rest.«

Lauren setzte sich hin und nahm den Kopf der Stute auf den Schoß. Das verschreckte Tier war panisch und versuchte, auf die Beine zu kommen. »Wie heißt sie, Charley?«

»Aqaba.«

Von Garret wusste sie, dass das Tier sich beruhigte, wenn man mit ruhiger Stimme auf es einsprach. Das Tier krümmte sich und grunzte laut. »Aqaba«, begann Lauren sanft, »es wird alles gut.« Sie legte den Kopf der Stute auf ihren Schoß und sprach weiter. »Ich weiß, dass es wehtut, aber in dir wartet ein Leben darauf, geboren zu werden.«

Die Stute warf den Kopf hoch, als sie von Schmerz erfasst wurde, aber Lauren gelang es, sie so lange zu beruhigen, dass Charley trotz der fliegenden Hufe an eine Position kam, wo er ihr helfen konnte. Tränen stiegen Lauren in die Augen, als sie das schöne Tier so leiden sah. Es war ein Kampf auf Leben und Tod, und Lauren wollte, dass das Tier überlebte.

»Retten Sie sie, Charley, lassen Sie sie nicht sterben.«

Er verzog zweifelnd das Gesicht. »Ich werde es versuchen, Ma'am.« Er verspürte Bewunderung für Mr. Lassiters Frau. Er hatte sie über die Jahre natürlich immer mal gesehen, wenn er in Sidewinder war. Und er hatte auch gesehen, wie Mr. Lassiter auf sie reagiert hatte, so dass er nicht überrascht war, dass die beiden so schnell nach ihrer Rückkehr nach Texas geheiratet hatten. Er hatte die ganze Zeit schon gewusst, dass das Mädchen dem Boss gefiel.

»Was zum Teufel geht hier vor?«, fragte Will Phelps und kam heran. Als er die Frau vom Boss sah, blieb er abrupt stehen. »Verzeihung, Ma'am.« Er riss sich den Hut vom Kopf. »Ich habe Sie eben nicht gesehen, sonst hätte ich nicht so gesprochen.«

»Wie heißen Sie?«, fragte Lauren schnell.

»Will, Ma'am – ich bin Will Phelps.«

Lauren strich der Stute über die Nase. »Will, Charley und ich brauchen Ihre Hilfe.«

Der Cowboy bückte sich zu Charley herunter. »Oh, nein, das wird dem Boss gar nicht gefallen. Es kommt in Steißlage, nicht wahr?«

Bald gesellten sich weitere Männer zu ihnen, und Lauren bat sie alle um Hilfe, wie sie es bei Will getan hatte.

Estaban stand an der Stalltür, gesellte sich aber nicht zu den anderen. Er betrachtete die Kameradschaft zwischen der Frau des *patrón* und den Arbeitern mit bösartigem Blick. Selbst in der Kleidung, die sie im Moment trug, war die Señorita eine Schönheit. Der *patrón* musste sie sehr lieben. Er hörte zu, wie sie beruhigend auf das verängstigte Tier einsprach. Garret Lassiter würde wütend sein, weil sie mit den Männern so vertraut umging. Eine respektable Spanierin würde sich zu so etwas nie herablassen.

Estaban lächelte in sich hinein. Es war noch zu früh, um bei Garret zuzuschlagen, weil die Leiche seines Vaters noch nicht gefunden worden war. Er wartete auf den Tag, an dem der *patrón* um seinen Vater so trauern würde, wie er seine Mutter beweint hatte.

Dann würde er wieder zuschlagen.

Er hörte einen Reiter kommen und verbarg sich im Schatten. Seine Zeit würde kommen, aber noch war es nicht so weit.

Als Garret zurückkam, sah er, dass der Stall hell erleuchtet war, und dachte sich, dass es Probleme mit der Stute gab. Er stieg ab und trat ein, wo er sah, dass alle Laternen um die Box von Aqaba aufgehängt worden waren. Unglücklicherweise war der Tierarzt zu einer anderen Ranch gerufen worden, so dass Garret ohne ihn hatte zurückkommen müssen.

Völlig verblüfft starrte Garret seine Frau an, die mit Stroh in den Haaren auf der Erde saß und ein neugeborenes Fohlen trockenrieb. Zwölf seiner Farmarbeiter standen um sie herum, und sie lachten und unterhielten sich, als wenn sie sich schon alle seit Jahren kennen würden.

Will, der eher ein zurückhaltender Mann war, strahlte Lauren an. »Sie können gut mit Pferden umgehen, Mrs. Lassiter. Sie haben das Pferd so gut beruhigen können, dass wir es geschafft haben, das Fohlen zu drehen, so dass es geboren werden konnte.«

»Das kleine Ding hat Glück, dass es am Leben ist, Will.« Sie lachte entzückt, als das Fohlen versuchte, auf die Beine zu kommen, und mit wackeligen Beinchen umfiel. »Charley, können Sie mir noch ein Handtuch geben? Dieses hier ist schon ganz nass.«

Garret blieb im Hintergrund und sah zu, wie seine Frau seine Männer für sich gewann. Sie lagen ihr zu Füßen, und er erkannte, dass sie auf ein Lächeln von ihr hin alles für sie tun würden.

»Was ist hier passiert?«, fragte er und trat vor.

Die Männer machten Platz und sahen ihren Boss unsicher an – alle außer Charley, der keine Angst vor ihm hatte.

»Aqaba hat ihr Fohlen bekommen«, erklärte er mit der Sicherheit eines alten Bekannten. »Es lag verkehrt, aber jetzt geht es beiden gut.«

Die Männer entspannten sich, als Garret lächelte und sich neben seine Frau kniete. »Tatsächlich?« Er blickte Lauren in die blitzenden Augen und zog einen Strohhalm aus ihren Locken. »Ein kleines Fohlen, was?«

Lauren erhob sich und dehnte ihre verkrampften Muskeln. »Charley, Will und Ihr anderen, lassen Sie uns zum Haus rübergehen und sehen, ob Mrs. Whit etwas Gutes zu essen für uns hat. Ich bin halb verhungert, und Ihr sicher auch.«

Die Männer sahen Garret fragend an. Sie waren noch nie zum Essen ins Haus eingeladen worden.

»Worauf wartet ihr noch?«, grinste Garret. »Wascht euch, und dann kommt.«

Es war eine fröhliche Gruppe, die sich um den großen Küchentisch versammelte, aß und sich über die Erlebnisse unterhielt.

»Ich habe noch nie jemanden wie Mrs. Lassiter gesehen, die ein Pferd so beruhigen konnte!«, rief Will und schüttelte den Kopf. »Es war fast so, als könnte das Pferd spüren, dass Sie auch weiblich sind.«

Charley lachte. »Willst du damit sagen, dass Mrs. Lassiter ein Pferd ist?«

Will errötete, und er warf Lauren einen unsicheren Blick zu, um zu sehen, ob sie beleidigt war. »Das war nicht meine Absicht, Ma'am.«

Lauren lachte über Wills Verlegenheit. »Aber Sie haben doch Recht. Ich habe auch gedacht, dass Aqaba gemerkt hat, dass wir beide weiblich sind.«

Garret lehnte sich zurück und sah zu, wie die Männer Lauren anhimmelten. Nicht vielen Frauen wäre es gelungen, diese harten Cowboys für sich zu gewinnen, und noch weniger hätten sich auf den Boden gesetzt, um bei der Geburt eines Fohlens zu helfen.

Lauren fuchtelte mit ihrer Gabel durch die Luft. »Habt ihr gesehen, wie das Fohlen herausgeschossen kam, sobald Charley es gewendet hatte?«

»Ja«, bestätigte George, ein überzeugter Junggeselle. »Sie hätten Ihr Gesicht sehen sollen, Mrs. Lassiter, als das Pferd versuchte aufzustehen und Sie es am Boden halten wollten. Wenn Manny und ich uns nicht auf den Kopf der Stute geworfen hätten, hätte sie Sie mit hochgezogen.«

Alle lachten.

Garrets Arm lag auf der Lehne von Laurens Stuhl, und

er konnte nicht widerstehen und berührte eine der rotgoldenen Locken, die über den Stuhl hing.

Lauren wandte sich um und sah ihn fragend an. Er hatte seit seiner Heimkehr kaum ein Wort gesagt.

Da lächelte er, und Verlangen brannte in seinen dunklen Augen – ein Versprechen für die kommende Nacht, wenn sie wieder in seinen Armen liegen würde.

21

Als Lauren aus dem Ankleidezimmer trat, stand Garret auf dem Balkon. Voller Hoffnung ging sie zu ihm. Es wäre alles perfekt, wenn nur –

»Wie willst du das Fohlen nennen?«, fragte Garret, ohne sie anzusehen – er sah in den Nachthimmel hinaus.

»Meinst du, ich darf den Namen aussuchen?«

»Natürlich. Du hast geholfen, sein Leben zu retten, und das der Mutter, einer wertvollen Araberstute, auch.«

»Ich möchte ja gerne hören, dass ich sie gerettet habe, aber der Ruhm gebührt Charley. Ihm ist es mit Wills Hilfe gelungen, das Fohlen zu drehen, so dass beide gerettet wurden.«

Garret musterte noch immer den Himmel, aber sie sah seinen Puls an der Kehle pochen. »Du hast sie alle für dich gewonnen. Von jetzt an werden sie deine ergebenen Sklaven sein.«

»Ich mag sie sehr gerne. Charley sieht kein bisschen wie Jeb aus, aber er erinnert mich trotzdem sehr an ihn. Sie haben die gleiche freundliche Art.«

»Ich glaube nicht, dass je jemand Charley als freundlich beschrieben hat. Die meisten Cowboys haben eine höllische Angst vor ihm. Er regiert über die Ranch wie ein

König.« Garret sah sie an und sagte leise: »Ich war heute Abend wegen jedes Lächelns eifersüchtig, das du ihnen geschenkt hast.«

Lauren sah, dass er dabei lächelte, deshalb glaubte sie ihm nicht, dass er wirklich Eifersucht empfunden hatte. »Ich möchte das Fohlen Milagro nennen.«

»Hmmm – das spanische Wort für Wunder.«

»Sie ist ein Wunder.« Jetzt blickte auch Lauren in den Himmel hoch. »Hast du Chase gesehen, als du heute in Sidewinder warst?«

»Nein, aber ich habe mich mit Mr. Hanes getroffen.«

»Dem Anwalt?«

»Ja.«

Sie fragte ihn nicht, worum es in dem Gespräch gegangen war, und er sagte es ihr auch nicht. »Ich will morgen zu meinem Vater hinüberreiten. Wahrscheinlich bin ich den ganzen Tag weg, ich will auch Tanner und Callie sehen.«

»Ich werde Charley zu deiner Begleitung mitschicken.«

»Das ist nicht nötig –«

»Tu mir den Gefallen. Ich möchte nicht, dass du alleine durch die Gegend reitest, das ist zu gefährlich.«

»Aber das habe ich immer getan.«

»Ich weiß. Aber du brauchst wegen deiner Impulsivität einen Beschützer. Beim nächsten Mal bin ich vielleicht nicht rechtzeitig da, um ein bösartiges Pferd zu erschießen, wenn du in Not gerätst.«

Sie lächelte. »Ich hätte Raja nie reiten dürfen, das ist mir mittlerweile klar.«

Er dachte daran, welche Angst er gehabt hatte, dass der

Hengst Lauren zu Tode trampeln könnte. »Nein, das hättest du nicht.«

Er ergriff ihre Hand. »Du hattest einen anstrengenden Tag.«

»Ich bin trotzdem nicht müde, ich könnte noch für Stunden wach bleiben.« Sie senkte den Kopf, damit er ihr Erröten nicht sah. Was mochte er von ihr denken? Sie hatte ihn ja praktisch aufgefordert, sie zu lieben.

Er hob ihr Kinn und lachte voller Wärme. »Du bist die erstaunlichste Frau, die ich je kennen gelernt habe.«

»In welcher Hinsicht?«

»Du schämst dich nicht, deine Gefühle zu zeigen.«

»Meist tut es mir Leid, sobald die Worte meinen Mund verlassen haben«, gab sie zu, lehnte sich an die Brüstung und stützte ihr Kinn in die Hand. »Ich denke einfach nicht nach, ehe ich etwas sage. Das ist ein großer Fehler von mir.«

»Ändere dich bloß nie, Lauren. Deine Art von Ehrlichkeit findet man bei einer Frau selten. Ich habe viele Frauen gekannt –« Er wusste in dem Moment, als ihre Augen schmal wurden, dass er einen Fehler gemacht hatte.

Lauren spürte scharfe Eifersucht, wenn sie an all die Frauen dachte, die er gekannt hatte. »Du willst mir also sagen, dass du dich bei Frauen auskennst. Nun, wenn das nichts ist!«

Fast hätte er gelacht. »Komm her«, sagte er und zog sie in die Arme. »Du bist die einzige Frau, die mir etwas bedeutet, und mit dir kenne ich mich sicher nicht aus. Die meiste Zeit verblüffst du mich.«

»Ich will nicht, dass du mich durch und durch kennst.«

»Hmmm.« Er achtete mehr auf ihren Mund als auf ihre Worte, senkte den Kopf und küsste sie sacht. »Das wollte ich schon die ganze Zeit tun.« Sein Finger fuhr den Umriss ihrer Brustspitze unter dem dünnen Stoff nach. »Und das.« Er hob sie hoch und trug sie zum Bett, wo er vor ihr auf die Knie sank. Dann zog er ihr das Kleid aus und bewunderte ihren schönen Leib, ehe er sie fest an sich zog und seine Hand zwischen ihre Schenkel gleiten ließ. »Und das.«

Für Lauren war es eine magische Nacht gewesen. Garret hatte zweimal mit ihr geschlafen, ehe sie erschöpft eingeschlafen waren. In den Momenten, wo er sie festhielt und sie brauchte, konnte sie sich fast vorstellen, dass er sie so sehr liebte wie sie ihn. Aber in Augenblicken wie diesen, wo er schlief und sie ihn beobachtete, wusste sie, dass es nicht so war.

Garret verbarg etwas vor ihr – das konnte sie spüren. Oh, wer war nur die Frau, die sein Herz besaß? Sie wünschte, sie wüsste es, und gleichzeitig hatte sie Angst davor, es herauszufinden.

Das weiche Mondlicht lag schimmernd auf seinem nackten Körper, und er sah großartig aus! Er war groß und muskulös mit schwarzen Haaren auf der Brust, die sich über den Bauch nach unten zogen. Seine Schultern waren breit, sein Gesicht attraktiv und wie gemeißelt. Sie konnte dem Drang, ihn zu berühren, nicht widerstehen und strich ihm sacht über die ebenholzschwarzen Haare.

Garret schlug die Augen auf und sah sie an. Dann lächelte er, ergriff ihre Hand und hob sie an die Lippen. »Du darfst mich berühren, Lauren, ich bin dein Mann.«

Sie wandte den Blick ab. »Ich bin aufgewacht.«

»Liebes, du brauchst dich vor mir nicht zu schämen. Du hast einen schönen Körper, und es gefällt mir, dich zu berühren und anzusehen. Du kannst mit mir dasselbe machen.«

Sie sagte nichts.

Er ergriff ihre Hand und legte sie sich auf die Brust. »Kannst du meinen Herzschlag spüren?«

Das konnte sie.

»Wenn ich in deiner Nähe bin, schlägt es immer schneller. Im Moment springt es fast aus der Brust.«

Ihre Hände strichen über seine Brust und wanderten über seinen Bauch nach unten. Seine Muskeln spannten sich, und ihre Augen wurden groß, als sie seine Erektion sah.

Garret zog sie über sich und brachte sie in die richtige Stellung. Sie keuchte und schloss die Augen, als er in sie eindrang.

»Garret, oh, Garret.«

Es verging einige Zeit, ehe sie beide wieder einschliefen.

Lauren überließ Charley und Jeb sich selbst und ging ins Haus. Handschuhe und Hut legte sie ab und ließ sie auf einen Stuhl fallen, wobei sie hoffte, dass sie Clare nicht über den Weg laufen würde. Niemand war zu sehen, als sie die Treppe hochstieg und Tiny traf, der vor der Tür des Zimmers ihres Vaters stand.

»Wie geht es ihm?«

Tiny nickte und öffnete die Tür, damit sie sich selbst ein Bild machen konnte. Doch ehe Lauren auch nur einen

Fuß über die Schwelle gesetzt hatte, kam Clare aus ihrem Zimmer und ging mit höhnischem Lächeln auf sie zu.

»Sieh an, sieh an, wenn das nicht unsere kleine Braut ist. Na, was ist, ist das Eheleben nicht so, wie du es dir erhofft hast? Kommst du nach Hause zu deinem Pa gerannt?«

Mit sinkendem Herzen drehte Lauren sich zu ihrer Stiefmutter um. »Clare, wirst du es nicht langsam leid, immer nur Ärger zu machen? Ich weiß, dass du das vorhattest, als du Tanner den Grund meiner Ehe mit Garret verraten hast. Nun, das hatte aber nicht den Erfolg, den du dir erhofft hattest.«

Clare trug ein hellgrünes Kleid und hätte engelhaft schön darin ausgesehen, wenn ihr Mund nicht missgünstig verzogen gewesen wäre. »Ich weiß nicht, wovon du sprichst.«

»Ich bin nicht hier, um mit dir zu streiten.«

Clare sah Lauren so voller Hass an, dass diese den Blick abwenden musste.

»Bist du mit dem Land zufrieden, das dein Pa dir vermacht hat, oder bist du gekommen, um noch mehr zu fordern? Willst du, dass die Circle M in lauter kleine Stücke aufgeteilt wird?«

Lauren sah Tiny an, und er nickte in Richtung des Zimmers ihres Vaters. »Ich will jetzt nicht mit dir streiten, Clare, ich bin gekommen, um meinen Vater zu sehen.«

»Warum nicht? Jeder darf zu ihm, nur ich nicht. Er hat sogar angefangen, sich abends mit Tanner und seinem Milchgesicht von Frau zu unterhalten. Aber will er auch Zeit mit seiner Frau verbringen? Nein!«

Lauren war das Gespräch leid. Clare war immer schon unvernünftig gewesen, aber sie benahm sich jetzt noch seltsamer als sonst. Lauren trat in das Zimmer ihres Vaters und schlug Clare die Tür vor der Nase zu. Tiny war draußen geblieben, und Lauren wusste, dass er Wache hielt.

»Dachte ich mir doch, dass ich deine Stimme gehört habe, Mädchen.«

Tom McBride saß in die Kissen gelehnt in seinem Bett und hatte einen Stapel Papiere auf dem Schoß. Lauren drückte ihm einen Kuss auf die Wange. »Leitest du noch immer die Ranch von deinem Bett aus?«

Er schob die Papiere rasch in eine schwarze Tasche und schloss sie, als wenn er Angst hätte, sie könnte sehen, was er gemacht hatte. »Ja, ich werde mich um die Circle M kümmern, so lange ich kann.«

»Das sollst du auch.«

Er musterte sie gründlich. »Du bist doch nicht mehr wütend auf mich, oder?«

Der Umstand, dass er nach ihren Gefühlen fragte, überraschte Lauren. »Ich bin nicht glücklich damit, was du getan hast, Papa, aber ich habe dich weiterhin lieb.«

Er grinste zufrieden. »Ich wusste doch, dass du nicht lange auf mich wütend sein würdest.« Er fuhr mit der Hand über die Tasche, öffnete sie und zog ein paar Geschäftspapiere hervor. »Das kannst du eigentlich auch schon deinem Mann geben, es ist die Besitzurkunde für Cedar Creek.«

Mit zitternder Hand griff Lauren nach dem Dokument. Am liebsten hätte sie es in Fetzen gerissen. Kopfschüttelnd betrachtete sie das Papier. »Du hast vielleicht geglaubt, dass du das tust, was für mich am besten ist, Papa – aber so ist es nicht.«

»Mit der Zeit wirst du begreifen, dass ich das Richtige getan habe.«

»Ist es dir je in den Sinn gekommen, mich einmal zu fragen, ob ich Garret heiraten will?«

»Nein«, sagte er mit Überzeugung, »nie. Weil ich dich kenne und wusste, dass du es nicht getan hättest. Und den Luxus, dir mehr Zeit zu lassen, konnte ich mir nicht gönnen.«

Sie legte eine Hand auf seine zerbrechliche Linke und bemerkte, dass die Venen stärker hervortraten als früher. »Ich habe einen Grund für meinen Besuch.« Sie faltete das Dokument und steckte es in die Tasche. »Ich will mit dir über meine Brüder reden.«

»Ich dachte mir schon, dass du bald damit anfängst.«

»Du hast versprochen, dass, wenn ich Garret heirate, meine Brüder ihr Erbe erhalten. Nach der Hochzeit hast du bekräftigt, dass du dein Wort hältst. Siehst du das immer noch so?«

»Ich halte meine Versprechen immer, Mädchen, das weißt du doch.«

»Ich musste es nur noch einmal hören.«

Tom McBride sah seiner Tochter in die traurigen Augen. »Das Erbe, das ich jedem von euch hinterlasse, mag nicht das sein, was ihr erwartet, aber es wird das Größte sein, was ich euch geben kann.«

»Was soll das denn bedeuten?«

»Ich bin jetzt müde. Lass mich in Ruhe und geh jemand anderem auf die Nerven.« Sein Lächeln strafte seine Worte Lügen.

Sie erhob sich und küsste ihn auf die Wange. »Ich komme morgen wieder.«

»Hör zu, Mädchen«, versetzte er ärgerlich, »ich will nicht, dass du jeden Tag hier angerannt kommst. Du bist jetzt eine Ehefrau – nörgele an deinem Mann herum und lass mich in Ruhe.«

Lauren ging zur Tür. »Ruh dich nur aus, Papa.«

Als sie nach unten kam, freute sie sich, Tanner und Callie zu treffen, die auf sie gewartet hatten. Sie aßen zusammen zu Mittag und unterhielten sich. Dann musste Tanner losreiten, um Jeb zu helfen.

Lauren sammelte die Teller ein und begann den Abwasch, während Callie zum Trockentuch griff.

»Hat Tanner dir von Clares letzter Eskapade erzählt?«, fragte Lauren und hielt einen Teller prüfend ans Licht, ehe sie ihn ihrer Schwägerin gab.

»Nein, hat er nicht, aber ich habe gemerkt, dass er sich über etwas geärgert hat. Willst du es mir erzählen?«

Sie hörten Schritte, und Lauren sah Callie mit hochgezogenen Brauen an. »Das wird Clare sein. Ich erzähle es dir später.«

»Ah, alle McBride-Frauen auf einmal«, begann Clare, trat an den Herd und goss sich einen Kaffee ein. »Wie nett, sich so zu treffen.«

»Ich bin keine McBride mehr – ich bin eine Lassiter.«

»Ach, ja, richtig«, fauchte Clare, »die Frau, die gegen einen billigen Fluss eingetauscht wurde.«

Lauren wurde blass und begann zu zittern. Clare wusste doch immer wieder, wie sie sie verletzen konnte.

Callie bemerkte die Tränen, die Lauren in die Augen stiegen, und ging zum Angriff über. »Das reicht, Clare.«

Aber Clare hatte gerade erst angefangen. »Hat die süße,

kleine Lauren dir erzählt, dass sie ihre Brüder ausgezahlt haben? Ihretwegen gehört Cedar Creek nicht mehr zur Circle M.«

Callie trat entrüstet zwischen Clare und Lauren. »Ich sagte, es reicht.«

Clare ging jetzt auf die Frau los, die Tanner geheiratet hatte. »Es gibt bereits eine Hausherrin, und die bist nicht du. Keiner gibt mir in meinem eigenen Haus Befehle, und du schon gar nicht.«

Lauren nahm Callie das Trockentuch aus der Hand und gab es Clare. »Dann kannst du hier weitermachen, es ist ja dein Haushalt. Callie und ich gehen.«

»Nicht so schnell«, rief Clare, warf das Tuch zu Boden und trat darauf. »Mrs. Tanner McBride, lass dir doch von Lauren mal erzählen, welche Mittel sie angewandt hat, um sich Garret zu angeln.«

Callie musste sich zurückhalten, um Clare nicht ins Gesicht zu schlagen. »Wer wie Lauren aussieht, braucht gar nichts, um einen Mann zu kriegen.«

»Nun, so war es aber nicht – frag sie nur. Unsere kleine Lauren hat sich den besten Fang im Land geangelt – einen Lassiter. Und das, indem sie ihn mit dem Erbe ihrer Brüder geködert hat.«

Lauren hielt den Atem an und hoffte, dass Clare nicht merkte, wie sehr sie sie damit verletzte. Sie hatte nicht den Mut, Clares prüfenden Blick zu erwidern.

Callie ergriff Lauren bei der Hand und führte sie zur Hintertür. »Komm, wir gehen.«

Lauren war kaum aus der Tür, als sie zu weinen begann. Sie sehnte sich nach Garrets Armen, die sie tröstend umfangen konnten. »Ich will nach Hause.«

»Clare wird aus dem Fenster sehen«, warnte Callie. »Zeig dich ihr nicht in diesem Zustand. Lache laut, damit sie denkt, sie hätte dich nicht getroffen.«

»Mir ist aber gar nicht nach Lachen zumute.« Lauren hob den Kopf und ging mit Callie auf den Stall zu. »Ich hoffe, du weißt, dass es nicht so ist, wie Clare sagt.«

»Natürlich weiß ich das. Du hast mir doch von der Übereinkunft zwischen Garret und deinem Pa erzählt. Aus Clares Worten habe ich geschlossen, dass sie es Tanner erzählt hat.«

»Ja, und Tanner war wütend, aber nicht aus dem Grund, den Clare vermutete. Er ist nicht so.«

»Natürlich nicht. Ich weiß, dass er gestern auf San Reanido war, weil er sich Sorgen um dich gemacht hat. Was hat Tanner gesagt?«

»Er war sehr wütend auf Pa und Garret und wollte mich nach Hause holen.«

»Das klingt ganz nach meinem Mann. Aber warum bleibst du bei Garret, wenn Tanner doch jetzt die Wahrheit weiß?«

Lauren führte Sultan aus dem Stall. »Weil ich ihn liebe und er mein Mann ist.« Traurig sah sie zu Boden. »Ich habe dir ja erzählt, dass Garret eine andere Frau liebt.«

»Ich glaube, dass du die Einzige bist, die Garret liebt. Wenn es eine andere Frau gab, die ihm wichtig war, hat er sie inzwischen längst vergessen.«

»Nein, das hat er nicht.«

»Wie kannst du dir da so sicher sein?«

Lauren setzte einen Fuß in den Steigbügel und stieg auf. »Weil er Anspielungen auf sie macht.«

»Was!«

Lauren hörte Hufgetrappel und nahm an, dass die Cowboys der Circle M auf die Ranch zurückkamen. »Garret hat nichts Klares gesagt, aber immer, wenn ich ihn nach ihr frage, antwortet er ausweichend und wechselt das Thema. Ich glaube, es schmerzt ihn, über sie zu reden, besonders mit mir.«

Kiesel knirschten, und als Lauren aufsah, sah sie Garret mit sicherem Schritt auf sich zukommen, das Gesicht ausdruckslos.

Lauren stieg wieder ab und bekämpfte den Drang, ihm entgegenzurennen. Bewusst langsam ging sie auf ihn zu. »Ich habe nicht erwartet, dich hier zu sehen.«

Callie zog sich zurück und sah zu.

»Ich hatte in Sidewinder etwas zu erledigen, und weil ich schon so nahe war, dachte ich, dass ich komme und mit dir zusammen nach Hause reite.«

Lauren wusste, dass es eine Stunde Umweg für Garret war, zur Circle M zu kommen, aber sie war froh, dass er da war.

Callie sah genau zu, wie die beiden sich benahmen. Sie hatte den Verdacht, dass Garret Lauren sehr wohl liebte, und wollte sich davon überzeugen. Garret nahm Lauren in die Arme, und Callie achtete auf seine Augen. Er schluckte und sah aus, als wenn er etwas sehr Kostbares in den Armen hielte. Callie hegte keinen Zweifel an Garrets Gefühlen für Lauren – sie waren mächtig und tief, und er liebte sie ohne jeden Zweifel. Wenn es einmal eine andere Frau in seinem Leben gegeben hatte, bedeutete sie ihm nichts mehr, war nicht mal mehr eine Erinnerung.

Als Callie vortrat, brauchte Garret einen Moment, sich von Lauren zu lösen und zurück in die Realität zu kommen. »Verzeihung, ich habe dich gar nicht gesehen. Was tut ihr beiden reizenden Damen gerade?«

»Uns vor Clare verstecken«, erwiderte seine frisch gebackene Schwägerin, als er ihr den Arm um die Schultern legte.

»Ach die.«

Callie ging zu ihrem Pferd. »Ich muss nach Hause und das Abendessen machen, damit Tanner essen kann, wenn er kommt. Ihr könnt euch nicht vorstellen, was dieser Mann für einen Appetit hat.«

Garret sah auf Lauren hinunter und flüsterte, so dass nur sie es hören konnte: »Doch, das kann ich, wenn er nur halb so groß ist wie meiner.«

Beide vergaßen sie, Callie nachzusehen, weil sie einander in die Augen sahen.

Garret legte Lauren den Arm um die Taille. »Ich war einsam ohne dich.«

»Ich bin jetzt soweit, dass wir nach Hause reiten können.«

»Du hast San Reanido Zuhause genannt. Es ist wichtig für mich, dass du so empfindest.«

Lauren konnte ihn nicht ansehen; sie liebte diesen Mann. Wo immer er war, war sie zu Hause.

»Ich freue mich darauf, das Haus mit Kindern zu füllen«, meinte er und streichelte ihren Nacken, als sie seufzte.

»Ich möchte viele Kinder haben«, stimmte sie zu.

»Wie viele?«

»Ich weiß nicht, sechs – oder zehn?« Sie legte eine

Hand auf ihren Bauch und hoffte, dass sie schon ein Kind empfangen hatte.

Garret stieß gespielt verzweifelt den Atem aus. »Ich hoffe nur, dass meine Manneskraft mithalten kann, bis wir das erreicht haben. Du bist eine sehr leidenschaftliche Frau, Lauren.«

Sie senkte den Kopf, aber so leicht ließ er sie nicht davonkommen. Stattdessen umfasste er ihren Kopf und zwang sie, ihn anzusehen, ehe er sie lachend küsste. »Ich liebe es, wenn du rot wirst.«

»Ich hasse es, wenn ich rot werde.«

Seine Hände glitten zu ihren Armen und blieben dort liegen, wobei er ganz sacht ihre Brüste berührte. »Ich kann es nicht abwarten zu sehen, wie mein Kind in dir wächst.«

Lauren verbarg ihr Gesicht an seinem Hals. Oh, wie sie ihn liebte!

»Lass uns gehen«, schlug er vor, brachte Lauren zu ihrem Pferd und hob sie in den Sattel. »Sonst nehme ich dich noch hier im Stall.«

»Was soll Charley davon halten?«

Garret grinste. »Soll er sich selber eine Frau holen, meine bekommt er nicht.«

Ungeduldig stieß sie den Atem aus und fand das gar nicht komisch. »Garret, Charley hat mich herbegleitet. Soll er nicht auch mit uns zurückreiten?«

»Nein, er findet den Weg auch alleine.«

Plötzlich fiel Lauren ein, dass sie das Dokument in der Tasche hatte, das ihr Vater ihr gegeben hatte, und ihre Laune trübte sich. »Papa lässt dir das geben«, fauchte sie, drückte ihm das Papier in die Hand und gab Sultan die Sporen.

Garret sah auf die Besitzurkunde von Cedar Creek hinunter. »Verdammt«, knurrte er.

Nachdem Garret und Lauren davongeritten waren, ließ Clare den zarten Vorhang sinken, der nun ganz zerknüllt war. Sie war Zeugin der Szene zwischen den Jungvermählten geworden. Sie konnte ihr Begehren nach einander selbst auf diese Entfernung spüren, und das machte sie wütend. Warum sollte Lauren glücklich sein? Mit welchem Recht weckte sie in jemandem wie Garret Lassiter Begehren? Er war absolut männlich, und Clare konnte sich gut vorstellen, wie es war, das Objekt purer Lust dieses Mannes zu sein.

Sie befeuchtete ihre Lippen und stellte sich vor, wie es wäre, wenn sein Mund auf ihrem läge. Es wäre sicher nicht wie bei Tanner, aber es wäre gut. Clare wandte sich um und betrachtete ihr Gesicht im Spiegel. Sie war immer noch jung und schön, aber sie musste die Berührungen eines alten, verfallenden Mannes ertragen. Garret war jung und männlich und wahrscheinlich die meiste Zeit ganz mit Lauren beschäftigt. Clares Körper zitterte vor Verlangen. Es war schon lange her, seit sie die Hand eines richtigen Mannes auf ihrem Körper gespürt hatte.

Manuelo trat neben sie, und es gefiel ihm nicht, Clare so unglücklich zu sehen. »Soll ich etwas gegen Señorita Lauren unternehmen?«, fragte er mit scharfem Blick.

»Sie hat alles, und ich habe nichts.«

»Aber Señora –«

Geschlagen drehte sie sich zu ihm um. »Lauren sollte mir dankbar sein. Wenn ich nicht darauf bestanden hätte, dass sie nach Savannah geht, wäre sie nie als Dame nach Hause zurückgekommen.«

Manuelo spürte, wie frustriert seine süße Herrin war. Aber diesmal konnte er ihr nicht helfen.

22

Die beiden edlen Pferde galoppierten Seite an Seite durch das hohe Präriegras, das ihre Schritte dämpfte. Laurens Hengst ließ sich auch dann nicht irritieren, als eine Schar Schwalben vor ihnen herschoss, um sich ein paar Insekten zu fangen. Lauren und Garret ritten durch einen tiefen Canyon, der das Echo der Pferdehufe von den Felsen zurückwarf. Als sie den Canyon wieder verließen, führte ihr Weg sie an einer Klippe entlang, wo der Wind ihnen die Wangen rötete.

Lauren warf ihrem Mann einen Blick zu. Es machte sie glücklich, neben ihm zu reiten, und im Moment hatte sie Clares gemeine Worte und den Cedar Creek völlig vergessen.

Sie lächelte Garret an und trieb ihr Pferd vorwärts, wobei sie Garret eine Herausforderung zurief. »Wer zuerst an dem Baumwollbaum da hinten ist«, rief sie.

Er machte sofort mit und trieb auch sein Tier an. »Was ist der Preis für den Gewinner?«

Sie beugte sich über Sultans Hals. »Sieger zu sein!«

Sie erreichte den Baum mit einem minimalen Vorsprung. »Ich habe gewonnen«, lachte sie.

Garret zügelte sein Pferd. »Das hast du.«

Misstrauisch sah sie ihn an. »Hast du mich absichtlich gewinnen lassen?«

Er ritt neben sie, zog sie vom Pferd und nahm sie in die Arme. »Ich will immer, dass du gewinnst.«

Weich legte sich sein Mund auf ihren, und sie passte in seine Arme, als wenn sie immer schon dorthin gehört hätte.

»Süße Lauren, heute hast du mich das erste Mal verlassen, und schon renne ich hinter dir her wie ein mutterloses Kälbchen.«

Sie warf den Kopf in den Nacken und lachte. »Irgendwie passt die Beschreibung nicht ganz auf dich. Ich habe Zweifel daran, dass der große Garret Lassiter überhaupt einer Frau hinterherrennen würde.«

»Nicht irgendeiner Frau«, bestätigte er und bemühte sich um ein ernstes Gesicht. »Meiner Frau würde es gar nicht gefallen, wenn ich anderen Frauen hinterherliefe.«

»Nein, das würde es nicht.« Lauren beobachtete, wie der Wind ihm das schwarze Haar zerwühlte. In seinen Armen zu liegen und von ihm geneckt zu werden, war neu für sie. Ihre Blicke trafen sich, und am liebsten hätte sie den Moment bis in alle Ewigkeit ausgedehnt.

Sie machte keine Einwände, als er sie auf den Boden gleiten ließ und selbst vom Pferd stieg. »Mein Pferd ist müde, weil ich schon in der Stadt war, aber dein Sultan kann mühelos uns beide tragen.« Er stieg auf ihr Pferd, zog sie vor sich auf den Sattel und stieß dem Tier die Hacken in die Seiten. Doch Laurens Pferd rührte sich nicht, sondern blieb stehen und warf den Kopf hoch.

Garret stieß härter zu, aber noch immer blieb das Pferd stehen. Jetzt beugte Lauren sich vor, tätschelte ihm den

Hals und sagte leise: »Ich bin hier, und jetzt bring uns nach Hause.«

Zu Garrets maßlosem Erstaunen bewegte sich Sultan jetzt. »Ich will verdammt sein. Er gehört zu den seltenen Tieren, die nur einen Herrn anerkennen, und in diesem Fall bist du das, Lauren.«

Lauren lehnte sich an Garret und genoss das Spiel seiner Muskeln. Er blickte auf sie hinunter und schob ihr die Hand zwischen die Beine. Selbst durch den Reitrock konnte sie die Wärme seiner Haut spüren. Begierde packte sie, als er sie sanft zu streicheln begann, bis sie aufstöhnte.

Lauren ergab sich seinen Liebkosungen und verlor jedes Zeitgefühl, jeden Rest eigenen Willens.

Als Garret die Hand schließlich zurückzog, war sie enttäuscht, aber er flüsterte: »Verzeih, aber ich kann einfach nicht die Finger von dir lassen, nicht einmal dann, wenn jederzeit jemand kommen kann.

»Ich –«

Lächelnd sah er in ihre verhangenen Augen; er wusste genau, was er mit ihr gemacht hatte. »Später«, versprach er und küsste sie rasch. »Heute Nacht nehme ich dich ganz.«

Lauren schloss die Augen, seufzte und lehnte sich an ihn. Heute Nacht, dachte sie, oh, heute Nacht.

Die Leute von Sidewinder unterbrachen ihre Tätigkeit für einen Moment, als sie die modisch gekleidete Dame und den eleganten Herrn betrachteten, die gerade aus der Kutsche gestiegen waren. Sie waren immer noch neugierig, als das Paar kurz darauf aus dem Büro der

Postkutsche trat und zum Haus des Sheriffs hinüberging.

Chase McBride stand auf der Veranda und blickte dem Paar entgegen, das auf ihn zukam. Er wusste nicht, wer sie waren, aber sie waren mit Sicherheit noch nie in West-Texas gewesen, sonst hätten sie sich bei der Hitze nicht so gut angezogen.

Während die beiden die Stufen hochstiegen, sahen sie Chase fragend an. »Sind Sie vielleicht der Sheriff, Sir?«, fragte der Mann mit einem Südstaatenakzent.

»Ja, der bin ich.«

Der Mann streckte ihm die Hand hin. »Ich bin Morgan Colfax, und das ist meine Frau.«

Chase schüttelte dem Mann die Hand, setzte den Hut ab und nickte der Dame zu. »Was kann ich für Sie tun?«

»Wir hörten, dass Ihr Name McBride ist und Sie ein Verwandter unserer Nichte sind.«

»Das kommt darauf an, wer Ihre Nichte ist.« Chase konnte sich bereits denken, wer die beiden waren. Er sah die Dame an – ihr Haar hatte dieselbe Farbe wie Laurens.

»Lauren McBride«, erwiderte Morgan Colfax.

»Dann müssen Sie Laurens Tante und Onkel aus Georgia sein.«

»Ja, das stimmt«, bestätigte Colfax.

»Wollen wir nicht aus dem Staub und der Hitze raus?«, bot Chase an und hielt Mrs. Colfax die Tür auf. Als sie in seinem Büro waren, ließ er die Tür einen Spalt weit auf, damit die Luft zirkulieren konnte.

Als Mrs. Colfax die Fahndungsplakate an den Wänden sah, wurden ihre Augen groß. Dann wischte sie mit einem

Taschentuch den Staub von einem Stuhl, ehe sie sich hinsetzte. »Sind Sie mit Lauren bekannt oder verwandt?«, fragte sie besorgt.

Chase setzte sich und überlegte dabei, wie viel er Mrs. und Mr. Colfax erzählen sollte. Er entschied sich für die Wahrheit, weil die in Sidewinder bereits allen bekannt war und die Colfax das sicher auch bald hören würden. »Lauren ist meine Halbschwester.«

Eugenia lehnte sich mit erleichtertem Gesicht zurück. »Ich freue mich, jemanden kennen zu lernen, der sie kennt. Ich bin halb verrückt vor Sorge. Stellen Sie sich meine Unruhe vor, als ich einen Brief erhielt, in dem stand, dass sie heiraten würde.«

»Ja, Ma'am, sie hat geheiratet, aber warum sollte Sie das beunruhigen?«

»Dann kommen wir zu spät, um die Hochzeit noch zu verhindern.«

»Ich fürchte, ja. Aber warum wollten Sie das tun?«, fragte Chase.

»Wir haben uns gefragt, warum Lauren so schnell nach ihrer Rückkehr nach Texas heiraten möchte. Wir können das einfach nicht verstehen«, erklärte Eugenia.

»Dann sollten Sie nach San Reanido gehen und selber mit ihr sprechen«, schlug Chase vor.

»Lebt sie jetzt dort?«

»Ja, Ma'am, es ist die Ranch ihres Mannes.«

»Können Sie uns dann sagen, wo wir einen Wagen und Pferde mieten können, und uns den Weg erklären? Wir wollen sofort los.« Morgan half seiner Frau beim Aufstehen.

Chase schüttelte den Kopf. »Sie würden sich wahrscheinlich schon nach der ersten Meile verirren. Ich werde Sie zum Mietstall bringen und dann selber zur Ranch fahren.«

Mrs. Colfax lächelte den hübschen jungen Sheriff warm an. »Das ist sehr freundlich von Ihnen, Sir.«

»Aber gar nicht, Ma'am. Ich freue mich immer über eine Gelegenheit, meine Schwester zu sehen.«

Garret war vor zwei Tagen nach Dallas aufgebrochen, von wo aus er einen Araber per Schiff zu seinem neuen Besitzer in Boston schicken wollte. Ohne ihn fühlte Lauren sich rastlos und nervös. Nachts hatte sie kaum geschlafen, weil sie immer wieder nach ihm griff. Innerlich verspürte sie eine Leere – sie hatte nicht gewusst, dass sie ihn so sehr vermissen würde.

Lauren ging in die Küche, um mit der Köchin zu sprechen, die gerade Zwiebeln für ein kochendes Stew schnitt. Lauren wollte etwas von dem Gericht an ihren Vater schicken, der Stew liebte, zumal Mrs. Whit eine ausgezeichnete Köchin war.

»Das riecht köstlich!«

Die Frau mit dem netten Gesicht strahlte wegen des Kompliments. »Das ist ein altes Südstaatenrezept, das schon Jahrzehnte in meiner Familie ist. Die frischen Kräuter und Gewürze geben ihm die besondere Note.«

»Was immer es ist, ich kann nicht abwarten, es zu kosten, und mein Vater wird begeistert sein.«

»Verzeihung, Ma'am«, meldete sich da Shaughnessy von der Tür. »Sie haben Gäste – eine Mrs. und Mr. Colfax – und der Sheriff ist auch da.«

Eugenia sah sich stirnrunzelnd um. »Was für ein schönes Haus. So etwas habe ich in Texas gar nicht erwartet.« Sie sah den Sheriff an. »Kennt Ihre Schwester Mr. Lassiter schon lange?«

»Ich hörte, dass sie einander schon ihr Leben lang kennen.“

»Mr. Lassiter züchtet Vieh?«, mischte sich Morgan ein.

»Nein, er züchtet Pferde«, erklärte Chase.

Morgan zog den blauen Brokatvorhang beiseite und sah hinaus auf die gepflegten Ställe und Koppeln. »Dieser Lassiter scheint sein Handwerk zu verstehen.«

Chase blickte über Mr. Colfax' Schulter. »Ich bin auch das erste Mal hier, aber ich habe gehört, dass die Ranch sehr gut laufen soll.«

Eugenia betrachtete die teuren und geschmackvollen französischen Möbel. »Hauptsache, meine Nichte ist glücklich.«

Lauren erschien in der Tür, lief zu ihrer Tante und warf sich in ihre Arme. »Ihr seid hier! Ich hätte nie erwartet, dass ihr den ganzen Weg bis Texas kommt!«

Eugenia umarmte Lauren und hielt sie dann ein Stück von sich weg. »Nach deinem Brief mussten wir einfach kommen.«

»Ich freue mich.« Jetzt begrüßte sie auch ihren Onkel. »Ich freue mich so, euch zu sehen.« Sie sah Chase an, ging zu ihm, legte ihm den Arm um die Schultern und sagte: »Ich sehe, dass ihr meinen Bruder schon kennen gelernt habt.«

»Ja, Sheriff McBride war so freundlich, uns hierher zu begleiten«, erklärte Eugenia etwas verwirrt darüber, wie genau die Verwandschaft zwischen Chase und Lauren wohl aussah. Er war recht dunkelhäutig, hatte aber die blauen McBride-Augen. Wie auch immer, Eugenia war viel zu höflich, um genauer nachzufragen. Natürlich hatte sie vor, Lauren später dazu zu befragen.

Chase sah auf Lauren hinunter. »Ich gehe jetzt besser.«

»Kannst du nicht zum Essen bleiben?«, fragte Lauren enttäuscht. »Es wäre schön, wenn du meine Tante und meinen Onkel kennen lernen würdest.«

»Heute kann ich nicht. Faith hat heute Abend ein großes Essen für Callie und Tanner geplant.« Er lächelte. »Sie kommen heute das erste Mal zu uns.«

»Dann komm doch am Wochenende mit Luke und Faith her, und ich lade Callie und Tanner dazu. Das wird sicher nett.« Sie strahlte ihre Tante und ihren Onkel an. »Ich habe ja einen echten Grund zu feiern.«

»Bring mich doch noch zur Tür«, forderte Chase sie auf. Er nickte den Colfax zu. »Ma'am, Sir.«

Morgan Colfax gab ihm die Hand. »Danke, dass Sie sich die Mühe gemacht haben. Wir sind Ihnen sehr dankbar, dass Sie uns hierher gebracht haben.« Morgan lächelte. »Sie haben übrigens Recht, wir hätten uns wirklich schon nach der ersten Meile verirrt.«

»Ich gebe den Wagen wieder im Mietstall ab.«

Lauren entschuldigte sich und brachte ihren Bruder noch zur Tür.

»Lauren.« Er wandte sich zu ihr um. »Ich werde deine Einladung für das Wochenende nicht annehmen. Ich gehöre nicht zu Leuten wie ihnen, das weißt du genau.« Er nickte in Richtung Salon.

»Du irrst dich, du gehörst zu unserer Familie, zu Tanners wie zu meiner. Wenn ich möchte, dass du kommst, sollte dir das als Grund genügen.«

»Hast du bedacht, dass Mr. und Mrs. Colfax sich vielleicht unbehaglich fühlen, wenn sie die Umstände meiner Geburt erfahren?«

»Ich kenne meine Verwandten, sie werden dich als das akzeptieren, was du bist – mein Bruder.«

»Wenn du dir sicher bist.«

Sie schlang die Arme um ihn und drückte ihre Wange an seine harte Brust. »Du sollst wissen, dass ich dich lieb habe.«

Er räusperte sich, als ein Gefühl von Zugehörigkeit ihn überwältigte. »Wenn ich noch vor der Dunkelheit zu Hause sein will, muss ich jetzt los.«

Lauren beobachtete über Chase' Schulter, wie Mrs. Shaughnessy das Auspacken der Truhen beaufsichtigte. »Wir erwarten dich am Sonnabend, Chase.«

»Ich werde Faith fragen.«

»Sag ihr, wie sehr ich mir wünsche, dass ihr kommt.«

Sie sah ihm nach und wünschte, sie könnte ihm klarzumachen, wie viel er ihr bedeutete. Sie war traurig, weil er immer daran dachte, ob die Leute ihn akzeptierten oder nicht. Sie winkte dem Wagen nach, bis er nicht mehr zu sehen war. Dann eilte sie zurück zu Tante und Onkel.

»Ich kann euch gar nicht sagen, wie froh ich bin, euch zu sehen! Ich weiß, dass Barbara so kurz nach der Geburt des Babys die weite Reise nicht machen konnte, aber ich wünschte, Carolyn wäre mitgekommen. Ist das Baby ein Mädchen oder ein Junge?«

»Ich habe die schönste Enkelin der Welt«, prahlte Morgan Colfax.

»Wie wundervoll! Warum ist Carolyn nicht mitgekommen?«

Eugenia schüttelte den Kopf. »Carolyn hat sich verliebt und wollte Savannah nicht verlassen. Erinnerst du dich an Price Danner?«

»Gehört seinem Vater nicht die Bank in Alexandria?«

»Ja, das ist er. Carolyn und Price sind inoffiziell verlobt. Wenn wir zurück sind, wollen wir die Verlobung offiziell machen.«

Lauren gab ihrer Tante einen Kuss. »Ihr seid nach Texas gekommen, um zu sehen, was ich jetzt wieder angestellt habe, nicht wahr?«

Eugenia hob Laurens Kinn und sah ihr tief in die Augen. »Liebst du den Mann, den du geheiratet hast?«

»Leidenschaftlich.«

Ihr Onkel nickte zufrieden. »Ich habe es dir doch gesagt, Eugenia. Ich habe gesagt, Lauren sei zu dickköpfig, um jemanden zu heiraten, den sie nicht liebt.« Er sah Lauren an. »Trotzdem wollten wir uns vergewissern. Deine Tante hat darauf bestanden, dass wir so schnell wie möglich herkommen. Und das haben wir getan.«

Lauren lachte. »Du kennst mich gut, nicht wahr, Onkel Morgan?«

»Das stimmt«, gab er zu. »Wenn man jemandem am Schachbrett so oft gegenübersitzt wie ich dir gegenübergesessen habe, dann lernt man ihn gut kennen.«

Eugenia deutete auf die Einrichtung. »Sieht ganz so aus, als wenn dein Mr. Lassiter dich gut versorgen könnte.« Sie lachte. »Wenn sich nicht noch herausstellt, dass er eine Warze auf der Nase hat oder uralt ist, bin ich geneigt zu denken, dass du eine gute Partie gemacht hast.«

»Garret ist zur Zeit leider nicht da, aber ich erwarte ihn in zwei oder drei Tagen zurück.«

»Garret?«, fragte ihre Tante. Ihre Augen glänzten, als sie sich daran erinnerte, wie Lauren immer von ihm gesprochen hatte. »Das ist doch der junge Mann, nach dem du dich immer so verzehrt hast, als du damals zu uns gekommen bist. Ja, so hieß er – Garret!« Ihre Tante sah erleichtert aus. »Jetzt fühle ich mich schon besser.«

Lauren wollte Tante und Onkel die Umstände ihrer Eheschließung nicht erzählen, weil es sie nur aufregen würde und sie es nicht verstehen könnten. »Ihr werdet ihn mögen.« Sie umarmte ihre Tante. »Und er wird euch beide lieben.«

»Ich muss zugeben, dass ich darauf brenne, die Ranch zu sehen«, mischte sich Onkel Morgan jetzt ein. »Ich habe Ställe, Koppeln und einige sehr schöne Pferde gesehen. Einige davon sind Appaloosas.«

»Garret zieht Appaloosas und Araber. Aber er soll dir sein Zuchtprogramm selbst erläutern – es ist faszinierend. Du wirst noch etwas an ihm mögen«, setzte Lauren hinzu, »seine Familie stammt aus Virginia. Sein Vater ist dorthin zurückgezogen.«

»Ah«, neckte ihre Tante, »ein Südstaatengentleman. Wenn du mir das alles geschrieben hättest, hätte ich mir nicht solche Sorgen gemacht.«

»Aber das habe ich. Der Brief muss euch verpasst haben.«

»Als ich reinkam, hätte ich schwören können, Beefstew zu riechen, und es roch genauso wie das, das meine Mutter immer gemacht hat«, sagte Morgan.

Lauren verschränkte ihre Arme mit denen ihrer Verwandten. »Dann freut euch auf ein Festessen. Mrs. Whit, die Köchin, stammt auch aus dem Süden.«

Lauren warf sich unruhig im Bett herum und rückte immer wieder ihr Kissen zurecht. Es war so leer, wenn Garret nicht zu Hause war. Sie fragte sich, wie sie sich so schnell an ihn hatte gewöhnen können.

Was, wenn ihm unterwegs etwas passierte und sie nicht rechtzeitig zu ihm kam?

Lauren setzte sich mit klopfendem Herzen im Bett auf. Warum musste Liebe so wehtun? Garret wusste schon auf sich aufzupassen, außerdem hatte er ja Charley bei sich.

In den frühen Morgenstunden schlief Lauren endlich ein.

Garret stieg rasch und voller Eifer die Stufen hoch, und auch ohne Licht fand er mühelos den Weg zum Schlafzimmer. Er trat ein und schloss lautlos die Tür hinter sich. Er hatte es so eilig gehabt, zu Lauren nach Hause zu kommen, dass er Charley in Dallas gelassen hatte, damit er die Geschäfte abschloss.

Er kniete sich neben seine Frau, um sie nicht zu erschrecken. Das Mondlicht fiel weich über ihr Haar, und er sah zu, wie ihre Brüste sich bei jedem Atemzug hoben und senkten. Er wollte sie in die Arme nehmen und halten, wenn sie wach wurde.

»Lauren«, flüsterte er und berührte ihren Mund mit seinem, während er sie an sich zog. »Wach auf, Süße.«

Laurens Arme legten sich um ihn, und sie drückte ihn fest an sich. »Du bist zu Hause!«

Er lachte entzückt, weil sie sich so freute, ihn zu sehen. »Sieht so aus, als wenn ich mich von dir nicht lange fern halten könnte.«

»Ist das Pferd denn schon verladen?«

»Charley ist dageblieben, um den ordnungsgemäßen Transport des Tieres sicherzustellen.«

»Du musst die ganze Nacht durch geritten sein«, bemerkte sie verblüfft.

Er küsste sie. »Ich habe so sehr an dich gedacht, dass Charley erklärt hat, ich sei nutzlos und solle nach Hause reiten.« Er stand auf und begann, sein Hemd aufzuknöpfen. »Ich bin ganz staubig und nehme nur rasch ein Bad, dann komme ich zurück.«

Lauren kniete sich hin und griff nach ihm. Seine Arme umfingen sie, und das Bad war vergessen, als ihr weicher Körper sich an seinen drängte.

»Liebes«, murmelte er.

Lauren schob sein Hemd zur Seite, so dass sie seine harte Brust spürte. Dann hob sie ihm ihr Gesicht für einen Kuss entgegen.

Garret wusste nicht, wie er auf das Bett gekommen war. Er wusste nur, dass Lauren warm und verführerisch in seinen Armen lag und dass sie ihn so sehr wollte wie er sie.

Garrets Mund fand ihre Brustspitze, und Lauren grub ihre Finger in seine Schultern.

»Ich glaube nicht, dass ich dich je wieder verlassen kann.« Er küsste sie lange und hart und sah sie dann an. »Sag, dass du mich vermisst hast.«

»Ich habe dich vermisst.«

Er schob ihr mit neuer Dringlichkeit das Nachthemd hoch. Wenn er nicht auf der Stelle in sie kam, würde er explodieren. Rau zog er ihr das Hemd aus und warf es auf den Boden. Dann machte er sich an seiner Hose zu schaffen und lag endlich nackt zwischen ihren Beinen. Mit einem mächtigen Stoß drang er tief in sie ein, und sie hob ihm stöhnend die Hüften entgegen, um ihn ganz in sich aufzunehmen. »Was für ein schönes Nachhausekommen«, keuchte er ihr ins Ohr.

23

Obwohl Garret nur wenig Schlaf gehabt hatte, erwachte er mit dem ersten Sonnenlicht. Er versuchte, möglichst leise zu sein, um Lauren nicht zu wecken. Nachdem er sich rasiert hatte, trat er hinaus auf den Balkon. Es war jetzt schon heiß und würde im Laufe des Tages noch heißer werden.

Garret wollte gerade wieder hineingehen, als er einen Fremden im Garten sah. Er runzelte die Stirn und spähte angestrengt hinüber. Niemand betrat den Garten, mit Ausnahme der zwei Männer, die für die Pflege zuständig waren. Dieser Mann sah aus wie ein Gentleman, aber Garret kannte ihn nicht.

Jetzt erwachte Lauren und streckte sich. »Ist es schon Morgen?«

»Da ist ein Mann in unserem Garten, Lauren.«

Sie schoss hoch und legte die Hand auf den Mund. »Ach, das habe ich ja ganz vergessen, dir zu erzählen. Meine Tante Eugenia und Onkel Morgan sind hier.«

Er sah sie an. »Ich kann mir einen guten Grund vorstellen, warum du vergessen hast, mir das zu erzählen.« Er legte sich neben sie und zog sie in seine Arme. »Dann sind deine Tante und dein Onkel also gekommen, um mich in Augenschein zu nehmen und zu sehen, ob ich auch der richtige Mann für ihre Nichte bin, was?«

»Ja, so etwa.«

Er stöhnte. »Hoffentlich sind sie nicht so schwer zu überzeugen wie dein Vater.«

»Keine Sorge, sie werden dich lieben.«

»Liebst *du* mich?« Forschend sah er sie an.

Lauren wand sich aus seinen Armen und setzte die Füße auf den Boden. »Geh du schon raus und mach dich mit Onkel Morgan bekannt. Ich komme nach, sobald ich gebadet habe.«

Als Garret in den Garten kam, hatte sich auch Laurens Tante zu ihrem Mann gesellt. Lächelnd ging Garret auf sie zu. »Hallo, willkommen auf San Reanido.«

Morgan schüttelte Garret die Hand. »Ich nehme an, dass Sie Garret, Laurens Mann, sind?« Er zog seine Frau neben sich. »Das ist Laurens Tante Eugenia.«

Garret lächelte die elegante Dame an, dieselbe Haarfarbe wie Lauren hatte. »Jetzt sehe ich, woher Lauren ihr gutes Aussehen hat.«

Eugenia küsste Garret auf die Wange. »Lauren hat Recht – Sie sind ein Südstaatler.«

»Sagen Sie es nicht weiter, ich versuche, als Texaner durchzugehen.«

Eugenia war von Laurens charmantem Ehemann entzückt. »Ich weiß, warum Sie meine Nichte zur Frau genommen haben, und jetzt, wo ich Sie kennen gelernt habe, weiß ich auch, warum sie Sie zum Mann genommen hat. Sie sehen sehr gut aus.«

»Ihr Lob beschämt mich«, lachte Garret. Er mochte Laurens Tante auf den ersten Blick. »Ich sehe auch, woher Ihre Nichte die Schlagfertigkeit und ihre Offenheit hat.«

»Sie können sich nicht vorstellen, wie es ist, wenn beide zusammen sind«, warf Morgan Colfax ein. »Da hat ein Mann keine Chance mehr. Aber er ist auch so nahe am Paradies wie kein anderer Sterblicher.«

Garret lachte. »Dann weiß ich ja, worauf ich mich mit den beiden unter einem Dach freuen kann.«

»Ich fürchte, ja.« Morgan lächelte und zwinkerte seiner Frau zu.

Eugenia Colfax betrachtete Garret, als sie alle drei durch den Garten schlenderten. Falls der erste Eindruck nicht trog, hatte Garret alles das, was sie sich für Laurens Ehemann wünschte, und noch mehr. Und doch hatte er etwas an sich, das sie nicht ganz fassen konnte – es war der Ausdruck in seinen dunklen Augen. Was war es? Unsicherheit? Schuld? Sie kannte ihn nicht gut genug, um das zu entscheiden.

»Ich kann es kaum abwarten, Ihre Pferde zu sehen«, erklärte Morgan aufgeregt. »Heute Morgen liefen schon ein paar prächtige Exemplare in der Koppel herum. Ich habe noch nie auf einem Araber gesessen. Die, die ich gesehen habe, sind sicher über eins fünfzig.«

»Eher eins sechzig«, korrigierte Garret. »Wenn Sie mögen, können Sie noch heute auf einem reiten. Sie müssen sich nur entscheiden, ob Sie ein schnelles oder ein kluges Pferd haben wollen.«

»Beides, denke ich.«

»Auch das lässt sich machen.«

Jetzt hörte Eugenia Lauren herankommen und blieb stehen, um auf sie zu warten. Lauren trug ein hellgelbes Kleid, und die Haare fielen ihr lose um die Schultern. Sie sah atemberaubend aus, dachte ihre Tante. Sie warf

Garret einen Blick zu und spürte seinen innerlichen Aufruhr. Wenn er ihre Nichte ansah, erinnerte er sie an einen gefangenen Löwen im Käfig. Eugenia fragte sich, warum.

Lauren holte sie ein und schob ihren Arm unter den ihres Onkels. »Ist es nicht ein herrlicher Tag?«

»Das ist es, meine Liebe. Dein Mann wird mich heute zum ersten Mal auf einen Araber setzen.«

Lauren lächelte Garret zu. »Er hat viele zur Auswahl. Warte, bis du meinen Sultan siehst.«

»Sie können ihn sehen«, warnte Garret, »aber dieses Pferd lässt niemanden auf sich reiten außer Lauren.« Er lächelte. »Einmal hat er bei mir eine Ausnahme gemacht, aber nur, weil Lauren mit mir auf dem Pferd saß.«

Lauren errötete und sah rasch einem bunten Schmetterling nach, damit ihre Tante es nicht merkte. Als sie dann Garret wieder ansah, hob er eine Braue und grinste sie an.

»Ich hatte gehofft, dass Tanner heute Morgen hier wäre«, sagte Eugenia enttäuscht. »Und ich wünschte, Stone wäre nicht weg. Ich möchte meine Neffen wieder sehen.«

»Hat da jemand meinen Namen genannt?« Eugenia drehte sich um und landete in Tanners Armen. Lachend sah er auf sie hinunter. »Du bist weit gereist, Tante.«

»Es ist ein guter Tag«, flüsterte Lauren Garret zu.

Das Wochenende verging mit gutem Essen, Lachen und der Freude eines Familientreffens. Nach einem von Mrs. Whits vorzüglichen Essen hatte sich die Familie auf der

Veranda versammelt, wo ein sanfter Wind blies. Nachtgeräusche erklangen im Hintergrund: das Rufen einer Eule, und in der Ferne das Heulen zweier Wölfe.

Eugenia dachte, dass das Einzige, das noch fehlte, Kinderlachen war. Sie konnte sich gut vorstellen, Laurens Kinder in dem schönen Garten spielen zu sehen.

Chase war anfangs noch zurückhaltend und sagte nur wenig, aber nach der ersten Stunde wusste er, dass er zum ersten Mal in seinem Leben zu einer richtigen Familie gehörte.

Er hörte interessiert Morgan zu, der ihm von seinem Ausritt am Vormittag vorschwärmte. Faith lachte über einen Streich, den Callie Tanner spielte, und Lauren versprach Luke gerade, dass er am Morgen das neue Fohlen ansehen könne.

Nur einer schien nicht dazuzugehören, dachte Eugenia. Garret saß auf der obersten Stufe und hörte zu, wie Tanner Chase erzählte, dass ihre Schwester die meisten Männer beim Wettreiten schlagen könnte. Eugenia setzte sich neben Garret, der seine Blicke nicht von Lauren abwenden konnte. »Es gefällt mir hier, Garret.«

»Das freut mich. Ich hoffe, dass Morgan und Sie oft zu Besuch kommen. Ich habe Lauren noch nie so glücklich gesehen.«

»Ihr Glück ist Ihnen wichtig, nicht wahr?«

Er sah sie an. »Natürlich, das ist mir das Wichtigste auf der Welt.«

»Sie hätten sie in Savannah sehen sollen. Viele junge Männer dort waren in sie verliebt. Sie ist so lebendig und energiegeladen. Wenn sie in ein Zimmer tritt, zieht sie alle Blicke auf sich.«

»Wollen Sie mir damit sagen, dass Lauren in Savannah unter den Männern hätte wählen können?«

»Ja, das hätte sie. Aber was ich Ihnen eigentlich sagen will, ist, dass sie nie auch nur einen zweiten Blick auf diese Männer verschwendet hat.« Eugenia schwieg kurz. »Wenn ich es jetzt so bedenke, war ihre Unerreichbarkeit vielleicht Teil ihrer Anziehungskraft auf die Männer.«

»Was wollen Sie mir sagen?«, bohrte Garret nach und sah seine Frau an, die gerade mit Chase sprach.

»Ich will damit sagen, dass Lauren sich bereits verliebt hatte. Die anderen Männer spielten für sie keine Rolle.«

Garret senkte den Kopf. »Das habe ich mir auch schon gedacht. Wahrscheinlich haben Sie erwartet, dass sie, wenn sie zurück nach Savannah gekommen wäre, den Mann geheiratet hätte und nicht mich.«

»Garret, Sie Dummkopf! Sie sind doch der Mann!«

Sorgenvoll sah er sie an. »Es mag eine Zeit gegeben haben, wo ich es war, aber Sie wissen ja nicht, was ich getan habe.«

Eugenia sog tief die blütenschwere Luft ein. »Ich will es auch gar nicht wissen. Das geht mich nichts an.« Sie legte Garret die Hand auf den Arm. »Ich bin ja nicht blind. Sie denken, Lauren würde Sie nicht lieben«, erklärte sie. »Ich habe die ganze Zeit darüber nachgedacht, was Sie quält, und jetzt weiß ich es.«

Garret stand auf. »Ich muss nach einem Pferd sehen, das sich verletzt hat.« Er sah Lauren an. »Sagen Sie ihr, dass sie meinetwegen nicht wach zu bleiben braucht.«

Eugenia sah Garret nach, als er davonging. Dann wandte sie sich zu Lauren, die Faith gerade lebhaft ihre Abneigung gegen Federn auf Damenhüten schilderte.

Welche Schuld hatte Garret auf sich geladen? Lauren hatte nichts Problematisches erwähnt. Eugenia wollte sich nicht einmischen, aber falls Lauren sie um Rat fragte, würde sie ihr empfehlen, dafür zu sorgen, dass ihr Mann glücklich war. Sie war sich ganz sicher, dass Lauren und Garret einander liebten und ihre Liebe jedes Hindernis überkommen könnte. Sie mussten nur aufeinander zugehen.

Lauren lag im Bett und fragte sich, ob Garret eingeschlafen war. Er war erst gekommen, nachdem alle anderen schon in ihre Zimmer gegangen waren. Aber er hatte sie nicht angerührt, es nicht einmal versucht. Er hatte sie jetzt über eine Woche nicht angefasst, und sie verstand nicht, warum.

Was hatte sie getan, dass er sich von ihr abgewandt hatte? Wahrscheinlich geschah das mit Leuten, wenn sie aus den falschen Gründen heirateten.

Sie wusste, was los war – Garret war ihrer überdrüssig geworden.

Sie rollte sich auf die Seite und wünschte, sie könnte weinen, aber sie wagte es nicht. Garret könnte sie hören, falls er noch wach war.

Morgen wollten ihre Tante und ihr Onkel abreisen. Sie würde sie zur Kutsche bringen und dann zur Circle M reiten: Dort lag die Antwort, die sie suchte. Sie hatte genug von Leuten, die sie davon zu überzeugen suchten, dass Garret sie liebte, wenn sie es doch besser wusste. Garret hatte gesagt, dass in dem Brief, den er Jeb gegeben hatte, alles über die Frau stand, die er liebte. Auch wenn es schmerzvoll für sie würde, war Lauren bereit herauszufinden, wer die Frau war.

»Lauren.«

»Ich wusste nicht, dass du noch wach bist.«

»Möchtest du, dass ich dich morgen nach Sidewinder begleite?«

»Nein, das ist nicht nötig. Ich will hinterher noch meinen Vater besuchen.«

»Ich verstehe. Dann nimm Charley mit.«

»Ich will Sultan an den Wagen binden, dann kann Charley die Kutsche zurückfahren, und ich reite weiter zur Circle M.«

Lauren sehnte sich danach, dass Garret nach ihr griff oder mit ihr darüber diskutierte, dass sie nicht alleine reiten sollte. Sie spürte, wie er sich bewegte, und schloss in Erwartung seiner Berührung die Augen, aber er hatte nur seinen Kopf von ihr abgewandt.

»Es ist nicht klug von dir, ohne Begleitung durch die Gegend zu reiten, Lauren.«

»Ich kann selbst auf mich aufpassen. Ich brauche niemanden.«

Sie beobachtete sein Gesicht im Mondlicht. Seine Kiefermuskeln spannten sich. »Du brauchst mich, Lauren, weil wir eines gemeinsam haben.«

»Was?«

»Wir sind gut zusammen im Bett – verdammt gut, findest du nicht?«

Sie antwortete nicht, sondern hielt sich die Hand über den Mund, um ihr Unglück nicht laut herauszuschluchzen.

»Gute Nacht, Lauren.«

* * *

Lauren verabschiedete sich tränenreich von Tante und Onkel und schickte Charley dann mit dem Buggy zurück nach San Reanido. Als sie an der Circle M ankam, stieg sie ab und machte sich auf die Suche nach Jeb.

Er war im Stall, wo es schrecklich heiß war, weil er das Feuer zum Beschlagen geschürt hatte. Er hielt den Fuß eines Pferdes und nagelte das neue Eisen fest, während Tiny dabeistand und zusah. Beide sahen auf und begrüßten Lauren, als sie hereinkam.

»Wie geht es Papa?«

Jeb hatte einen Nagel im Mund und antwortete erst, als er ihn in den Huf getrieben hatte. »Unverändert.«

Sie lächelte Tiny an. »Ich habe gerade meine Tante und meinen Onkel zur Kutsche gebracht.«

»Tanner sagt, deine Tante sehe aus wie eure Ma«, erklärte Jeb.

»Das habe ich auch schon gehört. Jeb, erinnerst du dich an den Brief, den Garret mir geschrieben hat, als ich Texas verlassen habe? Hast du ihn noch?«

»Weißt du was?«, begann Jeb und ließ den Pferdefuß los. »Das ist komisch. Ich habe erst gestern in meiner Truhe nach dem Brief gesucht, um ihn dir zu geben, aber er ist verschwunden. Er war Jahre in der alten Truhe. Aber ich weiß nicht, wo er hingekommen ist.«

»Wie seltsam.« Sie seufzte und spürte herbe Enttäuschung. »Jetzt werde ich wohl nie erfahren, was in dem Brief stand.«

Jeb sah sie forschend an. Mit seltsamem Gesichtsausdruck schlug er vor: »Du könntest Garret fragen.«

»Ja. Ja, das könnte ich.« Aber Lauren wusste, dass sie das nie tun würde.

Sie verließ den Stall, und Tiny dachte nach. Er wusste nicht, von welchem Brief die Rede war, aber wenn er fehlte, war es sehr wahrscheinlich, dass Manuelo etwas damit zu tun hatte. Und wenn dem so war, standen die Chancen gut, dass Clare ihre Finger im Spiel hatte.

Tiny hatte vor, das herauszufinden.

24

Das Haus von San Reanido war bestens in Schuss. Da Mrs. Shaughnessy alles im Griff hatte, blieb Lauren nur wenig zu tun. Sie war nicht der Typ, der keine Beschäftigung braucht, und schon gar nicht gefiel es ihr, wenn andere für sie sorgten. Sie musste aktiv und tatkräftig sein.

So war sie gerade auf dem Weg zum Stall, um nach Aqabas Fohlen zu sehen und Sultan zu bürsten, als Chase herangeritten kam.

»Guten Morgen«, rief sie und lief zu ihm. »Wie schön, dich zu sehen. Warum hast du Faith und Luke nicht mitgebracht? Ich will Garret bitten, ein sanftes Pferd für Luke auszusuchen. Er ist jetzt alt genug für ein eigenes Pferd – was meinst du?«

»Das ist kein Besuch, Lauren. Ist Garret zu Hause?«

»Ja, er ist im Arbeitszimmer.« Sie runzelte die Stirn. »Es ist doch nichts mit Papa?«

Chase sah sie traurig an. »Nein. Ich weiß nicht, wie ich es dir sagen soll. Es geht um Garrets Pa.«

»Was?« Mit zitternder Hand packte sie ihn am Hemd. »Oh, nein, bitte nicht! Was ist passiert?«

Chase drückte sie kurz an sich, um sie zu trösten. »Bring mich zu Garret, da erzähle ich alles.«

Lauren kämpfte mit den Tränen, wusste aber, dass sie um

ihres Mannes willen stark bleiben musste. Sie sah zu, wie ihr Bruder eine Satteltasche schulterte; sie trug das Zeichen von San Reanido. Rasch führte sie ihn ins Haus, voller Schmerz über den Verlust des sympathischen Schwiegervaters und den Kummer, den das Garret brachte.

Ohne zu klopfen, trat sie ein, und Garret sah überrascht auf.

»Chase, wie schön, dich zu sehen.« Er schlug sein Buch zu und stand auf, um seinen Schwager zu begrüßen. Garret merkte erst nicht, dass etwas nicht stimmte. Dann sah er Laurens Augen, die tränennass waren, und dachte, ihr Vater wäre gestorben.

»Garret«, begann Chase und wünschte, dass nicht gerade er die traurige Nachricht überbringen müsste. »Es geht um deinen Pa. Er ist nie in Virginia angekommen. Nicht einmal in Sidewinder.«

Garret wich zurück, von Trauer überwältigt. »Tot? Mein Vater ist tot?«

»Es tut mir Leid.« Chase drückte Garret die Hand und legte die Satteltasche vor ihm auf den Boden. »Das gehörte deinem Vater, nicht wahr?«

Garret zuckte nicht zusammen, aber Lauren sah, wie seine Lippen zitterten, als er die Tasche erkannte. »Ja … das ist … war die meines Vaters.«

Chase nickte grimmig. »Jeb fand sie neben der Leiche, daran konnten wir ihn identifizieren.«

Garret konnte die schrecklichen Nachrichten über seinen Vater kaum glauben. Er bebte, als er versuchte, sich wieder unter Kontrolle zu bekommen.

»Ich will alles darüber wissen, Chase«, verlangte er schließlich.

Chase legte ihm eine Hand auf den Arm, um ihn zu beruhigen. »Es muss kurz nach der Hochzeit passiert sein, als dein Vater nach Sidewinder geritten ist.«

»Oh, Himmel«, flüsterte Garret. »Und ich habe die ganze Zeit gedacht, das Leben wäre schön, während mein Vater tot dalag.« Er sah Chase an. »Hat er gelitten?«

Chase führte Garret zu einem Stuhl. »Ich weiß es nicht, aber ich glaube nicht.«

»Ich hatte nichts von ihm gehört, aber ich habe mir keine Sorgen gemacht, weil er nie ein großer Briefeschreiber war.« Er vergrub das Gesicht in den Händen. »Mein Vater tot – wie ist das möglich?«

»Jeb sah Bussarde kreisen und hat nachgesehen, was los ist, weil er dachte, ein Kalb hätte sich verletzt. Da fand er die Leiche deines Vaters.«

»War es ein Unfall?«

»Nein, jemand hat ihn getötet.«

Garret schüttelte den Kopf. »Das Pferd meines Vaters wäre nach Hause gelaufen. Hat der Mörder es gestohlen? Wenn wir das Pferd finden, haben wir auch den Mörder.«

»Ich fürchte, das wird nicht möglich sein«, erklärte Chase, »das Pferd wurde auch getötet. Deshalb ist es nicht nach Hause gekommen, so dass wir auch nicht wussten, dass dein Vater nie angekommen ist.«

»Vater hat dieses Pferd geliebt. Er wollte es mit nach Virginia nehmen.«

Wieder vergrub Garret sein Gesicht in den Händen, während Lauren sich neben ihn kniete und ihn umarmte. »Das tut mir so Leid«, erklärte sie voller Kummer, »so Leid.«

Garret setzte sich gerade hin und hob den Kopf. »Wie ist es passiert?«

»Das ist der Teil, der mich verwirrt, Garret. Dein Pa und sein Pferd wurden beide mit Pfeilen erschossen. Es war kein Raubüberfall, denn der Mörder hat die Satteltasche dagelassen. Ich habe sie untersucht, und sie enthält viel Geld.«

»Komantschen?«, fragte Garret. »Sie haben seit Jahren keinen Ärger mehr gemacht – nicht in diesem Teil von Texas.«

Davor hatte Chase Angst gehabt. »Ich habe die Stelle untersucht, aber ich konnte nichts herausfinden. Es ist zu lange her. Der Leichnam war schon verwest. Und doch bin ich mir sicher, dass es keine Komantschen waren. Tatsächlich denke ich, dass es gar keine Indianer waren.«

Garret sah verwirrt aus. »Wenn kein Indianer, wer dann?«

Chase setzte sich und sah seine Schwester an. »Ich weiß es nicht, aber ich werde es, verdammt noch mal, herausfinden.«

Garret erhob sich und trat ans Fenster. »Was ist mit der Leiche meines Vaters gemacht worden?«

»Jeb hat ihn zu Doc Pierce gebracht, der sich um alles kümmert. Später bringt er die Leiche her. Ehe ich die Stadt verließ, habe ich dem Priester Bescheid gesagt und den Rest der Familie informieren lassen. Sie werden wohl bald hier sein. Ich wusste nicht, was ich mit Ihrer Schwester in Virginia machen sollte. Wenn Sie mir die Adresse geben, schicke ich ihr ein Telegramm.«

Garret ließ die Schultern sinken. »Danke. Ich möchte,

dass mein Vater hier auf der Ranch neben meiner Mutter beerdigt wird.«

Lauren erhob sich und wusste, dass sie jetzt stark sein musste. Ihr Mann war so beherrscht, hatte sich so sehr im Griff.

»Chase, ich höre Reiter kommen, wahrscheinlich die Familie. Kannst du dich um sie kümmern?«, bat sie.

Chase nickte, griff nach seinem Hut und ging zur Tür. »Mach dir keine Sorgen. Ihr beiden könnt so lange hier drin bleiben, wie ihr wollt. Kommt raus, wenn ihr bereit seid.«

In diesem Moment liebte Lauren Chase mehr denn je, weil er die tragische Situation mit solchem Takt beherrschte. »Danke.«

Als die Tür sich hinter Chase geschlossen hatte, trat Lauren zu ihrem Mann. Mit unglaublich traurigen Augen sah er sie an. Sie streckte die Arme aus, und er lehnte sich an sie.

»Weine ruhig, Garret, dein Vater war deine Tränen wert.«

Und er weinte.

Und sie auch.

Der Gottesdienst fand am späten Nachmittag statt, als die Sonne den Himmel schon rot färbte. Lauren stand neben Garret, als der Priester rühmende Worte für Barnard Lassiters Charakter fand und beschrieb, was für ein liebender Ehemann und Vater er gewesen war.

Garret stand hoch aufgerichtet da und sah ins Leere. Er sah nicht, wie die Sonne den Himmel in spektakuläre Farben tauchte.

Später bewegte er sich anscheinend locker im Kreis seiner Verwandten. Aber Lauren wusste, dass ihn nur sein Wille aufrecht hielt. Er hatte seinen Vater geliebt, und sein Tod traf ihn tief.

Tanner ergriff Laurens Arm und führte sie aus dem Zimmer. »Ich werde sehen, dass ich die Nachbarn loseise, und dann werden wir auch aufbrechen, wenn du es nicht anders willst. Garret hat jetzt genug von alledem.«

Sie lehnte den Kopf an die Schulter ihres Bruders. »Er ist so traurig, und ich kann nichts tun, um ihm zu helfen.«

»Sei einfach immer in seiner Nähe. Du weißt, was er fühlt, denn so war es auch bei Ma.«

Tränen liefen ihr über die Wange. »Ich weiß nicht, was ich tun soll.«

»Hast du ihm schon gesagt, dass du ihn liebst?«

Sie tupfte sich mit einem Taschentuch die Augen trocken. »Nein, das kann ich nicht.«

»Verdammt, Lauren, sag es ihm! Er muss es wissen.«

»Im Moment hat er genug im Kopf. Da braucht er ganz sicher keine Liebeserklärung von mir.«

Fast hätte Tanner ihr gesagt, dass Garret genauso störrisch war wie sie. »Ich habe noch nie zwei so törichte Leute gesehen.« Tanner sah über Laurens Schulter zu Callie, die gerade die schluchzende Mrs. Shaughnessy tröstete. »Nun, vielleicht waren Callie und ich auch nicht besser, aber es geht auch anders.«

Lauren trat zurück. »Ich muss mit Garrets Leuten sprechen, sie wollen gehen.«

Ärgerlich stieß Tanner den Atem aus. »Hast du überhaupt gehört, was ich gerade gesagt habe?«

»Ich habe dich gehört, Tanner. Ich will nur nichts tun, was meinen Mann im Moment noch mehr belastet.«

»Verdammt, Lauren –«

»Tanner!« Callie trat neben ihn. »Sprich bitte leise.«

Tanner schluckte seine Antwort. »Ich kann nicht gegen euch beide kämpfen.« Er nahm Callies Arm. »Komm, lass uns alle hier raustreiben.«

In der Nacht lag Lauren neben Garret, der unruhig schlief. Einmal griff er nach ihr, und sie hielt ihn in den Armen, als er seinen Kopf auf ihre Brust legte und weinte.

Sie küsste ihn, und er zog sie an sich. »Ich brauche dich.«

»Ich bin für dich da.«

Er schob ihr das Nachthemd hoch und nahm sie sofort, ohne sie zu küssen. Sein starker Körper stieß in sie und erweckte ihren wie jedes Mal, wenn sie sich liebten, zum Leben. Aber sie wusste, dass er sie nicht wirklich liebte … er versuchte nur, seinem Kummer zu entgehen.

Anschließend rollte er sich auf seine Seite des Bettes, und Lauren weinte leise vor sich hin. Er müsste jetzt bei der Frau sein, die er liebte. Fast hätte sie gewünscht, die Frau wäre da, um Garret ein wenig Trost zu geben.

Lauren hatte seit Barnards Beerdigung nicht mehr viel von Garret gesehen. Er arbeitete tagsüber und bis spät in die Nacht. Meist aßen sie zusammen zu Abend, aber danach ging er in sein Arbeitszimmer und kam erst spät ins Bett.

Erst dachte Lauren, das wäre Garrets Art, um um seinen

Vater zu trauern, aber allmählich erkannte sie, dass er ihr aus dem Weg ging. Warum?

Die Spannung zwischen ihnen wuchs, und sie wusste nicht, wie lange sie das noch ertragen würde.

Seit der Nacht, als er sich mit ihr getröstet hatte, hatte Garret sie nicht mehr angerührt. Lauren war sich sicher, dass er ihre Ehe bereute.

Letzte Nacht war Garret gar nicht ins Bett gekommen, und sie hatte ohne ihn nur unruhig geschlafen.

Würde er heute Nacht zu ihr kommen?

Als Lauren an Garrets Arbeitszimmer vorbeikam, sah sie, dass die Tür einen Spalt auf war. Drinnen raschelte Papier, und sie klopfte.

»Herein«, rief Garret.

Er trommelte mit den Fingern auf den Schreibtisch. Lauren wusste nicht, ob er nervös oder ärgerlich war.

»Hallo, Lauren.«

Sie blieb widerstrebend in der Tür stehen. Dann sah sie die Ledercouch mit Decke und Kissen darauf. Ihr Herz wurde schwer. Garret schlief lieber im Arbeitszimmer, statt sein Bett mit ihr zu teilen.

»Ich fragte mich gerade, was du wohl machst.«

»Siehst du es jetzt?«, gab er grimmig zurück.

Lauren wurde wütend. Sein Blick war scharf wie der eines Raubvogels. Irgendetwas stimmte nicht. »Was ist los, Garret? Habe ich etwas falsch gemacht?«

»Wie kommst du denn darauf?«, fragte er trocken.

»Ich nahm an –«

»Du nahmst an«, unterbrach er sie, »dass ich böse auf dich bin, weil ich nicht mehr mit dir schlafe.« Er sah auf seine Hände hinunter. »Nein, Lauren, du hast nichts falsch gemacht.« Wut sammelte sich in seinem Blick. »Ich bin der Schuldige.«

Sie hob das Kinn und sah ihn an. »Du bist beschäftigt, ich lasse dich in Ruhe.«

»Lauren.« Seine Augen glitzerten. »Ich bin wirklich nicht auf dich böse.«

Doch seine Augen sprachen eine andere Sprache.

»Es spielt keine Rolle, Garret.« Sie trat zurück. »Wenn du mich jetzt entschuldigst.«

»Warte, Lauren –«

Sie trat auf den Flur und schlug die Tür hinter sich zu.

Garret vergrub das Gesicht in den Händen. Ihr gemeinsames Leben verlief nicht so, wie er es erhofft hatte. Lauren hatte ihre Rolle als Ehefrau gespielt, ohne sich zu beklagen oder ihn abzuweisen, wenn er seine ehelichen Pflichten verlangt hatte. Ihre Tante Eugenia hatte ihm klar gemacht, wie unfair er gewesen war, als sie ihm erzählt hatte, wie viele Männer in Savannah sie geliebt hatten. Nur er hatte sie übervorteilt. Er fühlte sich nicht würdig, ihr Mann zu sein.

Lauren war gezwungen gewesen, ihn zu heiraten, weil sie keine andere Wahl gehabt hatte. Sein eigenes Verhalten widerte ihn an.

Laurens Tante war überzeugt davon, dass Lauren ihn liebte, und vielleicht hatte sie das auf eine unschuldige Weise getan, als sie noch ein junges Mädchen war. Aber damals war sie unerfahren gewesen. Jetzt war sie eine Frau, die so viel mehr verdiente, als das Leben ihr bot – sie verdiente es, glücklich zu sein.

Am schwersten war es ihm gefallen, zu Lauren auf Distanz zu gehen. Letzte Nacht hatte er sie so begehrt, dass es wehtat. Er konnte nicht in einem Bett mit ihr liegen, ohne sich zu wünschen, mit ihr zu schlafen.

Er rieb sich die Stirn, um den Kopfschmerz zu vertreiben. Letzte Nacht hatte er zu viel getrunken. Diesen Fehler würde er nicht noch einmal machen.

Er erhob sich, trat ans Fenster und sah zu, wie Lauren über den Hof zum Stall ging. Sie wollte sicher ihren Vater besuchen.

»Liebste, hast du deinem Vater vergeben, aber mir nicht?«, flüsterte er vor sich hin.

Er schüttelte den Kopf. Wahrscheinlich vergab ihm Lauren lange, ehe er sich vergab.

Estaban stand an der Stelle mit frischer Erde, wo Garrets Vater beerdigt lag. Er nahm eine Blume auf und zerdrückte sie in der Faust, ehe er sich zum Haus umwandte. Trauer hing wie eine dunkle Wolke über der Ranch.

Wieder hatte Estaban einen Schlag gegen Garret gelandet. Er würde ihn eine kurze Weile trauern lassen, dann wollte er wieder zuschlagen.

Es hatte ihn glücklich gemacht, den *patrón* am Grab seines Vaters stehen zu sehen, niedergedrückt vom Schmerz. Sollte Garret Lassiter weinen und leiden, wie er um seinen Vater gelitten und geweint hatte – sollte Garret Lassiter doch in derselben Hölle schmoren, die seine Familie für Estabans Familie bereitet hatte. Sollte er schreien vor Schmerz und sich fragen, was mit seiner sicheren, heilen Welt geschah.

Estaban hatte einmal erwogen, Señorita Lauren zu töten, um Garret Lassiter den tiefsten Schmerz zuzufügen. Doch er betrachtete sich nicht als grausamen Mann, und die Señorita war unschuldig an den Sünden, die ihr Mann und seine Familie begangen hatten.

Es tat ihm sogar Leid, ihr Schmerz zuzufügen, aber der würde nicht von langer Dauer sein. Sie würde eine reiche Witwe sein und so schön, dass sie mühelos einen neuen Mann fände. Estabans Augen brannten und füllten sich mit Tränen. Seine Aufgabe war fast beendet. Schon bald würde die Ehre seiner Familie wiederhergestellt sein, dachte er mit grimmiger Entschlossenheit.

Jetzt stand nur noch Garret Lassiter zwischen ihm und der vollkommenen Rache.

25

Lauren musste immer zwei Schritte machen, um mit Jebs langen Beinen mithalten zu können. Er blieb an einem Apfelkorb stehen und musterte das Obst, dann nickte er zufrieden, ehe er einen Apfel zu schälen begann. Er schnitt ein Stück ab und reichte es ihr.

»Was meinst du, Jeb?«

Er ließ sich mit der Antwort Zeit und dachte gründlich nach. »Ich kann mir niemanden vorstellen, der Mr. Lassiter töten würde. Gut, ein Mann, der so reich ist wie Mr. Lassiter, hat natürlich auch Feinde. Aber da stimme ich Chase zu – es war kein Indianer, der ihn umgebracht hat.«

»Warum sagst du das?«

»Erstens einmal würde ein Indianer niemals ein Pferd erschießen. Eher erschießen sie den Mann und nehmen ihm das Pferd weg. Außerdem schießen Komantschen nicht mehr mit Pfeil und Bogen, sie haben Gewehre.«

Sie biss ein Stück Apfel ab. »Und was ist mit Apachen?«

»Nein. Ein Apache hätte auch ein Gewehr, wie die Komantschen, und er hätte das Pferd gegessen, wenn es schon mal tot war.«

Lauren biss noch ein Stück Apfel ab und betrachtete Jeb nachdenklich. »Ich weiß, dass wir das alles schon tausendmal durchgegangen sind, aber du bist der, der die Leiche gefunden hat. Hast du irgendeinen Verdacht?«

»Ich würde nach jemandem suchen, der etwas gegen ihn hatte. Es war vorsätzlicher Mord ohne Raub, denn er hatte alle seine Sachen noch bei sich, als ich ihn fand.«

»Garret hat nicht eher Ruhe, als bis er den Mörder seines Vaters gefunden hat. Ich wünschte … ich wünschte …«

»Du wünschst, du könntest ihm helfen.«

»Ja, natürlich.«

»Dann steh einfach zu ihm, Lauren. Das ist alles, was du tun kannst.«

Sie konnte Jeb nicht erzählen, dass Garret sie gar nicht bei sich haben wollte. »Was kann man noch tun, was wir nicht schon getan haben?«

Jeb warf den Apfelrest einem Pferd zu, das sofort daran zu knabbern begann. »Chase hat alle befragt, die etwas wissen könnten. Aber ich denke, dass auf San Reanido vielleicht jemand ist, der mit dir eher sprechen würde als mit einem Mann des Gesetzes. Du kannst dich ja mal umhören, ob einer der Cowboys vielleicht etwas gehört hat.«

Lauren schüttelte den Kopf. »Ich kenne die meisten Männer, und sie hätten mir oder Garret längst etwas gesagt, wenn sie etwas gehört hätten.«

»Einer von ihnen könnte nicht wissen, dass er etwas weiß. Eine Frage tut nicht weh.«

Sie stellte sich auf die Zehenspitzen und drückte ihm einen Kuss auf die raue Wange. »Ich schaue noch bei meinem Vater rein, ehe ich zurückreite. Wie geht es ihm heute?«

Jeb schlang ein Seil um einen Pfosten. »Immer gleich, obwohl ich merke, dass er schwächer wird.«

»Es ist alles so traurig«, stellte Lauren leise fest. »Gibt es denn gar kein Glück irgendwo?«

Er betrachtete forschend ihr Gesicht. »Wie steht es zwischen Garret und dir?«

Jeb gegenüber konnte Lauren vollkommen ehrlich sein. »Nun, wie es zu erwarten ist, wenn der Bräutigam seine Braut nicht liebt.«

Er zog eine Grimasse. »Auch Traurigkeit vergeht wieder, Lauren.«

»Ich möchte es gerne glauben, Jeb.« Sie winkte ihm zu und lief aus dem Stall.

Viel später, als es bereits dunkel wurde, ritt Lauren nach Hause zurück. Ihr Vater war zu krank gewesen, als dass sie länger hätte bleiben können. Aber sie hatte es geschafft, den Besuch hinter sich zu bringen, ohne auf Clare zu stoßen, was ein Segen war.

Beim Abendessen war Garret gesprächiger als all die Tage zuvor. Er erzählte Lauren von fünf neuen Arabern, die nächsten Monat eintreffen sollten, und die Ente in Orangensauce, die Mrs. Whit extra für ihn bereitet hatte, schien ihm zu schmecken.

»Wie war dein Tag?«, fragte Garret.

»Ich bin zur Circle M hinübergeritten, habe mit Jeb gesprochen und meinen Vater besucht.«

Garret wischte sich den Mund sauber. »Hat sich bei deinem Vater etwas geändert?«

»Kaum. Er ermüdet jetzt schnell, und ich muss die Besuche kurz halten.« Sie unterdrückte einen Kommentar dazu, wie müde Garret selbst aussah. Er hatte Schatten unter den Augen, als wenn er nicht gut schlafen würde. Sie hätte ihn gerne gefragt, ob er heute in seinem Arbeitszimmer schlafen wollte, aber der Mut fehlte ihr.

»Wie geht es Jeb?«

»Er ist wie Leim, der alles zusammenhält.«

»Jeb ist ein anständiger Mann. Ich wünschte, er würde kommen und für mich arbeiten.«

Lauren sprang von plötzlicher Wut gepackt auf. Die ganze Zeit lang, die er um seinen Vater getrauert hatte, war sie geduldig mit Garret gewesen – hatte sein Schweigen und seinen Mangel an Interesse an ihr ertragen, aber dass er jetzt davon redete, Jeb für sich arbeiten lassen zu wollen, weckte ihre Wut.

»Das wird nie geschehen, Garret. Nur weil mein Vater dich bestochen hat, damit er mich los wird, heißt das nicht, dass er auch Jeb gehen lassen würde.«

Garret zuckte bei ihren harten Worten zusammen. »Ich denke nicht, dass ich bestochen wurde, Lauren.«

»Wie würdest du es denn nennen?«

Garret sprang auf. »Das kannst du selbst herausfinden. Falls du mich brauchst, ich bin im Arbeitszimmer.« Bei ihr blieb er stehen und zog sie mit festem Griff an seine Brust. »Es tut mir Leid, dass es so zwischen uns ist. Wenn ich könnte, würde ich es ändern, wirklich.« Damit ließ er sie los und verließ den Raum.

Lauren blieb noch lange an derselben Stelle stehen. Was hatte er gemeint? Dass er die Ehe auflösen würde, wenn er das könnte?

Sie ging in ihr Zimmer und wusste, dass sie eine weitere Nacht alleine hier verbringen würde. Morgen wollte sie

Charley, Will und ein paar andere Männer zu Barnard Lassiters Tod befragen.

Lauren erwachte langsam, als etwas Weiches ihre Wange berührte. »Garret?«

Er kniete sich neben das Bett und zog sie in seine Arme. »Ich habe versucht, dir fernzubleiben, aber ich schaffe es nicht.«

Sein Gesicht war jetzt mit ihrem auf einer Höhe. »Ich will dich so sehr. Aber ich gehe, wenn du anders empfindest.«

Sie griff nach seiner Hand und bedeutete ihm, zu ihr ins Bett zu kommen, und als er gehorchte, schmiegte sie sich in seine Arme. Oh, das Glück, von ihm gehalten zu werden, seinen Mund an ihrer Wange und an ihren Lippen zu spüren – seinen schweren Atem zu hören und zu wissen, dass er sie leidenschaftlich begehrte.

»Ich kann nicht anders«, stöhnte er und küsste sie hart auf den Mund.

Lauren wurde heiß, und am liebsten hätte sie sich das Nachthemd vom Leib gerissen, um Garrets Haut an ihrer zu spüren. Er schien ihren Wunsch zu erahnen, denn im Nu hatte er sie ausgezogen und sich über sie gerollt, so dass sie in die weiche Matratze gedrückt wurde.

Als sie ihm in die dunkel glühenden Augen sah, ging ihr ein flüchtiger Wunsch durch den Kopf: Sie wollte seine Liebe und ihm von ihrer Liebe erzählen.

Sein Kuss wurde sanfter, und seine Zunge drängte sie, die Lippen zu öffnen. Begehren überschwemmte sie, als sie seine Härte an sich spürte. Ihre Schenkel öffneten sich, und mit einem Aufstöhnen ließ sie ihn in sich eindringen.

»Süßes«, stöhnte er, hielt inne und unterdrückte den Drang, immer wieder tief in sie hineinzustoßen. »Ich war unerträglich und bitte dich, mir zu verzeihen.«

»Natürlich.«

Er umfasste ihr Kinn, so dass er ihr in die Augen sehen konnte. »Du musst verstehen, dass es da ein paar Dinge gab, mit denen ich ins Reine kommen musste.«

»Ich weiß.« Sie hob sacht ihre Hüften, aber er hielt sie fest.

»Nein, tu das nicht, sonst werde ich dir nie sagen, was mich beschäftigt. Ich glaube, ich habe mir die Freuden deines Körpers als eine Art Buße versagt.«

Aber alles, woran sie denken konnte, war seine Hitze in ihr, und sie bewegte sich unruhig unter ihm und umschloss ihn noch fester. Ihre Hand glitt über seinen muskulösen Rücken und legte sich auf seine Schulter. »Das wäre nicht nötig gewesen, ich war immer für dich bereit.«

»Lauren, ich –«

Sie bewegte heftig die Hüften, und sein Blick wurde dunkel. Was er sagen wollte, blieb ungesagt, als er tiefer in sie hineinstieß und sein Atem rau ihre Wange streifte.

Lauren hielt Garret ganz fest, als er schaudernd in ihren Armen zum Höhepunkt kam, wie auch sie schon kurz zuvor.

Er hielt sie und küsste sie, und seine Hände streichelten ihre seidige Haut. Nie würde er sie gehen lassen, sie bedeutete ihm mehr als sein Leben. All die Jahre ohne sie war er nicht komplett gewesen. Er brauchte sie so sehr, wie seine Lunge die Luft zum Atmen brauchte.

Und er war auf immer der ihre. Ach, wenn sie es nur wüsste …

»Ich werde keine einzige Nacht mehr im Arbeitszimmer verbringen«, keuchte er, zog sich zurück und sah in ihre schönen Augen. Es hatte ihm so viel bedeutet, sie neben sich zu haben, ein Trost im Kummer um seinen Vater. Es gab keine zweite Frau wie sie.

»Das freut mich«, sagte sie und erschauerte unter seiner Berührung. Seine Lippen wanderten über ihre Brüste hinunter zu ihrem Bauch. Sie stöhnte und hob einladend die Hüften, um ihm alles zu bieten, was er brauchte.

Und er nahm es sich.

* * *

Als Lauren am nächsten Morgen erwachte, zog Garret sich gerade an. »Tut mir Leid, Süßes, ich wollte dich nicht wecken.« Er zog einen Stiefel an und setzte sich auf. »Estaban hat eine Nachricht geschickt, dass er ein paar Pferde im Box Canyon hat frei laufen sehen. Wir wollen sie auf die Ostweide treiben.« Er beugte sich herunter und küsste sie auf die Lippen. »Ich bin zurück, ehe es dunkel wird.«

Lauren lächelte und streckte sich wie eine Katze, als sie an die Dinge dachte, die Garret mit ihr gemacht hatte. Er war ein zärtlicher Liebhaber und hatte ihren Körper vollkommen gesättigt zurückgelassen.

Er lachte und ging zur Tür. »Bleib im Bett, wenn du müde bist. Du bist es bestimmt.«

Nach dem Bad ging Lauren in den Stall, um mit Charley zu sprechen. Er bürstete gerade ein Pferd, und so griff sich Lauren einen Kamm und zog ihn dem Tier durch die Mähne.

Mit Charley konnte Lauren offen reden, denn seit dem

Tag, an dem sie gemeinsam das Fohlen geholt hatten, verstanden sie sich bestens.

»Charley«, begann sie und kämmte sanft das Haar, »hat irgendeiner eine Idee, wie Mr. Lassiter ums Leben gekommen sein könnte?«

»Ja. Sie reden alle und geben ihre Meinung ab, aber keiner weiß wirklich, was passiert ist. Es ist eine Schande, Ma'am, eine echte Schande.«

»Wissen Sie jemanden, der ihn hätte töten wollen?«

Charley hielt inne, um nachzudenken. »Wenn ich jetzt so nachdenke, war da wirklich etwas Komisches. Ich habe damals nicht groß darüber nachgedacht, und ich weiß nicht, ob es etwas zu bedeuten hat.«

»Was denn, Charley?«, drängte Lauren.

»Sie kennen Frank Nelson nicht, denn er ist gegangen, ehe Sie nach San Reanido kamen.«

»Was ist mit ihm?«

»Nun, eines Tages ist er einfach von hier abgehauen.« Charley lehnte sich an das Pferd und kratzte sich die Bartstoppeln. »Frank hat immer wieder behauptet, dass der Spanier verrückt sei. Sagt, er hätte immer so geredet, als wenn er den Boss umbringen wollte.«

»Garrets Vater?«

»Nein, Garret.«

»Wer ist dieser Spanier?«, fragte Lauren, ahnte aber schon die Antwort. Er musste Estaban Velasquez meinen, in seiner Gegenwart hatte sie sich immer unwohl gefühlt. »Meinen Sie Estaban?«

»Ja. Der Spanier ist seltsam, hält sich immer im Abseits und bleibt lieber für sich. Die anderen mögen ihn auch nicht besonders.«

Lauren erstarrte. »Könnte er für Mr. Lassiters Tod verantwortlich sein, Charley?«

»Das glaube ich nicht.« Er ließ die Bürste in einen Holzeimer sinken und wischte sich die staubigen Hände ab, als er plötzlich beunruhigt die Stirn runzelte. »Ich werde etwas nachprüfen. Die Truhe des Spaniers ist in seinem Zimmer, ich werde mal nachsehen, was sie enthält.«

Lauren verließ den Stall und sah zu, wie Charley die Halbtür hinter sich verriegelte. »Aber wenn er Garret tot sehen will …« Furcht erfasste sie. »Schnell, sehen Sie nach.«

Während Charley weg war, lief Lauren unruhig hin und her. Die Pferde spürten ihre Unruhe, wieherten und warfen die Köpfe hoch.

Dann kam Charley angerannt und griff nach seinem Gewehr. »Ich musste das Schloss aufbrechen, habe aber genug gefunden, um zu wissen, dass es Estaban war – Pfeil und Bogen.«

Lauren schüttelte den Kopf. »Himmel, nein! Garret ist mit Estaban zum Box Canyon geritten! Wir müssen zu ihm.« Sie war verzweifelt. »Wir müssen sofort los.«

»Die anderen überprüfen die Weidezäune, und Will ist in Sidewinder. Ich kann Sie nicht mitnehmen. Ich werde alleine reiten.«

»Nein, das werden Sie nicht, ich komme mit!«

Lauren rannte zu Sultans Box und riss die Tür auf. Charley war neben ihr und schob sie beiseite. »Ich bin schneller«, knurrte er und sattelte das Tier für sie. Er konnte sie ja doch nicht davon abbringen, mit ihm zu reiten.

Lauren kam es so vor, als brauchte Charley eine Ewigkeit, um die beiden Pferde fertig zu machen, aber tatsächlich vergingen nur ein paar Minuten, bis sie losreiten konnten.

In Richtung Box Canyon verließen sie den Stall. Als sie über eine Weide ritten, sprengten die Pferde darauf nach allen Seiten davon, während andere ein kurzes Stück neben ihnen herliefen.

Lauren konnte nur daran denken, dass Garret in Gefahr war und sie zu ihm kommen musste, ehe ihm etwas zustieß.

Die Sonne brannte heiß auf sie herab, und die Pferde waren bereits nass von Schweiß, aber Lauren und Charley ritten weiter, so schnell sie konnten.

Garret blickte zum blauen Himmel hoch und stöhnte über die Hitze. Dann warf er seinem Begleiter einen Blick zu und verlangsamte den Schritt. »Ich kann keine Hufabdrücke sehen, und bis zum Box Canyon ist es nur noch eine Meile. Die Pferde hätten hier entlanglaufen müssen, weil es der einzige Zugang zum Canyon ist.«

Estaban sah starr geradeaus und log leichthin: »Ich habe sie erst gestern gesehen, als ich hier langgeritten bin.«

Garret blinzelte gegen das Sonnenlicht. Es gab nicht nur keine Hufabdrücke, sondern auch kein Zeichen dafür, dass Estaban gestern hier langgeritten war.

»Lass uns weiterreiten.« Garret trieb sein Pferd an.

Als sie den Canyon erreichten, stieg Garret vom Pferd und sah sich um. »Du hast dich geirrt. Seit dem letzten Regen war kein Vieh mehr in diesem Canyon.« Er bückte sich und untersuchte ein paar kleine Hufabdrücke. »Nur Rehe.«

Auch Estaban stieg ab und ließ die Hand an seiner Waffe ruhen. »Ich habe mich nicht geirrt, *patrón*, ich habe gelogen.«

Garret richtete sich auf und fuhr herum. »Was zum Teufel soll das denn heißen?«

»Das heißt, dass ich noch eine Rechnung mit Ihnen zu begleichen habe. Sie sind der Letzte aus der Familie, der dafür bezahlen wird, was die Lassiters meiner Familie angetan haben.«

Garret nickte. »Ich habe erwartet, dass du Einwände dagegen haben wirst, auf einer Ranch zu arbeiten, die einmal deiner Familie gehört hat.«

»Sie wissen, wer ich bin?«, fragte Estaban überrascht. »Ich habe meinen wirklichen Namen benutzt, aber ich wusste nicht, dass Sie mich kennen.«

»Natürlich weiß ich, wer du bist. Als mein Vater dich eingestellt hat, wusste er, dass die Ranch einst deinem Vater gehört hat. Er dachte, dass du die Arbeit und einen Ort zum Wohnen brauchen würdest. Soweit ich weiß, hat er es nie bereut, dich angestellt zu haben, denn du bist ein guter Arbeiter.«

Estabans Augen wurden schmal vor Hass. »Das war der erste Fehler Ihres Vaters, aber auch sein letzter.«

Garret kam näher. »Wovon redest du? Hast du etwas mit dem Tod meines Vaters zu tun?« Seine Stimme nahm einen drohenden Unterton an. »Hast du?«

Estabans Hand bewegte sich zu seinem Gewehr, und er ergriff den Lauf. »Ja, das habe ich, und es war ein gutes Gefühl, Lassiterblut in die Erde sickern zu sehen. Ihre Familie hat mir alles genommen. Es ist gut zu wissen, dass ich euch getötet habe, ehe auch ich sterbe.«

»Du Bastard!«

Estaban lächelte nur. »Sie sollen wissen, dass es kein Unfall war, als ihre Mutter vom Buggy des Docs überfahren wurde. Ich habe die Pferde losgebunden und auf sie zugetrieben. Es klappte besser, als ich dachte, und niemand hat Verdacht geschöpft.«

Garrets Augen blitzten vor Wut. »Dafür bringe ich dich um!«

»Ich glaube nicht, *patrón*. Ich habe ein Gewehr, aber Ihres ist außer Reichweite.«

Estaban hatte nicht damit gerechnet, dass sich ein Mann von Garrets Größe so schnell bewegen könnte. Garret schlug zu, Estaban wurde das Gewehr aus der Hand geschlagen, und er selbst fiel rücklings ins Gras.

Als er sich wieder aufrappelte, traf ihn Garrets Faust in den Magen. Er stieß den Atem aus und ging wieder zu Boden.

Doch Garret hatte einen taktischen Fehler gemacht, denn Estaban war neben seinem Gewehr gelandet. Er rollte herum, griff danach und zielte.

»Bleiben Sie da stehen, *patrón*. Ich will Sie erst töten, wenn Sie alles gehört haben.«

»Ich kenne deine Gründe«, schnaubte Garret, »und ich habe keine Angst vor dir.«

»Das sollten Sie aber, Señor. Sie müssen für vieles Rechenschaft ablegen.«

»Zum Beispiel?«

»Meine Mutter ist an gebrochenem Herzen gestorben, weil sie ihr Heim, ihre Juwelen – alles verloren hat! Mein Vater hat Selbstmord begangen, weil er die Schande nicht ertragen konnte, die Farm zu verlieren. Die Frau, die ich liebte, hat sich von mir abgewandt und einen anderen geheiratet.«

»Das mit deiner Mutter tut mir Leid, aber was deinen Vater angeht, habe ich gehört, dass er San Reanido Stück für Stück verspielt hat. Er soll auch das Geld verspielt haben, das mein Vater ihm für die Ranch gezahlt hat.«

Estaban hob das Gewehr. »Sagen Sie das nicht! Sie dürfen solche Dinge nicht über meinen Vater sagen!« Tränen liefen ihm über das Gesicht, und das Gewehr zitterte in seiner Hand. »Die Zeit ist reif, dass Sie sterben!«

Garret wusste, dass er sein Gewehr nicht mehr erreichen würde. Seine einzige Chance war, sich hinter einen Felsen in der Nähe zu ducken. Rasch warf er sich in dem Moment vorwärts, als der Schuss erklang. Schmerz durchschoss ihn, und er fiel zu Boden.

Mit dem Instinkt eines Kämpfers rollte sich Garret hinter den Felsen in Deckung. Aber auch das würde den Spanier nicht lange aufhalten.

26

Als Lauren und Charley am Box Canyon ankamen, hörten sie einen Schuss.

Verzweifelt sah Lauren sich um, bis ihr Blick auf Estaban fiel … aber wo war Garret? Dann begriff sie, dass Garret hinter einem großen Felsen lag, während Estaban auf ihn zielte.

Ohne nachzudenken, stieß Lauren Sultan die Fersen in die Flanken, und das Tier rannte los. Jeder Instinkt in ihr schrie danach, Garret zu helfen. Sie beugte sich tief über den Hals des Pferdes und hoffte, dass sie noch rechtzeitig ankam. Sie hörte wie aus weiter Ferne Charley rufen, dass sie anhalten solle, aber nichts konnte sie aufhalten, und Charleys Pferd würde Sultan nie einholen können.

Estaban drehte sich um und sah wie betäubt den großen Araber auf sich zugestürmt kommen. Er war so auf Garret konzentriert gewesen, dass er die beiden Reiter nicht hatte kommen hören. Nach kurzem Überlegen richtete er sein Gewehr auf Lauren. Er hatte sie nicht töten wollen, aber nun musste es sein. Er hob das Gewehr, legte den Finger an den Abzug und zielte.

Garret sah, dass Estaban seine Aufmerksamkeit Lauren zugewandt hatte, und er rief laut: »Nein, Lauren!« Ohne auf den Schmerz in seinem Bein oder die Gefahr zu achten, humpelte er auf Estaban zu. »Zurück, Lauren!«, brüllte er dabei, »tu, was ich dir sage!«

Estaban drehte sich wieder zu Garret um, unentschlossen, wen er zuerst töten sollte. Er könnte die Señora töten und ihren Mann dabei zusehen lassen, oder aber er könnte nach seinem ursprünglichen Plan vorgehen und Garret erschießen.

»Ich weiß, was du denkst«, rief Garret kalt. »So wie ich es sehe, Estaban, hast du nur die Zeit, einen zu erschießen, ehe Charley dich erwischt. Du willst doch mich, nicht sie – also tu es!«

Estaban lächelte und zielte auf Garret. »*Sí*, Sie sind es, den ich will. Ich will Sie heute noch tot sehen, dann kann ich in Frieden sterben.«

Estaban drückte ab, schoss aber daneben, und die Kugel prallte am Felsen ab.

Lauren hatte keine Waffe, aber sie ritt mit Sultan auf den Spanier los. Das Pferd schien zu spüren, was sie wollte. Es prallte gegen Estaban, so dass er gegen den Felsen flog. Mit Sultans Körper als Puffer klemmte sie Estabans Körper erneut gegen den Felsen.

Dann stieg sie ab und rannte auf Garret zu. Seine Hose war voller Blut – es war verletzt.

Inzwischen war Charley herangekommen und zielte auf Estaban, der vor Schmerz schrie. Das Pferd wich nicht zur Seite, so sehr Estaban auch kämpfte. Er war zwischen Pferdekörper und Felsen eingeklemmt.

Charley griff nach Sultans Zügeln, um das Pferd beiseite zu ziehen und besser auf Estaban zielen zu können. Er zog und zerrte, aber der Hengst wich nicht von der Stelle.

»Hol das Pferd weg«, keuchte Estaban und schob ohne Erfolg. »Er zermalmt mich!«

»Garret, du bist verletzt!« Lauren erreichte jetzt ihren Mann. »Ist es schlimm?«

»Lauren!«, brüllte Garret wütend, »mach nie wieder so etwas Dummes! Was hast du dir bloß dabei gedacht?«

»Ich habe gedacht«, erwiderte sie sanft, »dass ein Verrückter gleich meinen Mann erschießt. Ich dachte, ich könnte ihn daran hindern.«

Garret sah kein bisschen dankbar aus, als er sie an den Schultern packte und fest an sich drückte. »Weißt du denn nicht, in welcher Gefahr du warst?«

»Ich habe gar nicht nachgedacht.« Sie schob seine Hände weg und bückte sich, um sein Bein zu untersuchen. »Das braucht einen Verband, bis wir zu Hause sind. Kannst du reiten?«

»Das ist nichts«, wehrte er ungeduldig ab. »Ich habe von deinem Leichtsinn gesprochen. Ich dachte schon, ich müsste mit ansehen, wie Estaban dich erschießt.«

»Lauren«, rief Charley jetzt, »bring das verdammte Pferd dazu, dass es sich bewegt. Es gehorcht mir nicht.«

»Geh schon«, sagte Garret. »Wir reden später darüber.« Er holte sein Gewehr und humpelte Lauren nach.

Sie ergriff Sultan am Zügel und zog, und der Hengst gehorchte ihr lammfromm.

»Ich will verdammt sein«, murmelte Charley und schüttelte den Kopf, während der Spanier bewusstlos zu Boden sank. »So etwas habe ich noch nie gesehen.«

Lauren rieb Sultan hinter den Ohren und drückte ihr Gesicht an seines. »Das gibt heute Abend eine Extraportion Hafer für dich«, versprach sie.

San Reanido war in Aufruhr.

Estaban war gefesselt und saß in der Sattelkammer, wo Will und George ihn bewachten. Doc Pierce war benachrichtigt worden, dass er kommen und Garrets Wunde behandeln sollte, und Chase sollte den Gefangenen abholen.

Lauren und Mrs. Shaughnessy hatten es Garret so bequem wie möglich gemacht. Er hatte sich geweigert, ins Bett zu gehen, und saß jetzt in seinem Arbeitszimmer, das Bein auf zwei Kissen hochgelegt.

Lauren saß still da und schaute aus dem Fenster, weil sie auf den Doc und ihren Bruder wartete.

Als sie Garret wieder ansah, traf sie ein glühender Blick, der ihr verriet, dass er noch immer wütend war.

»Wie geht es dir?«, fragte sie, ohne auf seine schlechte Laune zu achten, und legte ihm die Hand auf die Stirn.

»Scheußlich.«

»Fieber hast du nicht, das ist gut.«

»Was du heute getan hast, Lauren, war dumm und hätte dich das Leben kosten können. Hast du denn nicht gehört, wie ich dir zugerufen habe, dass du zurückreiten sollst? Estaban wollte dich nicht verletzen – er hatte es auf mich abgesehen. Du hast ihn gezwungen, sich zu entscheiden, und er hätte dich erschossen, dessen kannst du sicher sein.«

Lauren hatte gehört, dass Garret versucht hatte, die Aufmerksamkeit Estabans auf sich zu lenken. »Aber das hat er nicht. Wenn ich ihn nicht abgelenkt hätte, hätte er noch einmal auf dich geschossen. Das konnte ich nicht zulassen.«

Garret sah sie lächeln und wurde noch wütender. »Ich

kann nichts Komisches an dem sehen, was passiert ist. Du warst immer schon so verdammt wagemutig und machst Dinge, die dir schaden könnten.«

»Ich weiß, ich bin eben so.«

Sie lächelte immer noch, und das machte ihn immer noch wütender. Sie nahm die Sache nicht ernst. »Findest du es komisch, in Gefahr zu sein?«, fragte er scharf.

»Ich habe gar nicht daran gedacht.« Sie lachte laut. »Ich habe an Sultan gedacht. Wir können ihn jetzt immer als Waffe nehmen und mit ihm auf Feinde zielen. War er nicht verblüffend?«

Garrets Wut schwand. Lauren war so anbetungswürdig, dass er ihr nie lange böse sein konnte. »Das war er.« Jetzt lächelte auch er. »Charley konnte Sultan nicht vom Fleck bekommen, aber dir folgt er willig, genau wie ich.«

Sie schob seinen Schemel näher, und ihr grünes Kleid bauschte sich um sie. »Du bist doch der Pferdezüchter – meinst du, Sultan wusste, was er tut?«

»Nicht so, wie du denkst. Leute beurteilen Tiere oft nach menschlichem Maßstab. Aber Sultan wusste nicht, dass du in Gefahr bist, nur, dass er dir gehorchen soll. Du hast ihm signalisiert, dass er Estaban an den Felsen klemmen soll, und das hat er getan.«

»Es ist trotzdem erstaunlich.«

»Ja, das ist es. Er hört nur auf dich. Dieses Pferd weiß, dass es dir gehört. Manchmal, auch wenn es nur selten vorkommt, wird ein Pferd ein Ein-Mensch-Tier. Das ist bei dir und Sultan passiert.«

Lauren fühlte noch einmal Garrets Stirn, um zu sehen, ob er Fieber hatte. »Er war ja auch mein Hochzeitsgeschenk von dir.«

»Ja.«

Sie erhob sich und lief rastlos auf und ab. »Wenn doch der Doc endlich käme. Was hält ihn nur auf?«

»Ich will ihn aus einem anderen Grund als du sehen. Estaban hat zugegeben, meinen Vater und meine Mutter getötet zu haben. Der Arzt hat sich immer schuldig gefühlt, weil es sein Buggy war, der meine Mutter überfahren hatte. Ich will ihm versichern, dass er nichts dafür konnte.«

»Oh, Garret, es tut mir so Leid, dass du so gelitten hast.«

»Ich habe ja dich.« Sein Blick bohrte sich in ihren. »Ich hätte dich heute verlieren können, Lauren.«

Chase kam als Erster. Er platzte herein und sah erleichtert aus, als er Lauren wohlbehalten dasitzen sah.

»Geht es dir gut?«

»Ja, danke. Aber Garret hat eine Kugel im Bein.«

Chase zog sich einen Stuhl heran und betrachtete seinen Schwager aufmerksam. »Soweit ich gehört habe, hättest du tot sein sollen.«

Garret nickte. »Das stimmt.«

»Ist die Kugel noch drin?«

»Ja.«

»Tut höllisch weh, was?«

Garret stöhnte. »Du sagst es.«

»Ich nehme den Gefangenen mit, aber erzähl mir erst, was passiert ist.« Chase' Stimme verströmte Autorität.

»Willst du erst mit deiner Schwester reden, Chase?« Er sah Lauren an. »Vielleicht kannst du ihr etwas Vernunft beibringen. Auf mich hört sie ja nicht.«

Chase begegnete Laurens Blick. »Nein, ich glaube nicht. Soweit ich sie kenne, kann alles Reden der Welt sie nicht von dem abbringen, was sie sich in den Kopf gesetzt hat.«

»Wem sagst du das«, erwiderte Garret und verlagerte sein Gewicht, was ihm einen scharfen Schmerz einbrachte. »Sie hat ganz sicher ihren eigenen Kopf.«

Chase zwinkerte Lauren zu. »Dickköpfigkeit liegt in der McBride-Familie.«

Das Haus war ruhig – alle außer Lauren waren schlafen gegangen. Doc Pierce hatte die Kugel aus Garrets Bein geholt, die zum Glück keinen Knochen verletzt hatte, sondern in einem Muskel stecken geblieben war. Dann war Garret nach oben gebracht worden, und Lauren hatte den Arzt verabschiedet, nachdem er mit Huhn und Kaffee versorgt worden war.

Sie nahm die Öllampe und stieg die Treppe hoch, wobei das Licht der Flamme an den Wänden tanzte. Sie war müde und sich sicher, dass sie jetzt schlafen konnte, nachdem sie wusste, dass mit Garret alles in Ordnung war.

Sie löschte die Lampe, um Garrets Schlaf nicht zu stören. Der Arzt hatte ihm ein Schlafmittel gegeben, gegen das Garret angekämpft hatte, bis er eingeschlafen war.

Das Mondlicht fiel blass auf Garrets Gesicht, das Lauren jetzt lange betrachtete. Was hätte sie getan, wenn sie ihn heute verloren hätte?

Sie berührte sanft sein Gesicht. Er schlief tief und merkte es nicht, als sie sich vorbeugte und ihn auf den Mund küsste.

Sie lächelte in sich hinein. Doch, er schlief, sonst hätte dieser heißblütige Mann auf ihren Kuss sofort reagiert.

Lauren zog sich aus und legte sich neben ihn, bemüht, sein bandagiertes Bein nicht zu berühren, um ihm nicht wehzutun. Sie schmiegte sich an ihn, strich ihm eine Locke aus dem Gesicht und küsste ihn noch einmal. Diese Nacht gehörte er ihr.

»Du hast dich heute meinetwegen in Gefahr gebracht, also musst du mich doch ein bisschen lieben«, flüsterte Lauren ihm ins Ohr.

Ihre Lippen berührten seinen Mund. »Ich liebe dich«, flüsterte sie, »ich liebe dich so sehr.«

Garret stöhnte im Schlaf, erwachte aber nicht.

Lauren streichelte seine Brust und legte ihre Wange an seine. Er war warm, und sein Atem strich über ihre Wange und machte sie innerlich ganz schwach.

»Wer ist die Frau, die du liebst, Garret? Ist sie so viel Liebe wert?«

Er schlief.

»Sie kann dich nicht halb so sehr lieben wie ich.«

Lauren schloss die Augen, zu müde, um zu denken. Vielleicht würde sie die Identität der Frau nie erfahren, die Garrets Herz gewonnen hatte.

27

Lauren eilte die Straße hinunter, die Arme voller Pakete. Aus einem Saloon drang lautes Gelächter. Sie war auf dem Weg zu Chase, den sie besuchen wollte.

Annabelle Chapin sprach sie an. »Wie geht es Garret?«

Lauren überquerte die Straße und legte die Pakete auf der Bank vor der Postkutschenstation ab. »Viel besser, danke. Er hinkt noch ein wenig, aber der Arzt sagt, das wird sich mit der Zeit geben.«

»Er kann von Glück sagen, dass er noch am Leben ist«, erwiderte Annabelle. »Die Leute sagen, dass der Spanier nächste Woche gehängt wird.«

»Ja, und ich kann nicht sagen, dass es mir Leid tut nach dem, was er meinem Mann angetan hat.«

»Meine Damen –«, William Hanes schleppende Stimme unterbrach ihre Unterhaltung. »Was für eine nette Überraschung.« Er zog seinen Hut und verbeugte sich galant. »Gleich zwei hübsche Ladys.«

Lauren lächelte den Anwalt an. »Sie wissen immer das Richtige zu sagen, Mr. Hanes. Schön, Sie zu sehen.«

»Wenn Sie Zeit haben, Lauren, würde ich Sie gerne in meinem Büro sprechen«, fuhr der Anwalt geschäftsmäßig fort.

»Gehen Sie nur«, drängte Annabelle, »ich passe auf Ihre Päckchen auf. Sie können sie später abholen.«

Neugierig folgte Lauren dem Anwalt in sein Büro und setzte sich auf den unbequemen Stuhl, den er ihr anbot.

»Ich bin froh, dass Sie heute in der Stadt sind. Sie müssen ein paar Papiere unterschreiben.«

»Papiere?«

»Ja, Garret hat sie vor einiger Zeit aufsetzen lassen, sich dann aber nicht mehr gemeldet. Sie brauchen sie nur zu unterschreiben, und Cedar Creek fällt zurück an Sie.“

»Wovon reden Sie?«, fragte Lauren und fragte sich, wie viel Hanes von ihrer Situation wusste. Sie hatte den Verdacht, dass nur wenig in ihrer Familie vorging, von dem er keine Ahnung hatte.

»Sie wissen sicher, dass Garret Ihrem Vater zehntausend Dollar für das Land bezahlt hat.«

»Nein, das wusste ich nicht. Ich dachte ...« Sie verstummte.

»Ich nahm an, dass Garret Ihnen alles über die kleine Transaktion Ihres Vaters erzählt hat.«

»Nein.«

»Nun, wenn Sie da unterschreiben, wo ich das Kreuzchen gemacht habe, gehört der Besitz Ihnen.«

»Das verstehe ich nicht, Garret wollte den Besitz doch haben.«

Mr. Hanes sah gequält drein. »Auch wenn er den Besitz einmal haben wollte, will er ihn jetzt jedenfalls nicht mehr. Er hat darauf bestanden, dass das Land auf Ihren Namen übergeht.«

Lauren sah blind auf das Dokument hinab. Wenn Garret das Land gar nicht haben wollte, warum hatte er sie dann geheiratet? Was hatte das nur zu bedeuten?

»Ich habe den Eindruck, Mr. Hanes, dass mein Mann noch gar nicht wollte, dass ich dieses Dokument sehe.«

Er sah beunruhigt aus. »Das hat er mir gegenüber nicht eindeutig klar gemacht. Ich hoffe nur, dass ich nichts Falsches getan habe.«

Lauren erhob sich. »Ich denke, dass ich das noch nicht unterschreibe. Und ich möchte Sie bitten, meinem Mann nichts von unserem Treffen zu erzählen.«

Bill Hanes erhob sich verwirrt. »Ich hoffe nur, dass ich nichts verkehrt gemacht habe. Ich hatte gedacht, Sie wüssten darüber Bescheid.«

Lauren schüttelte den Kopf. »Ich bin froh, dass Sie mir das erzählt haben.«

Der Anwalt sah ihr nach, als sie aus dem Büro eilte, und lächelte. »Thomas J. McBride, du alter Fuchs, du lässt deine Kinder immer noch nach deiner Pfeife tanzen. Aber bei Lauren und Garret hattest du wahrscheinlich Recht – sie brauchten nur einen kleinen Schubs.«

Charley wartete schon auf Lauren. »Ich habe ein paar Pakete bei Annabelle gelassen, können Sie die bitte für mich nach Hause bringen?«

Charley warf Lauren einen misstrauischen Blick zu. »Wo gehen Sie denn hin?«

»Ich reite noch zur Circle M. Wenn Sie meinen Mann sehen, sagen Sie ihm bitte, dass ich am späten Nachmittag zurück sein werde.«

»Es wird dem Boss gar nicht gefallen, wenn ich Sie nicht begleite«, warnte Charley.

»Sagen Sie ihm, dass ich meinen Vater sprechen musste. Das wird er verstehen.«

Charley kratzte sich am Bart und sah Lauren nach, die

auf ihr Pferd stieg und aus der Stadt sprengte, als wäre der Teufel hinter ihr her.

Kurz nach Mittag kam Lauren auf der Circle M an. Sie winkte den Cowboys zu, die ihre Pflichten erledigten.

Dann ging sie ins Haus und erklomm die Treppe, die zum Zimmer ihres Vaters führte. Sie wollte ein paar Antworten haben, und zwar auf der Stelle!

Tiny hörte sie und öffnete ihr die Tür. Wie immer, wenn er sie sah, erhellte sich sein Blick. Dann nickte er zum Bett hin, um ihr zu zeigen, dass ihr Vater bereit war.

Tom saß aufrecht im Bett und lächelte tatsächlich. »Ich dachte mir schon, dass du im Laufe der Woche kommen würdest, Lauren.«

»Ach, hast du das?«

»Ja. Du hast heute Bill Hanes getroffen, nicht wahr?«

»Das weißt du?«

»Natürlich.« Er sank in die Kissen zurück. »Ich nehme an, dass du mir jetzt ein paar Fragen stellen willst.«

»Da hast du verdammt Recht.«

Er hob eine Braue. »Diese Ausdrucksweise hätte deiner Ma aber gar nicht gefallen.«

»Aber Mama hätte es verstanden, weil sie sich ihr ganzes Leben lang mit dir abplagen musste.«

»Nun, nun, Mädchen, reg dich nicht auf. Du weißt doch, dass Aufregungen nicht gut für mich sind.«

»Versuch den Kniff gar nicht erst, Papa, denn diesmal klappt es nicht. Ich will alles über dein Abkommen mit Garret wissen. Hat er für Cedar Creek bezahlt oder nicht?«

»Er hat – und ein nettes Sümmchen auch noch. Garret

hat viel mehr gezahlt, als es wert ist, aber das habe ich auch getan, als ich das Land damals gekauft habe.«

Lauren sank auf einen Stuhl. »Das verstehe ich nicht. Wenn er das Land doch gekauft hat, was hat ihn dann gezwungen, mich zu heiraten?« Sie schüttelte den Kopf. »Sag es mir, Papa, das bist du mir schuldig.«

»Er hätte dich gar nicht heiraten müssen, Lauren. Er wollte dich heiraten. Aber das habe ich dir ja schon gesagt.«

Tränen traten ihr in die Augen. »Wenn er gedacht hätte, dass er mich heiraten muss, um den Fluss zu bekommen, hätte das seine Chancen ruiniert, mit dieser anderen Frau glücklich zu werden. Aber wenn er mich gar nicht heiraten musste, warum ist er dann nicht zu ihr gegangen?«

»Ich weiß, wer die Frau ist«, warf Tom ein, »ich weiß es schon lange. Garret hat es mir gesagt.«

»Warum hast du mich dann gezwungen, ihn zu heiraten?« Bittend sah Lauren ihn an. »Bitte sag mir, wer sie ist, damit ich es auch weiß.«

»Gib mir mal den Kasten da vom Fensterbrett, den aus Metall mit dem Schloss dran.«

Verwirrt gehorchte Lauren. Er nahm einen Schlüssel, den er an einer Kette um den Hals trug, und öffnete den Kasten. »Ich glaube, der gehört dir«, sagte er und reichte ihr einen Brief.

Lauren keuchte auf, als sie ihre Adresse darauf sah und Garrets Schrift erkannte.

»Du weißt, was das ist, nicht wahr, Mädchen?«

»Das ist Garrets Brief an mich, als ich Texas verlassen habe.«

»Da du das weißt, nimm ihn mit und lies ihn, wenn du

alleine bist. Deine Besuche erschöpfen einen alten, kranken Mann wie mich.«

Sie erhob sich automatisch und küsste ihren Vater auf die Wange. Warum tat er so geheimnisvoll? »Wie bist du an diesen Brief gekommen? Ich hatte ihn Jeb zur Aufbewahrung gegeben.«

»Lass es mich so sagen: Tiny hat einen kleinen Jagdausflug gemacht und dabei einen verlorenen Schatz entdeckt.«

»Clare?«

Er nickte. »Und nun lass mir meine Ruhe.«

Lauren verließ das Zimmer und blieb im Flur stehen, um zu überlegen, was sie nun tun sollte. Wenn sie den Brief las, wüsste sie alles über die Frau, die Garret liebte. Aber wollte sie das wirklich wissen? Konnte sie den Schmerz ertragen, das zu wissen?

Langsam ging sie nach unten und betrat den Salon, wo sie sich in einen hochlehnigen Stuhl sinken ließ. Zögernd betrachtete sie den Umschlag und überlegte, ob sie den Brief lesen sollte, wo Clare ihn ja bereits gelesen hatte – eine Vorstellung, die sie vor Wut kochen ließ.

Mit zitternden Händen zog sie den Brief aus dem Umschlag und begann zu lesen, was Garret ihr vor vier Jahren geschrieben hatte:

Meine liebste Lauren,

ich hatte nicht vor, dir mit einem Brief auf Wiedersehen zu sagen, aber vielleicht ist es so am besten. Ich werde jeden Tag an dich denken und auf deine Rückkehr warten, damit ich dir alles sagen kann, was ich auf dem Herzen habe. Ich hätte dir schon viel früher gesagt, wie sehr ich dich liebe, aber du warst noch zu jung – bist immer noch zu jung, um zu verstehen, wie sehr ich dir ergeben bin. Ich werde geduldig darauf warten, dass du erwachsen wirst und nach Hause kommst, hoffentlich zu mir. Ich habe Angst, dass du in Savannah jemanden kennen lernen könntest, an den du dein Herz verlierst. Behalte dein Herz für mich alleine, meine Geliebte. Wenn du nach Hause kommst und meine Gefühle erwiderst, kann nichts mich davon abhalten, dich zu meiner Frau zu machen. Wie viele Tage, Wochen und Monate werden vergehen, ehe ich dein Gesicht wieder sehe. Ich würde dir gerne schreiben, solange du in Savannah bist. Natürlich musst du mir als Erste schreiben, damit ich deine Adresse habe. Ich kann mir nicht vorstellen, dass dein Vater oder Stone sie mir geben würden. Wenn ich nichts von dir höre, weiß ich, dass du für mich nicht dasselbe empfindest wie ich für dich. Meine Liebste, ich werde dich immer im Herzen behalten; bitte behalte auch du mich in deinem. Ich liebe dich mit jedem Atemzug und bleibe

in Treue
Garret

Ein tiefes Aufschluchzen entrang sich Laurens Kehle, als sie die schönen Worte las, die ein Mann geschrieben hatte, der sie zutiefst liebte. Sie drückte den Brief an ihr Herz.

Garret liebte sie!

Sie war diejenige, die er liebte! Diejenige, von der er ihr an dem Tag erzählt hatte, als sie dachte, er spräche von jemand anderem!

Tränen trübten ihr den Blick, als sie den Brief noch einmal las. Dann hob sie den Kopf und wischte sich ärgerlich die Tränen fort. Wenn sie diesen Brief doch nur schon gelesen hätte, als Jeb versucht hatte, ihn ihr zu geben. Dann hätte sie sich und Garret viel Kummer erspart.

Garret liebte sie!

Er war standhaft und treu gewesen und hatte sie all die Jahre lang stumm geliebt. Sie musste sofort zu ihm. Sie wollte seine Arme um sich spüren – wollte ihm sagen, dass auch sie immer nur ihn geliebt hatte.

Lauren rannte aus dem Haus und stieg auf ihr Pferd.

»Wohin so eilig?«, rief Jeb ihr nach.

Lauren bemerkte eine Bewegung auf der Veranda und wusste, dass Clare sie beobachtete. »Ich reite nach Hause zu dem Mann, der mich liebt«, erwiderte sie und wischte sich die Tränen von den Wangen.

Jeb sah verwirrt aus, Clare hasserfüllt.

»Nichts, was du tust, Clare, kann mir je wieder wehtun.« Lauren legte die Hand auf die Tasche mit Garrets Brief. »Ich habe Liebe, Clare, und was hast du?«

Wütend wandte Clare sich ab und ging ins Haus. Sie hatte nichts! Sie war mit einem alten, kranken Mann verheiratet, der im Sterben lag. Tanner, der Mann, den sie so leidenschaftlich begehrte, konnte sie nicht leiden. Lauren würde ihren Garret haben, und der Bastard Chase war von allen akzeptiert worden. Sie hatte nur die Circle M, und die würde in vier Teile geteilt werden … fünf, falls Stone nach Hause kam.

»Señora«, sagte Manuelo hinter ihr. »Stimmt etwas nicht? Haben Sie sich aufgeregt?«

Clare ließ die Schultern sinken. »Ich habe alles verloren.«

»Das stimmt nicht.« Er wollte sie trösten. »Sie haben immer noch mich.«

Clare hörte die heisere Stimme ihres Mannes nach ihr rufen und erschauerte. Die schlimmste Strafe erlitt sie jedes Mal, wenn sie sein Zimmer betrat und vorgeben musste, diesen verschrumpelten alten Mann zu lieben. Wenn Tanner sie doch nur so lieben würde wie sie ihn.

»Ich komme«, rief sie verzweifelt ihrem Mann zu.

Garret gewöhnte gerade eine feurige kleine Stute an die Zügel. Das Pferd lief an einer langen Leine, die Garret allmählich einholte, während das Pferd im Kreis lief. »Dieses Fohlen ist sanft genug, um ein Kind darauf reiten zu lassen«, rief er Charley zu, der vom Zaun aus zusah. »Lauren wollte ein Pferd für Luke haben. Ich denke, das hier ist richtig.«

Lauren stieg ab und ging auf die Koppel zu. Als Garret sie sah, runzelte er die Stirn. »Ich wollte schon nach dir suchen lassen.«

Sie konzentrierte sich auf Garrets Augen, die Fenster zu seiner Seele, die seine Gefühle verrieten. Er hatte sich Sorgen um sie gemacht und war jetzt erleichtert, dass sie sicher zu Hause war.

»Ich muss so schnell wie möglich mit dir sprechen, Garret.«

»Jetzt?«

»Wenn es dir nichts ausmacht?« Sie wandte sich ab und ging zum Haus, wohin ihr Garrets schwere Schritte bald folgten. Sie konnte es nicht abwarten, in seinen Armen zu liegen, ihm zu sagen, dass sie den Brief gelesen hatte und dass sie ihn liebte.

»Stimmt etwas nicht?«, fragte er, als er sie einholte und neben ihr herging. »Geht es dir gut?«

Sie lächelte. »Es ging mir noch nie besser.«

Er sah verwirrt aus, als sie die Treppe hochstiegen. »Worüber möchtest du mit mir sprechen?«

Lauren ging durch die Halle und die Treppe hoch, und sie wusste, dass er ihr folgen würde. Als sie bei ihrem Schlafzimmer angekommen waren, wandte sie sich zu ihm um.

»Du willst mich verlassen, Lauren, nicht wahr?« Garret ergriff ihren Arm und trat dann zurück. »Das willst du mir sagen, nicht wahr?«

»Nein, das ist nicht das, was ich dir sagen will.« Sie trat auf ihn zu und wusste nicht, wie sie ihre Empfindungen in Worte fassen sollte. »Ich wollte dir nur sagen, dass ich schrecklich verliebt bin.«

Sie sah zu, wie seine braunen Augen groß wurden vor Hoffnung und sich dann Zweifel in seinen Blick stahl. Angespannt fragte er:

»Und wer ist der Glückliche?«

»Oh, mein Liebster«, erwiderte sie mit Tränen in den Augen, »du bist der Mann.«

Er trat auf sie zu und packte ihre Schultern. »Du liebst mich!«

Mit tränennassen Wangen sah sie ihn an. »Oh, ja.«

Da riss er sie an sich, und sie spürte, wie er zitterte. »Bitte, Lauren, sag das nicht, wenn es nicht stimmt. Ich glaube nicht, dass ich ertragen könnte …« Er hob ihr Gesicht an. »Bist du dir sicher?«

»Wie kannst du nicht wissen, Garret, dass ich dich liebe, wenn ich es dir doch auf alle erdenkliche Weise gezeigt habe? Ich habe die Worte nicht ausgesprochen, aber die Gefühle waren jedes Mal da, wenn wir uns geliebt haben.«

Garret war immer noch nicht überzeugt. »Und warum sagst du mir das jetzt?«

Lauren griff in die Tasche und zog seinen Brief hervor. »Den habe ich heute gelesen.«

Sie streichelte seine Wange, und er schloss die Augen, als seine Liebe zu ihr ihn überwältigte. »Die Worte eines verzweifelten Mannes, Lauren, der ein junges Mädchen viel zu sehr geliebt hat. Ich musste den anständigen Weg einschlagen und warten, bis du erwachsen bist, auch wenn ich Angst hatte, ich könnte dich verlieren.«

»Oh, Garret, wenn ich das doch nur gewusst hätte! Es gab keinen Tag, an dem ich dich nicht geliebt habe. Du hast mich glauben lassen, du würdest eine andere lieben. Ich dachte, du hättest mich nur geheiratet, um Cedar Creek zu bekommen.«

»Dieser verdammte Fluss hat mir mehr Ärger gemacht, als er wert ist.«

»Du hast ihn mir überschrieben.«

Er wandte sich von ihr ab und hoffte, dass sein Herzschlag sich wieder beruhigen würde. »Ich wollte dir das Dokument geben, wenn ich den Mut aufgebracht hätte, dir zu sagen, was ich für dich empfinde.«

Lauren trat zu ihm, schmiegte den Kopf an seinen Rücken und legte ihm die Arme um den Leib. »Ich habe dich auch in Savannah so geliebt, dass ich nie Interesse an anderen Männern hatte.«

Garret wandte sich zu ihr um und sah sie an. »Wenn du wüsstest, was ich für Höllenqualen durchlitten habe.

Wenn ich doch nur die Zeit zurückdrehen und alles noch einmal neu machen könnte.«

Wieder kamen ihr die Tränen, und sanft wischte er sie weg. »Warum hast du dich auf das Angebot meines Vaters eingelassen?«, wollte Lauren wissen.

Er zog sie an sich. »Weil ich so große Angst hatte, dass dein Vater einem anderen Mann dasselbe Angebot machen würde. Darauf konnte ich es nicht ankommen lassen. Aber ich habe darauf bestanden, für Cedar Creek zu bezahlen, damit ich mich ihm nicht verpflichtet fühlen musste.«

»Mein Vater hätte das Angebot keinem anderen gemacht.« Sie schmiegte sich an ihn. »Weißt du, er wusste, dass ich dich liebe, und hat auf seine Weise versucht, seine Kinder um sich zu scharen und wieder gutzumachen, was er ihnen früher angetan hat. Er hat sogar Chase nach Hause geholt.« Sie sah Garret in die Augen. »Und er hat mir den einzigen Mann gegeben, den ich lieben kann.«

Er drückte sie fest an sich. »Lauren, Liebste.«

Sie rieb ihre Wange an seiner. »Wie konntest du nur nicht wissen, was ich für dich empfinde?«

»Ich wusste, dass ich dich im Bett glücklich mache.« Er schüttelte den Kopf. »Ich wusste, dass du mit fünfzehn in mich verknallt warst, und ich habe gehofft, dass sich das mit deinem Erwachsenwerden in Liebe wandeln würde. An dem Tag, als du in Sidewinder ankamst, war ich so voller Hoffnung. Aber dann warst du so gleichgültig bei unserem Wiedersehen, dass ich höllische Angst bekommen habe. Das hat meine Hoffnung zerstört, aber nicht meine Entschlossenheit, dich um jeden Preis zu bekommen, selbst auf Kosten meines Stolzes.«

»Ich war gar nicht gleichgültig dir gegenüber, Garret. Als ich dich wieder sah, wurde mir klar, dass ich dich mehr liebte denn je. Und ich hatte auch Angst.«

Er stieß den Atem aus. »Wenn wir an jenem Tag doch nur ehrlich zueinander gewesen wären.«

Sie lächelte. »Wir hätten es einander schon sagen können, als du Raja erschossen hast.«

Er küsste sie. »Das durfte ich nicht, weil du damals noch so jung warst. Damals musste ich meine Gefühle für dich sehr beherrschen. Aber als ich erfuhr, dass du weggehen würdest, musste ich dir den Brief schreiben.«

Sie küsste ihn und legte die Arme um ihn.

»Allein an dich zu denken, macht mich verrückt«, flüsterte Garret. »Ich kann etwas ganz Normales tun, dann denke ich an dich, und ich will nur noch mit dir schlafen.«

»Sir«, erwiderte sie gespielt entrüstet, »was haben Sie doch für eine leidenschaftliche Natur.«

Er sah, wie ihr Blick weich wurde. »Verdammt richtig. Ich bin mit diesem feurigen kleinen Rotschopf verheiratet, und es braucht eine ganze Menge, um ihn zufrieden zu stellen.«

Garret lachte mit der Sicherheit eines Mannes, der wusste, was er wollte und es sich nehmen würde. Er senkte den Kopf und küsste sie, während er begann, ihr die Bluse aufzuknöpfen. Er küsste sie noch immer, als er ihr den Rock öffnete und herunterzog. Dann nahm er sie auf die Arme und setzte sie auf die Bettkante, um ihr die Stiefel auszuziehen.

»Jetzt du«, verlangte Lauren und fing an, sein Hemd zu öffnen.

Dann fielen sie aufs Bett, und Garret schien sie überall

zu berühren, an den Schultern, den Brüsten, zwischen den Beinen.

Lauren sehnte sich nach seiner Nähe. Sie öffnete die Beine und zog ihn auf sich, und er lachte leise, als er tief in sie eindrang. Dann hörte das Lachen auf, und sein Blick wurde leidenschaftlich.

»Wenn ich in dir bin, ist das das mächtigste Gefühl, fast, als würde ich sterben.« Langsam bewegte er sich in ihr. »Dann mache ich das, und das Gefühl nimmt noch zu, aber es ist auch so schön!«

»Ich weiß«, flüsterte sie und zog mit den Lippen seine Wangenlinie nach.

»Ich kann nie genug von dir bekommen. Wenn ich so lange in dir bliebe, wie ich wollte, könntest du bald nicht mehr gehen.«

Sie lächelte an seinen Lippen.

Garrets Mund eroberte ihren, und Lauren kam ihm entgegen. Diesmal liebten sie sich langsam und zärtlich wie ein Paar, das sich liebt und weiß, dass dieser einen Vereinigung noch viele Nächte voller Zärtlichkeit und Erfüllung folgen werden.

Dann wurden Garrets Stöße heftiger, und Lauren keuchte auf. Ihre Körper und ihre Herzen waren vereint, und dann fanden sie beide süße Erfüllung.

Die Sonne ging gerade unter, als Lauren ihren Kopf an Garrets Schulter lehnte und ihm in die Augen sah. »Liebe tut weh, nicht wahr?«

»Mir hat sie viele Jahre wehgetan.« Sein Blick senkte sich auf ihre Brüste, und seine Hände folgten. »Aber jetzt nicht mehr, jetzt habe ich alles, was ich will.«

»Ich auch.« Sie richtete sich auf und legte ihren Mund an seinen. »Nun, nicht alles.«

»Sage, was du willst, und du sollst es haben.«

»Versprochen?«

»Ich verspreche es.«

Lauren lachte. »Dann gib mir ein Baby.«

Er lachte, als er sie auf den Rücken legte und sich über sie schob. »Junge oder Mädchen?«

Lauren sah ihn amüsiert an. »Beides?«

»Wir könnten es versuchen.«

Ihre Finger vergruben sich in seinem Haar, und sie küsste ihn. »Dieser Teil gefällt mir.«

»Süßer Rotschopf. Der Handel um dich war das Geld wert. Ich bin durch die Hölle gagangen, aber der Sieg entschädigt mich für alles. Du siehst einen glücklichen Mann vor dir.«

Sie küsste ihn. »Das ist schön.«

Sanft schob er ihre Beine auseinander und drang in ihr bebendes Fleisch ein.

»Entschuldige mich jetzt«, flüsterte er an ihren Lippen, vollkommen in ihrer Macht, »ich habe ein Versprechen zu erfüllen.«

Und das tat er.